KB008893

강규원 장편소설

단글

흑룡의 취향 3

초판 1쇄 인쇄 2016년 11월 21일
초판 1쇄 발행 2016년 11월 28일

지은이 강규원
발행인 오영배
기획 박성인
책임편집 김수현
표지 · 본문 디자인 MUI
제작 조하늬

펴낸 곳 (주)삼양출판사 · 단글
주소 서울시 강북구 도봉로 173
대표 전화 02-980-2112 **팩스** / 02-983-0660
출판등록 1999년 3월 11일 제9-00046호

ISBN 979-11-283-9025-8 (04810) / 979-11-283-9022-7 (세트)

+ 이 도서의 국립중앙도서관 출판시도서목록(CIP)은 서지정보유통지원시스템홈페이지(http://seoji.nl.go.kr)와 국가자료공동목록시스템(http://www.nl.go.kr/kolisnet)에서 이용하실 수 있습니다. (CIP제어번호: 2016026290)

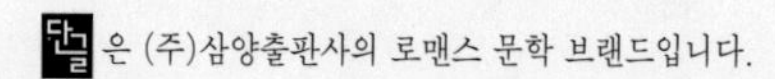

ROMANCE STORY

강규원 장편소설

차 례

◆ ◆ ◆ ◆ ◆

10장

"보도 자료 내. 스캔들 진짜라고."

흑룡의 청천벽력 같은 명령에 적룡은 맥이 탁 풀렸다. 처음에는 흑룡이 오랜 기간 살아서 결국 치매가 왔나, 하는 인간적인 생각이 들 정도였다. 그녀가 고개를 갸웃거렸다.

"제정신이십니까?"

"지금 내가 미쳤다고 말한 건가?"

자존심 드높고 성깔 더러운 흑룡이 얼굴을 구기고 눈을 형형하게 빛냈다. 하지만 대표이사도 지지는 않았다.

"영화 홍보 때문에라도 스캔들 이야기는 안 하는 게 좋다고 생각합니다만."

일리 있는 말이었으나 진하는 영화 흥행보다 차율리가 중요했다. 그가 밉살스레 대꾸했다.

"그런 건 내가 결정해."

"아뇨, 저도 제작 투자를 했거든요."

"뭐?"

미간을 찡그린 진하가 소파에 앉으려다가 대표이사를 홱 돌아보았다. 처음 듣는 소리였다. 그녀가 사족을 덧붙였다.

"브로맨스 코드라서 흥행할 가능성이 높아 보여 가지…… 고."

따갑게 꽂히는 그의 시선 탓에 그녀가 말끝을 흐렸다.

어쩐지 여러 가지 시나리오 중에 적룡이 유난히 이 작품을 반겼었다. 그녀의 안목을 믿는답시고 영화 출연을 결정했는데 알고 보니 적룡이 몰래 투자까지 하고 있었다니. 남자들만 득실거리는 영화여서 이상하다 싶었건만…….

"돈 몇 푼 날렸다고 생각해. 기각."

대표이사가 보란 듯이 한숨을 내쉬었다. 다른 스캔들도 아니고 열애설이다. 영화 흥행에 도움은커녕 팬 떨어지는 소리만 나게 생겼다.

한편, 적룡이 좌절에 빠져 있든 말든 목적을 달성한 진하는 더 이상 대화를 이어가지 않고 대표이사실을 나가 버렸다. 스케줄도 있고, 더는 할 말도 없었다.

대표이사의 머릿속을 헤집어 둔 뒤에 진하가 향한 곳은 영화 관련 인터뷰 현장이었다. 진하는 대기실에서 미리 스캔들 관련해 관계자들에게 양해를 구했다. 자신은 영화 흥행 여부가 상관

없다지만 다른 사람들은 그렇지 않았다.

"가능하면 좀 나중에 터뜨리지. 하긴, 터뜨리고 싶어서 터뜨린 것도 아니니까……."

"죄송하게 됐습니다."

그러나 대표이사의 걱정과는 정반대로 현장 분위기는 훈훈했다. 은기가 씨익 웃으면서 바로 물었다.

"그래서 주말에 그 여자가 받아 줬다는 거지?"

"네."

"이야! 축하한다. 드디어 임진하가 여자를 만난다네."

"어? 정말요?"

조금 늦게 도착한 현웅이 은기의 말에 눈을 크게 뜨고 후다닥 달려왔다. 진하가 대답 대신 고개를 끄덕였다. 현웅이 혀를 내둘렀다.

"형…… 그때 그거 정말 충격적인 소리였는데 그래도 여자 만난다니 다행이네요."

저 외모로 연애 한 번 해 보지 못했다는 말이 얼마나 기가 막혔는지 모른다. 임진하가 아닌 다른 사람이었다면 끝까지 믿지도 않았을 것이다. 허튼소리를 않는 진하의 말이기에 그나마 믿었으니 말이다.

"어? 근데 그럼 우리 영화 망해?"

의자에 앉은 은기가 기지개를 쭉 켜면서 농담을 던졌다.

오랜 시간 많은 사람들이 함께 만들어 온 작품에 해가 되게 생졌는데도 신기하게 진하를 비난하는 사람은 없었다. 그만큼 작품에 자신이 있기도 했지만 무엇보다 그날, 진하의 말이 너무나도 충격적이었던 터라 오히려 다들 이 상황을 즐겁게 받아들일 뿐이었다.

장난기 많은 현웅이 얼굴을 바삭 구기며 언짢은 척을 했다.

"네? 그럼 안 되는데요. 진하 형이 책임져야겠네요."

그때 키득거리는 현웅의 뒤에서 감독이 꽥 소리쳤다.

"안 돼! 망하면 차기작 투자 못 받는다고!"

"멀쩡한 외모로 연애 한 번 안 한 놈이 연애한다잖아요. 감독님이 인생 구원해 주셔야죠."

감독은 턱이 빠진 듯 입을 쩍 벌렸다가 한탄했다.

"진짜 우리 팀 어이가 없네. 다들 돈 벌 생각은 없습니까?"

"돈이야 뭐 잘 벌고 있어서, 영화 한 번 망한다고 굶어 죽진 않으니까요."

은기가 마지막으로 쐐기를 박았다. 감독은 고개를 절레절레 젓다가 한숨을 크게 뱉더니 마음의 준비를 한 듯 허탈하게 웃었다. 후반부에 진하가 칩거했던 것만 빼면 영화 촬영이 순조로운 편이었던 터라, 촬영 이후 이토록 험난해질 줄은 몰랐다.

인터뷰의 절반 가까운 시간이 진하의 스캔들을 캐묻는 데 쓰였다. 오랜 시간 영화판에서 버티던 은기가 농담조로 영화에 관심을 가져 달라 한마디 하고 나서야 진하는 질문 세례에서 벗어날 수 있었다.

"아, 엄마가? 으응. 이제 다 끝났어. 아…… 아니? 드라마 촬영은 전에 끝났고, 영화도 개봉만 앞둬서……."

전쟁 같은 인터뷰를 마치고 대기실을 나온 진하는 복도 구석에서 전화 통화 중인 민호를 발견했다. 주의 깊게 듣지 않아도 절로 들리는 말소리에 진하는 멈칫했다. 통화 상대가 누군지는 모르겠으나, 민호는 지금 진하에 관한 이야기를 제3자에게 하고 있었다.

"별일? 어…… 없지. 아, 그 스캔들? 그건 나도 정확히는 잘 모르겠는데, 형이 워낙 특이해서……."

매니저로서 민호는 단 한 번도 본분에 맞지 않은 일을 한 적이 없었다. 비밀 엄수가 기본인데 대체 누구에게 임진하에 대한 이야기를 풀고 있는 건가. 진하는 수상하기 짝이 없는 민호의 태도가 마음에 걸렸다.

민호가 전화를 끊을 때까지 기다리던 진하가 태연하게 웃으면서 뒤에서 말을 걸었다.

"누구랑 통화해?"

"깜짝이야!"

뜻밖의 등장에 놀란 민호가 숨을 크게 들이쉬었다. 얼마나 놀랐는지 하마터면 휴대폰을 떨어뜨릴 뻔했다.

"어…… 아니에요, 아, 아무것도."

"내 이야기하고 있었잖아?"

아무렇지 않게 말하고 있으나, 진하의 미소는 민호에게 서늘하게 다가왔다. 민호는 우물쭈물하며 대답을 하지 못했다. 진하가 자연스럽게 걸음을 옮기며 매니저를 재촉했다.

"누군데?"

"그, 그러니까……."

주차장으로 향하는 진하의 뒤를 따르면서 민호가 떨떠름하게 입을 열었다.

"그러니까 누난데요. 엄마 뵈러 안 내려오냐고…… 형 이번에 스캔들도 났으니 휴가 받을 수나 있겠냐고……."

별것도 아닌 일에 뜸을 들이다니. 진하의 눈매가 일그러졌다.

"그게 말하기 힘든 소리야? 왜 그렇게 쩔쩔매?"

"마마보이처럼 볼까 봐 그랬죠."

어이가 없어서 진하는 혀를 쯧쯧 찼다. 입을 삐죽 내민 민호가 진하의 뒤에서 쫄래쫄래 걷고 있었다.

주차장에 도착해서 차에 오르던 진하가 슬쩍 말을 건넸다.

"어머니 건강은 요즘 어떠셔?"

"……그냥 그렇죠, 뭐. 나빠지지만 않았으면 좋겠어요."

운전석에 앉아 무심하게 안전벨트를 매는 민호의 손이 떨렸다. 진하가 그걸 놓칠 리가 없었다. 대답과 달리 어머니의 건강 상태가 예상보다 좋지 않은 모양이었다.

아직 대학에 있어야 할 나이의 민호가 입사하게 된 계기를 진하는 잘 알고 있었다. 어머니가 암 선고를 받고, 오랫동안 투병 생활을 하며 가정 경제가 나빠진 탓에 제대하자마자 가장 월급

이 많은 곳을 찾아 입사한 것이었다. 막내 주제에 회식 때 술을 마시면서 주절주절 자신의 사정을 털어놓던 민호의 모습을 다들 안타까워했었다.

진하는 시동을 거는 민호를 물끄러미 보다가 말했다.

"이번 주말에 내려갔다 와."

"아, 정말요? 그래도 돼요?"

운전대를 잡은 민호가 눈을 동그랗게 뜨고 진하를 쳐다보았다. 요즘 워낙 바빠서 집에 들어가 쉬는 것조차 제대로 못 했는데, 웬일인가 싶었다. 진하가 피식 웃으면서 고개를 끄덕였다.

"그래, 다녀와."

힘겨운 상황에서도 밝고 활기찬 편인 민호에게 호감이 가지 않을 리가 없었다. 다른 사람들만큼 진하 역시 민호에게 호의적이었다. 신이 난 민호가 액셀을 밟으면서 혼잣말처럼 중얼거렸다.

"연애를 하더니 너그러워진 건가?"

꼭 저렇게 한마디씩 덧붙인다. 까불고 있는 민호에게 진하가 눈총을 주었다.

"왜? 싫어? 주말에도 스케줄 잡을까?"

"아니에요!"

빽 소리 지르고 부정한 뒤로 입 다물고 묵묵히 운전만 하던 민호가 진하 쪽을 힐끔거렸다. 자신보다 더욱 피곤하다면 피곤할 사람인데 오늘도 진하의 혈색은 무척 좋았다. 지난번에 컨디션이 나빴던 며칠을 제외하면 마치 강철 체력인 것처럼…….

"근데, 형."

정지 신호에 차를 세운 민호가 조심스럽게 진하를 불렀다. 팔짱을 끼고 창밖을 바라보던 진하가 고개를 돌렸다. 아까부터 민호가 흘깃거리던 것을 감지하고 있었지만 모르는 척 내색하지 않았다.

"음?"

"아, 아니에요."

"갑자기 왜 아련하게 부르고 그래?"

"그냥…… 죄송해서요."

아까부터 똥 마려운 강아지처럼 안절부절못하는 게 꼭 민호는 하고 싶은 말이 있는 듯 보였다. 뭘까. 생각 외로 어머니 건강이 나빠졌다는 걸까. 민호는 매니저 중에서도 막내 주제에 속내를 꼭꼭 숨기려고 노력했다. 술이라도 들어가지 않는 이상은 제 사정에 대해 말을 아꼈다.

"뭐 잘못했는데? 잘못한 거 있으면 숨기지 말고 빨리 말해."

진하의 말이 농담처럼 들렸는지 민호는 어색하게 웃을 뿐이었다. 분명 웃고 있는데 민호에게서 어딘가 불편함이 느껴져 진하의 기분이 바닥으로 가라앉기 시작했다.

저녁에 완성이 된 보도 자료는 즉시 언론사로 발송되었다. 사람들의 이목을 집중시키는 화제작 영화 개봉을 앞두고 주연 배우인 진하가 열애설을 인정하는 바람에 언론이 떠들썩해졌다.

그 후폭풍은 서울의 어느 한 가정집까지 불어닥쳤다.

"아니라며?"

언제는 바락바락 대들면서 부정하던 주제에, 사실이 드러나자마자 꼬리를 말고 얌전해진 율리를 엄마가 한심하게 쳐다보았다. 억울하긴 했으나 어쨌거나 할 말이 없어서 율리는 고개만 수그렸다.

"……그게 그렇게 됐어요."

어깨가 축 처진 딸을 보다가 엄마가 한숨을 푹 내쉬었다. 그러게 바득바득 아니라고 우기지나 말지.

"그래도 이만하면 됐어. 언제 한 번 밥이나 먹자고 그래."

율리가 고개를 번쩍 들었다. 기사를 보고 펄펄 날뛰던 엄마가 웬일인가 싶었다. 엄마는 아직도 썩 내키지 않는다는 눈빛을 보였으나 그래도 한결 마음이 편해진 것처럼 보였다.

"네 말대로 네가 어린애도 아니고. 나도 오랫동안 임진하 봐왔으니까. 나쁜 사람 아닌 것도 알고."

율리는 몰랐지만, 엄마의 마음이 열린 것은 보도 자료에 드러난 진하의 입장 덕분이었다. 그는 연인이 자신에게는 무척 소중한 사람이기에 더 이상 그녀에게 상처를 주고 싶지 않으니 비난을 자제해 달라 부탁했다. 모든 비난은 자신이 감수하겠다는 그 한마디가 엄마의 마음을 누그러뜨린 일등 공신이었다.

그때 율리의 귓가에 반가운 소리가 들렸다. 전화벨 소리였다.

"전화 왔다. 전화 좀 받고 올게요!"

그 자리에서 벗어나게 되어 숨통이 트인 율리가 후다닥 방 안으로 도망쳤다. 누군가 했더니 화정의 전화였다. 전화를 받자마자 화정의 농담 섞인 목소리가 이어졌다.

—차율! 다음에 만나면 각오해.

"아…… 밥 살게. 술도 사고."

—장난이야.

친구의 웃음소리에 율리도 그제야 마음을 놓았다. 당사자보다 더 신이 난 화정이 말했다.

—멋있더라. 돌을 던질 거면 자신에게 던지라는 말. 정말 진지하고 좋은 사람이라는 생각이 들었어.

"으응……."

화정의 극찬에 율리가 할 수 있는 반응은 그저 떨떠름한 대꾸뿐이었다.

보도 자료가 뿌려지기 전, 율리는 대표이사를 통해 전문을 읽어 볼 수 있었다. 홍보팀에서 열심히 만들어 낸 보도 자료를 읽으면서 얼굴이 얼마나 화끈거렸는지 모른다. 문제는 이게 진하가 쓴 게 아니라는 것 정도였다.

'매우 큰 문제지만.'

대표이사는 최선을 다해서 진하를 로맨티스트로 포장했다. 커리어에 걸림돌이 되더라도 사랑하는 여자를 위해 희생하는 진하의 이미지를 겨우 만들어 낸 대표이사는 차마 남들에게는 할 수 없는 흑룡에 관한 욕을 율리에게 한탄하듯 하고 전화를 끊었다. 이러니 차율리 입장이 난처할 수밖에 없었다.

—악플은 그냥 무시하기로 했어?

"응, 내 얼굴이나 이름이 나온 것도 아니고…… 고소하기는 조금 모자라서."

—그래, 너무 신경 쓰지 말자. 행복하게 살기도 빠듯한 인생이잖아.

"응, 그래."

긍정적인 화정의 마인드가 좋아서 율리의 입가에 미소가 떠올랐다. 친구의 밝아진 목소리 때문일까? 화정이 조심스럽게 말을 이었다.

—근데 차율, 나중에 나 임진하 소개해 주면 안 돼? 친구 덕 좀 보고 싶어. 나 진짜 팬이잖아.

조심조심, 혹시 민폐가 되지 않을까 걱정하면서 화정이 부탁했다. 예전부터 화정이 진하를 좋아했던 것을 알기에 율리는 친구의 부탁을 거절하지 않았다. 진하에게 치킨을 뇌물로 바치면 잠깐쯤은 시간을 내줄 것도 같았다.

"알았어, 자리 만들어 볼게."

내심 마음을 졸이고 있던 화정의 입에서 곧바로 환호성이 터져 나왔다. 신이 난 화정이 한층 올라간 목소리로 떠들었다.

—그럼 나중에 시간 조율해 보자. 나 진짜 많이 물어볼 거야, 어떻게 되었는지.

"별거 없는데……."

율리가 머리를 긁적이며 대꾸했다. 화정에게 알려서는 안 될 일도 있고, 여러 가지 초자연적인 현상을 제외하면 진하와 얽혔던 일도 특별히 많지는 않았다. 그러나 화정은 한참 동안 침묵을 지켰다. 무슨 일인가 싶어서 율리가 입을 열 때였다.

—앗! 끊자. 나 일해야겠다.

"오늘도? 힘들겠다."

일요일 저녁에 일이라니. 율리가 눈을 동그랗게 뜨고 시간을 살폈다. 평일이어도 퇴근했을 시간이었다.

—열심히 돈 벌어서 나도 시집가야지. 그럼, 끊을게.

지칠 법도 한데 화정은 여전히 힘차게 대답하고 전화를 끊었다. 문득 율리는 그 회사에서 잘린 것이 어쩜 다행이라는 실없는 생각이 들었다. 자신이라면 지쳐서 나가떨어졌을 텐데, 역시 화정의 정신력은 대단했다.

휴대폰을 손에 쥔 채 율리는 지친 듯이 침대 위에 드러누웠다. 아직도 이 상황이 믿어지지 않았다. 어제와 오늘은 하나도 달라진 것이 없는데…….

그때, 휴대폰 액정이 반짝였다.

[차율리.]

진하의 메시지였다.

[보도 자료 봤지? 내가 널 그만큼 생각하고 있다는 거야. 고마워해.]

그의 메시지를 보자마자 그녀가 눈살을 확 찌푸렸다.

"어이가 없어서……."

대표이사가 한탄하는 걸 근 30분을 들어 주었는데 이 무슨 고자세란 말인가? 기가 막힌 율리가 바로 전화를 걸었다.

—야, 나 바빠.

"보도 자료 직접 쓴 것도 아니면서 웬 생색이에요?"

—뭐야? 알고 있었어?

김이 샜는지 진하가 아쉬운 목소리로 대꾸했다.

"사람을 바보로 아나."

물론 그는 쿡쿡 웃기만 할 뿐, 굳이 말을 받아 주지는 않았다. 주변이 소란스러운 걸 보니 정말 일하는 도중일까 싶어서 그녀가 막 전화를 끊겠다고 말할 참이었다.

—지금 뭐 해?

"아무것도 안 하는데요?"

—좋겠다…….

이 남자는 사람도 아니면서 지친 척은. 그래도 착실한 차율리는 기꺼이 대화를 이어 주었다.

"어딘데요?"

—화보 찍어.

"아…… 영화 때문에요?"

그러나 웬일인지 대답이 바로 들리지 않았다. 고개를 갸웃거리던 그녀는 통화가 끊겼나 휴대폰 액정을 들여다보았다. 통화 시간은 여전히 흘러가고 있었다.

“여보세요?”

—……끊어야겠다.

“네?”

—시간 봐서 나중에 전화할게.

그 말을 끝으로 전화가 끊어졌다. 율리는 통화 종료를 알리는 화면을 멍하니 쳐다보다가 미간을 찌푸렸다. 이해는 한다. 따지자면 그는 업무 중인 거고, 바쁘다고도 말을 했다. 급하게 전화를 끊는 건 이해가 가긴 가는데…….

“아, 왜 섭섭하지?”

괜스레 휴대폰이 보기 싫어져서 율리는 휴대폰을 아무렇게나 내팽개치고 이불을 뒤집어썼다. 다시 전화가 오더라도 자는 척을 하고 받아 주지 않을 생각이었다.

그러나 날이 새도록 전화는 오지 않았다.

차율리는 아침부터 기분이 썩 좋지 않았다. 진하가 전화를 하지 않아서는 아니었다. 그는 전화 대신 새벽 늦게 메시지를 보냈었다.

[잘 자.]

……라고.

뭐, 잘 자고 있을 시간이긴 하니 기분이 나쁘지는 않았다.

문제는 그게 아니었다.

평소와 다름없는 출근길이었다. 적당한 시간이라 차도 밀리지 않았고, 걱정했던 것과 다르게 주차장에 차를 세우는 데도 별 문제가 없었다. 건물 관리팀에서 기자들 출입을 통제하던 터라 정말 스캔들 이전과 전혀 다르지 않은 출근길이었다.

문제는…….

"혹시 RD 직원이세요?"

"그, 그런데요?"

"아하! 안녕하세요. 저는 '일간 스타'의 기자 염지향인데요. 이번에 임진하 배우 스캔들 때문인데……."

엘리베이터를 기다리는 율리의 옆으로 몰래 잠입한 기자가 접근했다. 위아래로 쓱 훑어보는 기자의 눈빛에 율리의 어깨가 긴장으로 빳빳해졌다.

설마 눈치를 챈 걸까? 다짜고짜 카메라를 들이대거나 인터뷰를 하자고 끌고 갈까 봐 걱정하던 그녀에게 기자가 다정하게 말을 이었다.

"사소한 거라도 좋으니까요. 상대 여자분에 대해 아시는 거나, 이야기 같은 거…… 작은 거라도 좋거든요."

생글생글 웃으면서 눈을 빛내는 기자를 율리가 망연히 쳐다보았다. 기자는 엄지와 검지로 작은 틈을 만들며 소소한 사정이라도 캐내려고 노력 중이었다. 문제는 차율리가 그 스캔들의 주인공이라는 것이었다.

'지금 본인을 앞에 두고…….'

아무래도 기자는 율리가 그 스캔들 당사자라고는 전혀 생각하지 못한 모양이었다. 당사자임을 알았더라면 율리의 팔을 붙들고 늘어졌을 텐데 기자는 간단한 기삿거리 하나만 받아도 그만, 아니어도 그만인 미련 없는 태도였다.

'……안 어울린다 이거야?'

기분이 확 상한 율리는 엘리베이터가 도착하는 맑은 종소리에 고개를 홱 돌려 버렸다. 엘리베이터 문이 열리기 무섭게 안으로 들어간 율리가 겨우 평정을 유지하면서 말했다.

"별로 말씀드릴 게 없네요."

"아, 그러세요? 알겠습니다."

역시 미련 없는 태도로 기자는 고개를 꾸벅 숙이고는 엘리베이터에서 돌아섰다. 문이 닫히는 틈 사이로 기자가 다른 사람에게 접근하는 것까지 보고 나서 율리는 한숨을 크게 내쉰 후, 엘리베이터 벽에 붙은 거울을 응시했다.

"진짜 안 어울리나 봐."

어디 가서 못생겼다는 말은 들어 본 적이 없는데. 아니, 가끔은 예쁘장하다는 소리도 듣곤 했는데! 한숨이 절로 나왔다.

그렇게 썩 좋지 않은 기분으로 출근한 율리를 맞아 준 것은 법무팀 직원들의 놀라움 가득한 시선 집중이었다. 사내에서 직원들끼리만 알음알음 기사 사진의 주인공이 율리인 것을 알았을 때와 바로 지금 공식적으로 진하가 열애를 인정했을 때는 차원이 달랐다. 이번 스캔들은 해프닝 따위로 치부될 일이 아니었다.

"차 변호사님, 대단하시네요."

그중 용기 있는 효린 대리만이 다가와서 말을 걸 뿐이었다. 율리가 지친 듯이 받아쳤다.

"그거 칭찬이죠?"

"그럼요. 엄청난 칭찬입니다. 부럽기도 하고."

기자에게 무시당한 탓에 칭찬처럼 들리지 않아 율리는 허무하게 웃어넘기고 변호사실로 들어갔다.

그리고 자신을 기다리는 것은 아영의 고음이었다.

"율리 씨!"

"안녕하세요."

"대박, 대박! 보도 자료 왜 그렇게 멋있어?"

호들갑을 떠는 아영을 어째 볼 낯이 없는 기분이었다. 그렇다고 보도 자료의 진실을 밝힐 수도 없고…… 율리가 한숨을 겨우 삼키고 어색한 미소만 지어 보였다. 신이 난 아영이 줄줄 말을 늘어놓았다.

"정말 뭐랄까? 진하 씨가 율리 씨에게 자기 남은 생을 다 건 것 같더라. 멋있어, 진짜…… 그런 사랑 나도 받고 싶다!"

흥에 취해 소리를 높이는 아영을 멀찍이서 한강이 쏘아보고 있었다. 눈살을 찌푸린 채로 아영을 지켜보던 한강이 포기한 듯 고개를 절레절레 저었다. 턱을 치켜든 아영이 한강의 움직임을 느끼고 그쪽을 돌아보면서 콧방귀를 뀌었다.

"물론 임진하 정도 되는 남자한테."

한강 쪽을 흘깃 본 율리는 가시방석에 앉은 듯 괜스레 불편해졌다. 사무실을 같이 쓰는 선배에게 폐를 끼친 것 같은 느낌이었다. 그때 굳게 닫혀 있던 팀장실 문이 벌컥 열렸다. 세 사람의 시선이 동시에 같은 곳으로 향했다.

딱딱한 가면을 뒤집어쓴 듯 경직된 얼굴로 나온 경진이 율리에게 시선을 꽂았다.

"차변, 나랑 이야기 좀 합시다."

"……네."

아영과 한강의 의아한 시선을 뒤로하고 율리는 책상 위에 가방을 내려놓은 다음 팀장실으로 걸음을 옮겼다. 등골을 따라 흐르는 불안함을 애써 무시하면서 그녀가 출입문을 닫았다.

"앉아."

율리는 대답 없이 경진이 가리키는 자리에 앉았다. 맞은편에 자리한 경진은 도무지 이해가 가지 않는다는 투로 입을 열었다.

"왜 동의한 거니?"

"……뭘요?"

"스캔들."

경진의 혼란스러운 눈빛이 율리에게 닿았다. 그는 아직도 이 상황을 납득할 수가 없었다. 보도 자료로 인해 차율리라는 존재에 임진하의 그림자가 확실히 드리워지고 말았다. 물론 지금이야 율리의 신상이 대놓고 드러난 것은 아니었으나, 결국은 밝혀질 것이다.

도대체 왜?

"왜…… 흑룡의 장단에 맞춰 주는 거야?"

흑룡이 또 변덕을 부릴지 모르는 일이다. 얼마 전까지만 하더라도 흑룡은 차율리의 숨통을 끊어 놓겠다고 날뛰었었다. 둘 사이에 무슨 일이 있었는지는 모르겠지만 그나마 지금은 흑룡이 잠잠해져서 다행이지, 언제 다시 그녀에게 마수를 뻗칠지 모른다.

용살자의 존재에 불안해하던 적룡마저 이번 흑룡의 변덕을 묵인하고 있으니 경진 혼자 속이 탔다.

"어……."

한편, 율리는 적절한 대답을 찾지 못했다. 경진의 질문에 담겨 있는 의도가 뭔지 도통 알 수가 없었다. 그녀는 대신 그에게 질문을 돌려주었다.

"스캔들을…… 긍정하는 이유가 따로 있나요?"

"평범한 사람과는 다르잖아."

경진이 지적하는 것은 진하의 정체였다. 맞다. 임진하는 사람이 아니다. 인간의 감정을 온전히 이해하지 못한다고 스스로도 말했었다. 그럼에도 불구하고 이번 일을 긍정한 이유는 금요일 밤, 그의 진심을 들었기 때문이었다.

"……평범한 사람하고 다를 게 뭐가 있어요? 저도 평범한 사람인데."

율리의 대답에 경진의 표정이 싹 굳었다. 평범한 사람이 열애

스캔들을 긍정하는 이유는 단 하나뿐이었다.

"설마, 율리 너……."

둘이 '진짜' 연인 사이라는 것.

경진이 한숨을 크게 내쉬었다. 어쩌다가 상황이 이렇게 꼬였는지 그로서는 짐작조차 할 수가 없었다. 용살자인 차율리를 죽이겠다던 임진하와 갑자기 연인 사이라니? 머릿속 사고 회로가 전부 멈춰 버린 느낌이었다.

"네 선택이…… 이해가 안 돼."

"왜요?"

"왜냐니?"

반문하는 경진의 얼굴에는 혼돈만이 가득했다. 율리는 그가 자신의 감정을 무시하는 듯해서 괜히 화가 치밀었다.

"선배는 제가 그 사람, 아니, 그 남자한테 마음이 있을 거라곤 생각을 못 하셨나 봐요."

"당연하지!"

"왜 그렇게 확신을 하세요?"

"널 죽이려고 했어."

순간 율리의 말문이 턱 막혔다. 그때를 떠올리자 가슴이 철렁 내려앉는 듯했다.

"그런데 어째서 네가 흑룡께 그런 마음을……."

경진은 끝까지 말을 잇지 못하고 입을 다물어 버렸다. 스스로 그 말만큼은 하고 싶지 않았다. 차율리가 임진하에게 마음이 있다는 말은.

율리는 잠시 생각을 정리했다. 경진이 이해하지 못하는 건 속사정을 다 전해 듣지 못해서였다. 어제 보도 자료 관련으로 했던 통화에서 대표이사가 의문을 갖지 않은 걸 보면 적룡은 속사정을 알고 있는 것도 같은데 왜 진하가 경진에게는 말해 주지 않았나 의아해졌다. 그렇다고 경진에게 숨길만 한 이야기도 아닌데 말이다.

"말씀을 안 해 주셨나 봐요."

"무슨 말?"

"그게 사정이 좀 있거든요. 왜 전에 이지석 씨…… 아니, 그 이무기한테 갔었을 때요."

자신이 모르는 일에 경진은 별 대꾸 없이 고개만 끄덕였다.

"저도 그 남자가 왜 그랬는지 잘은 모르겠는데 여의주를 썼어요. 진짜 왜 그런 건지 아직도 이해가 안 되긴 하지만요, 아무튼……."

"일부러 그런 거지."

율리가 주절주절 말을 늘어놓자 경진이 깔끔하게 정리해 주었다. 사정을 설명하던 그녀가 말을 멈추고 그를 쳐다보았다.

"네?"

"눈앞에서 희망을 없애 버리는 거야. 좌절하라고."

흑룡은 천 년에 하나씩 생기는 여의주를 단지 한 존재의 고통을 위해 사용할 수 있는 성격이었다. 경진이 조소를 하며 덧붙였다.

"그런 분이지."

"아하……."

그러니까 따지자면 이 일은 남을 괴롭히기 위한 장난질에 진하 스스로가 걸려 넘어진 셈이었다. 율리는 어이가 없어서 헛웃음이 나왔다. 경진이 그녀를 힐끔거렸다.

"거기에 빈 소원, 뭔지 모르시죠?"

"뭔데?"

"자기가 죽은 이튿날에 제가 죽는다는 거예요."

"뭐?"

경진이 자신의 청력을 의심하면서 미간을 좁히고 되물었다. 율리가 한숨을 내뱉고 나서 재차 말했다.

"임진하가 죽은 이튿날, 차율리가 죽는다는 거요."

이번에는 경진이 할 말을 잃고 말았다. 정말 황당한 소원이었다. 당사자인 자신도 황당한데 제3자인 경진이 들으면 얼마나 기가 막힐까.

"반대로 말하면 제가 죽기 전날 그 남자가 죽는다는 거고, 그럼 그 남자는 절 죽일 수가 없다는 거죠. 자살이라도 하지 않는 이상은."

새하얗게 질린 경진의 얼굴을 보다가 율리가 시선을 떨구었다.

"어, 어떻게 그런……."

"뭐…… 그렇게 됐어요."

차마 할 말이 없는지 경진이 침묵했다. 율리도 딱히 더 할 말은 없었다. 팀장실 안에 흐르는 정적 탓에 공기가 침체되었다. 그녀는 그의 눈치를 살피다가 조심스럽게 말했다.

"더 하실 말씀 없으시면 일어날게요."

언제부터인가 경진과의 대면이 불편했다. 불편한 자리에 오래 있고 싶지 않아서 율리가 막 몸을 일으킬 찰나였다.

"율리야."

"네?"

"우리는…… 우리가 생을 마치는 날을 알아."

주어진 시간은 딱 60년. 인간으로서의 생을 마치는 순간, 의식은 사라지고 자연의 일부가 된다. 그게 본능이기에 자신들은 괜찮다. 불쾌한 일도 아니고 너무나도 당연한 일이다. 하지만 인간에게는?

"너도 알게 되겠지."

인간은 자신이 죽을 날을 알지 못한다. 그들은 죽을 날짜를 세어 가면서 살지 않는다. 인간은 항상 자신에게 내일이 있다고 믿고 사는 존재인데, 흑룡의 그 이기적인 소원 때문에 차율리의 수명은 정해지고 말았다. 임진하의 육신이 껍데기만 남을 때, 차율리는 이튿날이 자신의 마지막 날임을 깨닫게 될 것이다.

"죽을 날을 아는 것이 두렵지 않니?"

율리는 경진을 물끄러미 응시했다. 죽음이라는 관념적인 단어는 아직 피부로 와 닿지 않아서 두렵다는 생각조차 들지 않았다.

"글쎄요……."

따지고 보면 꽤 무서운 상황이다. 지금이야 모르지만, 나이가 들고 시간이 지날수록 진하의 죽음이 내일일지 모레일지 불안에 떨게 될 수도 있는 것이다. 불안해하면서 살고 싶지는 않았다.

"얼마나 남았는데요?"

"흑룡해는 2012년이었어."

2012년.

진하와의 첫 만남이 있던 해였다. 율리의 시선이 바닥으로 미끄러져 내려갔다. 경진이 '흑룡해'라고 말한 걸 보면 다음 흑룡해가 끝이리라. 그 해에 죽는구나 싶자 손바닥에 식은땀이 맺혔다.

"그래도…… 아직 먼 일이잖아요."

20대 후반인 그녀에게 있어서 50년이 넘게 남은 시간은 한평생과도 같았다. 그녀는 묵직하게 다가온 현실을 마음속에 새기고 고개를 들었다.

"이미 정해진 일에 불안해하고 걱정하고 싶지는 않아요."

그리고 무엇보다 실감이 나지 않았다. 단호한 후배의 태도에 경진은 잠시 할 말을 고르다가 조심스럽게 입을 열었다.

"방법이 없지는 않아."

"네? 어떻게요?"

방법!

자신과 진하의 수명을 분리할 수 있는 방법이 있을 거라고 전혀 상상하지 못했던 터라 율리의 눈이 동그래졌다.

"다른 여의주로 무효화시키면 되겠지만 어려운 방법이야."

"아아……."

그러나 기대는 잠깐뿐이었다. 어느 누가 이런 바보 같은 소원을 취소해 줄까? 잠시 마음이 흔들렸던 율리가 복잡한 감정을 담아 한숨을 내쉬었다. 경진이 그녀를 안쓰럽게 응시했다.

"할 수 있다면 내가 도와주고 싶지만 아직 난……."

"아니에요. 전 괜찮아요. 그 정도면 일찍 죽는 것도 아니고."

방법이 있기는 하나 실행이 불가능하다. 흑룡만큼 괴팍한 성격이 아닌 이상 소중한 여의주를 이딴 어이없는 데다 쓰지 않을 것이다. 율리는 실망스럽기도 했고 한편으로는 다행이라는 생각도 들었다. 수명이 얽혀 있는 관계만큼 끈끈하고 깊은 관계도 없을 테니까.

'다행…… 인 건가?'

자신의 감정을 알다가도 모르겠지만 하나 확실한 건 이 상황이 결코 싫지만은 않다는 점이었다.

"그럼 이만 나가 볼게요."

자리에서 일어난 율리가 경진에게 꾸벅 묵례를 하고는 출입문 쪽으로 몸을 돌렸다. 그녀가 걸음을 떼자 그가 다시 그녀를 불러 세웠다.

"하나만 더 물어봐도 될까?"

율리는 대답 대신 고개를 돌렸다. 안절부절못하는 경진이 낮설게 보였다. 자신이 아는 선배는 이렇게 갈팡질팡하는 타입이 아니었는데 지금은 꼭 이러지도, 저러지도 못하는 어린아이처럼 느껴졌다. 문득 그녀는 진하가 경진을 아이 취급하던 것을 떠올렸다.

"정말 흑룡을……."

거기까지 말한 경진이 돌연 입을 다물었다. 율리의 의아한 눈빛에도 그는 더 이상 말하지 않았다.

"아니다."

진하를 향한 마음이 진심이냐고 물어보려던 경진은 자신이 왈가왈부할 일이 아님을 뒤늦게 깨달았다. 흑룡을 향한 그녀의 감정이 진심이든 아니든 자신이 무슨 상관이고 무슨 자격이 있단 말인가. 임진하와 차율리 둘만의 일이었다. 순간, 그는 적룡이 했던 말이 떠올랐다. 율리를 향한 감정은 그저 본능에 기인한 것뿐이라던 말.

"나가 봐."

"……네."

경진이 무슨 질문을 할지 궁금했지만 율리는 토를 달지 않고 밖으로 나왔다. 그는 문틈 사이로 닿는 그녀의 시선을 무시하고 고개를 돌렸다. 팀장실 문이 속절없이 툭 닫혔다.

기다리고 기다리던 점심시간이 되었으나 이번에도 배달 음식이었다.

"아직 시끄러우니까 밖에 나가기도 좀 그렇고, 이 집 탕수육이 맛있더라고. 짜장은 좀 별로고, 짬뽕이 맛있어."

나무젓가락을 반으로 가르면서 아영이 만족스럽게 웃었다. 경진은 오전부터 팀장급 회의가 있다면서 자리를 떠서 변호사 셋만 덩그러니 남아 중국요리를 먹게 되었다. 짜장이 맛이 없다니! 간짜장을 주문한 율리가 억울한 눈빛으로 제 그릇을 내려다볼 때였다.

"아! 이젠 속이 뻥 뚫리는 기분이다. 율리 씨 연애 중인 거 나만 알고 있었잖아."

"뭐? 최변은 알고 있었어?"

표정 변화가 적은 편인 한강이 놀라서 아영을 쳐다보았다. 아영이 씩 웃으며 어깨를 으쓱거렸다. 율리는 이제 와서 부정할 수도 없고 그저 힘없이 미소만 지어 보였다.

"오래 만났나 봐?"

그릇을 칭칭 감고 있는 랩을 뜯어낸 한강이 지나가는 투로 물었다. 율리가 대답했다.

"아, 알고 지낸 건…… 2012년부터였어요."

비가 내리던 그날, 기묘한 인연이 시작되었다. 그땐 이런 날이 올 거라고는 상상도 못 했었다. 어딘지 모르게 수상쩍던 남자와 그렇고 그런 사이가 되다니.

'심지어 사람도 아닌데!'

"2012년? 그럼, 데뷔 전?"

"네, 뭐 그렇죠."

갑자기 그가 슈퍼스타가 될 줄도 몰랐었다.

"저기, 그러면……."

새로운 이야기를 듣자 아영이 눈을 빛내면서 율리를 바라보았다. 타인의 연애사, 특히 톱스타의 연애사에 지대한 관심을 갖고 있는 아영이 막 입을 열 찰나 책상 위에 있던 율리의 휴대폰이 울렸다.

"잠시만요."

계속 진동이 울리지 않는 걸로 보아 전화는 아닌 듯했다. 율리가 벌떡 일어나서 휴대폰을 확인했다.

[안 바쁘면 전화 줘.]

진하의 메시지였다. 일부러 점심시간에 맞춰서 보낸 메시지 같았다.

자신의 등 뒤에 꽂히는 두 사람의 흥미진진한 시선을 느끼면서도 율리는 아무렇지 않은 척 돌아서서 말했다.

"저 잠깐 전화 좀 하고 올게요."

물론 눈치 빠른 아영은 율리의 얼굴만 보고도 메시지 발신자가 누군지 알아챘다. 휴대폰을 꼭 쥐고 있는 율리를 보면서 아영이 싱글벙글 웃었다.

"으흥? 그래, 잘 다녀와."

탕수육을 집은 채로 아영이 손까지 흔들어 주었다. 머쓱한 표정을 애써 감추면서 율리는 사무실을 나섰다.

점심시간이라 복도는 텅 비어 있었다. 주변을 둘러보며 복도 구석에 간 율리가 바로 진하에게 전화를 걸었다. 신호음이 몇 번 가기도 전에 기다렸다는 듯 그가 전화를 받았다.

—차율리, 점심은 먹었어?

"……지금 먹고 있는데요."

눈앞에 진하가 있는 것도 아닌데 그녀는 괜히 입가를 닦았다.

—뭐 먹어?

"짜장면 시켰어요. 탕수육이랑……."

—그래?

치킨이 아니라 그런지 그는 별로 관심 있어 보이지는 않았다. 무슨 말을 해야 할까 고민하던 그녀의 귓가에 그의 나직한 목소리가 이어졌다.

—나 지금 회사로 들어가.

"아…… 왜요?"

—대표이사랑 할 이야기가 있어서. 이따가 시간 좀 내지?

"알……."

반사적으로 알았다고 대답하려던 율리가 겨우 입을 다물었다. 여기는 회사지, 사적인 장소가 아니었다. 악플 사건처럼 그와 공적으로 만날 구실이 있으면 모를까, 스캔들 때문에 다른 직원들 신경도 날이 서 있는데 개인적으로 그를 만나러 가기가 어째 곤란했다.

"아, 저 일해야 하는데."

결국 율리가 거절의 말을 돌려서 했다. 물론 임진하에게 거절이 통할 리가 없었다.

—백경진한테 말을 좀 해야겠어. 차율리 잘라 버리라고.

"그, 그, 그런 게 어디 있어요!"

해고! 노이로제 걸릴 것 같은 단어가 떠올라 율리가 목소리를 높였다. 현재 차율리에게 가장 두려운 것 중 하나가 바로 해고였다. 그러거나 말거나 진하는 여유 만만이었다.

—여기 있지.

이 남자가 눈앞에 있었으면 발로 걷어차기라도 했을 텐데. 율리는 겨우 마음을 다스리면서 똑 부러지게 말했다.

"아무튼 선배한테 괜한 소리 하지 마세요. 가뜩이나 오늘도 좀 껄끄러웠구만."

—무슨 소리야?

율리의 입에서 튀어나온 경진의 존재에 진하가 언짢게 대꾸했다. 그는 차율리가 백경진하고 가까이 지내는 것이 마음에 들지 않았다.

반면, 그녀는 아까 경진의 당황하는 모습을 떠올렸다. 사정 설명을 듣고 얼마나 황당했을까? 자신이 생각해도 답이 없는 상황이었는데 말이다.

"선배한텐 말 안 하셨더라고요? 그때 그쪽이 소원 빌었던 거."

—그걸 걔한테 왜 말해?

"그러니까 선배가 보도 자료 보고 얼마나 놀랐겠냐고요."

율리 자신과 진하 사이에 있었던 일을 몰랐던 경진은 그녀의 선택을 의아해했다. 당연한 일이었다. 겉으로 보기에 용살자인 차율리와 흑룡인 임진하는 서로 죽고 죽이는 살벌한 관계였으니까. 그래서 경진과의 자리에 불편함을 느꼈던 걸지도 모르겠다.

하지만 이기적이고 자신밖에 모르는 임진하는 이상한 부분에 집중했다.

—차율리, 너 백경진 편드는 거야?

여기서 그런 소리가 나오다니! 기가 막혀서 율리가 헛웃음을 터뜨렸다. 경진을 아이 취급하는 게 아니라 진하를 아이 취급해야 할 것 같았다.

"아니, 누구 편이 어디 있어요? 웃기네, 진짜."

—그러고 보니 차율리, 너 백경진하고 같이 일하잖아?

율리의 얼굴이 확 일그러졌다. 그녀가 입가를 실룩이면서 퉁명스레 받아쳤다.

"그게 무슨 상관이래? 전화 끊을게요."

—야!

"진짜 웃기는 남자야."

귓가를 때리는 그의 음성에도 그녀는 그대로 전화를 끊고 사무실로 들어갔다.

한편, 그 시각에 딱 회사 지하 주차장에 도착한 진하는 전화가 끊긴 휴대폰을 무섭게 쏘아보았다. 백경진이 차율리 주변에 얼씬거리는 게 썩 마음에 들지 않았다. 그냥, 적룡처럼 아무런 감정 없이 존재하는 것이 아니라 오래전부터 차율리에게 호감을 가지고 있던 백경진 아닌가.

'조그만 게…….'

전혀 작지 않은 백룡이지만 그의 눈에는 하룻강아지처럼 보일 뿐이었다. 기분 나쁜 티를 폴폴 풍기면서 가만히 앉아 있는 진하를 민호가 의아하게 쳐다보았다.

"형, 안 내려요?"

"내려."

그제야 진하는 안전벨트를 풀고 조수석에서 내렸다. 시동을 끄고 운전석 문을 닫은 민호가 진하의 눈치를 보면서 조심스레 물었다.

"그 옆에 회의실, 거기서 잠깐 자도 되죠?"

"그래."

피곤해 보이는 민호의 모습에 진하는 망설일 것도 없이 바로 허락하고 곧장 대표이사실로 걸음 했다.

"뭐 좀 잡힌 거 있어?"

진하가 오늘 회사를 찾은 이유는 저번에 대표이사실로 날아온 팩스 때문이었다. 그날 이후로 적룡이 발신인을 추적하고 있었으나 누구의 소행인지 쉬이 찾아내지 못했다.

"아직 없습니다. 팩스는 인터넷 예약 팩스고, 그 이후로 딱히 모습을 드러내지도 않았으니까요."

"빨리 찾아내. 죽여 버리게."

패기 가득한 팩스 내용. 요즘 사람들이 쓰는 말투가 아닌, 어딘가 예스러운 문장. 그건 팩스 발신인이 대대로 용살자 집안의 후계일 가능성이 높았다. 그렇다면 용을 해칠 의사가 없던 차율리하고는 차원이 달랐다.

이상하게도 용살자들은 용을 해치지 못해서 안달이었다. 차율리 같은 경우를 제외하고, 용살자 전통이 남아 있는 집안의 인간들이 특히 심했다. 자신들이 정의 구현이라도 하겠다는 듯 말이다.

"혹시 주변에 의심 가는 사람 없으십니까?"

"없어. 애초에 내가 인간들 사이에 끼질 않으니까."

실제로 진하는 촬영 틈틈이 남는 시간에도 차 안이나 대기실에 혼자 있었다. 용살자들의 눈에 띌까 두려워서는 아니었다. 애초에 용살자들에게 자신의 존재를 알리기 위해 연예계에 뛰어든 것 아닌가. 다만 그는 굳이 인간들에게 맞춰 주고 싶은 생각도 없었고, 애먼 인간이 까딱 잘못해서 역린이라도 건드리는 사고가 일어날까 싶어서 자리를 피해 왔다. 홀로 보낸 시간의 동반자는 대개 책이었다.

적룡이 한숨을 이기지 못하고 뱉으면서 힘없이 중얼거렸다.

"이대로라면 찾기 쉽지 않을 것 같습니다. 다시 그쪽에서 접촉하기를 기다려야겠지요."

"그……."

진하가 막 대답하려던 찰나 갑작스럽게 대표이사실 출입문이 벌컥 열렸다. 놀랍게도 안으로 들어온 사람은 민호였다. 민호의 양옆에는 비서 둘이 난처한 기색을 표하면서 그를 어떻게든 막아 보려고 애를 쓰고 있었다.

"죄송합니다!"

그러나 민호는 비서들의 손을 손쉽게 뿌리치고 들어오면서 일단 사과부터 했다. 진하는 사색이 되어 들어온 민호를 보며 손에 들고 있던 팩스를 뒤집고 물었다.

"무슨 일인데?"

잠깐 진하의 손에 시선을 두고 있던 민호가 고개를 번쩍 들고 간절한 표정으로 말했다.

"형, 저 지금 집에 내려갔다 와도 될까요? 누나가 사고가 났다고……."

"사고?"

"병원에 가다가 교통사고가 났다고 연락을 받았어요. 응급실에 실려 갔다고……."

말을 끝맺지 못한 민호는 울음이 터지기 일보 직전이었다. 울상인 민호에게 진하가 뭐라 대답하기 전, 대표이사가 끼어들었다.

"가 보도록 하세요."

"대, 대표님."

인자하게 웃고 있는 대표이사에게 감사의 의미로 민호가 고개를 수그렸다. 진하가 적룡과 민호를 번갈아 보다가 한숨을 내쉬었다. 자신도 민호를 보내 줄 생각이었는데, 한발 늦었다.

"가면서 성훈이한테 연락 넣어."

"네, 죄송합니다."

가족이 사고가 났다는데 억지로 붙들고 있을 만큼 진하도 매정하지는 않았다. 일단 오늘 비번인 다른 매니저에게 민호의 일을 떠맡기는 수밖에 없었다. 민호는 헐레벌떡 대표이사실을 떠났고, 비서들도 난감한 표정을 겨우 추스르면서 밖으로 나갔다.

닫혀 있는 문을 물끄러미 보면서 대표이사가 입을 열었다.

"많이 놀랐나 봅니다. 눈에 보이는 것도 없는지 여기까지 들어오고 말이지요."

적룡이 웬일로 인간에게 감정을 보이고 있었다.

"이 일엔 신경 쓰지 말고 다른 방법 없나 좀 찾아봐."

말을 마친 진하가 소파에서 일어났다. 아직도 발신처를 추적하지 못한 대표이사는 할 말이 없다는 듯 입만 다물 뿐이었다. 그는 테이블 위에 뒤집어서 놓아둔 종이를 집어 들었다. 감히 인간 주제에 용을 협박하는 패기가 대단하다 싶었다.

"가십니까?"

"그래."

진하는 이제는 쓸모없는 종이를 구겨서 휴지통에 던지고 사무실에서 나왔다. 그때 휴대폰이 한 번 진동했다. 민호의 대타로 출근이라는 날벼락을 맞은 성훈이었다.

[지금 출근해여!]

[회사로 와.]

짧게 답장을 한 진하는 사색이 된 민호를 떠올리자 기분이 가라앉았다. 휴대폰을 들여다보고 있던 그는 고개를 돌려 비어 있는 회의실을 응시했다. 여기서 잠깐 눈을 붙이고 있겠다던 민호가 얼마나 놀랐을지, 안됐다 싶었다. 가뜩이나 어려운 사정에 놓여 있는데 엎친 데 덮친 격으로 또 사고라니.

'재수가 없으려면…….'

인간들의 사정에 크게 관심이 없는 진하였으나 이번처럼 항상 가까이에 있던 사람에게 악재가 겹쳐 오니 안타깝다는 생각도 들었다. 그래도 타인의 사정이었지만.

그는 켜져 있는 휴대폰 화면을 가만히 보다가 율리에게 메시지를 보냈다.

[뭐 해?]

[업무 준비 중인데요.]

[잠깐 회의실로 와 보지?]

갈등 중인 건지 율리는 바로 답장을 하지 않았다. 벽에 기대어 선 그가 물끄러미 화면만 쳐다보았다. 차율리에게 일이 얼마나 중요한 건지 임진하는 딱히 절감하지는 못했다. 못 온다고 하면 보란 듯이 법무팀에 가야겠다고 생각하고 있을 때, 그녀의 긍정적인 답장이 도착했다.

[네.]

'그냥 갈 걸 그랬나?'

백경진 속도 좀 긁을 겸.

성격 나쁜 흑룡은 어린 백룡을 괴롭히려던 생각을 겨우 접고 회의실 안으로 들어갔다. 얼마 지나지 않아 입술을 삐죽거리는 율리가 회의실로 걸음 했다.

“일 없어요?”

“야, 나 지금까지 일하고 온 거야. 누굴 백수로 아나.”

하긴, 인기 스타인 임진하가 일이 없을 리가 없었다. 율리가 머리를 긁적이면서 그의 맞은편에 자리했다.

“점심 먹었어요?”

“아니.”

그가 가볍게 부정하자 그녀가 눈을 동그랗게 뜨고 신기하다는 투로 말했다.

“왜요? 사람이 아니니까 안 먹어도 되는 거예요?”

“……나도 먹어야 하거든?”

석연찮은 표정이었으나 율리는 고개를 끄덕였다. 그러고 보면 진하는 닭을 무척 좋아했다. 대식가이기도 해서 1인 1닭 이상을 하던 남자 아닌가. 그녀가 무슨 생각을 하는지 몰라서 그가 덧붙였다.

“시간이 없어서 그래.”

정말로 점심 먹을 시간이 없었다. 점심시간 직전에 오전 일정이 끝나고 바로 회사로 와서 지금까지 적룡과 대면을 했으니 말이다. 상황을 납득한 그녀가 안됐다는 투로 답했다.

"많이 바쁜가 봐요."

이제 슬슬 영화 홍보도 끝물이었으나 그는 굳이 부정하지는 않았다. 대신 그는 그녀를 빤히 응시했다. 그냥 보고 싶었다고 해야 할까? 이상하게 차율리가 자꾸 눈에 밟혔다. 특별한 사이가 아니었던 예전보다 연인 사이가 된 지금, 그녀와 함께하는 시간이 늘어났으면 좋겠다는 생각이 늘 머릿속 한구석에 있었다.

그러나 율리는 진하의 시선을 슬쩍 피했다. 고개를 살짝 꺾어서 바닥으로 시선을 내리꽂은 그녀에게 그가 불만스레 말을 붙였다.

"왜 그렇게 서먹서먹해?"

"아, 아니, 뭐…… 좀 이상해서……."

"뭐가 이상한데?"

진하의 눈가가 찡그려졌다. 어쩔 줄 모르는 듯 율리가 이리저리 눈동자를 굴리며 우물쭈물 대답했다.

"갑자기 그쪽이랑 그렇고 그런 사이가 된 거니까…… 조금, 뭐랄까? 부끄러운 것 같기도 하고……."

물론 예전에도 진하가 이토록 뚫어져라 쳐다보면 부끄러웠을 것이다. 그럴 일이 별로 없어서 몰랐던 것뿐. 하지만 과거에는 잘생기고 인기 많은 남자의 부담스러운 눈빛에 불과했을 시선이 지금은 다른 긴장감을 만들어 냈다. 아무 상관없는 타인이 아닌, 연인이라는 관계에 놓여 있으니까.

긴장으로 어깨까지 바짝 세우고 있는 율리에게 진하가 느긋하게 물었다.

"뭘 또 의식하고 그래?"

"네?"

자신과 다르게 편안하고 여유 만만한 그의 태도에 그녀가 황당하다는 듯 대꾸했다.

"아, 아니, 의식할 수밖에 없는 거 아니에요?"

회사라고는 하지만 둘밖에 없는 회의실은 밀실과 다를 바가 없고, 손만 뻗어도 닿을 거리에 연인이 있었다. 마른침이 절로 넘어갈 상황 아닌가. 자신만 긴장하고 있는 건가, 율리가 의아해질 무렵 진하가 씨익 웃어 보였다.

"그래? 차율리, 너 날 진짜로 많이 좋아하나 보다."

"그, 그럼 가짜로 좋……."

좋아하는 감정에 진짜, 가짜가 어디 있나? 거기까지 말하던 율리가 미간을 확 찌푸리고는 정신줄을 꽉 붙들었다. 자꾸 진하에게 말려드는 기분이 들었다. 자신이 그와 연인 사이가 된 이유는…….

"잠깐. 그쪽은 아닌 것처럼 말하는데, 애초에 진짜로 사귀자고 했던 쪽은 그쪽이거든요?"

"근데?"

"아니, 나만 좋아한다는 듯이 말하잖아."

자존심 상하게. 율리가 불만스럽게 투덜거렸다. 맞은편에서 그녀의 투정을 듣던 진하가 턱을 추켜세우고 입을 열었다.

"차율리, 네가 뭘 모르나 본데."

테이블을 사이에 두고 두 남녀의 시선이 허공에서 만났다. 그가 말을 이었다.

"내가 멜로랑 로맨스에 좀 강해."

이상적인 남자라는 이미지 덕분에 실제로 진하에게 들어오는 시나리오도 그쪽 장르가 많았다. 게다가 드라마에서는 러브 라인이 필수. 그가 출연한 작품에서 멜로로 홍하지 않은 작품은 없었다. 그리고 임진하는 그런 대본을 보고 환상을 익혔다.

그게 차율리에게 통할지는 모르겠지만 말이다.

"……그, 그래서요?"

율리의 눈동자에 경계의 빛이 서렸다. 자리에서 일어난 진하가 그녀에게로 걸음을 옮기면서 답했다.

"그리고 얼굴도 잘생겼지."

뜬금없이 자기 자랑! 물론 다른 남자였더라면 비웃기라도 했을 텐데, 사실이다 보니 비웃을 수도 없었다. 율리는 할 말이 없어서 그저 눈만 가늘게 뜨고 그를 쳐다보았다.

'멜로랑 로맨스에 강한 거 맞아?'

……라고 생각하려던 찰나, 그의 얼굴이 지척에 다가왔다. 깜짝 놀라 그녀가 어깨를 움찔 흔들면서 상체를 뒤로 뺐다. 숨결이 섞이고 코끝이 닿을 만한 거리에서 보자, 그가 왜 자신의 외모 자랑을 했는지 새삼 절감이 되었다.

'잘생긴 건 인정하자.'

인정하고 나니 마음이 편해졌다.

"차율리, 내가 이 세상에서 사랑하는 사람은 너 하나뿐이라고 말했잖아."

진하의 갑작스러운 사랑 고백이 이어지자 어째서일까? 입술이 붙어 버린 것처럼 떼어지질 않아, 그녀는 대답하지 못했다. 그저 그의 얼굴에 시선을 고정할 뿐, 눈도 깜빡거리지 못했다. 멜로에 강하다던 그의 말이 뭔지 알 것도 같았다.

"응?"

대답을 재촉하는 그의 음성에도 그녀는 입을 열지 못했다. 뺨을 감싸고 있는 손, 맞닿은 이마, 아무도 없는 단둘뿐인 회의실. 그녀의 머릿속에 경고등이 켜지고 사이렌이 울리기 시작했다.

"회, 회사, 회산데요, 여기?"

"뭐 어쩌라고. 아무도 없는데."

웃음기 섞인 목소리로 그가 나직하게 속삭였다.

"그래도……."

스킨십도 때와 장소를 가려야 하지 않겠느냐고 말하려던 율리는 말을 끝까지 잇지 못했다. 코끝이 스치고 그대로 입이 맞춰지는 순간, 결국 그녀는 눈을 질끈 감아 버렸다. 눈앞이 핑글 도는 것만 같아서 눈을 뜨고 있을 수가 없었다.

애석하게도 차율리는 가벼운 버드 키스 따위에 긴장으로 어깨가 바짝 굳었다. 진하의 입가가 살짝 움직여 호선을 그렸다. 이 상황에서 더욱 진한 키스는 어불성설인 듯했다. 소리가 나지 않게끔 살짝 입술을 뗀 그가 눈을 꼭 감고 있는 그녀를 내려다보며 말했다.

"너 진짜 연애 한 번도 안 해 봤구나."

말을 마치고 나서 쯧쯧, 안타깝다는 투로 그가 혀를 찼다. 그럼에도 그의 얼굴에서 미소는 지워지지 않았다. 눈을 번쩍 뜬 그녀가 손으로 입가를 가리고 물었다.

"……뭐가요?"

"얼굴 봐. 완전 시뻘게져 가지고."

자신이 말하면서도 우스운지 그가 결국 참지 못한 웃음을 터뜨렸다. 그의 웃음소리에 긴장의 끈이 탁 풀린 그녀가 자리에서 벌떡 일어났다.

"갈 거야!"

"어딜?"

진하의 태연한 얼굴을 쏘아보면서 율리가 흥, 콧방귀를 뀌고 비아냥거렸다.

"누구처럼 인기 스타가 아니라서 꼬박꼬박 일해야 하거든요?"

안 그러면 잘리니까. 차율리는 해고가 가장 무서웠다.

"그래?"

뭐 딱히 그녀를 회의실에 붙잡아 둘 생각은 없었다. 어차피 곧 민호의 대타인 성훈이 도착할 테고 오후 스케줄도 꽉꽉 차 있었으니 말이다. 그가 웃는 낯으로 그녀의 어깨를 툭툭 치고 출입문을 열었다.

"가자. 나도 주차장으로 내려가 봐야 하니까."

"……어디 가요?"

"나도 일하러 갈 거거든요?"

그가 그녀의 말투를 흉내 내어 대답했다. 오늘 일정이 전부 끝난 줄 알았는데 또 일이라니.

"스케줄 끝난 게 아니었나 봐요?"

"새벽까지 빡빡해. 촬영 끝나면 좀 쉴 줄 알았는데."

회의실에서 나와 문을 닫고 그들은 복도를 걸었다. 업무 시간이라 복도는 썰렁했다. 그들에게는 다행인 상황이기도 했다. 굳이 남들 눈에 띄어서 좋을 건 없었다. 그때 맞은편에서 걸어오던 남자가 진하를 보고 걸음을 멈추었다.

"어? 형!"

이번에 같이 영화 촬영을 했던 현웅이었다. 회사 복도에서 현웅을 만날 줄 상상하지 못했던 터라 진하도 의외라는 시선을 보냈다.

"네가 여긴 웬일이야?"

"미팅 있어서요. 저 소속사랑 계약 끝났잖아요."

아, 그러고 보니 지나가는 듯이 계약 만료가 되었다던 얘기를 들었던 기억이 났다. 진하가 고개를 끄덕였다. 젊은 남자 배우치고 꽤 이름이 알려진 현웅이어서 여러 소속사가 물밑 작업을 하고 있다고 들었는데 여기도 끼어든 모양이었다.

현웅은 진하의 옆에 있는 율리에게로 눈길을 돌렸다. 수수하지만 깔끔한 정장 차림의 여자는 처음 보는 사람이었다. 촬영장에서 가끔 봐 왔던 코디도, 메이크업 담당도 아니라 현웅이 율리를 보면서 슬쩍 운을 떼었다.

"코디? 처음 뵙는 분이네."

"네? 저요?"

율리도 이 상황이 낯설었다. 그녀 또한 그럭저럭 얼굴이 알려진 현웅을 모를 리가 없었다. 연예 기획사에서 일하면 이렇게 다른 연예인을 볼 수 있는 거구나, 싶어서 새삼 이 우연이 신기했다. 코디나 매니저처럼 스타들과 일하는 것이 아니라 무대 뒤, 법무팀에서 일하고 있었지만.

"아뇨, 전 변호산데요. 법무팀……."

"아아! ……아?"

현웅의 눈이 크게 뜨였다. 더 이상 커질 수 있을까 싶을 만큼 커진 현웅의 눈이 부담스럽다 싶을 때, 현웅이 박수를 짝 치고는 진하에게 물었다.

"그럼 이분이 소문의 그녀?"

"소문의 그녀는 또 뭐야?"

"뭐긴요. 소문의 그녀, 임진하의 연인 말이죠."

법무팀 변호사라는 소리에 눈치 빠른 현웅은 바로 율리의 정체를 알아챘다. 현웅은 율리를 위아래로 훑어보더니 어색한 미소를 지으며 말을 이었다.

"예상했던 거랑 조금 다르긴 한데……."

울컥. 뭔가가 가슴에 맺히는 느낌이 들어서 율리가 어금니를 꽉 깨물었다. 오늘 아침, 출근길에 만났던 기자가 불현듯 생각났다. 그녀가 진하의 연인이라고는 상상도 못 한 듯 소문만 캐묻던 기자. 현웅의 시선은 그 기자의 눈빛과 닮아 있었다.

"전 먼저 가 볼게요."

기분이 확 나빠졌으나 율리는 최대한 자신의 감정을 숨기고 현웅에게 고개를 까딱 숙여 보인 후 걸음을 빨리했다. 진하가 붙잡을 새도 없이 그녀는 그들을 지나쳐 멀어져 갔다.

율리의 목소리에서 불쾌함을 읽은 진하가 현웅을 서늘하게 응시했다. 차율리의 기분이 나빠진 이유를 알 것도 같았다.

"예상했던 거랑 뭐가 다른데?"

평소보다 한층 가라앉은 진하의 목소리에 현웅이 눈을 휘둥그레 뜨고는 우물쭈물 대답했다.

"네? 아, 아니, 그냥…… 미모의 변호사 이런 걸 생각했었죠. 형 정도 되는 사람이 만날 여자니까."

현웅보다 키가 큰 진하는 여전히 눈을 내리깐 채로 후배를 쳐다보고 있었다. 어디 계속 변명을 늘어놓아 보라는 듯, 진하는 현웅의 말을 막지 않았다.

"뭐랄까? 흔한 스타일일 줄은 상상도 못……."

거기까지 말하던 현웅이 덥석 입을 다물고 진하의 눈치를 보기 시작했다. 눈치가 빠른 편인 현웅이 이제야 겨우 분위기를 읽은 것이었다. 진하의 입꼬리가 삐뚤게 올라갔다.

"왜? 계속 말해 봐."

그가 말한 것과 동시에 주변 공기가 싸늘해졌다. 실내에 에어컨이라도 잔뜩 틀어져 있는 듯이 차갑게 느껴지는 공기에 현웅이 조심스럽게 입을 열었다.

"형…… 화났어요?"

"화난 걸로 보여?"

촬영 현장에서 진하와 오랜 시간 같이 있었지만 그의 이런 모습은 또 처음이었다. 너그럽고 예의 바르며 진중한 면만을 봐 온 현웅이 당황해서는 바로 사과했다.

"죄송합니다."

"왜 나한테 죄송해?"

사과를 받아 줄 생각이 없다고 돌려 말한 진하는 여전히 웃는 낯이었다. 그제야 자신이 율리에게 무례한 행동을 했음을 깨닫고 현웅이 고개를 푹 수그렸다.

운 좋게 엘리베이터가 와 있을까 싶었으나 역시 운이라고는 지지리도 없는 차율리답게 엘리베이터는 지하에 처박혀 있었다. 율리는 입술을 꾹 닫고 계단 쪽으로 걸음을 옮겼다.

'취급, 진짜…….'

기가 막혀서 헛웃음만 나왔다. 뭐, 임진하가 잘나기는 했다. 잘생겼지, 인기 많지, 커리어도 탄탄하고 유명하고, 차율리하고는 차원이 다른 남자였다. 더불어 사람이 아니기도 했고.

하지만 그렇다고 해서 자신이 면전에서 그런 취급을 받아도 된다는 건 아니었다. 평가라도 하는 사람처럼 자신을 쓱 훑어보고는 기대에 못 미치는 모습이라고 대놓고 말하는 건 기본적으로 사람에 대한 예의가 아니니까.

'안티가 되어 주마!'

속으로 이를 갈던 율리는 한숨을 푹 내쉬고 비상계단 문을 열었다. 그때 뒤에서 그녀를 부르는 현웅의 목소리가 들렸다.

"저기요!"

계단 앞에서 걸음을 멈춘 율리가 고개를 돌렸다. 얼굴이 붉어진 채로 현웅이 쩔쩔매더니 대뜸 허리를 굽혔다.

"아깐 제가 실수했습니다!"

분명 깍듯한 사과…… 이기는 한데.

"네?"

"기분 많이 상하셨죠?"

조금 전까지만 하더라도 기분 나쁘게 굴던 사람이 웬걸, 사과를 하고 있다. 율리는 현웅의 갑작스러운 태세 전환이 이해되지 않았다. 그녀가 떨떠름하게 중얼거렸다.

"무슨 소린지……."

"그…… 러니까 제가…… 아휴, 솔직히 말할게요."

허리를 세운 현웅이 답답한 숨을 길게 내뱉고 나서 주변을 둘러보았다. 아무도 없는 것을 확인한 후 그가 목소리를 낮춰 말했다.

"진하 형이 살면서 한 번도 여자를 만난 적이 없었잖아요."

“네?”

생각지도 못한 소리였다. 그녀의 놀란 모습에 그 역시 당황해서는 횡설수설하기 시작했다.

“네? 모, 모르셨구나. 형이 그쪽, 그…… 변호사님하고 사귀는 게 처음이랬는데. 어, 어떡하지, 이거 비밀이었나요?”

현웅의 반응을 보아하니 허튼소리는 아닌 것 같았다. 율리는 할 말을 잃고 멍하니 현웅을 쳐다보았다. 비밀인지 아닌지는 모르겠으나 이미 엎질러진 물, 현웅은 자기변호에나 최선을 다하기로 했다.

“아무튼 전 진하 형 눈이 엄청 높다고 생각해서…… 변호사님이 못생겼다는 게 아니고요.”

아니, 못생겼다고 하는 것 같은데. 이미 현웅에 대한 인상이 썩 좋지 않아 삐뚤게 받아들인 율리는 한쪽 눈만 찡그렸다. 뒷머리를 긁적이면서 현웅이 말을 이었다.

“제가 기대를 많이 해 가지고…….”

기대에 못 미쳤다는 말을 대놓고 하는 현웅에게 율리는 이제 화가 나지도 않았다. 중요한 사실은 따로 있었다.

“어쨌든 죄송하게 됐습니다. 기분 많이 상하셨죠?”

“아, 아뇨, 괜찮…….”

……지 않아서일까? 말을 끝까지 하지 않고 율리는 입을 다물어 버렸다. 사실 현웅의 사과는 아무래도 좋았다. 오늘 처음 본 사람의 머릿속을 뜯어고쳐 줄 생각도 없었고, 객관적으로 기대

에 미치지 못하는 것도 이해가 가지 않는 건 아니었다. 기분이 나쁘긴 하지만 말이다.

"제 친형은 아니지만 그래도 이번에 같이 작업하면서 형하고 많이 친해졌거든요. 그래 가지고 제가 좀 격의가 없었어요. 죄송하게 됐습니다."

현웅이 다시금 꾸벅 고개를 숙였다. 처음 본 사람에게 몇 번씩 사과를 듣고 있으려니 불편하기도 해서 율리가 입을 열었다.

"아, 네…… 전 괜찮습니다. 신경 쓰지 마시고요. 그럼 전 이만 업무 시간이라서요."

불편한 자리에서 도망치기 위해 대충 둘러대고 나서 율리는 계단을 후다닥 내려갔다. 여전히 복도에는 개미 새끼 하나 지나가지 않았고, 그 정적 사이로 문소리가 나지 않도록 그녀는 조심스럽게 법무팀 변호사실에 들어가 자리에 앉았다.

예의 없는 현웅의 태도나 아침에 만난 기자의 무시보다 현재 율리의 머릿속을 꽉 채우고 있는 것은 딱 하나뿐이었다.

'뭐야? 여자를 안 만나 봤다고?'

회의실에서의 자신감 넘치던 진하의 태도를 떠올리고 율리는 고개를 절레절레 저었다. 그럴 리가 없다는 생각이 들었다. 물론 이번 생이야 2012년에 시작이었으니까 여자를 만나지 않았다고 하더라도 그 전에는 분명…….

'만났겠지. 만났을 거야.'

까마득한 과거는 현대를 살아가는 자신으로서는 상상도 할 수 없는 부분이었다.

문득 그녀는 그가 먼 존재처럼 느껴졌다. 이번 생을 마치고 나서도 그는 또 수백 년 후에 다시 생을 이어 나가겠지. 그렇다면 자신은 그저 스쳐 지나가는 인연에 불과하지 않을까. 갑자기 자신이 보잘것없는 사람이 된 듯했다.

왜일까? 갑자기 가슴이 먹먹해져서 율리는 한숨이 절로 흘러나왔다. 한숨 소리에 아영이 슬쩍 말을 붙였다.

"율리 씨, 왜 한숨이야? 일이 어려워?"

"네? 아뇨, 아니에요."

아영의 친절한 목소리에 깜짝 놀란 율리가 손을 내저었다. 업무와는 상관없는 개인적인 일, 아무도 이해하지 못할 고독은 오롯이 자신만의 것이었다.

흑룡에게 홀려 버린 대가라고 해야 할까.

밤늦게까지도 일은 계속되었다. 모두가 지칠 만한 시간이었기에 진하도 휴식 시간을 가질 수 있었다.

"휴가?"

진하는 고향에 내려간 민호와 통화 중이었다. 이것저것 일을 처리하고 나서 연락한 민호는 휴가가 필요하다고 부탁하고 있었다.

—네, 형…… 무급이어도 괜찮으니까 저 보름 정도만 쉬어도 돼요?

"누나 상태가 많이 안 좋아?"

—누나는 괜찮아요. 근데, 엄마를 간병하던 쪽이 누나였거든요. 누나 거동이 쉬워질 때까지는 제가 옆에 있는 게 좋을 것 같고…… 엄마도 누나 사고 때문에 충격 많이 받으셔서…….

이제 겨우 20대 초반인 민호의 어깨에 짐이 가득했다. 평소와 다르게 구구절절 사정을 늘어놓는 걸 보니 심적으로 무척 힘겨운 모양이었다. 진하는 민호의 목소리에 힘이 하나도 없는 게 안쓰러웠다.

"많이 힘들겠는데, 돈 문제는 없고?"

진하가 돈 문제를 언급한 이유는 따로 있었다. 진하가 민호와 시간을 많이 보내게 된 것도 다 민호의 사정 때문이었다. 최대한 돈을 많이 모으고 가야 한다면서 야근이니 시간외근무니, 민호는 가리지 않고 일을 해 왔다. 진하는 금전적으로 불편한 민호의 사정을 잘 알고 있었다.

—아, 그게…….

"돈 급하면 말해."

진하는 민호에게라면 얼마든지 도와줄 의사가 있었다. 그러나 이번에도 민호는 대견하게 거절했다.

—아니에요. 누나 병원비는 상대 보험사가 지급해 주기로 했고…… 저도 월급 모아 둔 거 있으니까요.

"그래, 알았어. 정리되면 연락하고."

매니저들 사이에서도 막내지만, 징징거리지 않고 제 몫을 해내는 민호다운 말이었다. 진하가 한숨처럼 고소를 짓고 전화를 끊었다.

"뭐래요?"

민호 대타로 출근한 성훈이 걱정스럽게 물었다. 진하가 휴대폰을 내려놓고 답했다.

"보름 정도 휴가 달라고."

"아이고……."

"너희들끼리 일정 다시 짜야겠다."

민호가 거의 세 사람 몫을 해 왔던 터라 다른 팀원들에게 꽤 부담이 가게 생겼다. 그나마 영화나 드라마 모두 촬영 일정이 끝나서 며칠간의 홍보 활동만 남은 게 다행이었다. 그리고 어쩔 수 없는 사고였다. 아무도 민호 탓을 하지는 않았다.

"민호 누나는 괜찮대요?"

"괜찮대. 어머니 간병을 자기가 해야 할 것 같아서 휴가 달래."

"에고, 걔는 어린애가 뭐 그리 박복하대요?"

성훈이 안됐다는 듯 혀를 차면서 고개를 저었다. 진하 역시 성훈의 말에 동감이었다.

다른 매니저와 일정 논의를 위해 성훈이 전화기를 들고 대기실을 나갔다. 홀로 남은 진하는 다시 휴대폰을 집어 들었다. 아까 율리를 그렇게 보내고 난 후로 연락이 닿지 않아 마음 한구석이 초조했다.

[차율리, 뭐해? 자?]

이전에도 몇 번 메시지를 보냈었으나 율리는 답장이 없었다. 퇴근 전까지야 일이 바쁘겠지 싶었는데 지금은 저녁 아홉 시가 넘었으니, 저녁 식사도 마쳤을 때였다.

'진짜, 신현웅 이 새끼…….'

촬영장에서 봐 온 현웅이 애 같고 생각이 짧다 싶을 때가 있었는데 차율리 앞에서 그런 실수를 할 줄은 몰랐다. 애초에 율리와 현웅이 만날 거라는 상상을 해 본 적도 없었고 말이다. 자기가 만나는 여자도 아니면서 머리부터 발끝까지 훑어보질 않나, 그 말실수는 또 뭐고…….

"미친놈."

젠틀하기로 유명한 임진하의 입에서 험한 소리가 나왔다. 주변에 사람이 없어서 그나마 다행이었다. 율리의 불쾌함이 전염이라도 된 것 같아 진하는 두 눈을 감은 채로 화를 삭였다. 그에겐 아름답다고 추앙받는 여배우들마저도 눈에 들어오지 않고 오로지 차율리만이 눈에 선했다.

그 시간, 율리는 가방 속에 휴대폰을 처박아 둔 채로 거실에서 TV를 보고 있었다. 예능 프로그램을 보며 실실 웃는 딸을 엄마가 한심하게 응시했다.

"얼른 가서 씻고 자. 조금 있으면 열 시다."

"초딩도 아니고 열 시에 자라니?"

아니, 요즘 초등학생들도 열 시에는 안 자겠다! 불만스럽게 대꾸하는 율리의 옆에 엄마가 대뜸 앉아서 화제를 돌렸다.

"내가 언제 임진하랑 자리 만들라고 했잖아. 언제 자리 만들 거야?"

"어? 아……."

갑작스러운 화제 전환을 따라가지 못한 율리가 머리를 긁적였다. 구체적으로 이야기를 해 보지도 않았을 뿐더러, 자리를 마련하고 싶지도 않았다. 물론 진하가 가게 주인인 엄마와 안면이 있는 사이기는 하지만 따로 만남을 주선하자니 괜히 부끄럽기도 했다.

"그쪽이 좀 바빠. 나중에."

율리가 귀찮은 투로 둘러대고는 억지로 TV 화면을 쳐다보았다. 그러나 이미 예능 프로그램은 눈에 들어오지 않았다. 이내 엄마의 한숨 소리가 폭탄처럼 떨어졌다.

"차율리."

"왜, 왜요?"

"남자가 잘해 준다고 홀랑 넘어가거나 그러면 안 돼. 뭐 나도 오래 봐 오긴 했지만, 그래도 평범한 데서 일하는 사람도 아니고 얼마나 많겠어? 예쁜 여자들이."

엄마의 조언을 흘려듣는 척, 율리는 일부러 TV 화면에 시선을 고정했다. 썩 듣고 싶지 않은 소리였다. 엄마가 말을 계속 이었다.

"까딱했다가는 눈 돌아가지."

"……저주하는 거야? 헤어지라고?"

"그게 아니고. 결혼을 한다거나, 뭐…… '딱 네 사람이다!' 그런 거 아니고서는 홀랑 빠지고 그러지 말라고. 무슨 말인지 알아들어?"

눈을 가늘게 뜬 율리가 TV에서 시선을 떼고 엄마를 돌아보았다. 엄마가 하고 싶은 말이 뭔지 이미 충분히 알 것도 같았다. 그녀가 한숨을 짧게 뱉었다.

"그냥 직접적으로 말해요. 사고 치지 말라고."

"너, 혹, 혹시 벌써……."

너무나도 깔끔하게 정리하는 율리의 말에 엄마가 의심스러운 눈길을 보냈다. 사고는커녕 입술 한 번 맞춰 본 것이 전부였다.

"엄마가 생각하는 그런 거 없으니까 기대하지 마요."

"기대는 무슨!"

어불성설이라는 듯이 엄마가 펄쩍 뛰었다. 율리가 입술을 삐죽거리자 엄마가 팔꿈치로 그녀를 쿡 찌르면서 덧붙였다.

"조심하라는 거지."

조심이고 자시고 가벼운 키스뿐이었다. 게다가 자신도 연애와는 거리가 먼 삶을 살았고, 그 역시 여자를 만나지 않았다고 했다. 과거부터는 아니겠지만…….

"엄마."

대답 대신 계속 말하라는 눈짓을 보낸 엄마는 시끌벅적한 예능 프로그램 소리가 듣기 싫은지 리모컨으로 TV를 끄고 나서 율리를 쳐다보았다. 율리가 엄마의 눈치를 살피면서 입을 열었다.

"그쪽이 여자를 한 번도 안 만나 봤다고 하면, 믿어져?"

"말도 안 되는 소……."

엄마가 웃음을 터뜨리면서 대답하다가 말을 멈추더니 미간을 찌푸렸다. 그렇게 잘난 남자에게 여자가 꼬이지 않을 리가 없긴 한데, 뭔가 짚이는 것이 있었다.

"……리가 아니라 그럴 수도 있겠다."

"엥?"

의외로 긍정하는 엄마의 말에 율리가 눈을 부릅떴다.

"어디가?"

"가게 오는 단골손님들 보면 대충 느껴지거든."

엄마는 리모컨을 테이블 위에 내려놓고 나서 말을 이었다.

"만화 좋아하는 애들, 판타지만 빌려 가는 애들……."

엄마의 직감은 경험에 따른 것이었다. 오랜 장사 경험.

"사춘기인데도 여자에 관심이 좀 없어 보이더라고."

"네?"

"있더라도…… 왜, 미미쨩 같은 거 있잖아? 그런 거에만 관심 있거나."

마치 만화 캐릭터의 큰 눈을 표현하려는 듯이 엄마가 양쪽 엄지와 검지를 벌려서 눈가에 가져다 댔다.

"미미쨩……."

미미쨩이 누군지는 모르겠으나 엄마가 말하는 남자들의 부류를 알 것도 같아 율리가 허무하게 반복했다. 엄마는 마치 명탐정에 빙의한 사람처럼 계속 추리했다.

“근데 임진하도 약간…… 그렇게 잘생겼는데, 왜 맨날 ‘드래곤 어쩌고’ 하는 책만 읽겠니?”

엄마에게 있어서 진하가 대여한 책은 전부 ‘드래곤 어쩌고’로 합쳐졌다. 일리 있는 추론이긴 했다. 그가 드래곤 마니아 기질을 적당히 드러냈어야지. 천만 원이니, 오백만 원이니 선불로 큰돈을 결제할 만큼 드래곤에 미쳐 있던 남자 아닌가. 취미가 ‘드래곤 나오는 소설책 독서’일 정도였으니 말이다.

“그래, 어쩜 그럴지도 몰라. 여자에 관심이 없거나 미미쨩한테만 관심이 있는 거지, 임진하도.”

“그, 그런 사람 아니……”

미미쨩에 관심 있는 남자는 아닌지라 율리가 바로 부정하려던 찰나 엄마가 그녀의 말허리를 잘랐다.

“아니라고는 너도 부정 못 하지.”

하긴, 율리 역시 몇 년 전부터 오랫동안 그의 드래곤 마니아 기질을 봐 오긴 했다. 바로 대답하지 못하는 딸을 보면서 엄마가 고개를 주억거렸다.

“이제 왜 그 잘난 남자가 내 딸하고 정분이 났나 이제 이해가 간다. 안면 있는 현실 여자라고는 너밖에 없었던 거야.”

“엄만 왜 혼자 납득하고 있어!”

현실 여자…… 용이니 용살자니, 엄마에게 복잡한 사정을 말할 수도 없고 율리는 답답한 한숨만 크게 내뱉을 뿐이었다. 그러나 엄마는 여전했다.

"현실 여자는 네가 처음일지도 몰라."

"연예계에 예쁜 여자들이 많다며? 눈 돌아갈 거라며?"

율리는 조금 전에 엄마가 했던 말을 그대로 돌려주었다. 그러나 엄마는 태연하게 한 입으로 두말을 했다.

"그건 직장 동료지. 직장 동료랑은 절대 눈 안 맞아. 지긋지긋하거든."

"아니, 왜 말이 바뀌는 건데요!"

이미 엄마의 머릿속에 진하는 오타쿠가 되어 있었다. 이미 단정 지은 엄마의 생각을 교정할 수도 없어서 율리는 양손에 얼굴을 묻어 버렸다. 엄마는 혀를 끌끌 차면서 소파에서 일어났다.

"얼른 가서 자라."

"……네."

초등학생은 아니지만 열 시에 자게 생겼다. 율리는 어깨를 축 늘어뜨리고 거실을 떴다.

방에 돌아오자마자 휴대폰 충전기 쪽을 본 율리는 가방에서 휴대폰을 꺼내지 않았음을 깨닫고 가방을 뒤적였다.

"어?"

메시지가 10통이 넘게 와 있었다. 절반 이상이 진하의 메시지였다. 어디냐, 뭐하냐, 왜 연락이 없냐…….

이런 남자가 미미쨩에만 관심 있을 리가.

"미미쨩……."

다시 곱씹어 봐도 엄마의 논리가 기가 막혀서 율리가 헛웃음 사이로 혼잣말을 하고 전화를 걸었다. 연결음이 채 세 번도 지나기 전에 전화기 저편에서 진하가 전화를 받았다.

—차율리, 왜 연락이 안 돼?

조금 다급한 듯이 그의 말이 빠르게 흩어졌다. 현웅 때문에 기분이 상해서 그녀가 연락을 피하고 있다고 걱정하던 진하와 달리 율리는 아무 생각 없이 휴대폰을 처박아 뒀던 거라 평온하게 대답했다.

"이제 봤어요, 핸드폰을."

아침부터 충전을 하지 않았는데도 새 휴대폰이라 그런지 배터리가 아직 남아 있었다. 휴대폰에 충전기 케이블을 꽂은 후 율리는 침대에 드러누웠다.

"무슨 일 있어요?"

—아무 일 없어.

"근데 왜 연락을……."

그렇게 많이 하지? 율리가 의아한 표정을 지으며 천장을 바라보았다. 아무 일도 없는데 그는 꼭 큰일이라도 난 듯 메시지를 많이도 보냈다.

—무슨 일이 있어야 연락해?

"아니, 뭐, 그런 건 아니지만……."

용건이 있어서가 아니라 대화만을 위한 통화는 익숙하지 않았다. 괜스레 얼굴이 화끈거렸다. 보는 눈이 없음에도 율리는 손으로 얼굴을 덮었다. 점심에 했던 가벼운 키스가 뇌리에 스쳐 지나갔다. 목에서 숨이 턱 막히는 기분이 들 때였다.

—아까 기분 많이 나빴어?

"아까요? 왜요?"

—신현웅이 좀 무례하게 굴었잖아.

율리는 얼굴에서 손을 떼어 침대 위로 내려놓았다. 지친 듯 팔이 축 처졌다. 피곤한 일도 많은데 이미 지나간 일에까지 감정 소모를 하고 싶지 않아 잊고 있었다. 그녀가 담담하게 대답했다.

"아…… 아까 사과 받았어요. 그쪽도 악의가 있어서 그런 건 아니더라고요."

—악의가 있든 없든.

어째 자신보다 그가 더 상처를 받은 듯했다. 잠시 가만히 침묵만 지키고 있던 그녀는 현웅이 했던 말을 떠올리고 조심스럽게 입을 떼었다.

"저기…… 뭐 하나만 물어봐도 돼요?"

—뭔데?

아직도 반신반의하는 현웅의 말, 율리는 임진하의 첫 여자가 차율리라는 말의 진위 여부를 확인하고 싶었다. 사실이었으면 좋겠다는 낙관적인 생각과 어불성설이니 크게 기대하지는 말자는 마음이 그녀의 머릿속에서 계속 부딪쳤다.

"아까 신현웅 씨가 그러던데, 제가 그쪽이 처음으로 사귀는 여자라고…….”

—뭐?

그의 별것 아닌 반응에도 새삼 긴장이 되어서 그녀는 마른침을 삼켰다.

“그래서 자기가 기대를 많이 했었던 거라고 하더라고요.”

—웃기는 새끼네? 자기가 뭔데 기대를 해?

진하는 다른 의미로 기분이 나쁜 모양이었다. 휴대폰을 쥔 율리의 손에 힘이 들어갔다. 뭐 대단한 일이라고 심장이 두근두근 뛰는지 모르지만 이미 주사위는 던져진 셈이었다. 이제 그의 대답만이 남았다.

“진짜예요?”

—뭐가 진짜야?

“진짜로 나랑 사귀는 게 처음이냐고요.”

—처음이었으면 좋겠어?

잠깐의 망설임도 없이 그는 질문에 대답하지 않고 되물었다. 대답을 회피하는 태도에 그녀가 눈살을 찌푸리고 똑 부러지게 재촉했다.

“말 돌리지 말고 대답해요.”

—그 새끼는 쓸데없는 소릴 해 가지고…….

진하의 혼잣말이 신기하게도 율리의 귓속에 탁탁 박혔다. 설마.

—맞아.

곧바로 긍정이 이어졌다.

"아……."

왜일까? 그녀의 입가가 자꾸 느슨해졌다. 까마득한 과거에는 어땠는지 몰라도 현재의 생애에서는 자신이 첫 여자나 다름없다니, 조금 덜 억울했다. 그녀의 목소리가 살짝 높아졌다.

"엄마가 그러는데, 그쪽이 좀 오타쿠 같은 데가 있어서 연애를 못 했을 거라고 하더라고요."

—야! 내가 어디가 오타쿠야?

"아니, 나야 사정을 아니까 그렇지. 우리 엄마가 보기엔 그쪽은 완전 오타쿠라니까요? 맨날 가게 와서 용 나오는 거, 드래곤 나오는 거 찾아다니고."

부정할 수 없는 현실에 할 말을 잃은 그가 침묵만 지켰다. 드래곤이 나오는 소설 중에 그가 모르는 작품은 없을 것임을 그녀는 확신할 수 있었다.

"하긴 2012년부터 지금까지 몇 년이나 됐다고 연애를 많이 해봤겠어요? 여자 만날 시간에 책만 들입다 팠으니, 그 전이라면 모를까."

—그 전?

"옛날이요. 아주 오래전…… 600년 전?"

막상 과거를 말로 내뱉고 나자 아득한 시간의 강이 둘 사이에 놓인 기분이 들었다. 진하가 인간과는 다른 존재라는 것을 그 어느 때보다 지금 율리는 물씬 느낄 수 있었다.

'600년 전이면, 뭐가 있었을까?'

올해 연도에서 600을 빼서 계산하던 그녀가 고개를 털었다. 생각하지 말자. 지나간 시간, 자신이 상상할 수 없는 과거를 생각해 봤자 좋을 것도 없었다. 둥실 떠올랐던 즐거운 기분이 바닥으로 착 가라앉는 느낌은 그다지 좋지 않았다.

이내 진하가 의외라는 투로 말했다.

—뭐? 차율리, 네가 뭘 착각하고 있는데.

"착각이요?"

—난 전에도 여자 안 만났어.

"……네?"

잘못 들었거나, 환청을 들은 줄 알고 율리는 귀에서 휴대폰을 떼고 화면을 쳐다보았다. 밝아진 화면에서는 여전히 통화 시간이 흐르고 있었다. 그녀가 다시금 전화기를 귀에 대고 물었다.

"안 만났다고요?"

—여자를 왜 만나? 귀찮게.

그럼 남자를 만나나!

기대하지도 않았던 사실에 그녀의 눈동자가 혼란으로 물들었다. 그럴 리가. TV 사극이나 역사 교과서 등으로 배운 600년 전은 분명히…….

"그, 그, 그땐 결혼 같은 걸 꼭 해야 하는 그런 시대 아니었어요?"

성인 취급을 받기 위해서는 혼례를 치러야 하는 시절이었다.

그녀의 날카로운 질문에 그는 아무렇지 않게 긍정했다.

—했지.

"엥?"

—가라로.

율리는 할 말을 잃었다. 정적 사이로 진하가 사정을 늘어놓기 시작했다.

—요즘같이 빡빡한 때가 아니었어. 결혼했다고 대충 호적이나 만들고 결혼한 지 반년쯤에 와이프가 죽었다고 하면 그만이었거든. 아주 좋은 시대였지.

"네, 참…… 좋았던…… 시대네요……."

그녀가 떨떠름하게 긍정했다.

—괜히 여자 같은 거 끼고 살다가 목이라도 건드려 봐. 애먼 사람 죽이는 꼴이잖아? 너야 다르지만.

"아……."

그제야 율리는 모든 상황이 이해가 갔다. 결혼은커녕 여자, 아니 사람들과 가까이 지내지 않던 진하가 자신에게만은 기꺼이 곁을 허락했다. 단지 서로의 생명이 얽혀 있기 때문만은 아니었다. 율리는 용살자라는 이름의 무게가 지금만큼은 무겁지 않았다. 도리어 자신이 흑룡에게 영향을 미칠 수 있는 존재라는 사실이 반갑게 다가왔다.

—그게 궁금했어?

다정한 음성이 귓가에서 맴돌았다. 정말 궁금했다. 세상 사람들에게 거짓으로 치장하고 있는 임진하의 모든 진실을 자신만큼은 전부 알고 싶었다. 그 누구도 이해할 수 없는 독점욕일지도 모른다.

"솔직히 안 믿겼어요."

—나 그렇게 지조 없는 타입 아닌데.

진하가 장난스럽게 받아치자 율리는 눈을 감고 가슴속에 깊이 묻어 둔 감정을 끄집어냈다.

"그쪽하고 저하고…… 차이가 많이 나잖아요."

—무슨 차이?

"그냥 전 외모도 평범하고 내세울 것도 별로 없고…… 직업이 조금 그럴싸하긴 해도 그쪽에 비하면 너무 평범하잖아요."

오늘 현웅이 보인 반응도, 아침에 잠입한 기자의 태도도 다 그렇게 말하고 있었다. 차율리는 임진하 옆에 있기에 너무 평범하고 보잘것없다고. 대단하다는 투로 감탄하던 법무팀 직원들도 아마 비슷한 생각을 하고 있을 것이다.

기분이 나쁘지 않다면 거짓말이다. 그럼에도 마음속 깊이 불쾌한 감정을 묻어 두었다. 어쨌거나 객관적으로 자신은 진하에 비해 모자라 보이는 것은 사실이었고, 그보다 중요한 것은 둘만이 간직한 비밀이었으니까.

하지만 진하는 이해할 수 없다는 듯 대꾸했다.

—평범한 게 나쁜 거야?

"나쁜 건 아니지만 비교가 되니까요."

—누구하고 비교를 해? 나하고?

율리는 대답하지 않았다. 그의 황당한 목소리가 이어졌다.

—차율리, 너를 왜 나하고 비교를 해?

"아니, 남들이……."

—남들이 왜? 우리가 연애하는 건 우리 둘만의 사정이야. 제3자하고는 아무 상관없는 일이잖아.

기가 막힌다는 식으로 그가 길게 말했다. 중요한 것은 둘만의 생각과 감정이라고 그는 정확히 짚고 있었다. 율리는 할 말을 잃고 입을 다물었다.

—눈치를 볼 거면 내 눈치를 봐. 남들 말고.

눈을 감고 있던 율리가 표정을 찌푸리면서 눈을 떴다. 자기 위주로 생각하며 사는 이 남자다운 말이긴 한데…….

'말은 쉽지!'

그러면서도 괜스레 든든한 기분이 들었다. 임진하는 절대 제3자에게 흔들리지 않을 거라는 확신이 율리의 마음에 단단히 새겨졌다. 하긴, 진하에게 있어서 차율리 이상의 무거운 인연도 없을 것이다. 목숨이 얽혀 있으니 말이다.

—야! 왜 대답을 안 해?

"아, 알았어요."

그의 재촉에 그녀가 급히 대답했다. 미묘한 기류가 휴대폰을 가운데 두고 흘렀다. 서로에 대한 믿음과 확신이 둘의 감정을 더욱 굳어지게 만들고 있어서 대화가 끊어진 것이었다. 숨소리마저 들리지 않던 정적 끝에, 그가 농담을 건넸다.

—하긴, 내가 여장하면 너보다 예쁠 것 같긴 하지만.

이 남자는 진지하다가도 이렇게 엇나가곤 한다.

"그럼 여장을 하든가!"

부정할 수 없는 소리라 그녀가 꽥 소리쳤다. 차마 아니라고는 말하지 못하는 그녀의 솔직한 태도에 그는 대답 대신 키득거릴 뿐이었다.

* * *

주말에 율리는 전처럼 엄마의 가게에서 일을 도왔다. 다행인지 불행인지 동네 사람들은 차율리가 스캔들의 주인공이라고는 상상도 못 했고, 가게는 파리만 날렸다.

바닥 청소를 마치고 쓰레기를 버리러 나온 율리는 가게 근처를 지나는 남자를 의아하게 보다가 반가운 표정을 지었다. 아는 사람이었다.

"어? 태기 아냐?"

"어? 안녕하세요, 누나."

태기는 몇 년 전에 발길을 끊었지만, 한때는 가게를 줄곧 찾던 단골이었다. 학생이어서 수더분한 모습이었는데 어느새 성인이 되고 제법 남자다운 모습이 보였다. 율리가 싱긋 웃었다.

"오랜만이다. 많이 바빴어?"

"네, 저 일하느라…… 제가 가장이라 수급자도 이젠 안 되거든요."

"아……."

율리는 어색한 미소를 짓고 있는 태기를 물끄러미 쳐다보았다.

태기는 할머니 슬하에서 여동생과 함께 자랐다. 이혼한 부모는 일찌감치 아이들을 버리고 떠났고 할머니가 공공 근로나 폐지 수집과 같은 온갖 일을 했었다. 그런 태기의 사정을 알게 된 엄마는 태기가 가게 안에서 시간을 보낼 수 있도록 배려를 해 주었었다. 그러다가 태기가 학교를 졸업하고 취업 전선에 뛰어들면서 자연스럽게 가게와 멀어진 것이었다.

"밥은 잘 먹고 다니지?"

태기는 대답 대신 씩 웃을 뿐이었다.

"맞다. 누나, 저 영화사 스태프로 일했거든요."

"아, 그래? 고되다던데."

"그렇게까지 힘들지는 않았어요. 아, 이번에 개봉하는 '형사의 품격' 현장에서 일했어요."

"아아, 그랬…… 어? 그거……."

익숙한 제목에 율리가 입을 다물었다. '형사의 품격'은 이번에 진하가 주연으로 출연한 바로 그 영화였다. 율리가 난처해하는 것을 아는지 모르는지 태기가 능청스럽게 덧붙였다.

"네. 누나 남친 나오는 거요."

"그, 그런 소리 하지 마."

그래도 관계자랍시고 태기도 스캔들에 대해 알음알음 알고 있는 모양이었다. 누가 들을세라 주변을 둘러보면서 율리가 소리를 낮춰 타박했다. 물론 지나가는 사람은 없었다. 그녀가 안도의 한숨을 속으로 삼키고 있을 무렵이었다.

"근데 누나."

"응?"

"임진하, 조금 성격 이상하지 않아요?"

조금 정도가 아닌 것 같다. 율리는 진하를 떠올리고는 손을 내저었다.

"배우들 이상한 게 한두 번이니?"

"하긴 그건 그렇죠."

스태프 중에서도 막내다 보니 이리저리 치였던 태기는 출연자들의 기행을 떠올리고 얼굴을 구겼다. 개중 임진하는 평범한 축이었긴 했다. 낯을 가리는지 촬영과 모니터링할 때를 제외하고 대기실이나 차 안, 혹은 숙소에 처박혀 있긴 했지만 말이다.

"왜?"

"왜긴요. 저번에 갑자기 집 밖에 안 나왔잖아요. 그때 난리도 아니었거든요."

태기가 정신적 충격으로 진하가 두문불출했던 사건을 들먹이자 그 원인을 제공한 사람이 자신인지라 율리는 뜨끔했다.

"그런 거 치곤 저희 영화 촬영 되게 빨리 끝난 편이에요."

"그, 그래? 다행이다."

"그렇죠? 하마터면 계약 기간 내에 다 못 찍을 뻔했다니까요? 날씨가 좋아서 망정이지."

날씨.

그 단어가 유난히 귓가를 파고들었다. 그녀가 표정을 굳히고 물었다.

"날씨?"

"네, 야외 촬영 때 날씨가 좋았거든요."

언뜻 듣기에는 평범한 말인데 차율리에게는 거슬릴 수밖에 없는 소리였다.

수상하다. 혹시 태기도 뭔가를 알고 있는 건 아닐까? 왜 굳이 여기까지 와서 이런 소리를 늘어놓을까?

그녀는 괜스레 불안해지기 시작했다. 안다. 자신이 너무 예민하게 태기의 말을 받아들이고 있다는 건 알지만, 감이 좋지 않았다. 스캔들 사건은 정리가 되었다 해도 아직 팩스 사건은 지지부진하게 진행 중이기도 했고…….

그때 태기의 손에 들린 휴대폰이 울렸다. 율리와 태기의 눈길이 휴대폰으로 향했다. 그는 화면에 뜬 발신자 이름을 보고 깜짝 놀랐다. 그러고 보니 친구 소개로 면접장에 가던 길이었다.

"앗, 저 가 봐야겠어요. 나중에 봬요!"

친구의 전화에 그제야 정신을 차린 태기가 통화 버튼을 누르면서 율리에게 꾸벅 고개를 숙이고 돌아섰다.

율리는 급해 보이는 태기를 붙잡지 않고 그가 멀어지기를 한참 바라보다가 가게 안으로 들어오자마자 자리에 앉아 키보드를 두드렸다. TV를 보고 있던 엄마가 율리를 의아하게 응시했다.

"뭐 해?"

"아……."

회원 명부에 우태기라는 이름을 넣어 보았으나 검색 결과는 0건이었다. 가게에 태기의 정보는 남아 있지 않았다. 엄마는 가게 이전을 하면서 연락이 닿은 고객들의 정보만 남겨 둔 모양이었다.

하긴, 태기는 오랫동안 가게에 걸음 하지 않았다. 적어도 진하가 가게에 회원 등록을 하기 전부터 발길을 끊었으니까.

율리가 벌떡 일어났다. 의자가 뒤로 쭉 밀려나자 엄마가 이해할 수 없다는 눈빛을 내비쳤다.

"어디 가?"

"잠깐만 회사 좀 다녀올게요. 급한 일이 터져서."

휴대폰을 든 율리는 엄마를 뒤로하고 가게를 나왔다. 일단 태기의 존재를 진하에게 알려야 했다. 자신이 예민해서 헛다리를 짚는 것이라고 하더라도 말이다. 근거 없는 추측일 뿐이지만 직감이라는 게 있지 않나.

통화 연결음이 몇 번 가다가 연결되었다.

"지금 어디예요?"

그러나 이어지는 목소리는 진하의 것이 아니었다. 낯선 목소리에 율리가 막 초조해할 참이었다.

—아, 저 매니전데요. 진하 형은 지금 화보 촬영 중이라서 이따 전화 드리라고 할게요.

아, 오늘은 민호가 아니라 다른 매니저였구나. 그나마 익숙한 민호의 목소리가 아니어서 잠깐 놀랐으나 그녀는 마음을 겨우 다스렸다.

"네, 가능하면 빨리…… 부탁드릴게요."

하필이면 지금…… 하긴, 바쁠 때이긴 했다. 태평한 매니저의 말에 그녀가 힘없이 대꾸하고는 전화를 끊었다.

집에 도착해서 자동차 열쇠를 들고 나온 율리가 차에 오르며 경진에게 연락했다. 다섯 시. 주말 오후였으나 경진은 금방 전화를 받아 주었다.

—무슨 일이니?

"선배, 저 혹시 대표이사님하고 연락되세요?"

—무슨…… 일인데?

율리가 대표이사를 찾는 이유는 절대 평범한 일 때문이 아닐 것이다. 경진이 목소리를 낮추고 되묻자 율리가 한숨을 내쉬고 답했다.

"제가 지금 예민하게 생각하는 걸지도 모르겠는데…… 아무래도 의심되는 사람이 있어서요, 팩스 보낸 사람으로."

—뭐?

뜻밖의 소식에 경진이 잠시 말을 잇지 못했다. 그 틈에 이어폰을 연결한 율리는 양손으로 핸들을 쥐었다. 진하에게로 가야 할지, 회사로 가야 할지 결정을 내리지 못하는 그녀에게 경진이 말했다.

—회사로 올 수 있겠어? 대표님께 연락은 내가 넣을게.

"네! 부탁드릴게요."

전화를 끊자 두근두근, 심장이 뛰기 시작했다.

회사 지하 주차장에 도착한 율리는 혹여 기자가 있을까 걱정하며 차에서 내리기 전에 주변을 꼼꼼하게 살폈다. 그러나 출입을 통제해 온 덕분에 기자는 보이지 않았다.

안도하면서도 율리는 긴장을 풀지 않고 빠른 걸음으로 엘리베이터에 올랐다. 평소 가던 법무팀 사무실이 아닌, 대표이사실이 있는 맨 위층을 누른 그녀가 조마조마한 마음으로 엘리베이터 문만 힐끔거렸다. 고맙게도 엘리베이터는 단번에 꼭대기까지 올라갔다.

주말에도 상사의 출근 탓에 비서들까지 나와 있었다. 비서들에게 안내 받아 들어간 율리는 소파에 앉아 있는 대표이사와 경진을 보고 고개를 숙였다.

"안녕하세요."

"이쪽에 앉아."

경진이 맞은편 소파를 가리키자 율리가 주춤거리면서 소파에 앉았다.

"팩스 보낸 사람이 누군지 알 것 같다고요?"

상석에 앉아 있던 대표이사는 바로 본론으로 들어갔다.

"그게 정확치는 않은데요, 느낌이 좀 그래서요. 대표님 가능하시면…… 우태기라는 스태프 한 번 알아봐 주세요. 이번에 '형사의 품격' 촬영장에서 일한 친구거든요."

대표이사는 가타부타 대답하는 대신 자리에서 일어나 전화기를 들었다. 영화사에 스태프 명단을 요구하는 대표이사의 전화를 율리가 한 귀로 흘릴 때였다. 경진이 입을 열었다.

"어떻게 알게 된 거니?"

"그게…… 태기가 예전에 저희 가게 단골이었어요. 고등학생 때요. 오랜만에 봐서 이야기를 하다가 느닷없이 저한테 임진하가 이상하지 않느냐고 묻더라고요."

처음에는 가볍게 넘겼다. 그 남자 이상한 것이 하루 이틀인가. 하지만 그녀의 가슴을 덜컥 내려앉게 한 말은 그다음이었다.

"그러면서, 어, 영화 촬영 일정이 꼬였었는데 야외 촬영할 때 날씨가 좋았다는 말을 했는데 느낌이……."

날씨.

자신도 날씨를 통해 진하의 정체를 파악했었다. 만약 태기가 자신과 같은 용살자라면 그 역시 날씨에서 위화감을 느꼈을 것이다. 경진이 계속 물었다.

"가게 단골이면 회원 정보 남지 않아?"

"이전하면서 회원 명부 정리했거든요. 태기가 한참을 안 왔어서…….”

난처한 듯이 대답하던 율리는 손에 들린 휴대폰이 진동하는 바람에 말을 끊고 전화를 받았다. 경진이 율리를 바라보다가 시선을 돌렸다.

“여보세요?”

—전화했어?

이 남자가 원래 이렇게 전화를 받았었나? 진하의 음성이 유난히 달짝지근하게 달라붙는 느낌이 들어 율리의 체온이 살짝 상승했다. 그녀는 마른 입술을 축이고 정신을 차리려 노력했다. 지금은 중요한 상황이었다.

“……스케줄 언제 끝나요?”

—왜? 보고 싶어서?

“장난하지 말고요.”

율리가 주변을 힐끔거리면서 타박했다. 혹여 그의 말이 새어 나오지 않았을까 지레 걱정했으나 영화사 쪽과 통화를 마친 대표이사도, 바로 앞에 앉아 있는 경진도 별로 신경 쓰지 않는 듯했다.

—장난 아닌데.

그때 자리에 앉아 있던 경진이 몸을 일으켰다. 자연스레 따라붙은 율리의 시선에 그가 생긋 웃어 주고는 대표이사에게 말을 건넸다.

“저 그럼, 내려가 있겠습니다.”

"그러렴."

율리가 진하와 통화하는 이곳에 계속 자리하고 싶지 않아 경진은 미련 없이 뒤돌아 대표이사실을 나가 버렸다.

대표이사는 닫힌 문을 물끄러미 응시했다. 지난번에 흑룡으로부터 차율리를 지키려고 애를 쓰던 어린 백룡의 모습이 절로 떠올랐다. 본능적으로 이끌리는 정도가 아니라 감정적으로도 마음을 쏟고 있던 모습 말이다.

'씁쓸하겠네.'

평범한 인간은 통화 내용을 들을 수 없겠지만 청각이 인간 이상인 그들은 이미 율리와 진하의 대화를 듣고 말았다.

—화보 찍었으니까 인터뷰하면 끝이야.

"회사에서 기다릴게요. 회의실이요."

—회사 왔어? 주말인데?

"네, 얘기할 거 있으니까 가능하면 빨리 오세요."

전화를 마친 율리가 소리를 죽여서 한숨을 뱉었다. 평소와 다를 것 없는 전화 통화 같았으나 왠지 대화 사이사이에 미묘한 기류가 도는 느낌이 들었다. 그녀가 막 마른침을 삼킬 무렵이었다.

"흑룡께서 참 별소릴 다 하시네요."

"아……."

통화를 다 들었나 보다. 대표이사는 인자한 미소를 짓고 있었으나 율리는 괜스레 뺨이 붉어져서 시선을 떨구었다. 테이블 위에 놓인 휴대폰 화면이 까맣게 꺼지고 그녀의 얼굴이 반사되었다. 화면에 비친 자신의 모습을 가만히 보던 그녀가 기겁하며 휴대폰을 집어 들었다.

“아차! 화장도 안 했는데.”

주말을 맞아 엄마 가게에서 일을 돕느라 머리를 질끈 묶은 채 세수만 한 자신은 편한 차림이었다. 고급스러운 정장을 걸치고 있는 대표이사와는 확연히 차이가 나는 몰골에 율리의 어깨가 축 처졌다.

율리의 마음을 읽은 대표이사가 책상을 정리하면서 넌지시 말을 건넸다.

“인터뷰까지 하고 오려면 시간 좀 걸릴 테니 어디 갈까요?”

“……네, 네?”

정말로 통화 내용이 전부 들렸는지 대표이사는 진하의 스케줄을 꿰고 있었다. 눈을 동그랗게 뜨고 있는 율리에게 적룡은 계속해서 말을 붙였다.

“늦긴 했지만…… 식사는 했나요?”

“네.”

엄마와 함께 있으면 절대 끼니를 거를 수가 없다. 율리가 긍정하면서 고개를 끄덕였다.

“그럼 근처 숍으로 가지요.”

“네?”

“기다리는 동안 시간을 버리는 것보다는 낫지 않을까요?”

느닷없이 무슨 소리인가. 의아해하는 율리의 눈빛에 적룡은 미소만 지어 보일 뿐이었다. 어찌 되었든 대표이사였다. 즉, 회사 내에서 가장 영향력 있는 존재의 말을 율리는 차마 거스를 수는 없었다.

평소보다 빠르게 인터뷰를 끝낸 진하는 매니저 성훈을 닦달해서 최대한 빠르게 회사에 도착했다. 속도를 올리라는 재촉을 수도 없이 들은 탓에 성훈의 신경이 잔뜩 날카로워져 있었다.

"어우, 형 정말 사람이 연애하더니 이상해졌어!"

"시끄러워. 오늘 스케줄 끝이면 먼저 들어가."

성훈이 휴대폰을 보고는 고개를 끄덕였다. 오랜만에 이른 퇴근이었다. 민호가 자리를 비운 탓에 워낙 일이 많아져서 휴식이 꿀처럼 느껴졌다.

"차는 제가 가지고 가도 되죠?"

"그래."

성훈이 회사를 떠나든 말든 전혀 관심이 없는 진하는 미련 없이 돌아서서 바로 엘리베이터에 올랐다. 오늘따라 유난히 더디게 올라가는 엘리베이터에 인내심이 뚝뚝 끊어질 무렵, 그는 드디어 맨 위층에 도착할 수 있었다.

하지만 만사 다 제쳐 두고 달려온 그는 텅 비어 있는 회의실을 둘러보고 눈살을 찌푸렸다. 분명 차율리는 회의실에 있겠다고 했는데, 그녀의 머리카락 하나도 보이지 않았다. 그러고 보니, 아예 이 건물에서 그녀의 기운이 느껴지지 않는다.

그는 기다릴 것도 없이 바로 그녀에게 전화를 걸었다.

"야, 너 어디야? 회의실에 없잖아?"

—어, 잠시만요. 그쪽으로 갈게요.

그가 뭐라고 대답하기 전에 전화가 뚝 끊어졌다.

"뭐야?"

언짢은 표정으로 끊어진 휴대폰을 내려다보던 진하는 회의실 문을 닫고 들어가 의자에 앉았다. 차율리가 당연히 있을 줄 알았는데 없으니 기분이 좋지 않았다. 흑룡은 누군가를 온전히 기다려 본 적이 극히 드물었다.

등받이에 기댄 그가 길쭉한 다리를 꼬았다. 바닥에 닿은 발이 초조한 마음을 대신해서 딱딱, 구두 소리를 냈다. 그는 눈을 감고 차율리의 기운을 찾기 시작했다. 얼마 지나지 않아 그녀의 기운이 감지되었다. 그녀가 점점 다가오고 있었다.

벌컥, 문이 열리고 진하의 눈이 기다렸다는 듯 뜨였다. 율리가 어색한 웃음을 지어 보이면서 조심조심 회의실 안으로 들어왔다.

"죄송해요, 대표이사님이 절 자꾸 여기저기 데리고 가셔서……."

그러나 율리의 말은 끝까지 이어지지 못했다. 진하의 시선이 스윽, 바닥에서부터 찬찬히 올라갔다. 이내 그가 당황스러운 투로 물었다.

"차율리, 너…… 뭐야?"

"왜, 왜요?"

그는 빨갛게 물들어 있는 그녀의 입술을 물끄러미 응시했다. 보통 때와 전혀 다른, 선명한 다홍빛 입술은 어깨가 훤히 드러난 튜브 톱 드레스와 같은 빛깔이었다. 드레스는 그녀의 몸매를 그대로 드러내면서 깔끔하게 무릎 아래까지 내려와 있었다. 쭉 뻗은 다리 아래에 걷기조차 힘겨울 정도로 가파르고 높은 펌프스를 신은 그녀는 평소에는 볼 수 없는 화려한 모습이었다.

진하는 기가 막혀서 다시금 입을 열었다.

"너 밖에 그러고 돌아다녔어?"

"네? 아뇨. 제가 미쳤어요? 여름도 아닌데 얼어 죽으라고."

왠지 모를 한기가 느껴져서 그녀는 손을 교차해 팔을 쓸었다.

한동안 율리에게서 눈을 떼지 못하던 진하가 그제야 그녀의 뒤에서 의기양양한 표정을 짓고 있는 대표이사를 발견하고 한쪽 눈을 찌푸렸다. 이 상황이 어떻게 된 건지 알겠다. 헛웃음이 입술을 비집고 튀어나왔다.

"네가 꾸민 짓이냐?"

"좋으면 좋다고 솔직하게 말씀을 하시지요?"

율리의 뒤에서 나와 가까운 의자에 자리한 적룡이 지지 않고 대꾸했다. 가게에 있을 적 편한 차림이나 출근했을 때의 단정한 정장 차림은 많이 보았는데 이만큼 신경 쓴 모습은 처음이었다.

율리는 혹여 대표이사가 그에게 혼이라도 날까 봐 바로 거들었다.

"제가 회사에 너무 편하게 하고 와서 도와주신 거예요."

"그래…… 근데, 너무 극단적이다."

혼잣말을 중얼거린 진하는 복잡한 시선으로 율리를 바라보았다. 그 틈에 적룡이 끼어들었다.

"신인 여배우 같지 않습니까?"

꼭 레드 카펫을 처음 밟은 여배우 같은 모습 말이다. 긴장으로 뻣뻣하게 굳은 어깨나 차림새와 어울리지 않게 어리바리한 표정 등이 딱 그랬다. 그는 그녀를 한참 응시하다가 고개를 홱 돌려 적룡에게 한마디 했다.

"얘한테 장난치지 마."

"장난이라니요?"

괜히 눈치가 보여서 율리는 치맛자락을 잡고 얼음처럼 굳어 있었다. 대표이사가 율리를 돌아보며 말을 이었다.

"변호사가 아니라 배우 해도 괜찮았을 것 같네요. 분위기도 좋고."

"네? 아니, 그 정도는 아닌 것 같은데요."

과분한 칭찬에 율리가 얼굴을 붉힌 채로 손까지 내저었다. 그럼에도 대표이사는 여전히 미소를 짓고 있었다. 마음에 헛바람이 들 것 같아 율리는 괜한 기대를 억지로 내리누르며 시선을 떨구었다. 이내 진하가 한숨을 길게 내쉬고 나서 말했다.

"맞아, 예뻐."

"……네?"

잘못 들은 줄 알았다. 평소 그가 그녀에게 뭐라고 했던가. 안고 있는 모습을 보여도 스캔들이 나지 않을 거라느니, 헌팅 당한 화정을 배려해 일찍 귀가했더니 동정을 하지 않나, 얼마 전에는 자신이 여장을 한 게 더 낫겠다는 소리까지 했었다.

'놀리는 건가?'

그동안 임진하가 보여 온 태도를 생각하면 이건 정말 놀리는 걸지도 모르겠다. 혼란스러워진 그녀가 눈동자를 이리저리 굴릴 때였다.

"인정해야지."

그의 목소리가 진중하게 울려서 그녀는 저도 모르게 고개를 들었다. 그의 눈빛이 그녀에게 올곧게 꽂혔다. 짙은 눈동자에 그녀는 숨 쉬는 것마저 잊어버릴 지경이었다.

"근데 그 드레스는 좀 자제하자."

자리에서 일어난 진하가 성큼성큼 다가와 손을 내밀었다. 그제야 율리는 자신이 멍하니 서 있기만 했음을 깨닫고 다리를 움찔 움직였다. 문제는 딱히 익숙하지 않은 하이힐을 신고 있다는 데 있었다.

"히익!"

걸음이 꼬인 그녀가 휘청거리기 무섭게 그가 그녀의 팔을 붙들었다. 그녀도 다른 손으로 그의 어깨를 짚고 안도의 한숨을 내뱉었다.

똑바로 걸으라는 호통이 떨어질까 싶어 그녀가 살며시 그를 올려다보았다. 그러나 그는 별말 없이 그녀를 의자에 앉혀 주었다.

미묘한 기류만 도는 회의실, 대표이사가 기꺼이 침묵을 깨뜨렸다.

"계속 구경하고 싶긴 하지만 중요한 일이니 이제 그만 이야기 나누시지요?"

구경이라니! 현실감이 들지 않아 머릿속이 텅 비어 있던 율리가 정신을 차리고 얼굴을 붉혔다. 진하가 율리 옆자리에 앉으면서 맞은편에 있는 적룡을 날카로운 시선으로 쳐다보았다.

하여튼 잔꾀는 많아 가지고 감히 흑룡을 손바닥 위에 올려놓으려고.

진하의 매서운 눈빛을 슬쩍 피한 대표이사는 아무렇지 않은 척 율리에게 미소를 보이고 있었다. 어서 대화를 시작하자는 대표이사의 눈짓에 율리가 주춤거리다가 마침내 입을 열었다.

"저기, 혹시 태기…… 우태기라고 알아요?"

"누군데?"

익숙하지 않은 남자 이름에 진하가 눈살을 찌푸렸다.

"영화 촬영 스태프라고 하던데……."

"스태프가 한둘이야?"

하긴, 스태프라고 해도 어느 파트에서 일했느냐에 따라 접점이 있을 수도, 없을 수도 있었다. 율리는 잠시 고민하다가 용이 용살자에게 끌린다는 명제를 떠올리고 말을 덧붙였다.

"혹시 촬영장에서 눈길 가던 사람 없었어요?"

진하는 바로 대답하지 않았다. 대신 그는 다리를 꼬고 팔짱을 낀 거만한 자세로 율리를 가만히 바라보았다. 왜일까? 그의 시선이 닿는 부분마다 심장 박동이 울리는 것 같은 착각이 일었다. 그는 어쩔 줄 몰라 눈동자를 이리저리 굴리는 그녀에게 씩 웃어 주며 농담처럼 말했다.

"벌써 단속 시작하는 거야? 좋아, 적극적인 자세는 환영해."

기가 막혀서 율리가 재빨리 부정했다.

"단속이 아니고요! 여자 말고 남자!"

"그런 취향 없는데."

무릎 위에 놓인 손에 힘이 꽉 들어갔다. 양손을 주먹 쥔 율리가 마음을 가라앉히면서 심호흡만 했다. 그새 또 놀리기 시작인가. 진지한 대화를 하고 싶어서 그녀가 막 입을 뗄 참이었다.

"글쎄, 잘 모르겠는데. 무슨 일인데 그래?"

진하가 얄밉게 선수를 쳤다. 어디서부터 설명해야 하나 고민하던 율리가 처음부터 천천히 털어놓기 시작했다.

"우태기라고, 고등학생 때 가게 단골 있었거든요. 걔가 '형사의 품격' 촬영장에서 스태프로 일했다던데 오늘 우연히 만났어요."

그는 대답 대신 고개만 끄덕였다. 계속 말하라는 몸짓에 그녀가 줄줄 말을 이었다.

"그쪽에서 일해서 제가 누군지 알고 있는 모양이더라고요. 근데…… 이상한 소리를 해서요."

"무슨 소리?"

율리는 진하를 물끄러미 응시했다. 아까 태기가 남긴 말들이 마치 체한 것처럼 그녀의 마음에 걸렸다. 모르는 사람이 듣기에는 아무런 문제가 없는 말이었으나, 용살자 차율리는 달랐다.

"하나는 그쪽 성격이 이상하지 않느냐고 지나가듯이 묻는 말이었고요. 다른 하……."

"잠깐만."

대뜸 그녀의 말을 끊은 그가 진지한 표정으로 물었다.

"그래서 넌 뭐라고 대답했는데?"

"아니, 그게 중요한 게 아니고 다음이……."

"나한테는 중요해."

뭐라 말하려던 율리가 일단 입을 다물었다. 진하의 시선에 묻어 있는 진한 감정 탓에 차마 그의 말을 무시할 수가 없었다. 그때 자신이 뭐라고 했던가? 태기의 물음을 가볍게 넘기기 위해 이렇게 말했었다.

"원래 배우들 다 이상한 거 아니냐고요."

"야! 거기서 그렇게 말하면 어떡해?"

율리의 말이 끝나기 무섭게 진하가 얼굴을 구기고 황당하다는 투로 대꾸했다. 율리가 눈을 동그랗게 뜨고 이해할 수 없다는 눈빛을 내보였다. 적룡마저 눈을 가늘게 뜨고 흑룡을 쳐다보았다.

"적어도 너는 내가 얼마나 인격자인지 칭찬을 해야 하는 거 아니야?"

인격자?

"무슨…… 말도 안 되는……."

얼마나 기가 막혔으면 목소리도 제대로 나오질 않았다. 율리가 잠시 말을 잃고 입을 다물었으나 그럼에도 진하는 뻔뻔하게 그녀를 바라보고 있었다.

"적당히 좀 하시지요?"

대표이사가 한마디 했다. 분명 조소가 담긴 목소리였다. 율리는 마른침을 삼키고 겨우 정신줄을 붙잡았다.

"아무튼……! 어디까지 했더라?"

율리가 눈가를 찡그리면서 한탄했다. 아, 태기가 했던 말에 대해 이야기하고 있었다. 기억을 더듬던 그녀가 다시 입을 열었다.

"그리고…… 촬영 기간 못 맞출 뻔했다면서요?"

"뭐, 거기 내가 일조를 하긴 했지."

차율리를 죽일 수 없다는 현실을 받아들이지 못하고 집에 처박혔던 나날을 진하는 아무렇지도 않게 말하고 있었다. 정말 대단한 자신감이다 싶어서 율리는 속으로 혀를 찼다. 그래도 지금 중요한 것은 그의 태도나 자신감 따위가 아니었다.

"촬영장 날씨…… 많이 바뀌었어요?"

여유 만만하던 진하의 표정이 그제야 싹 바뀌었다. 얼굴을 굳힌 그가 팔짱을 끼고 있던 팔을 풀면서 낮아진 목소리로 물었다.

"그걸 네가 어떻게 알아?"

"야외 촬영 때마다 날씨가 좋았다고 그랬어요, 태기가."

진하의 눈빛이 변하기 시작했다. 덩달아 율리도 긴장하면서 말을 계속했다.

“그냥 떼어 놓고 보면 아무것도 아닌 것 같은데…… 태기가 저한테 그쪽이 이상하지 않느냐는 말을 했어서 그런지 느낌이 더 안 좋더라고요, 날씨 이야기가.”

“잘했어, 대비할 만해.”

고개를 끄덕인 진하가 대표이사에게 물었다.

“우태기라는 스태프 알아보고 있어?”

“예.”

“스태프라면…… 촬영도 끝났으니까 나랑 직접적으로 마주치기 힘들어. 아마 차율리한테 또 접근할 거야.”

“저요?”

게다가 가게 손님이었으니, 접근하기도 쉬울 것이다. 율리가 갸웃거리자 진하는 그녀의 머리를 슥슥 쓰다듬으면서 대답했다.

“이야기 잘 이끌어 내 봐. 정말 그놈이 용살자인지 확실히 알아야 해.”

“만, 만약 용살자면요?”

그녀의 목소리가 살짝 떨렸다. 최악의 결과를 우려하는 그녀를 그가 지그시 보면서 매정하게 말했다.

“처리해야지.”

“안…… 안 돼요, 그건!”

율리가 저도 모르게 진하의 팔을 덥석 잡았다. 그의 눈길이 스륵 내려갔다. 자신의 팔목을 잡고 있는 그녀의 손에서 떨림이 전해졌으나, 그는 짐짓 모른 척했다.

"왜?"

"태기가 그 집 가장이라던데……."

"그런 건 상관없어."

"아마 할머니랑 여동생이랑 살고 있을 거예요. 애가 나쁜 애도 아니고……."

"차율리."

진하는 열심히 태기를 변호하는 율리의 말을 도중에 잘랐다. 다른 사람을 위한 절실한 눈동자가 왠지 마음에 들지 않았으나 지금은 그녀를 진정시키는 것이 먼저였다.

"걔가 용살자라는 증거는 아직 없어. 벌써부터 겁먹지 마."

율리의 입이 뚝 닫혔다. 진하는 냉정해진 눈동자로 율리를 바라보면서 팔목에서 그녀의 손을 떼어 내 테이블 위에 올려 주었다. 선을 긋는 그의 태도에 그녀가 입술을 꾹 깨물 무렵이었다.

"그리고 용살자라면 처리해야 해. 언제 위협이 될지 몰라."

용살자를 향한 원한에 그가 씹어 뱉듯이 말을 이었다.

"잊지 마. 내가 죽으면, 이튿날 너도 죽어. 이런 문제에서는 냉정해져야 해."

맞는 말이었다. 자신의 죽음 앞에서 율리는 차마 더는 토를 달 수가 없었다.

이야기가 끝나고 진하와 율리 사이의 분위기가 무겁다 싶을 때였다. 대표이사가 자리를 뜨고 볼일을 다 마친 둘은 지하 주차장으로 내려왔다. 율리가 세워 둔 차 쪽으로 향하자 그녀를 따라가면서 진하가 말했다.

"차율리, 나 차 없으니까 태워다 줘. 차 가지고 왔지?"

"네, 차 없어요?"

"매니저가 끌고 갔어. 조수석에 앉으면 되지?"

그녀가 고개를 끄덕이자 그가 냉큼 조수석에 올랐다. 그녀는 옷이 든 종이 가방을 뒷좌석에 두고 운전석에 앉았다.

"분명 애기 기운도 느껴졌는데."

진하는 주말인데 출근을 할 리 없는 백룡의 기운을 분명히 느꼈다. 그가 의아하다는 투로 중얼거리자 그녀가 관심을 보였다.

"애기요?"

안전벨트를 매면서 율리가 되묻자 진하가 한쪽 입가를 끌어올리고 답했다.

"백룡. 백경진. 중요한 일인데 왜 안 와?"

"아…… 선배, 이야기 대충 듣고는 법무팀 사무실로 가셨어요. 바쁘신가, 주말인데."

율리가 가볍게 대꾸하고 시동을 걸었다. 조수석 의자를 편하게 조절한 진하가 코웃음을 치며 중얼거렸다.

"걔가 지금 우리한테 삐쳐서 그래."

"네? 왜요?"

당황한 투로 묻는 그녀를 그가 물끄러미 쳐다보았다. 순진한 표정을 짓고 있는 그녀를 보자 한숨이 다 흘러나왔다. 정말 모르는 건지, 모르는 척을 하는 건지. 전자라면 참 차율리다운 일이고, 후자라면 그녀는 생각보다 만만찮은 여자였다.

"알 거 없어. 신경 쓰지 마."

자신의 입으로 백경진이 차율리에게 감정을 가지고 있다고 말하고 싶지 않아서 진하가 대충 얼버무렸다. 입술을 삐죽거린 그녀가 사이드브레이크를 내리고 주차장을 벗어나기 시작했다.

"그때 그 집…… 주소 까먹었는데, 길 알려 주세요."

진하는 앞을 바라보며 부탁하는 율리를 미덥잖게 응시하다 한숨을 섞어 말했다.

"그냥 내가 운전할까?"

"아뇨, 제 차니까 제가 할게요."

단칼에 거절한 율리가 길을 따라 차를 몰았다. 길 안내라니, 번거로운 일은 딱 질색인 터라 진하가 성가시다는 투로 대꾸했다.

"내비에 찍어. 귀찮아."

아무래도 그게 낫긴 하겠다 싶어서 잠깐 멈춘 그녀는 내비를 켜고 그가 불러 주는 주소를 입력했다.

다행히 길은 많이 밀리지 않았다. 율리가 여유롭게 운전하는 모습을 보고 안도한 진하가 등받이에 폭 기대어 아까부터 눈에 거슬리던 것을 말했다.

"너, 내 집에 들러서 입고 온 옷으로 갈아입고 들어가."

느닷없이 무슨 소리인가. 율리가 미간을 찌푸리고 그를 곁눈질했다.

"……싫은데요?"

"그러고 돌아다니겠다는 거야?"

"어차피 그쪽 내려 주고 바로 집으로 갈 건데 왜요! 사진 좀 찍어 둘 건데!"

대학 졸업 사진을 찍을 때도 이만큼 신경을 써 본 적이 없었다. 연예인들이 다닌다는 가게에서 처음으로 관리를 받아 본 율리는 신데렐라가 된 느낌을 잊지 않기 위해 오늘의 모습을 꼭 사진으로 남겨 둘 생각이었다. 그래도 이 정도면 평소의 모습보다는 진하와 조금 더 대등해 보이지 않을까 싶었다.

"그럼 내 집에서 사진 찍고 옷 갈아입어."

"진짜 이상한 남자네. 누구 만나러 가는 것도 아닌데!"

하지만 임진하는 꼰대가 따로 없었다. 직진 신호를 보고 다시 액셀을 밟은 율리가 투덜거렸다.

"제가 살면서 이렇게 차려입을 일이 몇 번이나 있겠냐고요."

옆 차로가 비어 있는 것을 발견한 율리는 속력을 내면서 차선을 변경했다. 조수석 쪽 백미러를 통해 뒤차를 본 진하가 눈살을 찌푸렸다.

"야, 운전 천천히 해."

"비었는데요, 뭘."

"안전 운전 몰라? 왜 그렇게 급해? 집에 빨리 들어가고 싶어서 그래?"

진하가 바로 맞받아쳤다. 사고가 날 정도는 아니었으나 뒤차와의 거리가 썩 벌어져 있지도 않았다. 의외로 율리의 운전 방식이 거칠다 싶어서 걱정하는 마음에 한 소리였으나, 내심 같이 있는 도로 위의 시간을 조금이라도 늘리고 싶은 마음도 있었다.

"알았어요."

이 남자를 말로 이기기가 쉽지 않아서 율리는 속도를 줄이고 답답한 운전을 이어 나갔다.

차가 밀리지 않아서 목적지에 생각보다 빠르게 도착할 수 있었다. 주차장에 도착해서 사이드브레이크를 올리자마자 그가 그녀의 손목을 콱 잡았다.

"차율리, 내려."

"어우, 진짜……."

그를 보내고 눈치껏 도망치려던 그녀가 불만을 터뜨렸다. 기동력을 잃지 않기 위해 운전대를 놓지 않고 있었는데, 임진하는 집요했다.

"너 그 꼴로 못 보내."

"단속은 그쪽이 하고 있네!"

틀린 말은 아닌지 부정하는 소리는 없었다.

투덜투덜 불평하면서 율리가 운전석에서 내렸다. 싸늘한 공기에 훤히 드러난 어깨가 절로 오그라들었다. 진하가 들으라는 듯 크게 한숨을 내쉬면서 그녀에게 재킷을 둘러 주고 뒷좌석에 있는 종이봉투를 들었다.

"가자."

입술을 삐죽거리면서도 율리는 어쩔 수 없이 엘리베이터에 올랐다. 아직 열두 시도 되지 않았는데 마법이 풀리게 생겼다. 자신의 아쉬운 마음을 몰라주는 진하가 참 얄미워서 그녀가 툴툴댔다.

"자기는 맨날 남이 꾸며 주니까 모르지."

그는 대꾸 대신 피식 웃고 말았다. 곧 엘리베이터 문이 열렸다. 그에게 팔목이 붙들린 터라 그녀는 질질 끌려가다시피 내렸다.

다행히 실내는 따뜻했다. 어깨를 두르고 있던 재킷을 벗어 그에게 건넨 그녀가 비틀거리면서 구두를 벗고 바닥으로 내려왔다. 자신의 키를 10센티미터 이상 키워 주었던 고마운 구두였으나 이젠 신을 일도 별로 없겠다.

'아쉬워.'

구두를 바라보는 그녀의 눈에서 미련이 뚝뚝 떨어졌다. 그때 그가 그녀에게 종이봉투를 내밀면서 드레스 룸을 가리켰다.

"셀카 열심히 찍고 옷 갈아입고 나와."

"됐어요, 셀카 안 찍어."

남의 집에서 창피하게 사진을 찍을 생각은 없었다. 잔뜩 삐친 목소리로 답하고 율리가 막 돌아설 무렵이었다.

"차율리."

"네?"

진하가 부르는 소리에 고개를 돌리기 무섭게 찰칵, 카메라 셔터 음이 들렸다. 의기양양하게 휴대폰을 들고 싱글벙글 웃고 있는 남자를 보자마자 율리는 이 상황을 알아차리고 기겁하며 달려왔다.

"히익! 나 찍었어요?"

"그러고 보니까 네 사진이 없더라고."

"이상하게 나온 거 아니야? 봐요!"

"아니야, 안 이상하니까 걱정 말고……."

"못 믿어!"

진하의 말허리를 자른 율리가 성난 황소처럼 씩씩거리면서 그의 휴대폰을 잡으려 애를 썼다. 그러나 그는 그녀의 손을 휙휙 잘도 피했다.

"아, 좀 보여 줘요!"

약이 잔뜩 오른 그녀가 꽥 소리쳤다. 물론 그가 쉬이 그녀에게 사진을 보여 줄 리가 없었다.

"너…… 키 작구나."

피식 웃고 있는 진하를 흘겨보던 율리가 있는 힘껏 뛰었다. 하지만 키가 큰 남자가 심지어 길쭉한 팔까지 위로 쭉 뻗고 휴대폰을 사수하고 있으니 펄쩍펄쩍 뛰어도 손이 닿지 않았다. 결국 그녀는 어금니를 꽉 깨물고 그의 팔에 매달렸다.

"에잇!"

체중을 이기지 못하고 팔이 떨어지겠지 싶었으나 밉살맞게도 진하는 다른 손으로 휴대폰을 바꿔 들고 율리의 귓가에 속삭였다.

"차율리, 그렇게 내가 좋아?"

"네?"

"아주 달라붙어서 떨어지질 않네."

그가 웃음을 섞어 답하자 그녀가 미간을 찡그린 채로 고개를 숙였다. 그러고 보니, 지금 자신은 양손으로 그의 팔을 꼭 끌어안고 있는 셈이었다.

"으악!"

그녀가 경악하면서 그의 팔을 내던지듯 놓고 한 걸음 물러섰다. 여유 가득한 표정으로 그가 그녀의 어깨를 잡아 끌어당겼다.

"셀카 찍을까?"

"네?"

눈을 동그랗게 뜬 율리가 고개를 들자마자 다시 한 번 셔터 소리가 터졌다. 최고로 예쁜 표정도 아니고 멍청한 얼굴로 또 사진이 찍혔다! 그것도 이번에는 임진하 옆에서. 감당할 수 없는 현실 탓에 그녀의 다리가 휘청거렸다. 그러거나 말거나 그는 혼자 신이 났다.

"됐지? 얼른 옷 갈아입고 나와."

사진이고 뭐고…… 다 지워 버리고 싶다. 그녀는 비틀비틀 드레스 룸으로 향했다.

'정신이 혼미하다…….'

잔뜩 지친 율리가 주섬주섬 옷을 갈아입었다. 후줄근한 후드 티셔츠와 청바지로 갈아입자 어째 열두 시가 지나 다시 재투성이가 된 신데렐라 같은 기분이 들었다. 그녀는 입술을 삐죽거리면서 밖으로 나왔다.

"이제 됐죠?"

"왜? 사진 남겼는데."

"그거 지워 주면 안 돼요?"

율리가 한껏 불쌍한 표정을 지어 보였으나 진하는 웃는 낯으로 고개를 저었다. 언제 불쌍한 척을 했냐는 듯, 그녀가 얼굴을 구겼다.

"그럼 나도 사진 찍을래."

"찍어."

그는 팔짱을 끼고 당당하게 대꾸했다. 하긴, 아무리 억지를 써 봐도 이 남자한테서 굴욕 사진을 뽑을 수는 없을 것 같다. 절망스러운 기분에 한숨만 내쉰 그녀가 소파로 다가가 털썩 주저앉았다.

"됐어요."

"왜? 찍혀 줄 용의 있어."

그녀는 대답하지 않았다. 그나마 화장이 지워지지 않았으니까 집에 가서 열심히 예쁜 척을 하며 사진을 남기면 되겠지. 그녀는 현실을 받아들이고 마음을 다잡았다.

"안 찍어?"

"안 찍어요."

율리는 잔뜩 가시 돋친 목소리로 말했다. 진하가 코웃음을 치고 맞은편 소파에 자리했다.

"차율리."

"왜요?"

"우태기가 너한테 접근하면 잘 떠봐."

갑자기 태기의 이름이 나와 깜짝 놀란 율리가 고개를 들었다. 어느새 진하의 얼굴에는 장난기가 사라져 있었다. 그녀가 조심스럽게 되물었다.

"저한테…… 올까요?"

"당연히 오지. 걔가 정말 용살자라면."

그녀가 이해할 수 없다는 눈빛을 비치자 그가 말을 이었다.

"나랑 이어질 끈이 너뿐인데."

확신이 가득 담긴 음성이었다. 그녀가 눈동자가 흔들렸다.

이튿날, 일요일에 시간을 겨우 마련한 화정에게 율리는 당연히 시간을 내야만 했다. 점심시간은 이미 훌쩍 지났고, 저녁을 먹기에도 이른 시간이라 두 사람은 카페에서 만났다.

"이게 뭐야! 빵떡 같잖아!"

휴대폰에 전송된 사진을 보고 율리가 저도 모르게 한탄했다. 어제부터 오늘까지 내내 진하를 괴롭혀서 얻어 낸 사진은 썩 달지만은 않은 결실이었다. 저번에 그의 집에서 찍혔던 자신의 사진을 괴로운 표정으로 다시금 확인한 율리가 머리를 쥐어뜯었다.

"뭔데?"

관심을 보이면서 고개를 슥 내민 화정이 참지 못한 웃음을 터뜨렸다. 폭소하는 친구를 율리가 악귀 같은 표정으로 노려보았다.

"야, 너무…… 너무하잖아."

입술을 삐죽이다가 돌아본 사진은 어떻게든 무시할 수 있었다. 문제가 되는 건 진하에게 이끌려서 같이 찍은 사진이었다. 하필이면 요즘 가장 핫한 남자 옆에서 멍청한 얼굴로 찍히다니! 마음 같아서는 휴대폰을 내던지고 싶었다.

더욱 억울한 것은 아무렇게나 찍어도 배우는 배우라고, 율리와 달리 진하는 멀쩡하게 찍혀 있다는 점이었다. 화정이 혀를 찼다.

"좀 예쁜 표정 좀 짓지!"

"아냐."

율리가 모든 걸 포기하고 부정했다. 친구의 목소리가 진지해져서 화정이 의아한 눈빛을 보일 때였다.

"이 옆에서는…… 내가 뭘 해도 안 돼."

심지어 그날은 처음으로 전문가에게 화장을 받고 머리까지 신경을 썼었다. 그럼에도 결과는…….

화정이 율리의 휴대폰 화면으로 시선을 옮겼다. 씩 웃고 있는 진하의 사진을 보자 율리의 말이 무슨 뜻인지 바로 이해가 갔다.

"……그렇긴 하겠다."

갑자기 친구가 가엾게 느껴진 화정도 씁쓸히 긍정했다. 율리는 휴대폰 화면을 끄고 마음을 진정시키기 위해 커피를 한 모금 마셨다.

"아, 그렇지. 진짜 궁금해. 어떻게 사귀게 된 거야? 그보다 이 언니한테 어떻게 숨길 생각을 했어?"

눈을 가늘게 뜬 화정이 수사관인 양 질문을 두다다다 던졌다. 율리가 눈동자를 굴렸다. 어디서부터 어떻게 말을 해야 하나 늘 걱정이었다. 잘못했다가는 화정에게 지석의 기억을 떠올리게 할 수도 있을 것 같기도 했다.

"이게…… 참 정리하기가 힘들다."

"그냥 다 말하지 그래?"

간단하게 말하는 화정과 달리 율리는 솔직하게 다 털어놓을 수도 없었다. 율리는 일단 해도 괜찮을 말들을 골라 뱉었다.

"음…… 그냥 악플 전담하면서 자주 만나기도 했고, 또 너한테 말 안 한 게 있긴 해."

"뭔데?"

"그게…… 사실 원래 알던 사람이야."

"뭐?"

예상치 못한 말에 화정이 눈을 크게 떴다. 율리는 뒷머리를 긁적이며 털어놓았다.

"엄마 가게 단골이었거든."

"가게? 책방?"

"응."

고개를 끄덕인 율리가 말을 이었다.

"나 잘렸을 때도 회사 소개해 준 사람이 그 사람이고."

"대박 사건! 그걸 이제 말해 주면 어떡해!"

전해 듣기로는 그 당시 율리의 회사는 구인을 하지도 않았고, 그렇다고 경진이 소개해 준 자리도 아니었는데 율리가 어떻게 그 회사에 입사하게 되었나 화정은 궁금했었다. 갑작스러운 퇴사에 상처 받은 친구에게 꼬치꼬치 캐묻기도 미안해서 자신만의 의문으로 남겨 두었던 것이 이제야 풀렸다.

"미안해, 네가 팬이기도 해서……."

오랫동안 친구를 속인 셈이 되어 미안해진 율리가 검지로 테이블을 만지작거리며 사과했다. 혹시나 싶어서 화정이 바로 덧붙였다.

"팬으로 좋아하는 거지, 남자로 좋아하는 거 아니다?"

"응, 알아."

화정이 빙그레 웃더니 율리의 어깨를 툭 쳤다.

"이거 이거, 그래 놓고는 내가 두 사람 엮는 말만 해도 아닌 척 시치미를 뗐다 이거지?"

"그, 그거야 뭐, 이런 사이가 될 줄 알았던 것도 아니고……."

당황한 율리가 어쩔 줄 몰라서 말을 더듬었다. 시원시원한 성격의 화정은 너그러이 넘어가 준다는 듯 과장해서 고개를 주억거리고 말했다.

"하여튼 축하해! 언제 꼭 소개해 주는 거다?"

"응."

수줍게 답하는 율리를 가만히 쳐다보던 화정이 질투하는 척 일부러 비싼 곳을 언급했다.

"밥을 어디 가서 먹을까? 호텔 뷔페?"

"……가고 싶은 데 가자."

"진짜?"

비싼 값을 치러야 할 입장이긴 하지. 율리는 대답 대신 끙 앓는 소리만 냈다. 화정이 깔깔 웃었다.

친구에게 비싼 저녁을 대접하고 집에 돌아온 율리는 휴대폰을 충전하기 위해 꺼냈다가 부재중 통화와 메시지를 발견하고 눈을 깜빡거렸다. 전부 다 진하의 연락이었다. 망설일 틈도 없이 그녀가 전화를 걸었다.

"어? 언제 전화했어요?"

—야, 전화 좀 빨리 받아 줘…….

진하가 힘없이 대답했다. 혹시 무슨 일이 있나 걱정이 되어서 율리가 재빨리 물었다.

"왜요?"

—휴식 시간 끝났다고.

이 남자가 진짜.

그녀가 눈살을 찌푸리기 무섭게 걱정이 눈 녹듯이 사라졌다. 그녀는 화정이 부탁한 대로 그와의 자리를 마련해 보기 위해 입을 열었다.

"언제 쉬는 날 없어요?"

—시사회도 있고 무대 인사도 있고…… 바쁘지, 이제. 왜?

"친구가 꼭 만나 보고 싶대서요. 완전 팬이거든요."

—그때 사인 준 친구?

진하는 화정을 기억하고 있는 모양이었다. 깜짝 놀란 율리가 반갑게 대꾸했다.

"네! 어떻게 알았어요?"

—너 친구 별로 없잖아.

그가 아픈 곳을 찔렀다. 친구가 아예 없는 것은 아니었다. 다들 바쁘고 정신없이 사느라 만나기 힘들 뿐, 동창회라거나 누군가의 결혼식 등에서 반가운 친구들을 만나기는 했다.

"……친구 많거든요?"

화정만큼 친한 친구는 별로 없긴 하지만.

—끊어. 나중에 시간 내 볼게.

"네."

그래도 그는 시간을 만들어 보겠다고 여지를 남겼다. 전화를 끊은 그녀가 희미한 미소를 짓고 그가 보내온 휴대폰 메시지를 확인했다.

[차율리, 전화.]

[뭐 해?]

[전화 안 받아?]

오늘 온 메시지를 읽고 나서 율리는 그와 연애를 하기 전에 나누었던 메시지까지 쭉 읽어 보다가 중얼거렸다.

"……달라진 게 하나도 없는 것 같은데?"

미간을 찌푸린 율리가 정말 이 남자와 자신이 연인 사이인가 고민하다가 오늘 굴욕을 안겨 주었던 사진을 바라보았다. 이때 자신도 참 열심히 꾸몄었는데…… 억울하다. 외모 하나만큼은 타의 추종을 불허하는 진하의 모습을 한참 쳐다보다가 그녀가 한숨을 내쉬었다.

'그래, 오래오래 잘 살아야지.'

생명이 얽혀 있는 운명 공동체. 연인 사이보다 더욱 진하고 더욱 깊은 사이 아닌가. 그녀가 복잡한 눈빛으로 휴대폰을 응시하다가 화면을 끄고 몸을 일으켰다.

과연 진하의 말대로 태기가 나타날까.

정말 태기가 용살자일까.

'그렇다면 태기를…….'

율리는 눈을 질끈 감고 양손에 얼굴을 묻었다. 아니었으면 좋겠다. 그녀는 자신이 헛다리를 짚은 것이기를 바랐다.

11장

출퇴근 시간이나 점심시간 등에 신경을 써야 하는 것 말고는 일상이 크게 달라지진 않았다. 퇴근 시간. 하루 중 직장인으로서 가장 기쁠 때가 드디어 찾아왔다. 율리는 오후 내내 씨름하던 서류를 아영에게 내밀었다.

"퇴근 전에 다 할 줄 몰랐는데, 율리 씨 은근 빨리 배우네."

"정말요?"

전에 다닌 회사에서는 툭하면 혼나고 깨지는 것이 일상이었는데 아영은 칭찬을 이토록 밥 먹듯 해 주곤 했다. 뿌듯하고 성취감이 들어서 정말 일하는 맛이 났다.

"이거 아까 세 시에 준 거 맞지? 세 시간 만에 한 거잖아."

"감사합니다."

수줍게 웃으면서 율리가 고개를 꾸벅 숙였다. 아영은 서류철을 덮고 책상 위에 올려 두면서 한숨을 푹 내쉬었다.

"감사는 무슨. 내가 고맙지. 난 오늘도 야근인 것 같다."

"좀 도와 드릴까요?"

"에이, 됐어."

아영이 손사래를 쳤다. 방금 율리가 건넨 서류도 사실은 아영의 일이었다. 이미 율리가 도움을 준 셈이었다.

"율리 씨, 자기는 애인하고 데이트?"

"아뇨. 아시잖아요, 바쁜 거."

영화 개봉일이 다가오면서 무대 인사 때문에 진하는 전국 순회를 하고 있었다. 주연 배우의 스캔들에도 불구하고 관심이 뜨거워서 그는 이리저리 불려 다니는 신세였다. 얼마나 바쁜지 하루 종일 연락이 되지 않을 때도 있었다.

"인기인하고 연애하는 것도 힘들겠네."

아영이 안쓰러운 시선을 보내자 율리는 괜스레 머쓱해졌다.

"그럼 먼저 가 보겠습니다."

율리의 말에 아영은 인사 대신 고개를 끄덕였다. 그때 한강이 겉옷을 입으면서 율리에게 말을 붙였다.

"같이 내려가죠?"

"앗, 네."

한강과 함께 퇴근하는 건 드문 편이었다. 율리가 어색하게 대답하고 부랴부랴 가방을 집었다. 사무실에 혼자 남게 된 아영이 한강을 붙들고 늘어졌다.

"김변, 가지 마…… 나랑 같이 야근해……."

"웃기네."

그러나 한강은 아영을 매정하게 잘라 내고 사무실을 나섰다. 울상이 된 아영을 힐끔힐끔 돌아보며 한강을 쫓아 나온 율리가 닫힌 문에서 시선을 떼고 입을 열었다.

"어, 저…… 선배님 괜찮을까요?"

"최변은 욕심이 많아서 자기가 할 수 있는 것보다 더 많이 하려고 하는 게 문제라."

한강은 전혀 아무렇지도 않다는 듯 대답했다. 엘리베이터 버튼을 누른 뒤 그가 말을 이었다.

"그래도 해 볼 만하니까 하는 거겠죠."

"네……."

뒤늦게 입사한 자신보다 그가 아영을 더 잘 알고 있기도 했고, 굳이 이러쿵저러쿵 조언할 처지도 아닌 터라 율리는 더 이상 토를 달지 않았다. 퇴근 시간임에도 사무실에서 빨리 나와서일까, 엘리베이터에는 사람이 별로 없었다.

"차, 지하에 세웠어요?"

"네."

1층에 잠깐 머무르던 엘리베이터가 지하 주차장에 도착했다. 그때, 한강의 옆을 졸졸 따르던 율리에게 누군가가 훌쩍 다가왔다.

"저기, 저, 안녕하세요."

아는 얼굴이었다.

"어? 매니저님?"

진하의 매니저인 민호가 굳은 얼굴로 율리를 바라보고 있었다. 뜻밖의 만남에 율리가 눈을 동그랗게 떴다. 한강은 구태여 모르는 사람 사이에 끼고 싶지 않아 한쪽 손을 들어 보이며 말했다.

"얘기들 하세요. 난 먼저 가 볼게요."

"아…… 안녕히 가세요."

곧장 제 차로 향하는 선배의 뒷모습을 보던 율리가 민호를 돌아보았다. 그러고 보니 민호를 꽤 오랜만에 보는 느낌이었다. 율리가 반가운 표정을 지으며 물었다.

"무슨 일이세요? 오늘 되게 바쁘다고 들었는데."

스케줄이 30분 단위로 짜여 있다는 통화 이후로 진하는 연락을 하지 않았다. 민호가 심호흡을 하듯 숨을 크게 들이마시더니 율리에게로 고개를 숙이고 대답했다.

"형이 많이 다쳐서요."

"네?"

전혀 예상치 못한 소식을 들어서일까? 주변 소리가 전부 차단된 것 같았다. 주차장을 가득 메운 자동차 소리가 하나도 인식되지 않았다. 멍하니 있는 율리에게 주변을 둘러보던 민호가 소리를 낮추어서 소곤거렸다.

"사고가 크게 났어요. 조명이 떨어져서……."

머릿속에 상황이 바로 그려지자 율리는 눈앞이 빙글 도는 듯했다. 다리에 힘이 빠져서 그녀가 비틀거리자 고맙게도 그가 그녀의 팔을 잡아 지탱해 주었다. 그녀가 입술을 떨면서 캐물었다.

"사, 상태는요? 괜찮아요? 어딜 어떻게 다친 건데요?"

"……병원에 실려 갔는데 율리 씨만 찾고 있어요."

민호가 상세하게 설명하지 않았음에도 율리의 손발이 차가워졌다. 그가 자신을 찾고 있다면, 그것도 큰 부상을 입고 찾고 있다면…….

목숨이 위험한 것일지도 모른다. 진하가 죽은 이튿날, 자신이 죽게 된다는 사실을 인지하고 있으면서도 그보다 진하의 상태가 걱정이 되어서 율리는 어쩔 줄 몰랐다.

"어, 어느, 어느 병원인데요?"

"저랑 같이 가요. 지방 촬영이라…… 모시러 왔어요."

율리는 대답도 하지 못하고 고개만 끄덕이며 민호의 차에 올랐다. 민호는 능숙하게 시동을 켜고 운전을 시작했고, 그녀는 양손을 꼭 쥐고 상황이 나쁘지 않기만을 간절히 바랐다.

하지만 차율리가 조금만 더 이성적이었더라면, 민호의 말이 이상하다는 점을 깨달았을 것이다. 임진하는 사람이 아니고, 사고를 당할 만큼 약하지도 않다는 것을.

같은 시각, 적룡은 이메일로 전송된 CCTV 사진을 보고 하얗게 굳었다. 그녀는 마우스를 쥔 손을 황급히 떼고 전화기를 집어 들었다. 익숙한 번호를 누르는 그녀의 손길이 빨라졌다.

"접니다."

—무슨 일이야?

운 좋게 휴식 시간을 갖게 된 흑룡이 바로 전화를 받았다.

"잘못 짚었습니다."

—뭘?

"우태기라는 스태프는 용살자가 아니었습니다."

—그럴 것 같았어.

적룡의 목소리가 가늘게 떨려왔으나 흑룡은 예상했다는 반응이었다. 그럴 만도 한 것이 촬영장에서 딱히 눈이 가던 스태프가 없었다. 우태기가 용살자였다면, 분명 기억에 남아 있었을 것이다.

—그럼, 팩스를 보낸 새끼가 누군지는 알았나?

"알았…… 습니다만, 믿어지지가 않아서……."

—누구지?

조사에 시간이 오래 걸린 이유가 있었다. 인터넷 팩스라는 악조건하에서 발신인을 정확히 찾아내는 것은 어려운 일이었다. 결국, 적룡은 여러 가지 루트로 정보를 수집해야만 했다.

일단 태기의 모습을 사진으로 확인했으나 용이 용살자를 먼저 알아볼 수는 없는 노릇이었다. 찝찝한 기분으로 적룡은 인터넷 팩스 회사에 따로 연락을 넣었다. 그 팩스의 발신인에 대해 사소한 정보라도 얻기 위해서였다.

회사는 고객의 개인 정보를 알려 줄 수 없다고 철벽 방어를 했으나, 직원을 매수하는 일처럼 손쉬운 것도 없었다. 다만 난제가,

이제는 인터넷 기반 회사들이 개인 정보를 대부분 파기했다는 데 있었다. 그래서 팩스 회사 직원은 적룡에게 그 회원이 어디에서 예약 팩스를 보냈는지 아이피 주소와 시간만 제공해 주었다. 그것만으로도 충분한 정보이긴 했다.

마침내 아이피 주소와 예약 시간을 확인한 결과가 이메일로 도착했다. 놀랍게도 아이피 주소는 회사 내부를 가리키고 있었고, 예약 시간은 팩스가 오기 하루 전날의 직원 휴게실. 그리고 팩스가 예약된 후, 직원 휴게실을 나선 사람은…….

"CCTV 확인 결과, 김민호 매니저였습니다."

팩스 예약 시간 이후, 직원 휴게실을 나선 사람은 민호뿐이었다. 그 뒤로는 아무도 휴게실을 드나들지 않았다. 그 시간에 민호만이 휴게실에 있었다는 뜻이었다.

전화기 저편에서는 아무런 말도 들려오지 않았다.

민호의 차는 곱게 포장된 도로를 벗어나 외진 길로 접어들었다. 아무리 봐도 큰 병원이 있을 만한 길은 아니었다. 지방 스케줄이라고 했으니 외곽 도로를 타고 가려는 모양이다, 라고 생각하면서 율리는 초조한 눈으로 바깥을 응시했다.

"얼마나 더 가야 돼요?"

민호는 대답하지 않았다. 율리는 그를 힐끔 곁눈질했다. 전에는 본 적 없는 창백한 안색이었다. 하긴, 민호 역시 많이 놀랐을 텐데 운전까지 해야 하니 정신이 없을 만도 했다. 그녀는 굳이 대답을 기다리지 않고 창밖을 바라보았다.

그러나 예상과 달리 차가 멈춘 곳은 한적하고 허름한 컨테이너 건물 앞이었다. 율리가 뭐라 말하기도 전에 민호가 선수를 쳤다.

"죄송해요."

"네?"

뜬금없는 사과였다. 이 상황이 이해가 가지 않아 그녀의 눈가가 일그러졌다. 민호는 율리의 안전벨트를 풀어 주고 나서 솔직하게 털어놓았다.

"거짓말이었어요. 형은 안 다쳤고, 전 지금 휴가 중이거든요."

"아, 아니……."

기가 막히는 소리였다. 황당해서 말이 다 나오지 않아 그녀가 더듬거렸다. 그녀는 고개를 수그리고 있는 민호를 어이없는 눈빛으로 쳐다보다가 울컥 치미는 분노에 목소리를 높였다.

"장난을 해도…… 어떻게 이런 장난을 칠 수가 있어요?"

그 와중에도 안도감이 밀려왔다. 진하가 다치지 않았다는 사실이, 그를 걱정하지 않아도 된다는 점만큼은 정말 다행이었다. 율리는 한숨을 내쉬면서 손에 얼굴을 묻었다. 눈물이 찔끔 나왔으나 겨우 참을 수 있었다.

"정말 죄송합니다. 죄송해요."

"왜 이런 거짓말을……."

진하에 대한 걱정을 내려놓고 나자, 이제는 이 상황에 공포가 느껴졌다. 외지고 어두운 길, 인기척이라고는 하나도 없는 공간에 건장한 남자인 민호와 단둘만이 남은 상황. 율리의 입술이 바짝 말라갔다. 민호는 대답 대신 운전석 문을 열고 나가더니 율리가 타고 있는 조수석 문을 밖에서 열어 주었다. 그녀가 상황에 대한 설명을 바라는 눈으로 그를 빤히 응시했다. 아랫입술을 꽉 깨물고 있던 민호가 허리를 굽히고는 간절히 부탁했다.

"저 좀 도와주세요."

"네?"

설명은 건너뛰고 대뜸 도와 달라니? 율리가 의심스럽게 민호를 쳐다볼 참이었다. 민호가 율리의 팔을 덥석 잡고는 그녀를 밖으로 끌어냈다. 밖으로 끌려 나가지 않으려고 애를 써 보았으나 남자 힘을 이길 수는 없었다.

"이거 놓으세요! 어딜 가는 거예요?"

겨우 가방을 챙긴 율리가 꽥 소리쳤다. 민호는 율리의 팔을 놓지 않고 컨테이너 출입문을 벌컥 열었다. 이 안에 갇히게 되는 건가, 율리의 눈동자가 세차게 흔들렸다. 납치, 살해 등의 범죄 사건이 머릿속에 스쳐 지나갔다. 그녀의 불안을 읽었는지 민호가 바로 그녀의 손을 놓아주고 말했다.

"걱, 걱정하지 마세요. 나쁜 짓은 안 할게요. 정말이에요."

"지금 이것부터가 나쁜 짓이에요! 이건 범죄라고요!"

율리는 민호의 선량한 얼굴을 올려다보며 도저히 이해할 수 없다는 표정을 지었다. 진하의 매니저, 분명 진하가 굳게 신뢰하는 사람일 텐데 어떻게 이런 일을 저지르는 건지 납득이 가지 않았다.

그때 민호가 한탄하듯 입을 열었다.

"형은 사람이 아니에요."

순간, 율리의 기세가 무너져 내렸다.

"……네?"

"진하 형은 인간이 아니라고요."

'말도 안 돼. 설마…….'

태기가 용살자일 거라고 지레짐작하고 있었는데, 태기가 아니라 어쩌면 민호가…… 율리는 찬물을 뒤집어쓴 사람처럼 경악했다.

"무, 무슨 말을 하고 싶은 거예요?"

율리의 목소리가 당황으로 떨렸다. 말도 안 되는 소리에 당황한 것이 아니라 민호가 진하의 정체를 알고 있다는 게 충격적인 탓이었다.

"제가 미친 소릴 하는 걸로 들리겠지만, 이 세상엔 사람이 아니면서 사람인 척하는 것들이 있어요."

"미친…… 소리라는 거 스스로도 잘 아시네요."

하지만 모르는 척을 해야 했다. 자신의 입으로 사실을 털어놓을 수는 없는 노릇이었다. 진하와 경진이 어째서 자신에게 그토록 모르쇠로 일관했는지 이제야 알 것 같았다. 이게 의심을 지우는 가장 쉬운 방법이었다.

"제 말이 안 믿기는 건 알아요. 저도 처음엔 안 믿었으니까요."

"이상한 소리 하실 거면 그만 보내 주세요."

율리가 고개를 저으면서 듣기 싫다는 의사를 내비쳤다. 말이야 딱 부러지게 했으나 여전히 그녀의 머릿속은 혼란스러웠다.

태기가 용살자라는 의심은 착각에 불과했다. 태기는 평범한 사람이었고 기가 막히게도 민호가, 진하의 수족과도 같던 매니저 민호가 그 용살자였을 줄이야. 어쩐지 태기가 그 이후로 가게에 오지 않는다 했다.

"저 좀 도와주세요, 율리 씨…… 아니, 변호사님."

민호는 율리를 '변호사 님'이라고까지 높여 불렀으나 그의 간곡한 음성은 혼돈에 빠진 율리에게 닿지 못했다. 그녀가 아무 말도 하지 않자 민호가 눈을 빛내면서 말을 이어 갔다.

"진하 형을 이리로 부를 거예요. 변호사님이 여기 있다는 걸 알면 형은 바로 올 거니까요."

"불러서…… 뭘 하려고요?"

민호가 용살자라면, 진하는 민호의 앞에서 무력해질 것이다. 끔찍한 상상이 머릿속에 펼쳐졌으나 그는 대답 대신 율리의 가방을 빼앗았다.

"변호사님 번호로 전화를 걸면 오겠죠."

"저기요, 왜 그러는 건지……."

율리는 침착해지려고 노력했다. 호랑이 굴에 끌려가도 정신만 차리면 된다지 않나. 정신 나간 사람인 양 가방을 뒤져 율리의 휴대폰을 꺼낸 민호가 그녀의 휴대폰을 손에 꽉 쥐고 말했다.

"엄마를 살려야 해요."

"네?"

그녀의 얼굴을 똑바로 쳐다볼 수 없어서일까? 그는 이리저리 불안하게 시선을 움직였다. 병원에 입원한 누나 대신 엄마의 곁에 머무는 시간이 늘어나자, 그는 절망이 점점 더 가까워지는 것을 느낄 수 있었다. 그리고 어제, 절망은 현실이 되고 말았다.

"엄마가 어제부터 혼수상태에 빠졌어요. 이게 마지막 고빈데, 못 깨어나면……."

말이 쉽사리 나오지 않아서 민호가 숨을 크게 들이마시고 겨우 입술을 달싹였다.

"죽는대요."

다쳐서 입원한 누나도 넋이 나갔고, 아버지는 이미 지친 지 오래였다. 누나는 자신의 사고가 엄마의 병세를 악화시켰다고 자책하기 바빴고, 아버지는 이제 그만 엄마를 놓아주자고 모든 걸 포기한 표정으로 말했다. 그때의 그 무력감을 민호는 외면하고 싶었다.

그러나 민호의 비극은 율리에게 그저 타인의 사정일 뿐이었다.

"그건 안됐지만…… 그게 그 남자하고 무슨 상관인데요?"

진하와 전혀 관련 없는 일 아닌가 싶어서 율리가 떨떠름하게 묻자 민호가 눈을 번뜩이면서 속에 꾹꾹 눌러두었던 말을 뱉었다.

"진하 형은, 저희 엄마를 살려 줄 수 있어요."

"그 사람은 의사가 아니에요."

"의사는 아니지만 의사보다 더 능력이 있을 거예요."

잠금 설정이 되어 있지 않은 율리의 휴대폰은 손쉽게 통화 화면을 내보였다. 율리가 휴대폰을 불안하게 응시했다. 민호는 너무나도 익숙한 진하의 번호를 누르고 나서 휴대폰을 귀에 가져다 대고 덧붙였다.

"인간이 아니니까."

고개를 설레설레 저은 율리가 휴대폰을 빼앗으려고 손을 뻗었으나 민호는 순순히 율리에게 기회를 주지 않았다. 힘으로 이길 수 없다면 말로 이겨야 한다. 율리가 마음을 단단히 먹고 입을 열었다.

"매니저님이 무슨 소릴 하는지 모르겠어요."

"진하 형은 사람이 아니라…… 용이니까요."

율리의 표정이 싹 굳었다. 이걸로 확실해졌다. 용살자가 태기라고 믿었었는데 헛다리만 짚은 셈이었다. 자신이 태기라는 가능성을 제시하지 않았더라면 진하나 대표이사가 진작 팩스 발신인의 정체를 알았을지도 모른다. 그 팩스의 발신인이…… 민호라니? 상상조차 못 한 현실이 눈앞에 다가와 있었다.

"그럼 그 팩스도……."

낭패를 본 사람처럼 그녀가 저도 모르게 중얼거렸다. 팩스. 어깨를 움찔한 민호가 율리를 똑바로 쳐다보았다.

"알고 있었어요?"

그녀의 혼잣말을 똑똑히 들은 민호는 전화를 끊고 율리를 매섭게 쳐다보았다.

"알고 있었죠?"

무섭게 다그치는 민호를 망연히 보던 율리가 고개를 저었다. 그러나 민호는 그녀의 양팔을 붙잡고 목소리를 높여서 소리 질렀다.

"알고 있었잖아요! 변호사님도 형이 인간이 아니라는 거."

민호는 흥분으로 눈가가 붉어져 있었다. 일단은 그를 진정시키는 게 중요했다. 그녀가 차분하게 답했다.

"매니저님, 말이 되는 소릴……."

"특이한 일이 많았어요."

민호가 율리의 말을 도중에 끊었다.

"아직도 기억에 남은 장면은 아주 좁은 부분에만 비가 내리던 거."

드라마 촬영장에서 신기한 일이 있었다. 일부러 계속 NG를 내던 홍주형의 머리 위로 비가 내리던 기가 막힌 일. 그건 민호의 머릿속에 각인이 되듯 꽉 박혀 있었다. 그뿐만이 아니었다.

"태풍 때문에 촬영을 접게 생겼을 때, 말도 안 되게 날이 개던 것도……."

여름과 가을, 태풍이 기승을 부리던 시기에 찍게 된 영화 촬영 때도 희한한 일들이 있었다. 촬영 기간이 간당간당해서 감독이 골머리를 앓아 왔는데, 마치 하늘이 감독의 기도를 들어준 양, 날이 개던 일도 여러 번 있었다.

"한두 번이 아니었어요."

날씨에 예민하게 반응하는 것. 자신과 같은 민호의 태도에 율리의 가슴이 철렁 내려앉았다. 그럼에도 그녀는 애써 태연을 가장했다.

"그럴…… 수도 있죠. 여름 날씨는 변덕스러우니까……."

"변덕?"

그가 픽 웃고는 말을 이었다.

"그건 불가능한 일이었어요. 점점 더 강해지던 태풍이 갑자기 멈춰요? 세상에 그런 일이 어디 있을까요?"

"……전 문과라 잘 모르겠네요."

이쯤 되니 정말 받아칠 말이 없었다. 뜬금없는 대꾸에 민호가 그녀에게 어이없다는 눈빛을 보냈다. 율리는 시치미를 떼고 시선을 떨구었다. 부디 진하가 바빠서, 민호가 남긴 부재중 통화를 발견하지 않기를 그녀는 간절히 바랐다.

민호는 율리의 휴대폰을 꼭 쥔 채로 계속 털어놓았다.

"저희 집에 대대로 내려오던 책이 있어요. 낡아 빠졌는데 연구 가치도 없어서 어디 팔기도 어려운 그런 책이요."

책. 율리는 민호가 말하는 책이 어떤 건지 어렵지 않게 알 수 있었다. 뭣도 모르고 기분 나쁘다는 이유로 태워 버린 작은할아버지의 책들이 떠올랐다. 진하와 특별한 사이가 된 이상, 용과 용살자에 관한 이야기를 하나라도 더 알고 싶은데, 책은 이미 잿더미가 되었으니 후회를 해도 어쩔 수는 없었다.

“그 책 중 한 권의 첫 문장이 이거예요. ‘이 세상에 사람이 아닌 자가 사람 행세를 하고 있다.’”

민호가 팩스로 보낸 구절을 읊었다.

“날씨를 조절할 수 있는 존재…… 가 있다고 열 권짜리 책에 한결같이 쓰여 있더라고요. 믿어지세요?”

믿고 말고 할 것도 없이 주변에 있다. 그것도 연인으로. 그러나 율리는 믿지 못하겠다는 표정을 유지했다. 그러거나 말거나 그는 그녀의 반응에 아랑곳하지 않고 계속 말을 이었다.

“과거부터 현재까지 그들은 사람들 사이에 있었고, 그들의 존재를 눈치채고 없앨 수 있는 선택된 사람들이 있다고.”

심장이 쿡 찔리는 느낌에 율리의 미간이 찌푸려졌다. 민호는 허공을 바라보고 있었다. 그의 눈에는 죄책감과 허무함이 동시에 깃들어 있었다. 그리고 아직까지 자신의 행동을 확신하지 못해 생긴 불안감도.

“그들의 정체를 알아채는 방법은 아주 간단하더라고요.”

허공에 있던 민호의 눈길이 율리에게 닿았다. 당황하고 놀란 마음에 제대로 인식하지 못했는데, 민호의 몸이 미세하게 떨리고 있었다. 그 역시 이 상황이 두려운 것이다. 민호의 약한 모습을 보자 율리의 머리가 점점 차갑게 식어 갔다.

“용의 목을…… 만져 보면 된대요.”

여전히 율리는 일부러 반응하지 않았다.

“선택된 사람들은 그들의 목을 잡아 제압할 수 있지만, 평범한 인간은 그들의 분노를 사서 화를 입는다…… 라고 하더군요.”

괜히 잘못 반응했다가는 민호의 확신만 더욱 굳혀 줄 테니 말이다.

“형은 그 누구도 목을 건들지 못하게 했어요.”

율리 또한 모르는 사실은 아니었다. 경진이 주의를 주기도 했고, 역린을 건드리는 바람에 자신이 용살자임을 진하가 깨닫게 되기도 했다.

“그것 때문에 단칼에 잘린 코디도 있었고요.”

민호는 어이없는 해고 현장을 떠올렸다. 셔츠 칼라에 실밥이 나와 있어서 무의식중에 신입 코디가 칼라 근처에 손을 댔을 때였다. 귀신같이 코디의 손길을 알아챈 진하가 코디의 손을 차갑게 내치더니 그 자리에서 바로 그녀를 해고했다. 그렇게 서늘하고 무서운 진하의 모습은 그때가 처음이자 마지막이었다.

오늘 다시 보겠지만.

민호의 입맛이 씁쓸해졌다. 그래도 어쩔 수 없는 일이다. 진하도 중요했으나 자신에게는 엄마의 생명이 더 중요했다.

“심지어 머플러를 두를 때마저도, 그런 건 스스로 했어요.”

그 뒤로 진하는 더 철저해졌다. 처음에는 그저 예민한 성격인 줄로만 알았다. 연예계에는 워낙 특이하고 이상한 사람들이 많다고 전해 들었어서 그러려니, 넘겼던 것이다.

“참 이상하다 싶었지만, 배우들…… 이상한 성격 많잖아요. 형도 그런 이상한 성격인 줄로만 알았어요. 근데 그게 아니더라고요.”

단지 성격 탓이 아니라, 역린을 보호하기 위한 행동이었다. 주절주절 말을 늘어놓던 민호가 율리를 다시 떠보았다.

“변호사님도 알고 계신 거 맞죠?”

율리는 이번에도 대답하지 않았다. 긍정을 할 수도 없었고, 부정을 한다 해도 그가 믿어 주지 않을 것을 알기 때문이었다.

그때, 율리의 휴대폰이 진동하기 시작했다. 율리와 민호가 동시에 휴대폰을 쳐다보았다. 진하의 전화일 것이 자명해서 두 사람 모두 긴장했다.

‘안 돼…….’

진하에게 이 상황을 알릴 수는 없었다. 율리가 팔을 뻗어 민호에게서 휴대폰을 낚아채려고 애를 썼으나, 이미 민호는 전화를 받아 버렸다. 현실을 받아들이고 싶지 않아서 율리의 눈이 질끈 감겼다.

—차율리, 웬 전화야?

사태를 파악하지 못한 채로 평소와 다름없는 진하였지만, 기다리던 목소리는 나오지 않았다.

“형, 많이 바쁘시죠?”

너무나도 익숙하고 이 상황에서 듣기에는 끔찍한 목소리에 진하는 바로 대답하지 못했다. 잠깐의 정적 이후 차가운 대답이 이어졌다.

—김민호.

"형이 제 이름을 풀로 부르니까 좀 무섭네요."

민호가 율리의 번호로 전화를 걸었다는 건, 지금 그녀가 민호에게 붙잡혀 있다는 뜻이었다. 아무것도 몰랐다면 크게 신경 쓰지 않았겠으나 진하는 이미 대표이사에게 팩스 발송인이 민호임을 들은 상태였다.

―차율리 어디 있어?

진하의 음성이 낮아졌다. 그는 새까맣게 타들어 가는 속내와 다르게 침착한 반응을 보였다. 민호에게 놀아날 생각은 없었으니까. 민호는 율리 쪽을 슬쩍 쳐다보았다. 하얗게 바랜 그녀의 안색이 그의 양심을 자극했으나 여기서 포기할 수는 없었다.

"여기가 어딘지 알려 주면 올 거예요?"

"오지 마요. 전화 끊어!"

진하에게 닿기를 바라며 율리가 꽥 소리 질렀다. 고맙게도 그녀의 건강한 외침이 진하의 마음을 진정시켜 주었다. 진하가 확인차 물었다.

―팩스, 네가 보냈다던데.

"……대단하다. 그게 추적이 되는 거였어요?"

민호에게 돌아온 건 긍정의 대답이었다. 믿고 싶지 않던 것이 현실이 되었다. 허튼소리를 하지 않는 적룡의 정보였음에도 반신반의했었다. 민호가 그럴 리가 없다고 생각한 탓이었다. 그런데 역시나 김민호가 팩스 발신인이자 용살자였다.

―어떻게 네가…….

"진짜인지 확인 한번 해 본 건데 진짜였을 줄은 몰랐네요. 타이밍 정말 좋았죠?"

허세를 담아 가볍게 대꾸했으나 민호의 표정 역시 괴로운 듯 찌푸려져 있었다. 율리는 민호를 복잡한 시선으로 바라보았다.

"그래도 그냥 묻으려고 했는데……."

이것만큼은 진심이었다. 진하의 이상한 점을 보고 느끼면서 그가 사람이 아님을 알았으나 자신에게 피해가 오는 것도 아니고 죽도 잘 맞는 사이여서 모르는 척 묻어 둘 생각이었다. 엄마가 생사를 넘나들지만 않았다면 지금도 민호는 진하의 옆에서 수행 비서처럼 달라붙어 있었을 것이다. 하지만 이미 엎질러진 물이었다. 민호가 율리에게 시선을 주면서 제안했다.

"형이 여기 오면 변호사님은 바로 풀어 드릴게요."

—어디야.

한 치의 망설임도 없이 진하가 장소를 물었다. 일그러지는 율리의 눈가와 달리 장소를 설명하는 민호의 눈동자가 기괴하게 빛났다. 살인을 앞둔 마음이 눈을 통해 비친 것이었다.

전화를 끊기 전 진하가 다시금 경고했다.

—차율리한테 손끝 하나 대지 마.

"그럼요."

민호의 목표는 차율리가 아니라 임진하였다. 이내 통화가 끊어졌다. 이 상황을 믿고 싶지 않아서 율리가 지친 듯 벽에 기대었다. 진하는 분명 이리 올 것이다. 차율리가 붙잡혀 있으니까. 그렇지만 민호의 손에 진하가 생명을 잃는다면 이튿날 자신 역시 죽는데 그게 다 무슨 소용인가.

'차라리 오지 않으면 둘 다 살 수 있는데…….'

이미 다 끝난 일에 미련을 가져 봤자 후회만 남았다. 헛웃음을 뱉은 율리가 피곤한 투로 말했다.

"매니저님 말이 맞다고 쳐요. 그래서 뭘 어떻게 하시겠다는 건데요?"

민호는 쉬이 답하지 않았다. 답답해진 율리는 민호를 말리려고 애를 썼다.

"영화 때문에 바쁘고 스케줄도 많다고 했어요. 지금이라도 다시 전화 걸어서 오지 말라고……."

"어차피 죽을 텐데 스케줄이 무슨 상관이에요?"

율리의 종알거림이 귀찮은지 민호가 그녀의 말허리를 자르고 퉁명스럽게 내뱉었다. 그녀의 입이 툭 다물어졌다. 불편한 침묵이 두 사람 사이에 흘렀다. 율리의 눈빛이 양심을 자극해서 민호는 그녀를 똑바로 바라볼 수가 없었다. 그는 시선을 떨구고 제 입장을 늘어놓았다.

"용을 죽이면…… 소원을 하나 이룰 수 있다고 해요."

"거짓말이에요."

그녀가 곧장 부정하자 그가 깜짝 놀라 고개를 들었다. 그녀가 단호하게 말했다.

"솔직하게 말할게요. 저도, 저도 용살자예요. 그리고 용을 잡는다고 소원을 이룰 수는 없어요."

"네에?"

이제 더는 숨길 수도 없는 노릇이라 율리가 진실을 전부 털어놓았다. 자신이 아는 것과 다른 진실에 민호의 눈이 혼란스럽게 흔들리다가 멈추었다. 민호는 하마터면 율리의 말발에 넘어갈 뻔했다고 억지로 생각했다.

"그럴…… 리가 없어요. 그리고 변호사님 말을 제가 어떻게 믿어요? 형이 죽을까 봐 거짓말하는 걸 수도 있는데?"

일리 있는 지적이었지만 율리는 거짓말을 전혀 하지 않았다. 속이 꽉 막힌 듯이 답답해졌다.

"그 소원, 제가 썼어요. 믿어 주세요. 진짜니까……."

"소원을…… 썼다고요?"

율리가 고개를 끄덕였다. 처음에는 민호의 눈이 휘둥그레 뜨이더니 이내 비웃음이 날아왔다.

"형이 살아 있는데요? 거짓말하지 마시죠, 변호사님."

"정말이에요!"

빽 하고 소리친 율리가 부디 자신의 진심이 민호에게 닿기를 간절히 기원했다.

"아뇨, 됐어요. 변호사님도 용살자였구나."

물론 민호는 피식 웃으면서 율리의 말을 거짓으로 치부했다. 그는 그녀를 한심하다는 시선으로 보며 기가 막힌다는 듯 말했다.

"그러면서 용케 형하고……."

민호는 용살자인 주제에 진하와 연인 사이로 발전한 율리를 비웃었다. 그렇게라도 해야 정신을 단단히 차릴 수 있을 것 같아서였다.

"하여간에 누구 말이 맞는지는 이따 두고 보면 알겠죠."

그녀의 말이 맞다면 자신은 소원을 이루지 못하고 진하만 살해하는 셈이 될 테고, 자신의 말이 맞는다면 자신은 소원을 이룰 수 있을 테니까. 민호는 이번 일에 모든 것을 걸었다. 지푸라기라도 잡고 싶은 심정이 이런 것이었다.

"매니저님이 그 남자를 죽이면……."

열세에 몰린 율리가 눈가를 찡그리고 다른 사실까지 말하기 시작했다.

"내일, 저도 죽어요."

"네?"

뜻밖의 소리에 민호의 얼굴이 굳어졌다. 율리가 한숨을 내쉬었다. 손바닥에 맺힌 식은땀을 옷에 닦고 나서 그녀가 말을 이었다.

"아까 소원을 썼다고 했죠?"

대답조차 귀찮은지 민호가 고개만 주억거렸다.

"그 소원이…… 그 남자가 죽은 이튿날 제가 죽는 거. 그거예요."

진실을 말해 줘도 민호는 들으려고 하지 않았다. 바로 손을 내저으면서 민호가 단호하게 대꾸했다.

"전 안 믿어요."

"소원은!"

귀 막고 눈 감은 사람이 이런 사람일까? 답답해진 율리가 꽥 소리쳤다.

"용을 잡아서 쓸 수 있는 게 아니에요!"

"그럼요?"

"용이 가지고 있는 여의주를 쓰는 거였다고요."

자신의 경험과 민호의 주장이 일치하지 않는 데서 율리는 새삼 대대손손 내려오던 책 역시 모든 진실을 담고 있지는 않다는 것을 깨달았다. 인간이 쉽게 접근할 수 없는 존재에 대한 기록이다. 정확한 진실만이 써졌을 거라는 생각은 인간의 오만이었다.

"이따가 누구 말이 맞는지 드러나겠죠."

그는 어쨌든 진하를 죽일 생각인 것이다. 그녀가 한스럽게 중얼거렸다.

"혼수상태인 어머니를…… 살리기 위해서 이러는 거죠?"

"네."

대답하면서도 민호는 율리의 눈을 똑바로 쳐다보지 못했다.

"매니저님은 어머니를 살리려고 저를 죽이는 거예요."

오늘 진하가 민호의 손에 죽는다면, 내일 율리 역시 죽게 될 것이다. 그녀는 기운이 쭉 빠졌다.

"그리고 매니저님을 믿었던 그 남자도 죽이는 거고요."

소름 끼치는 정적이 두 사람 사이에 맴돌았다.

강하게 나오는 율리를 보고 당황했으나 민호는 마음을 굳게 먹고 고개를 흔들었다. 살인, 그것도 가까이 지낸 진하를 죽여야 하는 일은 생각만으로도 힘들었다. 그런데 자신과 같은 용살자 율리가 머릿속을 어지럽히기까지 하니 민호는 혼란스러웠다. 이럴 때는 자신의 생각을 밀어붙이는 것이 가장 편하고 쉬운 일이었다.

"양심은…… 버렸어요."

자기 합리화라도 하지 않는 이상 미칠 것 같은 상황이었다.

"죄책감도 버릴 거예요."

진하가 사람이든, 사람이 아니든 간에 민호는 생명을 저울질했고 혼수상태에 빠진 엄마를 선택한 것뿐이었다.

"이제 더는…… 힘들고 싶지 않으니까."

율리는 더 이상 아무 말도 하지 않았다. 민호는 어차피 들을 생각도 없어 보였다. 배신감이 가슴 깊은 곳에서부터 차올랐다. 항상 진하의 곁을 지키고 있던 민호였다. 다른 사람도 아니고 어떻게 민호가? 그녀는 눈을 감고 이 상황을 애써 회피하려 노력했다. 두 사람 사이에는 더 이상 대화가 이어지지 않았다.

암흑 같은 시간만이 지나갔다.

난방이 될 리 없는 컨테이너 안, 쌀쌀한 날씨 탓에 손발은 차가워졌다. 진하가 오지 않았으면 좋겠다는 바람만이 율리의 머릿속을 가득 메웠다. 스케줄이 빡빡해서 절대 빠질 수 없었으면, 그래서 여기 올 수 없었으면.

그녀의 바람을 비웃기라도 하는 듯 바깥에서 자동차 소리가 들렸다. 차가 멈추고 시동이 꺼지는 소리까지 너무나도 똑똑하게 들려 율리의 안색이 새파래졌다. 지방 촬영인 줄 알았는데 벌써 도착이라니.

이내 문이 벌컥 열렸다. 서늘한 공기가 바깥에서 안으로 스며들어 왔다.

율리의 눈가가 일그러진 채로 진하를 향했다. 그가 혀를 차며 그녀에게 다가오고 있었다.

"넌 툭하면 이런 데 있더라?"

율리는 솔직히 진하가 자신을 발견하자마자 무슨 말을 할지 기대했었다. 대단하게 낭만적인 말은 아니더라도 제일 먼저 어디 다친 곳 없느냐고 걱정스럽게 물어볼 거라고 생각했는데, 그는 평소와 다를 것 없는 시선으로 쳐다볼 뿐이었다.

"뭐, 뭐가요?"

"저번에도 구렁이 새끼한테 끌려가더니, 이젠 재한테까지……."

진하가 말하는 구렁이를 모를 리 없는 율리가 시선을 떨구었다. 저 남자는 지금 이 상황이 어떤 상황인지 파악이나 하고 있는 건지 모르겠다. 자신은 애가 타서 조마조마한 마음으로 그가 오지 않기를 그토록 바랐는데! 정작 당사자는 카디건 주머니에 손을 꽂을 채로 시시껄렁하게 절체절명의 상황을 맞이하고 있었다.

"할 말이 없다, 진짜."

이쪽은 어이가 없다, 진짜. 율리가 입술을 삐죽거렸다. 진하가 민호와 율리 쪽으로 다가왔다. 민호는 불편한 눈빛으로 진하를 올려다보고 있었다.

"아이고, 용살자 새끼들은 통수 치는 게 전통이라도 되는 건가."

목숨이 걸린 상황임에도 아무렇지 않은 목소리로 진하가 비난하듯 읊조렸으나 민호는 대답하지 않았다.

역시 인간에게 깊은 신뢰를 주어서는 안 되는 거였다. 지난번, 자신을 향한 벗의 칼끝이 어땠던가. 그의 말끝에 한숨이 겹쳐 흘러나왔다.

"차율리는 이제 보내 줘."

"안, 안 갈 거야. 여기 있을 거예요."

고개를 번쩍 든 율리가 진하의 팔을 꽉 붙들었다. 엄마의 옷자락을 잡은 아이처럼 필사적인 그녀를 그가 가만히 내려다보았다. 그의 눈에는 별로 걱정이라거나, 비장함 따위는 어려 있지 않았다. 그는 대답 대신 그녀의 머리에 손을 얹었다. 꼭 신경 쓰지 말라는 듯한 몸짓이었다.

"긴말, 하진 않을게요."

민호가 어렵게 입을 열었다. 그럴 만도 했다. 민호에게 있어서 진하는 공적인 존재 그 이상이었다. 도움을 주고받고, 서로 감정적인 교류도 나누었다. 그런 진하의 등을 치게 된 셈이다. 자신이 혐오스러웠지만 어쩔 수는 없었다.

"죄송해요, 형."

"이유나 알자."

눈살을 찌푸린 진하가 율리를 제 뒤로 빼놓고 물었다. 민호는 차마 진하를 똑바로 바라볼 수 없어서 고개를 돌리고 중얼거렸다.

“엄마가…… 혼수상태에 빠졌어요. 고비래요. 이대로면 아마 돌아가시겠죠.”

“그래? 저런…….”

지금 이 상황만 아니라면 안됐다고 생각했을 것이다. 워낙 박복한 민호의 사정을 잘 알았기에, 이번 일이 참 안쓰러웠는데 지금은 달랐다. 자신의 목숨을 노리는 이상 민호는 ‘안타까운 사정을 가진 매니저 동생’이 아니라 처리해야 할 존재였다.

“그래서? 날 죽이면 어머니가 살아나기라도 하나?”

문제는 진하 자신이 용살자에게 본능적으로 약해진다는 점이었다. 그의 음성에는 노기가 서려 있지 않았다. 용살자에게 해를 끼칠 수 없다는 용의 본능을 이해하지 못한 민호는 진하가 내심 침착하다고 생각했다.

“소원을 하나 이룰 수 있다고 알고 있어요.”

“유감인데 그 소원 못 이뤄.”

팔짱을 낀 진하가 바로 덧붙였다.

“이미 여의주를 써 버렸으니까.”

가능성 없는 희망은 싹을 빨리 꺾어야 했다. 그는 돌려 말하지 않고 있는 그대로 사실만을 입에 담았다.

“다시 쓰려면 천 년이 걸려. 그때까지 네 어머니가 살아 있으면 도와줄게, 됐지?”

천 년? 당장 내일도 어떻게 될지 모르는 삶이었다. 민호의 눈동자가 세게 흔들렸다. 진하가 오기 전, 율리는 이미 자신이 ‘소원’

을 써 버렸다고 말했었다. 율리와 진하의 말이 똑 들어맞았다.

"……아뇨. 아뇨! 그럴 리가 없어! 거짓말."

하지만 민호는 믿지 않았다. 믿고 싶지 않다는 게 솔직한 심정이었다. 그가 고개를 세차게 저으면서 양손으로 머리를 부여잡았다. 그들의 말이 사실이라면, 자신이 진하의 목숨을 취한다 한들 어머니를 살릴 수는 없었다.

"인간들은…… 혈육이 중요하지. 아무리 깊은 우정을 나누어도 마지막에는 항상 제 가족이 가장 중요해."

진하는 민호를 무감정하게 응시했다. 가엾다고 여긴 마음도 오늘로 끝이었다. 민호는 선을 넘었다. 배신감? 자신을 향해 발톱을 드러낸 괘씸한 태도? 아니, 다른 것보다 차율리를 여기에 끌어들였다는 민호의 교활한 생각 탓에 진하는 일말의 정을 끊어 내려 했다.

"역시 인간은 믿을 수가 없다니까."

자조하는 진하의 손을 율리가 뒤에서 꼭 잡아 주었다. 얼마나 오래 이곳에 있었는지 손이 찼다. 인간에 대한 실망과 용살자에 대한 분노가 그녀의 손짓에 녹아 버렸다. 하긴, 차율리 같은 인간도 있기는 하다.

"여기서 너 따위에게 죽을 수는 없어."

여유 만만하던 진하의 눈빛이 차갑게 가라앉았다. 아직 위험한 일은 없다. 용이 용살자의 존재를 깨닫게 되려면, 용살자의 손길이 필요했다. 용살자가 용을 제압하기 위해 제일 먼저 해야 할 일은 역린을 잡아 무력화시키는 것이었고, 아직 민호는 진하에게 손을 쓰지 않았다.

"내가 죽으면, 내 여자도 죽을 테니까."

말을 내뱉은 순간, 그의 눈매가 찌푸려졌다. 율리가 죽는다는 말을 입 밖으로 내자마자 심장에 바늘이 꽂히는 고통이 느껴졌다. 그녀에게 해가 될 일은 상상하는 것만으로도 고역이었다.

하지만 민호는 허리를 굽혀서 바닥에 있는 칼을 집어 들었다. 편의점에서 쉽게 구할 수 있는 과도였다. 율리는 희끄무레한 형광등 아래 번뜩이는 칼날을 보자 얼음물이라도 맞은 양 몸이 경직되었다.

"그런 건…… 제가 알 바 아니잖아요."

말과 달리 칼을 쥔 민호의 손이 덜덜 떨려 왔다.

민호는 정말로 진하를 해칠 셈이었다. 평범한 20대가 살인을 결심했을 때의 괴이하면서도 절박하고 어딘가 서글픈 표정에 율리는 눈을 뗄 수 없었다. 절실한 심정이 느껴져 현실감이 훅 끼쳐 왔다. 율리는 민호의 얼굴이 소름 끼쳤다.

민호의 입장이라면 자신도 이런 선택을 했을까? 가족…… 엄마나 아빠를 위해서 진하에게 칼을 꽂을 수 있을까? 율리는 생각을 멈추었다. 당사자가 아닌 이상, 민호의 마음을 온전히 이해할 수는 없는 노릇이었다.

"그런 걸로 날 죽이겠다고?"

입술이 말라붙을 정도로 긴장한 율리와 다르게 진하는 영화

소품이라도 보는 듯 과도를 쳐다보았다. 민호와의 거리도 있고, 무력화되지 않은 이상 크게 위험하지 않았다. 민호는 손이 떨리지 않게끔 양손으로 칼자루를 힘주어 잡고 말했다.

"형이 목을 왜 못 만지게 했는지, 잘 알고 있어요."

그 말은 역린의 존재를 민호도 알고 있다는 뜻이었다. 진하의 표정에서 여유가 싹 사라졌다.

"죄송해요."

민호가 움직이면서 그들의 사이가 한 걸음씩 가까워졌다. 진하는 율리를 곁눈질했다. 민호의 손에서 시선을 떼지 못하는 그녀의 얼굴은 하얗게 굳어 있었다. 그는 초조해지기 시작했다. 이리로 오면서 손을 썼으니까 지금쯤이면 정리가 되어야 하는데 예상보다 일이 늦어지고 있었다. 그의 눈동자가 미세하게 흔들렸다. 그가 손목의 시계를 슬쩍 살필 때였다.

"제가 살인자가 되더라도…… 전 지푸라기라도 잡아 볼래요."

어느새 민호는 팔을 뻗으면 닿을 만한 거리까지 접근해 있었다. 진하와 대치 상태에서 민호는 과도를 오른손에 넘기고 왼손을 비웠다.

'용살자.'

조소가 입술을 비집고 나올 것 같았다. 정말 기가 막힌 인연이다. 전에는 세상에 둘도 없던 벗, 이번에는 믿을 수 있다 생각한 동생.

'인간 따위를 믿지 말았어야 했는데…….'

마음을 쏟은 인간은 항상 용살자였다. 친우도, 민호도, 그리고 차율리도. 자신을 비웃기라도 하는 듯 운명은 늘 이런 식으로 최악을 향해 달려갔다. 이쯤 되면 인간을 불신하기보다는 인간을 포기하는 편이 낫지 않을까. 모든 것이 다 지겹게 느껴졌다.

민호의 손이 진하를 향해 뻗쳐 왔다. 살의가 물씬 느껴지는데도 반격을 할 수 없는 것을 보면 민호가 용살자이긴 한가 보다. 민호의 손은 정확히 목을 향하고 있었다. 민호의 손에 잡히는 순간, 그는 모든 힘을 잃은 채 목숨을 잃고 말 것이다.

분노하기보다는 절망스러웠다. 세상에 거스를 것 없는 자신이 나약한 인간 따위에게 생명 위협을 받는다는 게, 그럼에도 불구하고 용살자를 끝내 이기지 못한다는 섭리가 그를 절망스럽게 만들었다.

그때였다.

자신의 손을 강하게 옥죄는 힘이 느껴졌다. 어느새 따뜻하게 데워진 율리의 손이 그의 손을 꽉 잡고 있었다. 그녀의 체온과 간절한 눈빛이 그에게 전해졌다.

'내가 죽은 이튿날에 차율리가 죽는 걸로.'

그 말을 뱉었던 이상, 죽어 줄 수는 없었다.

애초에 쉽게 당해 줄 생각도 없었다. 자신에게 뻗어 오는 손을 피하기 위해 진하는 어금니를 깨물고 움직이지 않는 다리를 애써 움직였다. 그가 뒤로 한 걸음 물러서면서 운 좋게 민호의 손길을 피했다.

"어?"

당황한 민호가 눈을 크게 뜨고 멈칫했다. 민호가 예상과 다른 상황에 놀라 멈추고, 용살자의 살의에 꼼짝할 수 없는 진하를 대신해서 움직인 쪽은 율리였다. 그녀는 진하의 손을 놓고 그의 어깨를 스쳐 지나갔다. 그녀의 손이 노리는 건…….

"아……."

율리의 얼굴이 고통으로 일그러졌다. 채 비명이 나오지 못한 자리에 신음이 흘렀다. 민호는 입을 벌린 채로 자신의 손목을 내려다보았다. 과도를 든 손목을 율리의 손이 잡고 있었다. 그리고 그녀의 다른 손은 과도의 날 부분을 잡고 있었다.

"헉!"

그녀의 손이 닿은 부분에서 붉은 액체가 스멀스멀 새어 나왔다. 핏방울이 바닥에 떨어지는 것을 멍청하게 쳐다보던 민호가 숨을 들이켜면서 칼자루를 놓아 버렸다.

사람을 해쳤다.

"어, 어떡해……."

진하를 죽이겠다던 패기는 어디로 가고, 민호는 주춤주춤 뒷걸음질만 쳤다. 율리의 손은 민호를 쉬이 놓아주었다.

칼날이 닿은 손바닥이 불이라도 난 양 뜨거워졌다. 손바닥에서 시작한 열감은 둔한 통증이 되어서 팔과 팔꿈치, 이어 어깨까지 무겁게 타고 올라왔다.

베인 고통은 예상보다 더욱 심했다. 생살을 찢는 통증에 눈마저 제대로 뜨이지 않는 것 같아 율리가 비틀거렸다. 그 와중에도 그녀는 과도를 숨기듯 손을 품 안으로 끌어안았다.

핏자국이 바닥에 점점이 찍혔다. 민호가 끔찍한 것을 본 사람처럼 어물거리다가 손으로 입가를 가렸다. 구토감이 치솟아서 그는 컨테이너 구석으로 후다닥 달려가 주저앉았다.

문제는 진하였다. 그는 돌이라도 된 듯이 뻣뻣하게 굳어서는 율리를 쳐다만 보았다. 그 이상 아무것도 할 수 없었다. 민호의 살기 때문에? 아니, 이미 민호는 살의를 잃고 구역질을 하고 있었다.

"차율리……."

진하의 눈앞이 어지러워졌다. 율리가 느끼는 통증 이상으로 그의 육체에 고통이 오기 시작했다. 관절이 뒤틀리고 근육이 뜯어지는 것 같았다. 용살자가 괴로워하는 모습을 지켜보는 것이 이토록 끔찍한 일일 줄이야.

"너, 너…… 미쳤어?"

거칠어진 호흡 사이로 진하가 힘겹게 말했다. 다친 사람은 차율리인데, 진하의 목소리에 힘이 없었다. 잔뜩 쉰 그의 음성에 그녀가 겨우 정신을 차리고 대꾸했다.

"죽는 것보단…… 다치는 게 낫잖아요."

진하가 죽으면 자신도 죽게 되는 기막힌 운명을 위해서 율리는 기꺼이 몸을 내던졌다.

'좀만 살살 잡을걸…….'

왼쪽 손바닥에 과도가 얼마나 세게 박혔을지는 모르겠다. 팔을 타고 흐르는 뜨거운 핏물과 타는 듯한 통증만이 남아 있을 뿐이었다. 눈앞이 흐려지고 다리에 힘이 풀려서 그녀가 비틀거렸다.

'기절하면 안 돼!'

의식을 잃었다가는 민호가 다시 무슨 짓을 할지 모른다. 율리는 눈을 부릅뜨고 멀쩡한 손으로 진하의 옷자락을 잡았다. 그러나 그는 그녀에게 손끝 하나 대지 못했다. 정확히는 움직일 수 없는 것이었다. 율리는 식은땀을 뚝뚝 떨어트리는 와중에도 의아한 눈으로 그를 올려다보았다.

새하얗게 질린 진하의 얼굴은 고통으로 잔뜩 일그러져 있었다. 항상 여유로웠고, 조금 전까지도 민호에게 태연하게 굴던 그가 시체처럼 서 있다니. 처음 보는 그의 모습에 무슨 말이라도 하고 싶었으나, 율리의 입에서는 신음 섞인 숨소리 외에 나오는 것은 없었다.

율리의 다리가 꺾이면서 그녀에게 붙들린 진하 역시 바닥으로 넘어졌다. 둔탁한 소음에 구석에서 구역질을 하던 민호가 그들을 쳐다보았다. 민호의 시선이 등 뒤로 꽂혀서 율리 역시 가늘어진 눈으로 뒤를 돌아보았다. 율리와 눈이 마주치자 민호가 어깨를 들썩이면서 벽에 달라붙었다.

그때였다.

"신고 받고 왔습니다. 경찰입니다."

쾅쾅, 컨테이너 문을 때리는 소리와 함께 바깥에서 사람 소리가 났다. 이내 문이 열리고 두 명의 경찰이 컨테이너 안에 발을 들이밀었다. 베테랑 경찰에게 제일 먼저 눈에 띈 건 길게 이어진 핏자국이었다. 바닥 중간에서 시작된 핏방울은 바닥에 쓰러져 있는 여자에게 이어져 있었다. 경찰 둘이 안으로 달려 들어왔다.

"이, 이봐요!"

한 사람은 율리와 진하에게, 다른 사람은 구석에 처박혀서 벌벌 떨고 있는 민호에게 달려갔다.

"아가씨! 괜찮아요?"

경찰의 목소리에 긴장이 풀려서 율리의 의식이 뚝 끊어졌다. 그녀의 고개가 진하의 품으로 푹 떨어졌다. 진하의 얼굴을 알아본 경찰은 이 상황이 어떤 상황인지 바로 알아채고 동행에게 민호를 체포하라고 소리쳤다.

"차율리……."

경찰들이 소란을 피웠으나 진하에게는 웅웅거리는 소리만 들릴 뿐이었다. 그는 의식을 잃은 율리를 한참 동안 멍하니 응시했다. 심장이 멎을 것처럼 죄어 오기 시작하더니 숨을 쉴 수 없을 만큼 목이 조여졌다. 이 고통의 이유가 그녀가 용살자이기 때문인지, 그녀를 마음 깊이 사랑하고 있기 때문인지 정확하게 알 수는 없었다.

* * *

인질 납치에 본의 아닌 상해, 살인의 의사까지 가지고 있었으니 살인 미수. 그것도 진하를 향한 살인 미수였으니 당연히 민호는 바로 해고 조치가 되었다.

상해 피해자가 된 차율리는 바로 병원으로 옮겨졌다. 따지고 보면 자기가 벌인 일이었으나 어쨌든 피해자는 피해자였다. 병원에 실려 간 율리는 곧장 봉합 수술을 받고 안정을 되찾을 때까지 1인실에 입원하게 되었다.

이 사태에 가장 놀란 사람은 엄마였다.

"도대체……."

병실 침대에 누워 있는 율리를 보고 엄마는 말도 제대로 잇지 못하고 침대 옆에 털썩 주저앉았다. 눈에 넣어도 아프지 않은 하나뿐인 딸이다. 금이야, 옥이야 둥기둥기 길러 온 딸인데 이번 해에만 벌써 두 번째 병원 신세였다. 심지어 이번에는 율리 잘못도 아니고 남자 때문이었다.

"……이게 어떻게 된 일이야?"

엄마의 목소리는 분노와 당황이 섞여서 떨리고 있었다. 율리는 아무 말도 하지 못했다. 매니저인 민호가 알고 보니 용살자라서 흑룡인 진하를 죽이겠다고 날뛰었다는 소리를 할 수 있을 리가 없었다.

"임진하를 노린 사건이라며? 근데 네가 왜 다쳐?"

결국 참다못한 엄마가 꽥 소리를 쳤다. 경찰에게서 상황 설명을 대충 들은 엄마는 속이 다 까맣게 타들어 가는 모양이었다. 그나마 진하가 상황 진술을 위해 경찰서에 있다는 게 다행이었다. 아니었으면 여기서 엄마의 손에 실컷 맞았을 것이다. 아주 많이.

"내가 나대서 그래."

쉰 목소리로 율리가 툭 내뱉었다. 솔직히 틀린 말도 아닌 것 같았다. 진하가 컨테이너로 오기 전에 경찰에 신고를 넣었을 줄은 생각도 못 했는데! 생각해 보니 그의 선택은 매우 이성적이었다.

'경찰을 왜 생각하지 못했을까…….'

율리가 자신의 멍청함을 탓하거나 말거나 엄마는 분통을 터뜨리기 바빴다.

"에고! 그놈이 내 딸 다 잡아먹겠네!"

"잡아먹긴 뭘 잡아먹는다고……."

썩 좋지 않은 소리에 율리가 눈살을 찌푸렸다. 엄마가 눈을 번뜩이면서 율리를 쏘아보았다. 칼에 베였다고 했다. 손바닥이니 그나마 생명에 지장이 없던 거지, 배라도 찔렸으면…… 끔찍한 상상에 아찔해진 엄마가 헛숨을 터뜨리고 버럭 외쳤다.

"당장 헤어져! 이게 뭐야!"

"네에?"

뜬금없이 헤어지란 말이 기가 막혀서 율리가 대꾸했다.

"뭐 이런 걸로 헤어지라 마라야?"

"이런 거? 이런 거어?"

붕대가 칭칭 감긴 율리의 왼손을 가리키면서 엄마가 미간을 확 좁혔다.

"그놈하고 안 만났으면 이럴 일도 없었잖아!"

틀린 말은 아니라 율리는 할 말이 없었다. 엄마의 입장이 이해가 가지 않는 건 아니었다. 어쨌거나 겉으로 보기에 이 사건은 진하를 노린 매니저의 상해 사건이었다. 다친 쪽이 임진하가 아니라 차율리라는 게 문제였지만.

"이래서 평범한 남자를 만나야 돼! 비슷한 사람끼리 살아야 하는 거라고!"

"그런 게 어디 있어!"

"헤어져!"

"싫어!"

오랫동안 고요했던 병실 안이 고함으로 가득 찼다. 율리고 엄마고 지지 않고 서로 꽥꽥 소리를 질러 댔다. 연애를 계속하겠다는 정신 나간 딸의 결연한 모습에 엄마가 고개를 절레절레 저었다.

"내가 죽어야지……."

이 꼴을 보지 않겠지. 뒷말을 뱉을 기력도 없어서 엄마가 입을 다물어 버렸다. 그때 병실 안으로 아빠가 들어왔다. 의사에게 설명을 듣고 생각보다 큰 부상이 아님을 알게 되자 마음이 놓인 아빠는 영혼이 나간 듯한 엄마를 흘깃 보고 율리에게 물었다.

"많이 아프냐?"

"괜찮아요, 진통제도 맞고 있고."

애써 덤덤한 척을 하려는 율리한테 엄마가 신경질적으로 쏘아

붙였다.

"내가 진짜 속이 터져! 멀쩡한 손에 칼자국이 남게 생겼는데 괜찮아? 어?"

"아이고, 진정 좀 해. 이미 일어난 일인데 어쩌겠어."

이러다가 엄마가 기절이라도 할까 봐 아빠는 엄마의 어깨를 잡고 토닥였다. 율리는 고개를 돌려 버렸다. 화를 내는 엄마가 야속하기도 했고, 엄마의 마음이 어떤지 알 것도 같아서 싱숭생숭했다.

"며칠 쉬어야겠는데, 회사에 말은 했어?"

"네, 그쪽 통해서요."

"그래, 면회 시간 다 됐는데 혼자 있어도 되겠니?"

모녀가 모두 예민하게 날이 서려 있어서 가족이 전부 같이 있어 봤자 부작용만 있을 듯했다. 아빠의 말에 담긴 뜻을 이해한 율리는 고개를 끄덕였다. 엄마랑 밤새 같이 있으면 둘 중 하나는 죽을 것 같았다. 오늘 밤에.

아빠의 손에 이끌려 엄마는 못 이기는 척 병실을 나섰다. 문이 닫히고 1인실에 홀로 남겨지자 엄마의 고함 소리가 귓가에 윙윙거렸다.

'그놈하고 안 만났으면 이럴 일도 없었잖아!'

엄마 말대로 진하와 만나지 않았더라면, 그가 자신의 연인이 되지 않았더라면 이런 일은 없었을 것이다. 율리는 붕대 감긴 손을 가만히 응시했다. 부모 가슴에 못을 박으면서 연애를 해야 하다니 불효녀도 이런 불효녀가 없다.

'그래도…….'

자신은 그때로 다시 돌아가도 기꺼이 손으로 칼날을 잡을 것이다. 죽는 것보다는 다치는 게 훨씬 나으니까.

똑똑, 노크 소리에 율리는 상념을 떨치고 출입문을 바라보았다. 들어오라는 소리도 없었는데 문이 벌컥 열렸다. 이럴 사람은 하나뿐이었다.

"안 자고 있었어?"

율리와 눈이 마주친 진하는 피곤하고 지친 모습으로 들어와 문을 닫았다. 침대 근처로 다가온 그가 그녀를 빤히 쳐다보았다. 환자복 차림을 한 율리의 왼쪽 손은 붕대로 감겨 있고 오른쪽 팔에는 링거 바늘이 꽂혀 있었다. 그가 한숨을 섞어 물었다.

"몸은 좀 어때?"

"크게 다친 것도 아닌데요, 뭘."

의자를 끌어와 앉은 그가 할 말이 없다는 듯 침묵만 지켰다. 무거운 공기를 이기지 못하고 그녀가 입을 열었다.

"면회 시간 다 끝나 간다는데……."

"그러든지 말든지."

역시 임진하답게 면회 시간 따위를 별로 신경 쓰지 않았다. 율리가 코끝을 찡그릴 무렵이었다. 그가 그녀의 왼손을 매만졌다.

"건드리면 아파?"

"아뇨."

붕대도 두껍게 감겨 있고 진통제도 들어가는 중이라 상처 부위까지 그의 손이 닿을 일은 없었다. 그가 고개를 끄덕였다. 그녀의 편해 보이는 모습 덕에 그나마 자신의 고통도 가라앉아 갔다. 그의 속을 모르는 그녀가 장난처럼 덧붙였다.

"정말…… 죽는 줄 알았지만요."

그녀는 자신이 무슨 소릴 했는지도 모르고 농담을 건넸으나 그는 눈을 질끈 감고 머릿속을 헤집는 두통을 견뎌야만 했다.

"경찰 불렀을 줄은 몰랐어요. 그런 줄 알았으면 나대지 말걸……."

"……내가 대책 없이 거길 찾아갔겠어?"

두통 탓에 얼굴을 찡그린 채로 그가 대꾸했다. 차율리의 고통에 민감하게 반응하는 자신이 참 어이가 없었으나 그나마 오늘은 기절하지 않아서 다행이었다. 전에 그녀가 가로수를 들이받고 기절했을 적엔 그 역시 같이 정신을 잃었었는데, 나름대로 면역이 되는 걸지도 모르겠다.

"세상은 내 편이야."

진하의 목소리가 무겁게 울렸다. 평소처럼 으스대면서 자기자랑을 하는 건 아니었다. 이번 일은 절대적으로 진하에게 유리했다. 용이니 용살자니 민호가 되도 않는 소리를 해 봤자, 민호의 말은 범죄자의 변명이자 정신병자의 헛소리에 불과했다. 그뿐이 아니다. 적룡이 가진 인맥, 재력, 진하의 인지도와 유명세, 이미지까지 모든 것이 전부 그들의 힘이었다.

"용살자잖아요."

"누가? 네가?"

"아뇨, 그…… 매니저님이요."

진하는 바로 긍정하지 않았다. 물론 민호가 용살자임을 부정하지는 않았다. 다만, 용이 용살자를 인식하는 단계를 거치지 않았다. 즉, 민호가 역린을 건드리지는 않은 것이다. 그래서일까? 그는 민호가 용살자임을 믿고 싶지 않았다.

"죽…… 죽일 거예요?"

그는 세상의 용살자들을 전부 처리하겠다고 말해 왔다. 이번 생의 목적이 용살자 처리라고. 그나마 차율리와는 수명이 얽혀 버려서 어쩔 수 없었지만 용살자에게 해묵은 원한을 가지고 있는 그가 민호를 죽이지 못할 것도 없었다.

"죽일까?"

도리어 그는 그녀에게 질문을 돌려주었다. 민호를 처리하겠다고 말하지 않은 것은, 민호에 대한 감정이 아직 남아 있는 탓이었다.

참 이상했다. 오랜 벗에 의해 죽음의 위기에 몰렸을 때에는 그렇게 화가 치밀었는데 이번에는 그때보다 마음이 잔잔했다. 미워해야 하는데 미워할 수가 없는 그런 존재. 용살자란 용의 호의를 가장 쉽게 얻는 존재였다.

"그건 제가 하라 마라 결정할 게 아니잖아요."

진하는 율리의 손을 내려다보았다. 그녀를 다치게 만든 원인은 어쨌든 민호였다. 그걸 생각하면 민호에게 분노가 치솟다가도, 겁에 질려서 구석에서 바들바들 떨며 구토하던 모습을 떠올리면 마음이 약해졌다.

안다. 이것 또한 용살자의 힘이라는 것을. 용은 용살자를 결코 해칠 수 없게 되어 있었다. 물이 낮은 곳으로 흐르는 것처럼 그것 또한 자연의 섭리였다. 그래서 흑룡은 교묘하게 그들이 죽을 수밖에 없는 상황을 만드는 등 타인의 손을 빌어 그들을 처리해 왔다.

이번에는 어떻게 해야 할까…….

"그 사람은 구속되겠죠?"

"법은 네가 더 잘 알겠지."

율리가 고개를 끄덕였다. 초범이라도 사람을 살해할 목적으로 인질을 유인해서 상해까지 입혔다면 징역형을 면할 수는 없었다.

"자기 어머니를 살리고 싶었다는데……."

"근데?"

"안됐다는 생각이 들어서요. 나쁜 사람은 아니었는데 어쩌다……."

"차율리, 네가 성모 마리아야? 네 손을 그렇게 만든 놈이야."

그가 기가 막힌다는 투로 받아쳤다. 그녀가 왼손을 쳐다보았다. 손이 나으려면 얼마나 더 시간이 걸릴지 모른다. 그래도 자신의 상처는 언젠가는 아물 것이다. 하지만 민호는……. 민호의 어머니가 영영 깨어나지 못하게 될 수도 있고, 민호는 다시는 돌아오지 않을 시간을 교도소에서 보내게 될 것이다. 그런 생각들을 하다 보면 마음이 불편해졌다.

"징역을 살아도 무기 징역은 아니겠지."

그의 목소리에 그녀가 고개를 들었다. 허공에서 둘의 시선이 부딪쳤다.

"나중에 나와서 또 지랄하지 않으리라는 보장도 없잖아. 그럼 처리해야지."

말을 하면서도 조금 괴로운지 그가 눈가를 살짝 찡그렸다. 그녀는 그를 물끄러미 한참을 쳐다보았다. 갈팡질팡, 아직도 갈피를 잡지 못해서 그는 무척 혼란스러워 보였다. 민호를 처리해야 한다는 이성과 굳이 처리하지 않아도 이미 민호는 법적으로 처단당했으니 그만하자는 감정이 그를 복잡하게 만들고 있었다.

"그래도 죽이고 싶지 않잖아요."

정곡을 찌른 율리의 말에 진하가 멈칫했다. 마치 그를 시험에 들게 하려는 듯 그녀는 고개를 살짝 기울인 채로 그를 바라보고 있었다. 제 속내를 어떻게 알았느냐고는 물을 필요도 없었다.

"피곤하다. 너도 그만 자."

진하는 일부러 말을 돌리고 자리에서 일어났다. 더 이상 율리에게 혼란스러워하는 모습을 보여 주고 싶지 않았다. 그녀가 눈을 동그랗게 떴다.

"지금 가게요?"

"가야지. 적룡하고 이야기 좀……."

힘없이 대답하던 진하가 도중에 말을 끊고 율리를 바라보았다.

그녀의 얼굴에 실망이 어렸다. 사실 면회 시간도 끝나서 그가 계속 같이 있어 주리라 여겼는데 이렇게 자리를 뜰 줄은 몰랐다.

"왜? 안 갔으면 좋겠어?"

"아뇨, 뭐…… 일이 있으면 어쩔 수 없죠."

그녀는 아쉬운 마음을 꾹 누르고 대답했다. 대표이사와 이야기를 해야 한다는 건 아마 민호의 처리와 관련이 있을 것이다. 어찌 보면 목숨이 걸린 일인지라 그녀는 그를 붙잡을 수 없었다. 그러나 그는 도로 의자에 앉았다.

"안 가요?"

"으음, 차율리 자는 거 보고 가야겠다."

진하가 피식 웃으면서 말했다. 율리의 아쉬움과 외로움 등이 그의 발목을 붙든 탓이었다. 내심 그가 곁에 있었으면 해서 그녀는 더 이상 거절하지 않았다. 잠들 때까지만이라도 같이 있으면 덜 외롭고 덜 아쉬우니까.

"매니저님이 책을 가지고 있다고 했어요."

"책?"

그의 눈이 가늘어졌다. 그녀가 말을 이었다.

"저처럼 책으로…… 보고 눈치챈 것 같은데."

용과 용살자에 관한 책이라면 예전부터 찾아서 없애곤 했다. 식민 지배니, 전쟁이니 온갖 고초를 다 겪은 땅에 아직도 케케묵은 고서들이 남아 있을 줄이야. 역시 용살자들은 질긴 놈들이었다.

"혹시 그 책을 어떻게 찾을 수 없을까요?"

"알았어."

재고 따질 것도 없이 그가 대답했다. 그녀의 부탁이 아니라도 책의 존재를 알았다면 그는 책을 전부 찾아내서 깡그리 태워 버렸을 것이다.

웬일로 토를 달지 않고 부탁을 들어준 진하를 율리가 신기하게 쳐다보았다.

"왜? 얼른 자."

그녀의 눈길이 따가워서 그가 손을 들어 그녀의 눈가를 덮었다. 따뜻한 기운이 눈가를 이완시키는 것 같아 편해진 그녀는 눈을 감고 긴장을 풀었다. 문득 아까 엄마가 버럭버럭 소리치던 장면이 떠올랐다.

"엄마가 많이 화냈어요."

그는 대답하지 않았다. 그녀가 늘어진 음성으로 조잘거렸다.

"헤어지라고도 했고."

"안 되는데."

그의 목소리에 진심이 어렸다. 이제 와서 차율리와 헤어질 수는 없었다. 차율리의 평생을 가지고 싶었으니까.

"나중에 엄마랑 자리 만들게요. 그때 말 좀 잘해 줘요."

어려운 부탁이었지만 들어주지 않을 수는 없었다. 진하는 대답 대신 율리의 이마를 쓸어 주었다. 어서 자라는 손길이 다정하고 부드러워서일까? 애써 외면하고 있던 피로가 순식간에 몰려왔다. 그녀가 잠에 빠지기까지 그는 한참 그녀를 지켜보다가 소리 없이 몸을 일으켰다. 눈앞에 해야 할 일이 산더미처럼 쌓인 느낌이었다.

며칠 뒤, 율리의 마지막 입원일에 진하가 병실을 방문했다. 부탁한 대로 책을 가지고 오겠다는 메시지에 아침부터 기다렸는데 웬일인지 그는 빈손이었다. 그녀가 의아하게 물었다.

"책은요?"

그는 대답 대신 턱으로 출입문을 가리켰다. 하지만 출입문에는 아무것도 없었다. 그녀의 미간이 좁아졌다.

불행 중 다행인지, 혼수상태였던 민호의 어머니 상태가 기적적으로 좋아졌다. 자신이 구속되어 보탤 수 없게 된 생활비와 병원비 대신 그는 대표이사와 거래를 했다. 물론 그 뒤에는 진하가 있었다. 율리가 책을 가지고 싶어 했기에 거래를 주선한 것이었다.

'미친놈, 조금만 참지…….'

그날 이후로 진하는 민호와 마주한 적이 없었다. 민호는 모든 사실을 시인했고 현명하게도 용이니 용살자니, 헛소리는 하지 않았다. 아무리 자신에게 칼을 들이밀던 민호였지만, 그 사정을 이해하지 못하는 바는 아니었다. 예전, 자신의 친우가 죽이려고 달려들었을 때는 배신감과 분노가 하늘을 찔렀으나 이상하게도 이번에는 분노보다 안타깝다는 감정의 지분이 컸다.

'뭐가 다른 걸까.'

그때와 지금 다른 점이 뭔지 진하는 자신의 변덕을 이해할 수가 없었다. 하나뿐인 벗이었던 우인 역시 아내의 목숨을 위해 칼을 들이밀었다. 이번에 민호 또한 제 어머니를 살리겠다고 일을 벌인 셈이었다. 다를 것 없는 상황인데 그의 마음은 많이 누그러져 있었다. 물론 진하의 변덕 때문에 적룡은 머리끝까지 화가 났지만 말이다.

한편, 율리는 출입문을 힐끔거렸다. 민호는 율리 자신처럼 책을 통해 많은 것을 깨달았다고 했다. 아무것도 모르고 작은할아버지의 기록을 다 태워 버린 것이 늘 아까웠던 율리는 진하에게 부탁한 대로 민호의 책을 얻게 되었다.

이내 적룡이 냉랭한 기류를 뿜으면서 병실에 들어와 책이 든 박스를 내려놓았다. 이제야 율리는 진하의 턱짓이 뭘 가리키는지 알았다.

"아, 안녕하세요?"

머뭇머뭇 율리가 먼저 인사를 했으나 대답은 없었다. 대표이사는 무척 심기가 불편해 보였다.

"처리하시지요."

딱 그 말만 남겨 놓고 대표이사가 휑하니 나가 버렸다. 간이 콩알만 해진 율리가 당황한 표정으로 진하를 돌아보았다.

"무, 무슨 일 있었어요?"

"그냥…… 좀 삐쳐서 그래."

적룡은 더 이상 민호를 제거할 생각이 없는 흑룡에게 잔뜩 화가 나 있었다. 적룡은 굳이 민호를 죽이고 싶지는 않다는 흑룡의 말을 처음에는 농담으로 받아들였으나, 진심임을 알고 나서 얼마나 날뛰었는지 모른다. 안정적인 것을 가장 중요시 여기는 그녀가 용살자의 등장에 불안해하는 것은 어쩌면 당연한 일이었다. 그나마 말이라도 하는 것을 보니 기분이 그럭저럭 풀리고는 있는 듯했다.

"삐쳤다고요?"

저번에 경진도 삐쳤다고 하더니, 이번에는 대표이사였다. 무슨 용들이 그렇게 잘 삐친단 말인가. 율리는 이해할 수 없어서 고개만 갸웃거렸다. 진하가 아무 말 없이 책 박스를 열어 보았다. 박스에 관심을 보이면서 아무 거나 집히는 대로 꺼내 든 그녀가 책을 펼치고는 곧바로 고개를 돌렸다.

"먼지……."

얼마나 오래된 책인지 먼지는 물론, 조금만 힘을 주어도 종잇장이 뜯어질 것 같았다. 군데군데 글자가 번진 부분도 있어 율리가 오만상을 찌푸렸다. 용살자의 기록이 기분 나빠 진하가 그녀에게서 책을 수거하고 불평했다.

"그냥 다 태워 버려. 꼴도 보기 싫으니까."

김이 샌 율리는 진하의 손에서 책을 빼앗았다. 그는 매우 불쾌한 듯이 책이 든 박스를 쳐다보고 있었다. 마치 당장이라도 태워 버리고 싶은 것처럼 보여서 그녀가 조심스럽게 부탁했다.

"태우지 말고 조금만 놔두면 안 돼요? 도대체 기록이 어떤지 읽어 보고 싶은데."

"왜? 뭐가 궁금해서?"

"그냥…… 용과 용살자에 관련된 내용이잖아요. 어떻게 보면 우리랑도 관련 있는 내용이니까."

그녀가 힐끔힐끔 그의 눈치를 보면서 대답했다. 그때 똑똑, 노크 소리가 들렸다. 궁금한 건 자신에게 물어보라고 말하려던 그가 입을 다물었다. 병실 문이 살짝 열리더니 해고당한 민호를 대신해서 성훈이 고개를 쏙 내밀었다.

"늦었어요!"

인기 스타는 스케줄이 빽빽했다. 진하가 혀를 차면서 보호자용 의자에서 일어났다. 율리는 성훈과 눈인사를 나누었다.

"그거 보고 있어. 이따 데리러 올 테니까."

진하가 턱짓으로 책 박스를 가리켰다. 진하의 말이 끝나기 무섭게 성훈이 율리에게 꾸벅 고개를 숙였다.

"그럼 가 볼게요."

"앗, 안녕히 가세요."

성훈한테 율리도 꾸벅 인사를 건넸다. 매니저들은 다들 인사성이 밝은 듯했다. 민호처럼…….

민호를 생각하자 율리는 마음이 무거워졌다. 병실에 혼자 남자 정적이 유난하게 느껴졌다. 그녀는 한숨을 내쉬고 나서 먼지가 가득한 책을 다시금 폈다. 쓱쓱 페이지를 넘기던 그녀는 누군가가 한자 옆에 음을 달아 둔 부분을 발견하고 중요한 부분인가 해서 내용을 읽어 보기 시작했다.

龍殺子(용살자)로의 覺醒(각성) — 龍(용)과 直面(직면)

각성하는 방법. 마침 궁금한 내용이었다. 자신이 어떻게 각성을 하게 되었는지, 민호가 어떻게 용살자가 되었는지 알게 된다면, 굳이 세상에 묻혀 있는 용살자를 각성시키지 않을 수도 있지 않을까 싶어서였다.

'직면?'

그러고 보니 자신은 진하와 직접적으로 만났다.

마찬가지로 민호도 오랫동안 진하와 함께했었다.

율리는 미간을 찌푸린 채로 진지하게 책을 읽어나갔다.

一. 直面(직면)하고 呼吸(호흡)을 感知(감지)한다.

二. 氣象變化(기상변화)를 把握(파악)한다.

三. 그들만의 異質的(이질적) 言行(언행)을……

내용을 쭉 확인한 율리는 근처에 놓여 있는 이면지를 뒤집어서 메모를 시작했다. 문득 오른손을 다치지 않아서 다행이라는 생각이 들었다.

"으음……."

간단히 말해서 용살자가 용을 알아보는 방법은 그들과 직접 만나고, 그들이 바꾼 날씨에 민감해하며, 그들의 특이한 말이나 행동을 파악하는 것이 핵심이었다. 그렇다면 반대로 용살자가 용을 알아보지 못하려면…….

직접 만나지 않고, 날씨의 변화를 느끼지 못하면 되고, 용들의 언행에 예민하게 반응하지 않으면 되는 것 아닌가?

"잠깐, 안 만나면 되는 거잖아?"

즉, 각성의 대전제는 용과 직면하는 것이었다.

물론 민호가 알고 있던 것처럼 이 역시 틀린 사실일 수도 있겠지만 자신의 케이스와 민호의 케이스에 딱 알맞은 설명이기도 했다. 율리는 마치 세상의 진리를 깨달은 사람처럼 한참이고 메모를 쳐다보았다.

* * *

부상 때문에 휴가를 받게 된 율리는 엄마 대신 파리만 날리는 가게에서 휴대폰에 뜬 메시지를 보고 몸을 일으켰다.

[차율리, 마지막 시리즈 남았지?]

[이따 저녁에 가지고 와.]

오늘도 손님이 올 기미는 보이지 않았다. 놀랍게도 해가 진 지금까지 손님은 한 명도 없었다. 율리는 또다시 가게를 연 엄마를 이해할 수가 없었다. 이래서 가게 월세는 낼 수 있을지 정말 걱정이었지만 그래도 요즘 엄마 기분이 썩 좋아 보이지 않아서 적당히 기어야 했다.

"집에나 가야겠다."

가게 문을 닫고 셔터를 내린 후 율리는 집으로 돌아왔다. 진하한테 줄 책을 창고에서 뒤적이던 그녀가 아쉬운 투로 혼잣말을 했다.

"그새 하나만 남았네……."

그동안 쭉 책을 가져다주었으니 마지막이 오는 것은 당연했다. 그녀는 마지막 시리즈 열 권을 비닐 봉투 안에 넣고 차에 올랐다.

아직 진하의 새로운 집으로 향하는 길이 익숙하지 않아서 내비게이션의 도움을 받아야만 했다. 최대한 길을 익히려고 노력하면서 그녀는 고급 아파트에 도착할 수 있었다.

엘리베이터를 타고 도착한 율리는 자신을 기다리고 있는 진하에게 책이 든 봉투를 안겨 주었다. 혹여 손의 상처가 벌어질까 그가 재빨리 봉투를 받아 들고 집 안으로 들어갔다. 그를 따라가면서 그녀가 조잘거렸다.

"그러고 보니까 집이 멀어져서 책 빌리러도 못 오겠네요?"

"으음……."

책꽂이 앞에 봉투를 내려놓은 그가 천천히 대답했다.

"신간 나올 때마다 네가 갖다 주면 되지."

"또 배달하라고요?"

그녀가 미간을 찡그리고 고개를 젓자 그가 낮게 웃었다. 그녀는 그의 뒷모습을 물끄러미 응시하면서 입을 열었다.

"괜찮아요?"

"뭐가?"

"그…… 매니저요."

웬일로 진하는 대답하지 않았다. 복잡한 눈빛에 율리는 괜한 소리를 했구나 싶어 자책했다. 아마 처음에 그는 민호를 죽일 생각이었을 것이다. 위협이 되는 존재를 가만히 내버려 둘 남자가 아니었으니까. 하지만 민호를 결국 처리하지는 못했다.

문득 율리는 진하가 참 많이 변한 것 같다는 생각이 들었다. 그는 용살자를 무척 증오했었다. 용살자를 전부 죽이겠다던 그가 자신을 살려 준 이유는 목숨이 얽혀서 죽일 수 없기 때문이었다. 그 탓에 둘 다 얼마나 충격을 받았던가.

그토록 혐오하는 존재였음에도 진하는 민호를 기꺼이 살려 주었다. 이번에는 생명이 얽혀 있지도 않았다. 민호를 처리해도 그만인 셈인데 진하는 민호를 보내 주었다.

율리는 그때 진하의 마음속에 어떤 생각이 오갔는지 궁금했으나, 어째서 마음이 변했느냐고 물을 엄두는 나지 않았다.

대신 율리는 봉투가 놓여 있는 책장 쪽으로 걸음을 옮겼다. 원목으로 만들어진 큼직한 책장에는 어울리지 않게 '드래곤'이 적혀 있는 소설책이 잔뜩 꽂혀 있었다.

"책장 샀어요?"

"원래 여기 있던 거였어."

작가인 황룡이 쓰다 두고 간 책장이었다.

"아아, 다 꽂아 놨네요?"

"네가 준 거니까."

책등을 손으로 훑고 있던 율리가 동작을 멈추었다. 이내 진하가 하지 않아도 될 말을 덧붙였다.

"버리려고 했던 거였지만."

"버리려고 한 건 사실이지만 나름대로 제 마음이 담긴 거거든요?"

자신이 준 책을 가지런히 꽂아 둔 그에게 조금 감동하려고 했는데 그의 말에 얄팍한 감동은 언제 그랬냐는 듯이 사라져 버렸다. 율리가 입술을 삐죽이면서 손이 멈춘 곳을 바라보았다. 우연찮게도 그녀의 손은 '드래곤 제국' 1권에 가 있었다.

붕대로 싸인 왼손 대신 오른손으로 책을 꺼내 든 율리가 앞 페이지의 일러스트를 빤히 내려다보았다. 금발 미녀가 환한 미소를 짓고 있었다. 이름도 잊을 수 없는 '세레나'였다.

"근데 그쪽 이상형이 얘 아니었어요?"

율리가 책을 들어 보였다. 눈에 익은 그림을 보고 진하가 고개를 끄덕였다.

"맞아."

그가 긍정하자 괜히 가슴 한쪽이 울컥했다. 완벽한 여자. 남자들이 꿈에 그리는 이상형. 그녀가 눈가를 찡그린 채로 비아냥거렸다.

"어떡한대? 이상형하고 백만 광년 정도 떨어진 여자랑 사귀게 되어서."

"무슨 소리야?"

"대륙 최고 미녀에 왕녀님이잖아요. 거의 완벽한 여자고."

"그래서?"

진하는 정말 이해가 가지 않는다는 투로 되묻고 있었다. 눈만 깜빡이던 율리가 책을 덮어 제자리에 꽂아 두고 우물쭈물 대답했다.

"아…… 아쉽겠다고요. 그쪽이라면 세레나처럼 더 예쁘고 완벽한 여자도 만날 수 있을 텐데."

사진을 대충 찍어도 예쁘게 나올 만한 여자 말이다. 대한민국 미남, 미녀가 모인 연예계에 있으니 그에게 얼마나 많은 만남의 기회가 있었을까? 그런 생각을 하니 율리의 마음이 괜히 무거워졌다. 울적해진 그녀에게 그가 황당하다는 듯 대꾸했다.

"난 그렇게 생각 안 하는데?"

율리는 진하를 빤히 올려다보았다. 그가 책장 쪽으로 성큼성큼 다가왔다.

"내가 말 안 했나? 걔 너랑 닮았어."

"네? 어디가요?"

"좀 맹한 게."

한 치의 망설임도 없이 말하는 걸 보니 진심인 모양이었다. 율리는 할 말을 잃어버렸다.

"아니, 대, 대륙 최고 미녀 설정인데?"

"너도 예뻐. 대륙 최고는 아니지만."

그녀가 믿을 수 없다는 눈빛을 내비쳤다. 팔짱을 끼고 책장에 기대어 선 그가 웬일로 다정하게 설명해 주었다.

"영화도 아니고 소설책이니 여자 미모가 바로 와 닿는 것도 아니고, 남는 건 글로 묘사되는 행동이나 성격뿐인데, 그게 딱 너 같더라고. 맹한 게."

칭찬인지 칭찬이 아닌지 모호해서 율리는 아무 말도 하지 못했다. 진하가 '드래곤 제국' 1권을 꺼내서 컬러 일러스트를 가만 보다가 이해할 수 없다는 듯 물었다.

"설마 차율리, 캐릭터랑 비교하고 질투하고 그랬던 거야?"

"비, 비교는 했지만 질투는 안 했거든요?"

……라고 꽥 소리 지르며 부정했지만 율리의 얼굴은 새빨개졌다. 물론 진하는 한쪽 입가를 씰룩일 뿐 믿지는 않는 듯했다. 그녀가 양손에 얼굴을 묻어 버렸다. 또 무덤을 판 기분이 들었다. 그의 웃음소리가 창피하게 울렸다.

"차율리."

"왜요."

손 사이로 그녀가 대꾸했다. 그가 그녀의 손을 잡아 얼굴에서 떼어 내면서 능글맞게 말했다.

"내가 김민호한테 책까지 받아다 줬잖아."

"그, 그런데요?"

"오는 게 있으면 가는 것도 있어야지?"

틀린 말도 아니라 율리가 진하를 빤히 올려다보다가 떨떠름하게 물었다.

"치, 치킨 사다 줄까요?"

"……아니, 됐어."

누가 보면 진하가 치킨 성애자인 줄 알겠다. 치킨을 거절한 그가 고개를 숙였다. 단숨에 코끝이 닿을 만큼 둘의 거리가 가까워졌다. 그제야 그녀는 상황을 파악할 수 있었다.

'뭐야? 뭐야? 뭐야?'

그의 집에서는 단 한 번도 이런 상황에 놓인 적이 없었다. 몇 번이나 그의 집을 들락날락했는데, 그는 늘 담백하게 그녀를 맞아 주었을 뿐이었다. 문득 그녀의 뇌리에 그가 했던 말이 스쳐 지나갔다.

'안아 주고 싶은 것도 사실이야. 정확히 말하면 만지고 싶은 거지.'

그 순간, 진하가 율리의 턱을 잡아 고정시키고 바로 입을 맞추었다. 벼락같은 키스에 그녀가 눈을 냅다 감아 버렸다. 입술이 열리고 혀가 얽히기 직전, 그녀가 무의식적으로 그의 목을 끌어안았다.

그리고 키스는 그대로 중지.

세상에 두려울 것 없는 잘난 흑룡께서 다리에 힘이 빠진 채 휘청거렸다. 덩달아 율리도 그에게 이끌려서 바닥에 넘어지듯 쓰러졌다. 깜짝 놀란 그녀가 그의 어깨를 잡았다.

"괜, 괜찮아요?"

"좀…… 조심해 줘."

이번에는 차율리가 아니라 임진하가 양손에 얼굴을 묻고 중얼거렸다. 빌어먹을 역린. 제대로 분위기를 탔다고 생각했는데 이렇게 와장창 깨질 줄이야.

"저, 거기 건드리면 아픈 건 아니죠?"

아프기는커녕 소름이 끼칠 정도로 쾌감이 느껴져서 그가 깊은 한숨을 내쉬고 에둘러 말했다.

"아프진 않은데, 네가 건드리면 난 아무것도 못 해."

"정말요?"

그가 대답 대신 고개를 끄덕였다. 그녀가 입가를 손으로 가리고 감탄했다.

"대박……."

"뭐가 대박이야?"

손을 내린 진하가 눈가를 일그러뜨리고 율리를 바라보았다. 손을 살짝 들고 있던 그녀가 씨익 웃었다. 어째 불안한 웃음이었다.

"그쪽이 마음에 안 드는 짓하면 여기 만지면 되는 거네요?"

"차율리! 제정신이야?"

홱 뒤로 몸을 뺀 진하가 허공에 있는 율리의 손을 떨떠름하게 쳐다보았다. 어째 미안한 마음이 들어서 그녀가 손을 내리고 물었다.

"저 말고 다른 사람이 만지면 진짜 어떻게 돼요?"

"죽어."
"네?"
뭐가 이렇게 극단적이란 말인가!
"정말요?"
"정말. 벼락 맞아서 죽어."
율리의 눈동자가 커졌다. 용살자인 자신은 그를 무력화시켰고, 용살자가 아닌 사람들은 벼락을 맞아서 죽는다. 그러고 보니 화를 입는다던 민호의 말도 있긴 했다. 두루뭉술하게 안 좋은 일이 있으려니 했는데, 그런 사실이 담겨져 있었을 줄이야!
"그러면 코디나…… 메이크업은 지금까지 어떻게 했어요? 목에 분장 같은 거 할 수도 있잖아요."
"내가 한다고 하면 안 건드려. 지금까지 한 번도 사고 없었고."
"용살자가…… 좋기는 좋구나."
말을 마친 진하가 지친 듯 뒤로 발랑 누워 버렸다. 율리는 그를 물끄러미 내려다보았다. 세상에 거리낄 것 없이 당당하고 여유롭게 굴던 남자가 지쳐 있는 모습이 신기하고 한편으로는 섹시하게 느껴졌다. 그때 그가 그녀의 이름을 불렀다.
"차율리."
그녀가 대답하기도 전에 그가 말을 이었다.
"두 번이나 포기했어."
"뭘요?"
"이번 생의 목표."

"아……."

용살자를 죽이겠다 말했었다. 그러나 첫 용살자는 그와 생명이 얽혀 버렸다. 두 번째 용살자는 본능인지 정인지 이상한 감정에 이끌려 살려 두고 말았다. 다음번에는 어떻게 될까? 그가 더 이상은 갈등하지 않았으면 좋겠는데.

율리는 아무 말도 하지 못하고 고개만 숙이고 있었다. 바닥에 누운 채로 그녀를 응시하던 진하가 손을 뻗어 그녀를 품 안으로 끌어당겼다. 안고 싶고 만지고 싶은 여자를 품에 안았다.

"어쩌다 이렇게 됐는지 모르겠다. 용살자를 잡겠다고 큰소리나 치지 말걸."

그가 자조하는 듯이 중얼거렸다. 그의 목소리가 맞닿은 피부를 타고 전해졌다. 그녀의 가슴 한구석에 괜히 무거운 부채감이 얹혔다. 그녀가 장난처럼 말했다.

"다음에 올 땐 치킨 한 마리 사 올게요. 위로의 의미로."

"치킨만으론 위로가 안 돼."

단호한 음성에 그녀의 어깨가 움찔하자 쿡쿡거리는 그의 웃음소리가 심장박동과 함께 울렸다. 그가 그녀를 안은 채로 다시 입을 맞추었다. 그녀에게서 달콤한 향기가 났다. 예전에 그녀가 비에 쫄딱 젖었을 때도 맡았던 향이었다. 그때는 샴푸 냄새라고 생각했었는데, 꽃향기도 아니고 과일 향기도 아닌 차율리만의 향기였다.

12장

“보지 않으려고 했어요.”

영화 개봉 이후로 진하의 스케줄에 조금씩 휴일이 잡혔다. 적당한 시간을 봐서 부모님과의 자리를 마련한 율리는 진하를 보자마자 엄마가 늘어놓는 언짢은 소리에 당황했다. 율리가 슬그머니 테이블 아래로 붕대 감긴 왼손을 내렸다.

하지만 진하는 진심으로 죄송한 사람인 양 공손했다.

“그러셨군요. 많이 불편하시죠? 이 자리.”

‘어쩜 저렇게 공손할 수가…….’

율리는 제 옆에 앉은 이 남자가 자신이 아는 임진하가 맞는지 잠시 고민했다. 엄마가 헛기침을 뱉었다.

“크흠! 내 새끼가 그쪽 때문에 다친 건데 기분이 좋을 리도 없고.”

엄마의 목소리가 한층 누그러들었다. 미인계는 남녀를 가리지 않고 통하는 모양이었다. 나름대로 오랜 기간 안면 있던 사이임에도 테이블 하나를 가운데 두고 있어서 그런지 어색한 공기가 룸 안에 흘렀다.

“장사는 잘되세요?”

“아유, 요즘 누가 책을 읽어. 망하고 있지.”

진하가 묻자 마음이 그새 풀어졌는지 엄마가 손을 내저으며 편하게 대답했다. 안타깝게도 사실이었다. 하루 종일 손님이 오지 않는 날도 있었고, 입고되는 신간의 수도 줄어들었다. 소일거리이자 취미가 아니었더라면 이미 접어도 한참 전에 접었을 일이었다. 엄마는 물을 한 모금 마시고 말을 이었다.

“그나저나 선불 그렇게 많이 넣어 놓고 왜 안 와요?”

무려 천만 원을 넣지 않았던가. 그러나 진하는 오랫동안 가게에 걸음 하지 않았다. 이유야 뭐…….

“이제부터 시간 좀 나니까, 자주 들를게요.”

“많이 바빴나 보네.”

진하는 대답 대신 미소만 내비쳤다. 영화 홍보 때문에 바쁜 것도 그렇지만, 엎친 데 덮친 격으로 민호의 일도 있었고, 율리와의 스캔들도 있었다. 정신이라고는 하나도 없는 나날이었다.

“대단한 자리 마련하자는 건 아닌데 이렇게 좋은 델 잡아…….”

그때 대화에 끼지 않던 아빠가 룸 안을 둘러보면서 중얼거렸다. 개인적인 공간으로 쓰기에 알맞은 아늑한 룸 안은 소품 하나 하나가 세련되고 고급스러웠다. 적당한 가게에서 가볍게 이야기나 나눌까 싶었는데 예상외로 파인 다이닝 레스토랑이라니.

'한식집도 이런 데가 있긴 하네.'

율리는 한 번도 본 적 없는 고급 한식 요리가 신기했다. 예쁜 빛깔의 어란을 뚫어져라 보던 그녀의 귓가에 그의 싹싹한 목소리가 들렸다.

"대접 한 번 제대로 해 드리고 싶었습니다."

음식점 따위에 관심 없는 진하를 대신해서 대표이사가 예약한 곳이지만 사실 진하에게 분리된 공간은 필수였다. 사람들 틈새에서 아무 사고 없이 저녁 시간을 보낼 수 있을 리가 없었다.

"율리 부모님이면, 제 부모님 같은 분들이니까요."

"아니, 뭐 그런 사위 같은 소릴……."

듣기 좋은 말만 하고 있는 진하를 율리가 힐끔거렸다. 이런 남자가 아닌데.

한편 엄마의 입가는 살짝 풀어졌다. 엄마의 머릿속에 이미 율리의 사고는 저 멀리 사라진 지 오래였다.

"아시겠지만, 전 부모님이 안 계십니다. 사고로 두 분 다 일찍 돌아가셨어요."

"비행기…… 사고였댔죠?"

"예."

어느새 침묵이 무겁게 깔렸다. 율리는 말없이 젓가락으로 고급 어란을 뭉갰다. 그녀가 어란에 집착하는 동안 대화는 계속 이어졌다.

"그럼 다른 가족 분들은?"

"양쪽 조부모님은 돌아가신 지 오래고, 아버지는 형제가 계시지 않습니다. 그리고 이모가 한 분 계셨는데 사촌 동생을 낳다가…… 그렇게 되었습니다."

"하이고……."

가족들이 죽어 나갔다는 박복한 소리에 아빠가 안타깝다는 투로 한숨을 내쉬었다. 엄마와 아빠는 세상에 존재하지 않았던 사람들의 죽음에 안쓰러워하고 있었다.

"그럼, 이모부랑 사촌 동생만?"

"이모부께선 교통사고로……."

"그, 그럼 사촌 동생은? 살, 살아 있나?"

살아 있다고 말해 달라는 간절한 부모님의 시선이 진하에게 닿았다. 이쯤 되니 박복하다 못해, 뭔가 그 집안이 저주를 받은 느낌까지 들어서였다. 다행히 진하의 '사촌 동생'은 살아 있었다. 백경진이라는 이름으로.

"예, 율리 로스쿨 선배기도 하고요."

'그렇게 된 거군.'

율리는 이제야 인간 사회에서의 경진과 진하의 정확한 촌수 관계를 알 수 있었다. 엄마가 의심스러운 표정으로 율리에게 말을 붙였다.

"그래? 진짜로 살아 있는 거 맞아?"

"네, 경진 선배 멀쩡히 살아 있어요."

"그래도 아들들이 자리는 잘 잡아서 다행이네."

그제야 엄마는 안도의 한숨을 쉬었다. 가족이 계속 죽었다는 소리만 듣다가 살아 있다는 말을 들으니 마음이 편안해진 모양이었다.

"가족이 없어서 많이 외로운 편이었는데, 율리가 옆에 있어 주니까 힘이 되네요."

가증스럽게도 진하는 가련한 표정을 지어 보였다. 엄마의 화가 녹기에 충분한 얼굴이었다. 뭉개고 있던 어란을 입에 넣은 율리가 어깨를 움찔했다. 정말 자신이 아는 남자 같지가 않아서 당황스러울 지경이었다.

"명절이나 생일 같은 때 쓸쓸하겠다."

"요즘은 일하느라 바빠서 좀 괜찮았습니다."

"일 쉬게 되면 우리 집이라도 와요. 난 그런 줄도 모르고……."

율리의 사고 탓에 진하에게 색안경을 쓰고 있던 엄마는 그의 안타까운 사연을 듣고 보니 마음이 기울었다. 아빠 역시 엄마를 거들었다.

"그래요, 우리도 율리밖에 없으니까. 떠들썩하면 좋잖아. 사촌 동생도 일찍 조실부모했는데 같이 오면 좋고."

"아뇨, 걘……."

경진까지 부르라는 통 큰 소리에 진하가 바로 손을 내저었다.

미쳤다고 차율리 근처에 백경진을? 진하가 보기에 어린 백룡은 의외로 속내가 시커멨다. 겉으로는 순진한 척하고 있었지만, 오랫동안 차율리 주변을 빙빙 맴돌면서 기회만 엿보던 경진 아닌가? 썩 마음에 들지 않았다.

"다른 가족도 있으니까요."

"그래요? 그러면 다행이구만."

백룡의 '숙모'로 적룡이 있었다. 당연히 이쪽도 박복해서 일찌감치 남편을 잃었다는 설정이 붙어 있었다.

다음 코스 요리가 세팅되는 동안 그들은 대화를 잠시 쉬었다. 베테랑 웨이터는 인기 스타를 보고도 당황하지 않고 프로다운 모습을 보이곤 조용히 룸을 빠져나갔다.

"그러면 혼자 산 지 꽤 오래 되었겠네요?"

"네. 그리고 말 편히 하세요."

여심을 흔드는 미소와 음성에 엄마는 이미 함락된 지 오래였다. 기다렸다는 듯 엄마가 얼굴을 붉혔다.

"흐흠! 그, 그래도 될까?"

"예, 저야 감사하죠."

율리는 이제 진하의 이런 모습이 낯설다 못해 무서웠다. 도대체 이 남자는 언제까지 싹싹하고 공손한 착한 남자의 탈을 쓰고 있을 것인가. 연기자 아니랄까 봐, 이미 엄마와 아빠는 홀딱 넘어가 있었고 솔직히 자신 역시 마음이 자꾸 살랑거렸다. 원래 이렇게 건실한 남자였나 혼란이 올 정도로 말이다.

이내 아빠가 어려운 말을 앞둔 사람처럼 냉수를 한 컵 비우고 나서 조심스럽게 말했다.

"참, 이거 좀 무례한 질문일 수도 있는데."

"예?"

"우리 애랑 어디까지 생각하나?"

"어디…… 라고 하시면?"

어쩌면 이게 이 자리의 목적이었을지도 모른다. 율리 또한 진하와 마찬가지로 아빠를 응시했다. 하지만 아빠를 대신해서 엄마가 줄줄 말을 이어 나갔다.

"우리들 눈에야 율리가 아직도 마냥 아이 같긴 해. 하지만 슬슬 이제 결혼도 생각해야 할 시기 아닌가 해서. 커리어도 잘 쌓고 있잖아, 자네 회사에서."

어째 엄마의 말이 썩 내키지 않아서 인상을 찡그린 율리와 다르게 기다리던 말을 들은 진하는 빙그레 미소를 지었다.

"예, 그렇죠."

"스캔들이야 잠잠해졌으니까 망정이지 계속 자네랑 만나면서 괜히 구설수에나 오르다가 나중에 헤어지게 되면 솔직히 내 딸만 손해라고 생각해."

"엄마아."

진하와의 관계가 손익을 저울질하는 관계는 아닌데, 손해라는 말을 하다니. 화들짝 놀란 율리가 그만하라는 식으로 엄마를 불렀다.

"이기적이라고 욕해도 좋아. 하지만 아직 인식이란 게 그렇잖아."

어찌 되었든 아직은 여자에게 불리한 낙인이 찍히는 경우가 많았다. 엄마는 전부터 그 점을 지적하고 싶어 했다. 딱 하나뿐인 딸이기에, 더욱 감싸고 싶었다.

결국 이 자리는 진하에게 으름장을 놓기 위한 자리일 뿐이었다. 율리는 마음이 불편해지기 시작했다. 엄마는 율리의 만류를 듣지 못한 척했다.

"그러니까 엄마 마음에는 좀 확실히 해 줬으면 좋겠어."

"아, 그건……."

진하가 말문을 열기 무섭게 그의 휴대폰이 울렸다. 대화의 맥이 끊어지고 모두가 진동 소리에 집중했다. 진하는 눈가를 찡그리고 전화를 끊으면서 사과했다.

"죄송합니다. 전화기를 껐어야 했는데……."

진하가 전원을 누르기 직전, 다시 전화가 걸려 왔다. 엄마가 부담 갖지 말라는 듯이 너그럽게 말했다.

"받고 와요. 급한 일일 수도 있고."

지금 이 상황보다 급한 일은 없을 텐데. 하지만 진하는 살짝 고개를 숙여 보이고는 휴대폰을 들고 밖으로 나갔다. 그의 뒷모습에서 느껴지는 서늘한 공기에 율리는 진하가 전화 건 당사자에게 날카롭게 한마디 할 것 같다고 생각했다.

진하가 나가고 나서 닫힌 문을 물끄러미 보던 엄마가 한숨을 크게 내쉬었다.

"되게 웃기지? 어린애들도 아니고 부모가 막 나서서 연애에 훈수 두는 거."

엄마는 율리의 만류를 무시한 것이 아니었다. 율리가 미간을 찌푸리고 뭐라 대꾸할 찰나였다. 엄마가 선수를 쳤다.

"근데 엄만 너 하나만 보고 살아. 네가 잘못되면 엄만 못 산다고."

몸이 약해서 딸 하나만 겨우 보았다. 남부럽지 않게 애지중지 키운 딸이 남자 때문에 사건에 휘말리고 사고를 당하는 건 엄마에게는 악몽 같은 일이었다.

"병원에서 너한테 그렇게 소리 지른 것도 너무 무서워서 그랬어."

물론 율리도 엄마의 입장을 모르는 건 아니었다. 엄마의 진심이 물씬 느껴져서 그녀가 어깨를 축 늘어뜨리고는 사과했다.

"미안해요. 엄마 마음 몰라줘서."

"내 마음 다 알면 네가 딸이냐? 애미지. 하여튼 너무 극성이라고 생각하진 마."

부모에게서 독립해도 이르지 않을 시기의 다 큰 딸이지만 그래도 부모에게 아직은 아이같이 보였다. 지금 이 순간 잠깐 즐기고 마는 연애가 아니라 인생의 중요한 고비라고 여긴 엄마는 딸의 연인을 만나 이야기를 나누어 보고 싶었던 것이다.

곧 진하가 돌아왔다. 타이밍을 잘못 잡은 통화 상대에게 한마디 하고 휴대폰 전원을 껐으니 이제 방해는 없을 것이다. 그가 자리에 앉자 아빠가 슬그머니 말을 붙였다.

"바쁜 일이라도 있나?"

"아뇨, 별일 아닙니다."

진하에게 두 번이나 걸려 온 전화는 정말 별일 아니었다. 영화 관계자들과 술자리를 갖고 있으니까 나와서 참석하라는 현웅의 쓸데없는 전화였으니까.

"미래에 대해서는 율리와 이야기를 해 본 적이 사실 없습니다."

끊어졌던 대화 흐름을 진하가 능숙하게 이어 붙였다. 그의 미묘한 대답은 엄마의 기대에 미치지 못했다. 엄마가 언짢은 눈빛을 막 다시 내비칠 무렵이었다.

"저야 결혼이든 뭐든 하면 좋은데 율리도 그럴지는 모르겠네요."

"엥? 결, 결혼?"

그 말에 제일 먼저 반응한 쪽은 당사자인 율리였다. 깜짝 놀란 율리가 옆을 홱 돌아보았다. 엄마와 아빠 역시 예상치 못한 대답에 잠깐 할 말을 잃었으나, 이내 정신을 차린 엄마가 율리에게 의향을 물었다.

"넌 어떻게 생각해?"

"아, 아무, 아무 생각 없는데?"

차율리는 지금 무척 당황했다.

"아니, 뭐, 사귄 지 얼마나 됐다고 결, 결혼이야? 이상하잖아."

"네 나이를 보면 이상하진 않아."

안타깝게도 차율리는 10대 중?고등학생도 아니고, 20대 초반 풋풋한 대학생도 아니었다.

"자꾸 나이 얘기해, 왜……."

엄마의 카운터펀치에 미간을 찌푸린 율리가 투덜거렸다. 엄마가 농담을 섞어 말했다.

"엄마가 맨날 말하잖아. 빨리 시집가서 너 닮은 딸 좀 낳으라고."

"나 같은 딸 낳아서 고생하라고?"

"그래! 고생 좀 해 봐라. 아주 그냥……."

평소 잔소리나 구박할 적에 했던 소리를 그대로 읊는 딸에게 엄마는 끝까지 말을 잇지 못했다. 율리가 의아한 눈으로 진하를 쳐다보다가 물었다.

"근데 아이를 낳을 수는 있는 건가?"

"내가?"

순수하게 율리는 흑룡인 진하가 평범한 다른 남자처럼 아이를 가질 수 있는지 궁금했다. 진하 역시 그녀가 의문을 갖는 게 정당하다고 생각했다. 문제는 그들의 대화가 이상하게 들리는 데 있었다. 사정을 아는 당사자들은 아무렇지도 않은데 주변 사람들만 민망해졌다.

"푸웃!"

가엾게도 아빠는 물을 마시다 뿜고 말았다. 고개를 돌리고 있어서 아무도 물을 맞지 않은 게 그나마 다행이었다. 콜록거리는 아빠를 대신해서 엄마가 우물쭈물 묻기 시작했다.

"그…… 율리 전에 여자 안 만났다고 하던데……."

"예? 예."

차율리가 부모에게 별걸 다 말하는구나, 싶어서 진하는 깊게 생각하지 않고 긍정했다. 엄마의 눈동자가 부들부들 떨렸다. 엄마는 아빠와 시선을 교환하고 나서 떨어지지 않는 입술을 겨우 떼었다.

"그, 그러면 혹시……."

그러나 엄마는 차마 더 이상 묻지 못했다. 완벽하기 그지없는 임진하가 '미미쨩'에만 관심 있는 오타쿠라서 여자를 만나지 않았던 건가 했는데, 어쩌면 다른 이유가 있었을지도 모르겠다. 갑자기 바늘방석에 앉은 듯 불편해하는 부모님을 율리가 의아하게 응시했다.

"왜 그래요?"

"뭐…… 꼭 결혼을 해야 한다는 건 아니니까……."

어색한 미소와 함께 엄마의 말이 갑자기 바뀌었다. 율리가 의심스럽게 엄마를 막 쳐다볼 찰나 진하가 고개를 저으며 똑 부러지게 답했다.

"아닙니다. 율리만 좋다면……."

"아니야. 그…… 꼭…… 그럴 필요는……."

엄마의 목소리가 점점 작아졌다. 예상과 다르게 흘러가는 분위기에 진하가 눈가를 찡그리고 지난 대화를 곱씹었다. 어디서 문제가 생긴 걸까? 눈치 빠른 진하는 뒤늦게 상황을 파악하고 기가 막혔다.

"아, 혹시 저한테 문제가 있다고 생각하시는 건가요?"

"아아아니, 누, 누가 그래? 고자라고."

"아빠 혼자 그러네."

율리가 황당하다는 식으로 지적했다.

고자. 그러니까 성 불구자!

돌직구를 제대로 맞은 진하는 한참 말을 잃었다. 어이가 없어서 차마 말이 나오지 않아 그가 대답하지 않자 어떻게든 수습을 해 보려고 엄마가 아빠의 등짝을 때렸다.

"호호, 이 양반이 갑자기 미쳐 가지고 이럴 때가 있어. 치매인지."

"하하, 치매 검사를 해 봐야겠는걸!"

중년 부부는 하하 호호 웃으면서 자신들의 무례를 수습하기 바빴다. 한편의 블랙 코미디 극을 보는 듯한 부조리한 상황에 진하는 한숨을 뱉었다. 가끔 차율리가 엉뚱하다 싶을 때가 있었는데, 어쩜 그것도 유전일지 모르겠다.

"생각하시는 그런 건 아닙니다."

"그, 그래?"

"그럼 다행이고……."

어색하게나마 화기애애한 분위기가 돌아왔지만 율리는 왠지 음식 맛이 느껴지지 않는 것만 같았다.

미묘한 저녁 식사 자리를 마치고 나서 돌아가는 길에 엄마가 율리의 옆구리를 찌르면서 다시금 물었다.

"얘, 정말 그, 그런 거 아니지?"

"그런 게 뭐야?"

"왜 불구라거나……."

"아니라는데, 아니겠지 뭐."

율리가 아무렇지 않게 대답했다. 별생각이 없어 보이는 딸의 말에 엄마는 속이 타는 듯했다. 아빠는 묵묵히 운전을 하면서 대화에 끼어들지는 않았지만, 대단히 큰 관심을 보이고 있었다. 엄마가 한숨을 내쉬었다.

"만약 그러면 굳이 결혼까지 생각하지는 마. 사귀다 마는 게 낫지. 갔다가 돌아오는 것보단."

연애만 하다가 헤어지는 것이 이혼 도장을 찍는 것보다는 낫다는 소리였다. 율리가 미간을 찌푸리고 엄마를 똑바로 쳐다보았다.

"그거 저쪽에 되게 무례한 말인 거 알죠?"

"알아, 아니까 얼굴도 못 들겠다."

붉어진 얼굴로 엄마가 중얼거렸다.

한편, 그 시각 집에 도착한 진하는 왠지 기운이 다 빠진 것 같은 착각이 들었다. 이렇게 어이가 없는 대화도 처음이었다. 고자 취급이라니! 이젠 어이가 없다 못해 웃음이 비집고 나올 만큼 신선한 소리였다.

그때 진하의 휴대폰이 반짝였다. 뭔가 했더니 율리의 메시지가 들어와 있었다.

[집에 도착했어요. 오늘 기분 많이 나빴어요?]

[기분 나빴으면 왜?]

장난삼아 답장을 보내고 나서 그는 옷을 갈아입었다. 그녀는 대답을 한참 고민했는지 뒤늦게 메시지가 길게 날아왔다.

[기분 풀라고는 안 할게요. 엄마랑 아빠가 무례했어요. 너무 편한 자리였나 봐요. 그리고 그게 진짜든 아니든 전 신경 안 쓰니까 걱정 마세요.]

"아니라니까 그러네?"

이러다 정말 오해를 받겠다 싶어서 메시지를 보자마자 진하는 율리에게 전화를 걸었다. 연결음이 몇 번 지나기 전에 그녀가 전화를 받았다.

—여보세요?

"야! 그거 진짜 아니라고!"

—아, 네…….

율리의 목소리에 어째 힘이 없었다. 자존심 드높고 성질머리 괴팍한 흑룡에게 이만한 내상을 입히는 대답도 없었다. 그가 기가 막힌다는 투로 물었다.

"내 말 안 믿고 있지?"

—어? 아니에요. 믿어요. 백 퍼센트 신뢰합니다.

진하의 눈이 가늘어졌다. 그가 투덜거렸다.

"차율리, 내가 널 그냥 가만 놔두니까 아주 만만하지?"

물론 그녀를 결혼식 전까지 예쁘게 지켜 주니 마니 그딴 생각은 없었다. 그저 너무나도 바빴고 온갖 사건 사고가 판을 쳐서 시간과 여유가 없었을 뿐이었다. 아직 그녀의 상처가 다 낫지도 않았고 말이다. 지금 와서 보니 가만히 놔두지 말았어야 했나, 싶었지만.

이내 율리가 진지하게 말했다.

—그게…… 그런 의미로 한 소리는 아니었어요.

"그럼?"

—사람이 아니잖아요.

그는 대답하지 않고 그녀의 말이 이어지기를 기다렸다. 맞다. 임진하는 평범한 남자가 아니었다.

—어디서부터 어디까지 인간과 같은지, 어느 점이 인간과 다른지 저는 모르니까요.

고민에 고민을 거듭한 후, 율리가 조심스럽게 말을 이어 나갔다. 겉으로 보기에 진하는 완벽히 사람의 모습이었지만 날씨를 조종하고, 미물들에게 영향력을 끼치는 흑룡이었다. 율리가 가라앉은 목소리로 속내를 털어놓았다.

—무서운 생각이 들 때도 있어요. 그쪽은 계속 젊은 채로 살고, 나만 늙어 간다거나…….

그런 걱정 탓에 율리는 가끔 악몽을 꿀 때도 있었다. 자신은 노인의 모습이고, 진하는 여전히 젊고 아름다운 모습인 꿈 말이다. 꿈이 현실이 될세라 차마 입 밖으로 내뱉어 본 적은 없었다.

"상상력은 좋았는데 그런 일은 없어."

—그럼 다행이고요.

"몸은 인간하고 똑같아. 매년 나이도 먹을 테고. 끝날 때는 허물을 벗듯이 늙은 육신을 남기고 가는 거지."

진하가 피식 웃으면서 설명해 주었다. 따지자면 겉으로는 인간의 삶을 그대로 살다 가는 셈이었다.

—그렇구나.

안심이 되었는지 율리는 한숨을 내쉬었다.

—전에도 제가 한 번 말했었죠? 엄만 손주를 보고 싶어 하거든요.

"그래."

언젠가 지나가는 소리로 결혼에 대한 이야기를 했을 때, 그녀에게서 들은 적이 있었다. 외동딸이라서 결혼을 꼭 해야 한다고. 엄마가 손자를 그렇게 보고 싶어 한다고.

—저는 괜찮은데, 결혼을 해도 우리 사이에 아이가 생기지 않으면 엄마도 많이 실망할 테고…….

"차율리."

진하가 율리의 말을 도중에 끊었다. 율리는 굳이 대꾸하지는 않았다. 그가 낯선 단어를 입에 올렸다.

"용마전설이라고 알아?"

—네? 뭐지? 무협지예요?

꼭 무협 소설 같은 단어에 그녀가 되묻자 그가 피식 웃으면서 단어의 뜻을 풀어 주었다.

"아니. 용마(龍馬). 반은 용이고 반은 말인 거."

—그, 그런 게 진짜 있어요?

"용도 있는데? 없을 게 뭐야?"

—그거야 그렇지만…….

하긴, 연인이 흑룡인데 용마가 있을 법도 했다. 대강 납득하고 있던 율리가 떨떠름하게 말을 이었다.

—어? 그러면 용이 말하고…….

순간 휴대폰 너머에서 불편한 정적이 흘렀다. 율리는 차마 끝까지 말을 하지는 않았지만 분명히 느껴진다. 어딘가 모르게 거북한 공기가.

진하가 바로 부정했다.

"야! 내가 그런 게 아니고, 옛날에 있었어! 그런 미친놈 하나가!"

—……아, 네.

잠깐의 침묵 이후의 안도하는 목소리가 흑룡에게 아프게 닿았다. 도대체 그녀의 머릿속에 있는 자신의 이미지가 어떻기에 이런 의심까지 받아야 하는 건가.

"그러니까 그쪽은 신경 쓰지 말라고. 어차피 내 몸은 인간하고 다를 게 없으니까."

—알았어요.

"진짜 신경 쓰지 마."

—네.

"진짜."

진하가 몇 번이고 강조했으나 율리는 별로 신경 쓰지 않는 듯 가볍게 화제를 돌렸다.

—아, 맞다! 저, 주말에 시간 있어요?

"으음, 스케줄 몇 개 없어."

—그러면 잠시만요!

그리고 전화가 그대로 끊어졌다. 진하는 미간을 찌푸리고 휴대폰 화면을 쳐다보았다. 통화가 종료되어 있었다.

"뭐야?"

차율리와의 통화가 예기치 못하게 끊어지자 임진하는 매우 불안했다. 그는 그녀의 전화가 오기를 기다리며 휴대폰을 들었다가 놓길 몇 번 반복하다가 휴대폰 화면을 계속 켜 놓고 내려다보았다.

율리에게 그냥 자신이 다시 전화를 걸까 막 고민할 무렵이었다. 기다리던 전화가 다시 왔다. 진하는 전화를 받자마자 불평했다.

"왜 갑자기 전화를 끊고 그래?"

—친구한테 연락 좀 하느라고요.

자신과의 통화 중에 왜 난데없이 친구에게 연락이란 말인가? 기분이 상한 그가 투덜거렸다.

"친구? 너 친구 없잖아?"

—있다니까요!

"그래, 너랑 놀아 주는 애도 있고……."

율리는 진하의 중얼거림을 못 들은 척하고 말을 이었다.

—전에 말한 친구랑 자리 만들어도 돼요? 주말에.

진하와의 통화를 잠깐 끊고 율리는 화정에게 연락했다. 화정이 진하를 꼭 한 번 만나 보고 싶다고 부탁한 것을 떠올렸기 때문이었다. 화정은 주말 아무 때나 시간을 꼭 비워 두겠다고 환호했다.

"주말 언제? 토요일은 다른 일 때문에 안 되고, 일요일 저녁쯤에 시간 돼."

—그럼 그때로요.

"알았어."

일요일이 되려면 아직 며칠이나 남아 있었기에 진하가 시원스럽게 긍정했다. 시간이 맞아서 다행이었다. 출근을 앞둔 일요일 저녁이어도 화정은 좋다고 나올 것이 뻔했다.

—그리고 저, 할 말이 있는데…….

"할 말?"

—내일도 쉬어요?

일정에 공백이 생기기 시작한 것도 이번 주부터였다. 진하는 내일 오후에 율리에게 집으로 오라고 말하고 통화를 종료했다.

한편, 전화를 끊은 율리는 생각에 빠졌다. 진하에게 하고 싶은 말이 있었다. 자신의 이기적인 바람일지도 모르지만, 민호에게서 얻은 책에 쓰여 있던 것들을 그에게 알려 주고 싶었다. 책에 적혀 있던 용살자의 각성을 위한 세 가지 조건.

율리는 붕대로 감겨 있는 왼손을 물끄러미 쳐다보았다. 앞으로는 이런 일에 말려들고 싶지 않았다. 부상을 입는 게 무서운 것은 당연했다. 그러나 그 외에도 걱정되는 일들이 한두 가지가 아니었다.

자신만 위험에 노출된다면 괜찮겠지만…….

이튿날, 오후에 율리는 언제 한 번 치킨을 갖고 가겠다는 약속을 지켰다.

막 스케줄을 마치고 돌아왔는지 진하는 아직 메이크업을 다 지우지 않았다. 그가 욕실에 있는 동안 그녀는 상을 차리고 소파에 덤덤하게 앉았다.

"웬 닭이야?"

"드세요."

그가 만면에 미소를 지으며 치킨을 흐뭇하게 바라보다가 의아한 시선으로 그녀를 응시했다. 차율리가 이렇게 뇌물 공세를 할 일이 뭐가 있단 말인가?

"뭐 잘못했어? 갑자기 왜 닭을 먹어?"

"아니, 진짜 사람의 호의를 뭐로 알고……."

율리가 기가 막힌다는 투로 불평했다. 단지 호의일까? 진하가 율리를 의심스럽게 보다가 치킨 한 조각을 막 집을 때였다.

"저어……."

그의 미간이 좁아졌다. 역시 치킨은 뇌물이었나 싶을 무렵, 그녀가 조심스럽게 입을 열었다.

"그 매니저님이요. 어떻게 됐는지 알아요?"

"빵 들어갔지."

별것 아닌 질문에 그가 가볍게 대답했다. 그녀가 대답 대신 고개를 끄덕였다. 튀김옷이 두껍게 묻은 부분을 떼어 내면서 그가 덧붙였다.

"적룡이 벼르고 있어."

"네? 대표이사님이요?"

"내가 죽이지는 않겠다고 했더니 눈이 돌아가서."

아마 적룡은 사람을 써서 민호를 처리할지도 모른다. 진하가 민호에게 더 이상 신경을 쓰지 않겠다는 말에 적룡은 한참 날뛰었었다. 안정, 평화, 그리고 균형을 가장 중시하는 적룡의 성격상 민호를 가만히 두지는 않을 듯했다.

"위험…… 하니까요."

율리는 대표이사의 마음을 이해했다. 민호는 전적이 있는 사람이었다. 출소 후에 무슨 일을 벌일지 모르니, 원흉을 제거하는 게 가장 좋은 방법이었다. 민호의 이름을 듣자 입맛이 떨어진 진하가 튀김옷을 뜯어내면서 중얼거렸다.

"모르지, 뭐. 적룡이 나 몰래 일 꾸미고 있을지. 왜?"

"저 말고 다른 용살자였잖아요. 처음 봐서요."

"이번에는 나도 너 빼고 다른 용살자는 처음이야."

물론 저번 생에 다른 용살자들을 수없이 봐 왔지만, 이번에는 차율리와 김민호 단둘뿐이었다. 신기하게도 과거에 비해 용살자의 수가 적었다. 거기에는 아마 미신에 대한 현대인들의 거부감도 한몫할 것이다.

"용살자가 어떻게 각성하는지 알아요?"

"글쎄? 보다 보면 알게 된다더라."

진하 역시 용살자의 각성에 대해 확실하게 알지는 못했다. 율리는 그의 눈치를 살피면서 물었다.

"아직도 용살자들…… 찾아내서 처리하고 싶어요?"

"왜 그런 걸 물어봐?"

치킨 조각을 내려놓은 진하가 율리를 빤히 바라보았다. 이 치킨, 아무래도 뇌물이 틀림없었다. 그의 눈길에 그녀는 시선을 떨구고 솔직한 마음을 털어놓았다.

"앞으로도 계속 상처만 받을 것 같아서요."

"네가? 아니면 내가?"

"우리 둘 다요."

왜일까? 두 사람을 감싼 침묵이 무거웠다. 그녀가 마른침을 삼키고 나서 말을 이었다.

"이번 일처럼 그쪽을 끌어내리려고 용살자가 저한테 해를 끼칠 수도 있는 거고."

율리가 왼손을 들어 보이자 진하의 담담하던 표정에 균열이 생겼다.

"그럼, 또 이렇게 다치지 않는다는 보장도 없고."

그나마 이번 일은 민호의 마음이 여려서 이 정도로 끝난 것이었다. 정말 마음먹고 덤비는 사람이었다면 진하에게 벌써 칼이 꽂히고도 남았을 것이다. 아니면 율리가 더욱 심하게 부상을 입었거나.

"그쪽도 그쪽 나름대로 계속 짜증 날 테고……."

"그렇겠지. 그래서?"

진하가 담담히 묻자 율리는 마른 입술을 축이고 나서 조심스럽게 대답했다.

"……일, 그만두라면 그만둘 수 있어요?"

진하의 일은 사람을 많이 만나는 일이다. 새로운 사람도 계속 만날 거고, 작품 활동에 들어가면 오랜 시간을 같이 보내기도 해야 한다. 게다가 진하는 주목을 받고 있는 존재였다. 다행히 우태기는 용살자가 아니었으나, 용살자의 씨앗을 가진 사람이 스태프가 될지도 모르는 것이다. 민호가 매니저였듯이.

"그리고 웬만해서는 사람들 만나지 말라면, 안 만날 거예요?"

"너…… 좀 독점욕 같은 거 있어? 왜 그래?"

눈가를 찡그린 채로 진하가 고개를 기울이며 물었다. 사정을 모르고 듣기에는 연인의 무서운 집착 같겠지만, 율리는 그의 허튼소리는 무시했다.

"비가 내리든, 내리지 않든 날씨에 손쓰지 않을 수 있어요?"

그는 대답 대신 그녀에게 눈길만 보냈다. 이유를 설명하라는 시선에 그녀가 천천히 입을 열었다.

"책에서 봤어요."

"무슨 책?"

"그때 매니저님한테 얻은 책이요."

"아직도 안 태웠어?"

진하는 용에 대한 인간들의 기록을 부정적으로 보았다. 대부분 그건 용살자 집안에 대대로 전해지는 기록이었으니 말이다. 당장이라도 태우고 싶어 하던 그의 모습을 떠올리고 그녀가 시원스레 답했다.

"다 태웠어요."

그가 고개를 끄덕였다. 그녀는 오랜 기록 중에서 자신에게 가장 필요한 부분을 아직도 기억하고 있었다. 그 외에 용의 종류나 살해 방법 같은 내용도 있었지만 그녀는 관심 없었다.

"용살자가 각성하는 계기는 용과 직면하고, 날씨의 변화를 민감하게 알아차리고, 행동이나 말에 예민하게 반응하는 거래요."

"그래?"

그럴싸한 소리에 그가 흥미를 보였다. 그녀가 덧붙였다.

"저도, 매니저님도 그랬어요. 일단 저희 두 케이스는 맞아요."

그러고 보니 친우 역시 비슷한 소리를 했었다. 자신과 만나 오랫동안 지켜보면서, 날씨의 변화 등을 느꼈다고.

"거기에 오래된 기록이 있으면 확신을 하게 되는 거죠."

"하여간에 그놈의 책들, 다 불 질러 버려야 돼."

진하가 짜증스럽게 대꾸했다. 오랜 벗 또한 슬금슬금 진하의 책을 빼돌려 읽으면서 완전체로 각성하지 않았던가. 기록이 문제다, 기록이.

"얼마나 많은 기록이 남아 있을지는 몰라요. 그렇지만…… 그쪽하고 직접 만나고 이상한 점을 확인하지 않는다면, 용살자가 각성할 일은 없을 수도 있잖아요."

흑룡과 달리 다른 용들은 자신을 드러내지 않으며 지냈다. 그들이 용살자를 만나지 않는 이유 또한 노출의 차이일 것이다.

일리 있는 말에 진하가 고개를 끄덕이다가 입가를 씩 끌어 올렸다.

"그래서 날 어디 가둬 두시겠다?"

"가두어 둔다기보다는……."

과격한 소리에 그녀가 인상을 찡그리고 말했다.

"그러려면 그쪽이 더 이상 용살자에 집착하면 안 돼요."

용살자를 처리하기 위해서 시작한 생이었다. 자신의 존재를 드러내기에 최적의 직업을 가지고 차근차근 목표를 향해 달려왔다. 그러나 이 생의 첫 용살자는 연인이 되고, 다음에 만난 용살자는 차마 처리할 수가 없었다.

문득 진하는 자신의 성격이 많이 무디어졌다고 생각했다. 생명이 얽혀 버린 차율리야 어쩔 수 없다지만 예전 같았으면 민호를 죽이기 위해서 계획을 짜고 있었을 텐데.

그가 한참 말이 없자 그녀가 눈치껏 대화를 이어 나갔다.

"저랑 결혼까지 생각한다면서요?"

그녀는 '결혼'에 강세를 두었다. 대답 대신 고개를 끄덕이는 그를 보며 그녀가 계속 말했다.

"그, 그리고…… 아이도 생길 거잖아요?"

살짝 상기된 얼굴로 율리가 어젯밤 내내 고민하던 것을 입으로 뱉었다. 진하와의 사이에 아이가 생길 수 있다는 가능성이 그녀의 마음을 단단하게 만들어 그에게 말할 용기가 생겼다. 그녀가 또박또박 말을 이었다.

"그러니까요, 난 별로 남편 때문에 위험해지고 싶지 않고 내 아이도 아빠 때문에 안 좋은 일에 휘말리게 만들고 싶지 않거든요."

자잘한 일들을 제외하면 진하 때문에 두 번이나 사건에 휘말렸었다. 처음에는 여의주를 노리던 이무기였다. 이건 인간의 힘으로는 어쩔 수 없는 재앙이라고 생각했다. 다음에는 용살자의 등장이었다. 민호는 진하의 약점이 율리인 것을 너무나도 잘 알고 있었다. 진하와 결혼을 하고 아이가 생겼는데 용살자가 나타난다면, 다음에는 자신뿐만 아니라 아이에게도 위험이 닥칠 수 있었다.

"까딱했다가 어린 나이에 엄마 아빠 모두 잃게 만들기도 싫고."

게다가 자신은 진하와 수명이 얽힌 사이였다. 그가 계속 위험한 일에 열중하면 자신 역시 위험해졌다.

그때 한참 말을 아끼고 있던 진하가 서서히 입을 열었다.

"좋아, 네가 뭘 걱정하는지는 알겠어."

자신의 걱정을 이해받자 율리의 안색이 환해졌다. 그녀가 조심스럽게 건네는 말에 진하의 마음이 약해졌다. 무엇보다 그녀가 다친다거나, 위험에 빠지는 상상을 하는 것만으로도 두통이 밀려오는 듯싶었다. 그가 한숨을 길게 뱉었다.

"솔직히 거기까지는 생각하지 못했는데."

인간으로 사는 동안 용은 대부분 철저하게 혼자였기에, 동반자라거나 가까운 지인에게 위험이 닥친다는 상황을 예상하는 일은 드문 편이었다. 진하는 멀리까지 내다보는 율리의 생각에 내심 놀랐다.

"차율리."

"네?"

갑작스레 이름이 불린 율리가 눈을 동그랗게 떴다. 그녀를 가만히 바라보고 있던 진하가 담담하게 부탁했다.

"시간을 줘."

"시간…… 이요?"

"생각을 정리할 거야."

지난 생에 대한 미련을 끊어 낼 시간이 필요했다. 차율리를 위해서.

율리는 아무런 대답도 바로 할 수 없었다. 깊이를 알 수 없는 심연과도 같이 진하의 목소리가 무겁게 울린 탓이었다. 기껏 고개를 끄덕이는 것만이 그녀가 할 수 있는 최선의 대답이었다. 진하는 율리를 복잡한 눈으로 바라보다가 희미하게 미소를 지어 보였다.

대표이사실 소파에 거만하게 앉은 진하가 대뜸 물었다.

"내가 결혼하면 어떨 것 같아?"

무슨 생각으로 하는 소린지 모르겠어서 적룡이 뜸을 들이다가 대답했다.

"……매출이 떨어질 것 같습니다만."

"넌 그게 문제야. 모든 걸 돈으로만 환산하는 거."

시비를 거는 걸까? 적룡이 흑룡을 떨떠름하게 쳐다보았다. 물론 적룡의 말도 틀린 소리는 아니었다. 진하가 인기 있는 이유 중 하나는 그가 미혼이기 때문이었다.

"결혼하시려고요?"

"뭐 하나만 해결 보면 바로."

"해결…… 이라면?"

둘 사이에 해결해야 할 문제가 있나 싶어 적룡이 의아해했다. 진하는 한참 침묵하다가 느릿느릿 입을 열었다.

"차율리가 그러더군. 용살자가 각성하는 계기가 세 단계라고."

"각성이요?"

용살자의 각성, 용살자의 존재에 불안해하는 대표이사로서는 흥미를 보일만 한 말이었다. 진하가 차근차근 말했다.

"용과 직접 만나야 한다는 거, 날씨의 변화를 알아챈다는 거, 마지막으로는 우리 언행이 인간과는 다른 부분이 있나 봐. 그걸 캐치하는 거."

"……썩 믿음이 가지 않는군요."

예상외로 두루뭉술한 소리였다. 미덥지 않은 세 단계에 적룡은 코끝을 찡그리고 있을 뿐이었다.

"첫째는 그럴싸해. 아무리 브라운관에 노출되어도 용살자는 찾아오지 않았으니까."

"아직 모르는 걸지도……."

"실제로 차율리나 김민호나 나랑 직접적으로 오랫동안 만난 사이였어. 직면이 제1단계일 거다."

이것만큼은 맞는 말인 듯했다. 게다가 오래전에 처리한 우인 역시 자신과 직면을 했었다. 그리고 과거, 전파가 없던 그 시절에는 용살자들과 실제로 만나야만 했다. '직면'이라는 단계는 너무나도 당연해서 생각도 못 했었다.

"날씨의 변화야, 내가 주변에 용살자 새끼들이 있는 줄 모르고 좀 했던 거고. 언행은 대체 뭐가 뭔지 모르겠군. 인간 흉내를 꽤 잘 낸다고 생각했는데."

대표이사도 동의했다. 자신의 언행은 동년배 인간과 크게 다르지 않았다. 용들이 세상을 익히는 데 제일 먼저 하는 것도 사회에 녹아드는 것 아닌가.

"하지만 첫 번째는 내 생각에도 맞는 것 같다. 지난 생에도 비슷했고."

"그렇군요."

흥미 있는 주제지만 결혼 이야기를 하다 말고 왜 용살자의 각성에 대해 말하는지 대표이사로서는 알 수가 없었다. 그녀의 의아한 표정에 그가 본론으로 들어갔다.

"차율리가 부탁을 했어."

"부탁이요?"

"이번 같은 일이 또 일어나지 않는다는 보장이 없으니까."

붕대로 감긴 율리의 왼손을 볼 때마다 진하 역시 두통과 같은 통증에 시달리고 있었다. 차율리는 모르는 일이지만. 지금도 그녀가 사고에 휩쓸렸을 때를 떠올리자 두통이 밀려왔다. 그가 피곤한 투로 계속 말했다.

"용살자 추적을 포기해 줬으면 하더라고."

적룡이 눈을 휘둥그레 떴다. 용살자 처리는 흑룡의 제1목적과도 다름없었다. 그런 걸 포기해 달라 부탁하다니, 그녀는 율리가 참 대단하다 싶었다.

"아니, 어떻게……."

"결혼하면 자신이 내 약점이 되는 걸 알고 있는 거지."

대표이사는 진하의 말에 바로 율리의 심정을 이해했다. 고개를 끄덕이는 그녀를 보면서 그가 덧붙였다.

"애라도 생기면, 애까지 위험해지니까."

아마 율리가 걱정하는 것은, 그녀뿐만이 아닌 다른 사람까지 사건에 휘말리는 것이리라. 적룡은 꽤 넓게 내다볼 줄 아는 율리에게 내심 감탄했다. 어리바리해 보여도 변호사라 그런지 똑똑하긴 했다.

"이쪽 일은 끊임없이 인간들과 마주하는 일이지. 용살자 추적을 포기하고 일을 그만두었으면 싶은 거야."

"저도 그 의견에 찬성이긴 합니다."

이때다 싶어 적룡이 말을 보탰다. 흑룡은 의외라는 시선을 내비쳤다.

"너는 어째서?"

"굳이 위험을 만들어 낼 필요는 없으니까요."

"뒷방 늙은이로 갇혀 살라 이거군."

코웃음을 치면서 진하가 투덜거렸다. 차율리나 적룡이나 자신을 가둬 두지 못해 안달인 모양이다. 그녀는 그의 눈치와 기분을 살피면서 조심스럽게 말했다.

"하지만 전 감히 조언할 처지는 못 되지요. 원하시는 대로 하십시오."

"그래, 어차피 한때의 유희일 뿐인 것을……."

생을 유희로 표현하는 흑룡의 말에 적룡이 미소를 지었다. 자신들에게는 몇백 년마다 돌아오는 유희의 시간이다. 이번에 해내지 못한 일은 다음에 하면 그만인 별것 아닌 삶.

"그 한때가, 인간에게는 영원과도 같다는 걸 아셔야 할 겁니다."

그러나 그들과 달리 율리에게는 한평생이 전부였다. 그렇다면 한 걸음 정도 물러나 줘도 나쁠 건 없지 않나. 흑룡은 적룡을 물끄러미 보다가 자리에서 일어나며 대답했다.

"나도 알아."

어차피 차율리의 말을 따라 줄 생각이었다.

* * *

붕대를 풀고 밴드를 붙이자, 율리는 엄마의 눈빛에 출근을 하지 않을 수 없었다. 내일이면 주말인데 며칠 더 쉬다 오지 그랬냐는 고마운 선배들의 말에 감동을 받은 것도 잠시, 일은 폭탄처럼 쏟아지고 있었다.

그래도 이제 좀 손에 익었다고 업무 시간 내에 일 처리가 가능했다. 조금 더 유능해진 자신의 모습에 뿌듯함을 느낄 즈음, 율리의 뒤로 지나가던 아영이 말을 붙였다.

"율리 씨, '형사의 품격' 벌써 300만이래."

"아, 네! 들었어요!"

이미 진하가 자랑 삼아 메시지를 보내 놓았다. 자기 자랑만큼은 절대 허투루 하지 않는 임진하다웠다.

"300만이라고 축하 사진 찍었다던데, 봤어?"

"아직요."

"어? 그래? 이거 봐 봐."

마침 홍보 기사를 보고 있었는지 아영이 율리에게 휴대폰을 들이밀었다. 얼떨결에 아영의 휴대폰 화면을 본 율리는 주연 배우들이 축하하는 사진을 가만히 쳐다보았다. 잘생긴 배우들 사이에서 시선을 끌어당기는 쪽은 단연코 진하였다. 율리의 마음을 읽기라도 한 듯 아영이 말했다.

"진짜 잘생겼다. 배우들 사이에서도 제일 돋보이잖아."

막상 이런 사진을 보니 진하는 자신과 먼 세계에 사는 사람 같았다. 신기한 일이다. 이 남자와 미래를 논한다는 게 말이다.

"율리 씨는 좋겠네."

치켜세우는 아영의 말에 율리는 대답하지 않았다. 아영은 율리의 무반응에 크게 신경 쓰지 않고 계속 조잘거렸다.

"이런 외모는 필름이든 방송이든 오래오래 박제해야 해."

"은퇴하면 어떨까요?"

"뭐? 서, 설마 그만둔대?"

폭탄과도 같은 소리에 아영이 경악해서는 율리를 똑바로 쳐다보았다. 아영의 놀란 얼굴에 덩달아 깜짝 놀란 율리가 손을 내저었다.

"아, 아뇨. 그냥…… 생각해 본 거예요, 혼자."

"안 돼. 그만둔다고 해도 율리 씨, 자기가 말려. 너무 아깝잖아."

고개를 절레절레 저으면서 아영이 한탄 조로 대꾸했다. 아까운 인재이긴 했다. 율리의 마음속에 죄책감이 일어났다. 진하에게 그때 뭐라고 했던가. 일을 그만두라고, 사람들과 만나지 말라고 하지 않았던가. 무척이나 이기적인 주장을 밀어붙인 것에 대한 죄책감이었다.

율리가 우울해하는 것을 모르고 아영은 책상 위에 놓인 율리의 왼손에 관심을 가졌다.

"불금인데 나는 야근을 하게 생겼네. 참, 손은 괜찮아?"

"네, 그래도 아직 물은 닿으면 안 된대요."

어제 병원에 가서 붕대를 풀고 소독을 했다. 잘 낫고 있다는 의사에 말에 내심 안도했다. 지금은 붕대 대신 큼직한 밴드가 손바닥에 붙여져 있었다.

"찝찝하겠다. 어휴……."

율리의 손바닥을 응시하던 아영이 한숨을 크게 내쉬고 소곤거렸다.

"진짜 여자 몸에 칼빵 생겼는데, 임진하가 자기 평생 책임져야 하는 거 아니야?"

평생 책임이라…….

율리는 대답 대신 애매한 미소만 지어 보였고 아영은 더 이상 할 말이 없는지 제자리로 돌아갔다. 이내 율리는 퇴근을 위해 자리에서 일어났다.

복잡한 감정을 애써 내리누르고 우울하게 먼저 퇴근길에 올랐던 율리는 뒷좌석에 있는 서류 봉투를 보고 미간을 찌푸렸다. 급한 일이라고 메일로 받아서 집에서 처리했던 서류였는데 아침에 가지고 올라가질 않았었다. 주말 내내 출근하지 않을 테니 혹시 모르니까 가져다 둬야겠다 싶었다.

서류 봉투를 들고 털레털레 도로 사무실에 향하던 율리는 법무팀 사무실이 있는 복도에서 이제 막 퇴근하려는 경진과 마주쳤다. 경진이 율리를 보고 걸음을 멈추었다.

"어? 퇴근 안 했어?"

"아, 네. 이걸 차에다 놔서……."

서류 봉투를 살짝 들어 보인 율리가 어색하게 대답했다. 경진이 고개를 끄덕이다가 율리의 왼손에 관심을 가졌다.

"손은 어때?"

"잘 낫고 있어요."

붕대를 감지 않았는데도 다들 율리를 볼 때마다 손에 신경을 썼다. 이쯤 되니 걱정이 부담스러울 지경이었다. 경진은 율리의 왼손에서 시선을 떼고 그녀의 얼굴을 바라보았다.

"율리야."

"네?"

대학원을 다닐 때 알게 된 그녀의 힘, 제일 먼저 그녀의 정체를 알게 된 쪽은 자신이었다. 계속 그녀의 주변을 맴돌게 된 것도 용살자에게 끌리는 본능 탓이었을까?

하긴, 이제 와서 이게 다 무슨 소용일까? 경진이 피식 웃으면서 고개를 저었다.

"아니다."

그녀에게 하고 싶은 말이 이제는 뭔지도 모르겠다. 머릿속이 복잡해져서 경진이 막 작별 인사를 할 무렵이었다.

"전부터 계속 그러시네요."

"뭘?"

"뭔가 말하려다가 마는 거요. 선배 원래 그런 타입 아니었잖아요."

"그랬나……."

경진이 고개를 갸웃거렸다.

"내가 어땠는지 기억이 잘 나질 않네."

"제가 아는 선배는 똑 부러지고, 매사에 바르고, 존경할 수 있는 타입인데."

자신뿐만이 아니라 모든 후배들이 경진을 존경했다. 똑똑하고, 유능하고, 현명하며 바른 선배는 후배들의 롤모델과도 같았다. 그 후배들 사이에 화정도 있었고, 율리도 있었다.

하지만 율리의 감정과 경진의 감정은 서로 달랐다. 아주 많이.

"힘들지 않니?"

"뭐가요?"

"다쳤던 것도 그렇고…… 앞으로도 이런 일이 계속 일어날 수도 있잖아."

경진의 말에 율리는 왼손을 꼭 쥐었다. 손가락의 압력에 손바닥 상처에서 아릿한 통증이 느껴졌다. 자신의 고민을 선배가 콕 집어 말하고 있었다.

"평범한 사람과 만나는 게 어쩜 좋지 않을까…… 해서. 내가 너무 많이 나갔지?"

"네, 선배답지 않네요."

현명한 경진이 하기에 어울리지 않는 소리였다. 그 고민은 오로지 차율리, 자신만의 것이었다. 진하의 손을 잡은 이상 미래에 있을 위험과 불안은 자신이 감수해야 할 일이었다.

"어차피 제가 감수해야 할 선택이니까요."

경진은 대답 대신 고개만 끄덕였다. 흑룡의 기운이 더욱더 강하게 느껴졌다. 아까부터 이곳으로 향하는 진하의 기운을 느끼고 있었다. 이내 율리의 뒤에서 진하가 그녀에게 말을 붙였다.

"뭐해? 여기서."

진하와 우연히 마주치게 되어 놀란 율리가 고개를 홱 돌렸다. 그는 팔짱을 낀 채로 그녀를 내려다보고 있었다.

"어? 스케줄 있지 않았어요?"

율리의 물음에 진하가 막 대답할 찰나 경진이 꾸벅 고개를 숙이고 인사했다.

"전 이만 가 보겠습니다."

둘의 대화를 얌전히 듣고 있을 자신이 없어서 자리를 피할 셈이었다. 하지만 성격 나쁜 흑룡은 어린 백룡에게 꼭 한마디를 해 주었다.

"차율리한테 이상한 소리 하지 마라, 꼬마야."

이리로 걸음 하면서 진하는 경진과 율리의 대화를 전부 들었다. 율리를 떠보려는 질 낮은 소리에 화는커녕 웃음이나 나왔지만 말이다. 경진은 말없이 몸을 돌려 엘리베이터에 올랐다. 진하와 경진의 눈치를 살피던 율리는 엘리베이터 문이 닫히자 안도의 한숨을 내쉬었다. 그때 진하가 대뜸 말했다.

"나 스케줄 없어. 같이 들어가."

"네? 차 안 가지고 왔어요?"

"매니저 줬어. 너랑 엇갈리나 했는데 다행이네."

그리하여 율리는 서류 봉투를 사무실 책상 위에 놔두고 후다닥 밖으로 나와야만 했다. 사무실 밖에서 그녀를 기다리던 진하가 제안했다.

"가면서 이야기 좀 하자."

율리는 진하가 무슨 말을 할지 알 것도 같았다. 그가 생각을 정리할 시간을 달라고 했었으니, 둘 사이에 할 이야기는 하나뿐이었다.

운전석에 앉은 율리가 시동을 걸 참이었다. 조수석에서 안전벨트를 매면서 진하가 말문을 열었다.

"시나리오가 열 개 넘게 들어왔어."

"와! 정말요? 이번 영화 잘된 것 같긴 하던데 축……."

"다 거절할 거지만."

"엥?"

축하해 주려고 했는데 그가 대뜸 찬물을 끼얹었다. 부랴부랴 안전벨트를 맨 율리가 운전을 시작하며 물었다.

"왜요?"

"왜긴? 네가 일 그만하라며?"

"네?"

진하의 대꾸에 율리의 눈이 커졌다. 그녀는 앞을 보다 말고 고개를 돌렸다. 그가 앞을 보라고 턱짓하자 그녀가 어깨를 들썩이면서 다시 전방을 바라보았다. 그가 코웃음을 치며 중얼거렸다.

"금붕어야? 자기가 한 말도 까먹게?"

"아니, 난…… 그, 이렇게 빨리…… 결정할 줄은 몰랐죠."

우물쭈물 대답한 율리가 주차장에서 나와 도로에 자연스럽게 끼어들었다. 한참 말이 없던 진하가 차창 너머를 가만히 바라보다가 그녀를 불렀다.

"차율리."

"네?"

"잠깐만, 저기서 우회전해서."

"우, 우회전이요?"

대뜸 우회전이라니! 대충 눈치를 보면서 바깥 차로로 적당히 끼어든 율리가 입술을 삐죽거렸다. 진작 말을 하지. 그의 집까지는 계속 직진이어서 일부러 1차선으로 달리고 있었는데.

그래도 율리는 진하의 말에 군말 없이 따라 주었다. 두어 블

록쯤 간 후에 진하가 다시 입을 열었다.

"여기, 차 대고 기다려."

"잉?"

그렇게 말을 남긴 진하가 이 밤중에 셔츠에 걸려 있던 선글라스를 끼더니 대뜸 차에서 내리는 것이었다. 율리는 주변을 둘러보았다. 차가 줄줄이 세워져 있기는 한데, 도로가 주차장도 아니고 괜히 재수 없이 불법 주차로 적발당하지 않을까 걱정하면서 그녀는 벌금의 공포에 떨었다.

"어디 간 거야!"

힐끔힐끔 바깥을 보며 얼마 동안 불안에 떨었을까? 한참 뒤에 돌아온 진하는 차에 오르자마자 선글라스를 벗고 미간을 찡그렸다.

"내가 내 돈으로 사겠다는데 왜들 난리야?"

투덜거리는 진하를 율리가 물끄러미 응시했다. 그러고 보니 그의 겉옷이 조금 구겨져 있었다. 꼭 사람들 사이에 밀쳐진 듯이 말이다.

진하가 다시 안전벨트를 매는 걸 지켜보던 율리가 시동을 걸면서 물었다.

"뭐 샀어요?"

"어, 뭐 샀어."

그러나 그의 손에는 아무것도 들려 있지 않았다. 그녀가 의심스럽게 말했다.

"뭘 샀어요? 나한테 말하지. 내가 갔다 오면 되는데."

"예약한 거 찾으러 다녀온 거야."

"아, 네. 출발할게요."

끝까지 뭔지 알려 주지 않아서 그녀도 신경을 끄고 운전에 집중하기로 했다. 조수석 의자에 편히 앉은 그가 고개만 끄덕였다.

벌금의 공포로 떨었던 곳을 겨우 빠져나온 율리가 익숙한 도로로 차를 몰았다. 긴장 가득하던 어깨가 축 처졌다.

"근데 영화 말고 다른 일도 들어오지 않아요? 드라마가 제일 잘됐잖아요."

"들어오지. 얼마 전에도 들어왔는데 별로 당기지가 않아서 도장 안 찍었어. 잘된 거지."

"어, 그럼 이제 일 안 해요?"

정지 신호를 보고 차를 세운 율리가 진하를 쳐다보았다. 그녀의 질문에 그가 기가 막힌다는 듯 대꾸했다.

"하지 말라며?"

"아니…… 이렇게 딱 끊어 버릴 줄은 몰랐어서……."

빨라도 너무 빠르지 않나. 율리가 얼떨떨하게 중얼거렸다. 진하는 바깥 풍경을 담담하게 바라보면서 마음속 깊이 넣어 두었던 말을 털어놓기 시작했다.

"민호를 살려 준 건…… 어쩌면 내심 포기하고 있었기 때문일지도 몰라."

"포기요? 무슨 포기?"

"용살자를 찾아서 죽이겠다는 목표 말이야."

운전 중임에도 화들짝 놀란 율리가 진하를 쳐다보았다. 앞을 똑바로 보라고 그가 손가락으로 그녀의 볼을 콕 찔러 밀었다. 그녀는 자신이 운전을 하는 건지 차가 알아서 가는 건지 모를 정도로 어벙한 상태였다.

"민호가 용살자임을 알게 되었을 때 그런 생각이 들더라고. 왜 꼭 마음을 준 인간은 용살자일까, 하는 생각."

적룡의 연락을 받았을 때 진하가 잠시간 침묵했던 것도 그 생각 때문이었다.

"지난 생에 나를 배신한 벗 역시 내가 믿었던 유일한 인간이었지."

그리고 배신을 당했다. 손바닥 가득 채운 모래알이 손가락 사이로 빠져나가는 기분. 배신당했을 때의 느낌은 그것과 비슷했다. 썩 달갑지 않은 기분이다.

"차율리, 너 역시 내가 이 세상에서 가장 사랑하는 인간이야."

"그리고…… 저도 용살자죠."

율리가 덧붙이자 진하가 소리 없이 미소를 지었다. 사랑하는 여자조차 용살자라니, 참 재미있는 운명이었다.

"신기한 일이야. 난 인간을 좋아하지 않는데 하나씩 꼭 마음이 가는 인간들이 있어."

그가 말하지 않아도 알 수 있었다. 그들이 용살자라는 것을. 그녀는 묵묵히 운전에 집중했다. 아니, 정확히는 운전이 아니라 그의 이어질 말에 집중하고 있었다.

"민호도 처음 입사했을 적부터…… 마음이 갔어."

율리는 민호의 밝은 얼굴을 떠올렸다. 그런 민호에게 호감이 가지 않을 사람은 없을 것이다. 진하가 한숨을 내쉬었다.

"어린애가 팍팍하게 살더라고. 안쓰러웠지. 매사에 열심이기도 했지만 아마 민호 역시 용살자였기에 끌린 게 아니었을까."

용은 용살자에게 본능적으로 끌린다고 했다. 그 본능이 진하와 민호 사이에 작용하지 않았을 리가 없었다.

"모든 용살자에게 마음이 기우는 건 아닐지도 모르지만, 내가 온 마음을 쏟았던 인간은…… 전부 용살자였어."

정말로 세 사람 모두 용살자였다. 결국 곁에 남은 사람은 차율리 하나뿐이지만 말이다. 진하가 눈을 감고 조수석 깊숙이 몸을 기대었다.

"피곤한 일이지. 수많은 인간들 중에 말이 통한다고 생각했던 것들이 내게 칼을 들이미는 건."

그의 음성에서 정말 피로가 느껴졌다. 그의 피로감에는 배신감이나 분노뿐만이 아니라 그럼에도 불구하고 그들에게 계속 기우는 감정을 무시하는 것까지 포함되었다.

아내를 위해 함께 생사를 넘나들었던 전우에게 검을 겨눈 벗한테도 애증이, 제 어머니를 위해 형처럼 따랐던 진하에게 과도를 들이밀려던 민호에게도 안타까움이 존재했다.

그들은 주제를 모르는 용살자였고 죽어 마땅한 자들이라고 억지로 납득하려는 데에도 피로가 쌓였다.

"네가 우려하는 게 뭔지 알아."

율리는 진하를 힐끗 곁눈질했다. 피곤한 듯 눈을 감고 있는 그가 낯설게 느껴졌다. 항상 자신감 넘치고 여유로웠던 그가 이만큼 나약한 모습을 보이는 건 처음인 것 같았다. 그가 지친 듯 중얼거렸다.

"과거에는 용살자에게 마음 따위 주지 않고 처리한 적도 많아. 그때는 지금보다 용살자의 수가 더 많았던 것도 같아. 공기가 좋아서 그런가."

그 와중에도 그는 농담을 덧붙였다. 하지만 둘 다 웃지는 않았다.

"지금은 용살자를 보기가 힘들지. 자기가 용살자라고 해도 믿지 않을 거야. 누가 용의 존재를 믿겠어? 자신이 미쳤구나, 싶겠지."

율리가 고개를 끄덕였다. 구구절절 공감이었다. 자신만 하더라도 세상이 미친 건지, 자신이 미친 건지 혼란스럽기 그지없었다. 이상한 일들, 비현실적인 상황에 자기부정을 하느라 심신이 지치고 힘겨웠다. 평범한 현대인이라면 자신과 다르지 않을 것이다. 그러다가 용살자의 힘을 외면하게 되지 않을까.

"하지만 아무리 용살자 보기가 힘들다 해도 내가 계속 모습을 드러내고 날씨를 바꾸면서 힘을 쓰면 숨어 있던 용살자가 또 각성할 수도 있으니까 너도 걱정이 되겠지."

끝없는 자기부정에도 율리는 자신의 잠재된 능력을 깨닫고 말았다. 민호는 피할 수 없는 최악의 상황에 결국 비일상적인 일을 받아들였다. 다른 제3자가 그러지 않으라는 법은 없었다.

"그 이무기처럼 너에게 간접적으로 접근을 시도할 수도 있고, 민호처럼 직접적으로 네게 피해를 끼칠 수도 있으니까."

핸들을 잡은 왼 손바닥이 괜스레 욱신거렸다. 생살이 베이던 그 고통이 생각나 율리가 몸을 움츠렸다. 이 통증이 언제 사라질지, 남은 흉터가 언제쯤 희미해질지는 모를 일이었다.

진하는 한숨을 내쉬고 나서 눈을 떴다. 이제 교차로에서 좌회전을 하면 목적지 도착이었다. 좌회전 신호를 기다리며 전방을 응시하는 율리를 그가 가만히 응시했다. 자신에게는 찰나의 시간이 그녀에게는 영원이라던 적룡의 말이 머릿속에 스쳐 지나갔다.

"네가 원하는 대로 하자."

그건 이번 생의 목표를 버리고 사람들 사이에서 자취를 감추겠다는 말이었다. 율리가 진하에게로 시선을 돌렸다. 좌회전 신호는 여전히 떨어지지 않았다.

"나에겐 찰나지만, 너에겐 영원이지."

그의 말이 아득하니 무거웠다. 자신의 모든 시간은 그에게 찰나라는 말이 왠지 서글픈 것도 같았다.

"차율리, 너의 영원을 망치고 싶지 않으니까."

그녀는 입을 다문 채로 고개를 돌려 신호등을 올려다보았다.

초록빛 화살표가 반짝 켜졌다. 액셀을 밟으면서 그녀가 천천히 입술을 떼었다.

"후회 안 할 자신 있어요?"

"무슨 후회?"

"다음 생에 '아, 그때 차율리 말 듣지 말고 용살자나 잡으러 다닐걸!' 하고 후회하지 않을 자신 있어요?"

"으음…… 그건."

진하는 바로 부정하지 않았다. 바로 부정할 줄 알았는데, 의외로 그는 심각하게 대답하고 있었다.

"이번 생이 어떻게 되느냐에 달려 있어."

율리는 대답 대신 의아한 시선을 내비쳤다. 진하가 가볍게 말을 이었다.

"저번처럼 짜증 나는 일이 일어나지 않는다면 별로 후회할 건 없겠지."

저번 생에 후회가 된 건 인간을 믿었다는 것. 그게 용살자를 향한 원한이었다. 그 원한이 이번 생에도 영향을 미쳤다. 자존심과 인간을 향한 기대가 무너졌다는 이유로 아주 강하게 말이다.

"그래도 후회는 그때 가서 하면 돼. 지금은 이게 진리니까."

"진리?"

"나의 찰나보다 너의 영원이 더 중요하다는 거."

차는 아파트 주차장으로 진입했다. 비어 있는 자리에 차를 세우고 나서 율리가 사이드브레이크를 올렸다. 그동안 내내 그녀는 말이 없었다. 그는 그녀에게 대답을 강요하지는 않았다.

"……이기적이라고 생각했어요."

마침내 율리가 입을 열었다.

"네가?"

그녀가 대답 대신 고개를 끄덕였다.

"내가 피해 보니까 그쪽 보고 포기하라고 강요하는 거잖아."

오늘만 해도 그랬다. 기사 사진을 보면서 순수하게 감탄하던 아영의 말에 괜스레 가슴 한구석이 불편했다. 그때부터 계속 죄책감이 그녀의 마음을 야금야금 좀먹고 있었다. 잘 살아가고 있는 남자를 억지로 붙잡는 게 아닐까 싶었다.

하지만 진하는 미소를 지우지 않고 율리의 머리를 쓸어 주었다.

"네 삶은 이게 처음이자 마지막이니까 이기적이어도 괜찮아."

괜찮다는 말이 듣고 싶었던 걸까. 가슴에 얹혀 있던 죄책감이 살짝 녹는 것 같았다. 율리가 고개를 숙이고 기어들어 가는 목소리로 사과했다.

"미안해요."

"미안하다고 하지 말고, 고맙다고 해."

진하는 미안하다는 사과보다 고맙다는 인사가 듣고 싶었다. 그의 다정한 음성에 율리가 고개를 살짝 들고 머뭇거리다가 말했다.

"……고마워요."

그녀의 인사가 그의 마음에 따스하게 닿았다. 그가 기다렸다는 듯 목소리에 힘을 주고 화제를 돌렸다.

"이제 결혼해도 되겠지?"

"네?"

뜬금없는 소리에 율리가 미간을 찡그릴 때였다. 진하가 재킷 안주머니에서 자그마한 벨벳 상자를 꺼냈다. 그녀의 눈길이 작은 상자에 꽂혀서 떨어지지 않았다.

"설마 예약했다는 게……."

그녀는 아까 그가 뭔가를 사 가지고 왔다던 말이 떠올랐다. 자신이 불법 주차 딱지에 불안해할 때, 그는 여유 만만하게 이걸 사 온 것이었다. 그가 상자를 열고 안에 담겨 있는 반지를 꺼내 들었다.

"프러포즈 링이야."

모든 사고가 멈춘 율리는 바보처럼 멍하니 앉아만 있었다. 진하는 핸들 위에 놓인 그녀의 왼손을 잡았다. 율리의 왼쪽 손바닥을 감싼 밴드의 이질적인 감촉이 그의 마음을 불편하게 만들었지만, 그는 내색하지 않고 그녀의 왼쪽 네 번째 손가락에 반지를 끼워 주었다.

"결혼하자."

반지는 약지에 꼭 맞았다. 그녀의 시선은 제 손에 끼워진 프러포즈 링에서 떨어지질 못했다. 그가 그녀의 손을 폭 감싸며 장난스럽게 덧붙였다.

"공식적으로도 차율리가 내 거라고 도장을 찍어 놔야겠어."

진하의 손에 반지가 가려지자 그제야 정신을 차린 율리가 고개를 들어 그를 바라보았다. 프러포즈를 하고 있는데도 전혀 긴장하지 않고 여유로워 보이는 그의 모습이 너무 편해서일까? 그녀가 그에게 찬물을 끼얹고 말았다.

"……근데 진짜 아이 가질 수 있는 거 맞죠?"

"맞다니까!"

어쨌거나 차율리에게는 매우 중요한 일이기에 다시 확인이 필요했다. 그가 발끈해 하며 바로 대답하더니 미간을 좁히고 그녀를 가까이 끌어당겼다.

"설마 너 아직도 의심하는 거야?"

"아니, 그냥…… 확인차?"

"확인을 왜 해? 이미 다 끝난 건데?"

눈을 굴리면서 율리가 어색하게 웃었다. 이제 더 이상 가만히 넘어가서는 안 될 것 같았다. 그녀의 손을 잡은 채로 진하는 다른 손으로 안전벨트를 풀고 투덜거렸다.

"진짜, 차율리 안 되겠네."

"미안해요."

"미안이고 뭐고, 그렇게 원하는 확인시켜 줄까?"

율리가 몸을 뒤로 쭉 빼면서 고개를 흔들었다. 그러나 진하는 그녀를 놓아줄 생각이 없는 듯했다. 그는 그녀의 안전벨트도 풀어 주고 상큼하게 웃으면서 무서운 소리를 뱉었다.

"올라가자."

"어, 어딜요?"

"집에."

"무, 무슨 소릴…… 하는 거예요?"

진하는 대답 없이 조수석에서 내려 저벅저벅 운전석으로 다가왔다. 운전석 문이 벌컥 열리자 율리가 핸들을 대뜸 끌어안더니 머리를 절레절레 저었다.

"전 이제 가야 하는데……."

"왜? 내일 출근도 안 하잖아?"

"어, 엄마가 기다려서요."

"나랑 같이 있겠다고 해."

'그러면 엄마한테 더 혼나잖아!'

……라고는 대답할 수 없는 상황이었다. 율리가 핸들을 놓고 그에게 양손을 들어 보이면서 조곤조곤 말했다.

"저기 진정 좀 하고……."

"나 지금 매우 침착하거든?"

전혀 침착하지 않아 보이지만, 그는 자신이 침착하다고 주장하고 있었다. 이대로라면 주차장에서 계속 이 꼴로 있어야 할지 모른다. 그녀가 한숨을 푹 내쉬었다. 그녀의 팔을 잡아 밖으로 끌어낸 그는 가볍게 운전석 문을 닫고 엘리베이터 쪽으로 걸음을 옮겼다.

"이러려고 집에 태워다 달라고 한 거죠?"

"아니? 네가 확인을 원하는 것 같아서. 가자."

'이게…… 아닌데!'

율리가 입술을 삐죽이면서 얼떨결에 엘리베이터에 올랐다. 진하는 양팔을 교차해서 팔짱을 끼고 변하는 층수만 바라보았다.

'진짜 오늘…….'

그녀는 힐끔힐끔 그의 눈치를 보면서 그의 뒤를 쫓았다. 집 안에 들어가자마자 그녀가 그의 팔을 덥석 잡고 어색하게 웃으면서 부탁했다.

"저 물 좀 주세요. 차가운 걸로."

율리는 거실 소파에 앉아서 진하가 오기를 기다렸다. 이내 물이 가득 담긴 컵이 테이블 위에 딱 놓였다. 그녀는 두어 모금 정도 조금씩 마신 후에 자신 앞에 서 있는 그에게 컵을 내밀었다.

"좀 마셔요."

"뭐? 냉수 마시고 정신 차리라고?"

들켰다!

하지만 그녀는 고개를 저으면서 우물쭈물 말을 이었다.

"아니, 조금…… 흥분을 가라앉히라고요."

그는 별말 없이 그녀에게서 컵을 건네받았다. 곧 싹 비워진 컵이 소리를 내면서 테이블 위에 도로 놓였다. 그녀가 조마조마한 눈빛으로 그를 올려다볼 때였다.

"차율리."

덥석, 율리의 턱 끝이 잡혔다. 고개를 움직일 수가 없는 상태에 그녀의 눈동자가 세차게 흔들렸다. 진하는 그대로 고개를 내렸다. 입술이 맞는 미묘한 감촉에 그녀가 눈을 콱 감아 버렸다.

처음에는 차가운 키스였다. 아마 냉수 때문일 것이다. 그러나 냉기는 체온에 점점 밀려나고 그 자리에 혀가 얽히기 시작했다. 깜짝 놀란 것도 잠시, 예민해진 입안 점막에 아릿하고 얼얼한 감각이 이어졌다. 그녀의 눈가가 파르르 떨렸다.

입술이 떨어지고 나서 율리가 헛소리를 뱉었다.

"이, 이런 건 어디서 배운 거예요?"

진하는 대답하지 않았다. 별로 배울 만한 것도 아니었다. 대신 그는 그녀의 어깨로 손을 내렸다. 재킷 사이로 손을 밀어 넣을 때였다.

"잠깐! 잠깐만요! 여긴 좀……."

그의 손목을 꽉 잡고 움직이지 못하게 만든 그녀가 되는 대로 말했다. 그가 불만스레 받아쳤다.

"여기가 뭐가 어때서?"

"뭐, 뭐가 어떻다기보다는……."

갑자기 이런 상황에 놓이자 난처했다. 율리는 진하를 힐끔힐끔 올려다보았다. 어떻게 해야 이 상황에서 벗어날 수 있을까 고민하던 그녀가 그의 손목을 놓아주었다. 그리고 그녀는 슬픈 선택을 해야만 했다.

"야……."

진하는 버럭 소리를 지르려 했으나, 힘없는 목소리만이 흘러나왔다. 율리가 정말 미안하다는 표정을 내보이면서 슬그머니 그의 목에서 손을 떼었다.

용살자가 역린을 건드리면, 용은 극한의 쾌감에 무력화되고 만다.

의기양양하게 그녀에게 손을 대고 있던 그는 지금 바닥에 주저앉은 채로 소파에 팔을 기대고 있었다. 그가 지친 듯 중얼거렸다.

"너 진짜 너무하지 않냐……."

"죄, 죄송해요. 근데 멈추질 않잖아."

소파 위에 앉은 그녀가 그를 내려다보면서 미안한 표정으로 사과했다. 그는 눈을 감고 허탈한 마음을 담아 투덜거렸다.

"나 이러다가 죽을지도 몰라."

"안 되는데…… 그럼 이튿날 저도 죽잖아요."

"한 마디도 안 지지?"

진하가 눈을 뜨고 율리를 올려다보았다. 그녀는 입을 다물고 소파 위에 놓인 그의 손을 잡아 주었다.

"일요일에 스케줄 비워 뒀죠?"

"그래."

"친구가 정말 팬인데, 활동 그만둔다고 하면 아쉬워하겠어요."

사실 지금도 율리는 고민이 되었다. 자신이야 진하의 결정을 환영하지만, 자신을 제외한 다른 사람들은 그의 선택을 좋아할 리가 없었다. 그중에는 화정도 포함되었다. 더 이상 스크린이나 브라운관에서 그를 볼 수 없으면 무척이나 아쉽고 슬퍼할 것이다.

진하는 율리를 물끄러미 바라보다가 고개를 흔들었다.

"아직 일 그만둔다는 말은 하지 마."

"왜요?"

"어른의 사정이 있어."

어른의 사정이 무엇을 뜻하는지 율리는 어림짐작했다. 진하는 손익에 예민한 적룡과 적당한 중단 시점을 결정해야 할 듯했다.

* * *

일요일, 율리는 이토록 화려하게 치장하고 나온 화정의 모습은 처음 보았다. 얼굴은 물론, 옷, 액세서리, 심지어 손톱까지. 입이 절로 쩍 벌어졌다. 화정이 진하를 마주하고서 가장 처음 한 말은 이것이었다.

"안녕하세요. 정말 팬인데 나와 주셔서 감사합니다."

"팬이라니, 저야말로 고맙습니다."

너무나도 이성적인 둘의 대화에 율리가 고개를 갸웃거렸다. 자신이 아는 화정이라면 꽥 소리를 지르면서 팔짝팔짝 뛰고 난리가 날 줄 알았는데 정작…….

"율리한테 얘기 많이 들었어요. 가게 단골이셨다면서요?"

"네, 책을 많이 좋아해서요."

"아! 그럼 취미가 독서란 건 진짜였나 봐요. 그냥 쓰신 게 아니라."

화정은 어른이었다. 침착하고 부드럽게, 그들은 대화를 술술 잘 이어 갔다. 화정만 대단한 것이 아니라 진하 역시 배우로서 객관적으로 화정을 팬으로 대하고 있었다. 만약 화정을 팬이 아니라, 율리의 친구라고 여겼더라면 그는 아마 '차율리와 친구라니 대단한 성자군요.' 하고 비아냥거렸을지도 모른다.

"그렇죠. 하루에 스무 권을 읽을 때도 있었거든요."

"스, 스무 권이나요?"

정말로 진하는 하루에 스무 권씩 판타지 소설을 읽었다. 물론 한결같이 드래곤이 나오는 소설이었지만. 율리는 차마 화정에게 임진하가 드래곤 마니아, 아니 거의 오타쿠 수준이라고 털어놓을 수는 없었다. 친구의 환상을 굳이 깨고 싶진 않았다. 속은 좀 쓰리지만.

화정이 휴대폰에 온 메시지를 보다가 활짝 웃으면서 조심스레 물었다.

"참! 저 사진 한 장만 같이 찍어 주심 안 돼요?"

사인을 받았으니 이제 사진을 남기고 싶었다. 팬의 작은 욕심이었다. 그러나 화정은 이내 고개를 저으면서 난처한 투로 사과했다.

"아, 죄송해요. 친구 남친인 걸 자꾸 까먹고……."

“엥? 아냐, 난 괜찮아.”

“저도 괜찮습니다.”

너그러운 두 사람의 반응에 화정은 나름대로 감격했다.

사진도 찍고 사인도 받고 저녁도 같이 먹었다. 커피를 마시면서 친구 커플을 유심히 보던 화정이 율리의 손에서 반짝이는 것을 발견했다.

“응? 차율, 근데 그거 못 보던 반진데?”

“아…….”

프러포즈 링을 향한 화정의 지적에 율리는 무의식적으로 진하를 쳐다보았다. 눈치가 빠른 편인 화정이 눈을 동그랗게 떴다.

“헉! 설마!”

“예, 금요일에 제가 끼워 준 거예요.”

“좋겠다, 축하해요.”

화정은 양손으로 입가를 가리고 축하 인사를 건넸다. 어째 당사자인 율리보다 화정이 더 감동한 듯 보였다. 진하는 톱스타의 미소를 지어 주었다.

“고마워요.”

율리의 반지에 눈을 떼지 못하던 화정이 신기한 듯 중얼거렸다.

“기분 되게 이상하다. 내가 좋아하는 배우가 내 절친이랑 결혼까지 생각한다니까.”

“속상해?”

“당연하지! 질투난다!”

화정은 감정을 솔직하게 말하는데도 듣는 사람의 마음을 불편하지 않게 표현하는 재주가 있었다. 율리는 친구를 가만히 쳐다보았다. 화정 또한 자신 때문에 마음 앓이를 한 적이 있었다. 물론 지금은 기억에서 사라졌겠지만, 아무것도 기억하지 못하는 화정이 흘린 눈물을 율리는 똑똑히 기억했다. 그래서 이 친구도 다시 좋은 사람을 만났으면 좋겠다는 바람이 있었다.

"그래도 난 차율이 더 좋아. 그러니까 축하하는 마음이 더 커."

율리의 시선을 어떻게 받아들였는지 화정이 농담조로 말을 이었다. 곧, 그녀가 진하에게로 시선을 돌리면서 화제를 바꾸었다.

"참! 영화 잘 봤어요. 진짜 멋있게 나와서 사실 심야로 세 번 봤어요."

손가락 세 개를 펼쳐 보이면서 화정이 씨익 웃었다. 진하가 고맙다고 말하려던 차에 율리가 대뜸 물었다.

"어? 나 아직 안 봤는데, 어때?"

"안 봤어?"

연인이 주연으로 출연한 영화를 아직까지도 보지 않았다던 둔해 빠진 친구의 말에 화정이 슬그머니 진하의 눈치를 봤다. 덩달아 율리도 슬쩍 진하를 돌아보았다.

"못…… 본 거지."

그녀가 우물쭈물 둘러대었다. 그러거나 말거나 진하는 별로 신경 쓰지 않았다. 그가 별 반응을 보이지 않자 내심 안심한 화정이 율리의 왼쪽 손바닥에 붙여진 밴드를 가리켰다.

"근데 차율, 손에 반창고는 뭐야?"

"아, 이거…… 칼에 베였어."

"조심 좀 하지. 많이 다쳤어?"

"과도를 이렇게 잡아 버려서……."

"뭐? 어, 어쩌다가 그랬어!"

앞뒤 다 자르고 상황만 말하니 꼭 자신 혼자 저지른 실수 같아 율리는 왠지 허무해졌다. 그렇다고 화정에게 그 상황에 대해 전부 설명할 수도 없는 노릇이었다. 화정이 율리의 손을 보면서 안타깝다는 투로 말했다.

"많이 아팠겠다. 나 전에 커터 칼에 여기 살짝 베인 적 있었는데……."

말을 하면서 화정은 엄지 아래 통통한 부분을 가리켰다. 율리가 고개를 끄덕이자 화정이 계속 말을 이었다.

"진짜 무슨 일주일 내내 아픈 거 있지? 언제 다친 건데?"

"보름 정도 됐어."

"아직 나으려면 멀었겠다."

"괜찮아, 아물고 있어."

"덧나면 안 되니까 물 안 닿게 조심해."

진하의 시선이 밴드 위에 닿았다. 그는 사람들이 눈치챌 수 없을 만큼 눈가를 살짝 찌푸리고 있었다. 차율리의 고통 때문에 경미하게 두통이 피어나고 있었다. 그의 두통을 알 리 없는 두 여자는 계속 수다만 떨었다.

내일 출근 때문에 아쉬운 이별을 하고 화정은 집으로 들어갔다. 오늘은 진하가 차를 가지고 나와서 율리가 피곤하게 운전할 일은 없었다. 조수석에 앉은 율리가 휴대폰을 꺼내며 제안했다.

"영화 보러 갈래요?"

"무슨 영화?"

"저 '형사의 품격' 안 봐서……."

율리가 말끝을 흐렸다. 화정과 이야기하다 보니 자신이 진하에게 무심했다는 생각이 들었다. 나름대로 반성의 시간을 갖고 나서 그녀는 영화를 보기로 마음먹었다. 휴대폰으로 영화를 예매하는 그녀에게 그가 불만스레 말했다.

"야, 넌 본인이 같이 있는데."

그의 말에 화면만 보고 있던 그녀가 고개를 들었다.

"하긴, 지금 또 일요일 저녁이라 내일 출근해야 하는구나."

하지만 차율리는 포기하지 않았다. 그녀는 월요일 오전부터 진하에게 스케줄이 있다고 지레짐작했다.

"그럼, 집에 들어가요."

"넌?"

"마지막 타임 거 보고 들어가서 바로 자려고요."

대강 대꾸하면서 그녀는 좌석을 선택하는 화면에 집중했다. 그는 썩 내키지 않는다는 듯 그녀의 휴대폰을 들여다보았다.

"왜 갑자기 영화 타령이야?"

"화정이는 세 번이나 봤다는데 왠지 한 번도 안 본 게 미안해서요."

"누구한테 미안해? 나?"

고개를 든 율리가 긍정의 의미로 진하를 쳐다보았다. 그는 그녀의 생각이 기특하기도 했지만, 굳이 미안해할 필요도 없다고 생각했다.

"나한테 왜 미안해? 그거 볼 것도 없어. 사내새끼들만 득실대는 영화야."

그러나 율리는 대답 대신 진하를 물끄러미 응시할 뿐이었다. 살짝 가늘어진 눈으로 쳐다보는 그녀에게 그가 툭 물었다.

"왜 그렇게 보는데?"

"혹시 창피해요?"

"창피?"

그는 대답보다 먼저 헛웃음이 터져 나왔다.

"넌 내 낯짝이 얼마나 두꺼운지 잘 모르는구나?"

이번 말은 자기 자랑인지, 자기 비하인지 조금 애매했다. 율리가 코끝을 찌푸리면서 투덜거렸다.

"그런 것도 아니면 뭐, 굳이 보지 말라 할 것도 아니잖아요."

"시간 낭비라니까."

"마지막 영화일 수도 있으니까 극장에서 한 번 볼래요."

그녀의 말에 진하가 멈칫했다. 마지막 영화. 그렇다. 이제 모든 활동을 접으면, 영화를 찍을 일도 없을 것이다.

"연석 예매해."

그렇게 말한 그가 자동차 시동을 걸었다. 그녀는 신이 나서 정 가운데 두 자리를 냉큼 예매했다.

진하의 차는 멀지 않은 영화관에 금세 도착했다. 옆 백화점에 훨씬 크고 세련된 멀티플렉스가 들어와서인지 상대적으로 오래된 극장에는 사람이 적었다. 게다가 마지막 상영 시간이었기에 좋은 중간 자리를 떡하니 예매할 수 있었다.

"300만은 개뿔. 진짜 망한 거 아냐? 사람이 하나도 없잖아. 개봉 2주찬데?"

그는 기가 막힌 듯 주변을 둘러보았다. 그러나 그녀는 고개를 저었다. 이 극장이 텅 빈 데에는 특별한 이유가 있었다.

"일요일 밤이잖아요. 그리고 여기 말고 다 옆으로 빠져요. 여기 상영관이 좀 작고 낡아서."

"아니, 아무리 그래도 이건 진짜 너무하잖아."

진하가 도저히 이해가 가지 않는 듯 한탄했다. 작지만 아늑한 이 극장을 율리는 좋아했으나, 대부분의 관객들은 크고 쾌적한 옆 영화관을 좋아했다. 덕분에 안방에서 영화를 보듯 편하게 보게 생겼다.

"그래, 망작이긴 했어. 사내놈들끼리 부비고 다니는 게 뭐가 재밌다고."

분노와 부정의 단계를 거치고 나서 포기한 듯 그가 중얼거렸다.

"……퀴어 영화였어요?"

"아니! 미쳤어?"

진하가 펄쩍 뛰었다. 브로맨스 코드가 살짝, 아니 조금 과하게 들어가 있기는 했지만 평범한 대중을 겨냥한 액션 영화였다.

"아님 말고……."

지겨운 광고가 끝나 가고 영화사 로고가 나왔다. 첫 장면에는 달리는 자동차 옆을 죽어라고 뛰고 있는 진하의 모습이 담겨 있었다. 그가 진저리를 쳤다.

"……저 장면 찍을 때 미친 것처럼 뛰었는데."

"차 옆에서요?"

"감독이 미친놈이었어. 하루 종일 뛰게 만들질 않나……."

불평불만을 털어놓던 그가 대뜸 입을 다물었다. 왜인가 했더니 뒤늦게 상영관 문을 열고 관객들이 들어왔다. 이 작은 상영관에 다른 관객이 들어오기는 하는구나, 싶어서 율리는 반가운 마음이 들었다.

하지만 그 반가운 마음은 단숨에 사라졌다. 실내가 다 울릴 정도로 큰 남자의 목소리가 들렸다.

"사람 없으니까 좋지, 애기야?"

"웅, 이거 인기 많은 영환데 신기하네."

"뭐 어때, 우리 애기랑 다정하게 영화 보니까 좋다."

아무래도 커플인 듯했는데, 남자는 여자를 시종일관 '애기'라고 불렀다. 율리의 속이 불편해졌다.

"조용히 영화 보자, 애기야. 사람들 있으니까."

"웅."

사실 여자는 별말도 하지 않았다. 그저 신기해했을 뿐. 남자가 더 시끄러웠으나 어쨌거나 둘 다 입을 다물어 준다니 고마울 따름이었다.

극장 안은 조용했다.

정확히는 조용하기만 했다.

'와, 진짜…….'

스크린을 보면서도 율리는 얼굴을 잔뜩 찌푸리고 있었다. 그나마 어두워서 다행이라는 생각이 들었다. 뒤에 앉은 커플은 정말 가관이었다. 시도 때도 없이 입술을 쪽쪽 빨지를 않나, 소곤거리질 않나…….

얌전히 영화만 보려고 했는데 뒷자리 커플이 애정 행각을 드러내 놓고 해서 난처했다. 율리는 진하의 눈치를 보았다. 그러나 의외로 그는 뒤의 커플에겐 신경도 쓰지 않는 듯, 날카로운 눈빛으로 스크린만 보고 있었다.

'재미없는 거라더니…….'

자신보다 더 몰입해서 보고 있었다. 수십 번도 더 보았을 영화를.

진하가 맡은 최 형사가 권총을 장전하는 장면이 이어졌다. 느리게 이어지는 장면은 분명 감독이 여성 관객을 노리고 연출한 것이 틀림없었다. 일반적인 대중의 취향에서 한 치도 벗어나지 않는 율리 역시 입을 벌리고 스크린에 집중했다. 참 신기한 게 옆에 본인이 있는데도 영화 속 모습이 왜 더 멋있는지 모르겠다.

그때였다.

"와, 멋있다. 진짜 잘 찍었네."

뒷자리 여자가 감탄을 뱉었다. 웅웅, 거리던 혀 짧은 목소리가 아니라 어른 여성의 목소리로 그녀는 감탄하고 있었다. 이때다 싶었는지 뒷자리 남자가 끈적거리는 목소리로 소곤거렸다.

"우리 애기, 오빠가 잘생겼어, 최 형사가 잘생겼어?"

처음으로 진하의 눈썹이 움찔, 움직였다. 물론 어두운 가운데 아무도 그 모습을 보지는 못했다. 남자의 소곤거림을 들은 율리는 저도 모르게 하, 하고 어이없는 헛숨을 뱉었다. 이내 뒷자리 여자의 충격적인 대답이 이어졌다.

"오빠, 지금 그걸 말이라고 해?"

유아기로 퇴행한 것처럼 말하던 여자는 매우 화가 난 듯 코맹맹이 소리를 버리고 정색했다. 날카로운 목소리에 깜짝 놀란 율리가 어깨를 움찔했다.

"솔직히 오빤 오징어지. 어디서 비교하고 있어?"

앞자리 커플이 쳐다보든 말든 이제는 못 참겠다는 듯 여자가 벌떡 일어나서 제 연인에게 삿대질을 했다.

"내가 그랬지? 근거 없는 자신감 꼴불견이라고."

"야! 유희라!"

당황한 남자가 여자를 말리고자 그녀의 이름을 불렀다. 그러나 여자는 쉽게 지지 않았다. 그녀가 이를 갈면서 말을 이었다.

"조용히 영화 보자며! 아, 나 진짜 영화 몰입 좀 하겠다는데."

'이, 이중인격이야?'

율리의 눈동자가 파르르 떨렸다. 율리는 뒷자리 커플의 말싸움이 들리지 않는 것처럼 스크린에만 눈을 고정했다.

"에이 씨, 얌전히 영화 좀 보려고 했는데."

"희라야! 희라야!"

여자가 욕설을 내뱉으면서 쿵쿵거리고 나가 버리자 남자가 그녀를 뒤좇으면서 간절히 제 연인의 이름을 외쳤다. 상영관 문은 소리 없이 사르르 닫혔다.

다시 둘만 남자 진하가 어깨를 들썩이면서 소리 내어 웃었다. 이 황당하기 짝이 없는 사태에 당황한 건 율리뿐인 모양이었다. 그녀가 그를 의아하게 쳐다보았다. 스크린 불빛에 비친 그의 얼굴에는 웃음이 가득했다.

"아까부터 여자 쪽이 짜증 나 있었어."

"어? 정말요?"

전혀 생각하지 못했던 터라 율리가 눈을 동그랗게 떴다. 둔한 그녀와 달리 그는 예민하게 상황을 파악하고 있었다.

"남자 쪽이 말이 더 많았는데 여자한테 선생질을 했잖아. 뒤에서 계속 찝쩍거리던 것도 남자 쪽이었고."

"뒤통수에 눈 달렸어요? 어떻게 알았대?"

"여자는 정말로 영화를 보러 온 거고, 남자는 다른 흑심이 있었던 거지, 뭐."

이제야 율리는 뒷자리 여자가 왜 화가 났는지 알 것도 같았다. 그녀가 고개를 끄덕이면서 다시 스크린으로 시선을 옮겼다.

"헉! 쟤가 범인 아니에요?"

"차율리, 넌 영화를 제대로 보긴 했어? 아까 편의점주가 범인 인상착의 말할 때 젊고 키가 큰 남자라고 했잖아."

그때 뒷자리 커플이 싸워서 차마 못 봤다. 율리는 머릿속에 살짝 남은 편의점 장면을 떠올리다가 고개를 갸웃거렸다.

"어? 뭐야? 최 형사가 범인이야?"

"나 말고!"

처음부터 끝까지 정의의 편이었던 진하가 성질을 부렸다. 율리가 미간을 찡그렸다. 그럼 남은 사람은…….

"헉! 이 형사가 범인이었어요?"

현웅이 맡은 이 형사. 최 형사의 후배로 영화 내내 활약하던 인물이 사실은 범죄 조직의 똘마니였을 줄이야! 율리가 입을 쩍 벌렸다. 곧 피범벅이 된 현웅이 스크린 가득 비쳤다. 진하가 혀를 찼다.

"이쯤 되면 알아채라, 좀. 이미 단서 여기저기 다 뿌려져 있었구만."

첫인상부터 별로였던 현웅을 떠올리며 율리가 입술을 삐죽거렸다.

"어쩐지, 처음부터 마음에 안 들었어."

"어련하겠냐……."

혼자 열심히 납득하고 있는 율리를 보고 진하는 고개만 저었다. 율리는 최 형사와 이 형사가 대치하고 있는 장면을 멍하니 보면서 안타깝다는 듯 혼잣말을 했다.

"최 형사랑 이 형사랑 잘 될 줄 알았는데……."

최 형사 역할의 진하가 경악했다.

"미쳤어? 퀴어 영화 아니라니까?"

"아니, 그런 게 아니고…… 이 형사가 최 형사 너무 좋아하는 것처럼 보였어요."

"그냥 정보 뽑으려고 그런 거지, 뭘."

허구의 영화임에도 그는 상상도 하기 싫은 듯했다. 그녀가 화면에 시선을 고정한 채로 계속 물었다.

"이 형사 죽어요? 아니면 체포되나?"

"자살해."

"아, 찝찝하게……."

죽어도 자살로 죽다니. 표정을 싹 찡그린 율리가 불만스럽게 대꾸했다. 이내 이 형사는 최 형사가 보는 앞에서 권총으로 자살을 했다. 이거 퀴어 영화 아닌데, 마지막 장면 느낌이 꼭 짝사랑을 받아 주지 않은 상대에게 보란 듯이 자살하는 모습 같아 율리는 잠시 말을 잃었다. 그래도 진하에게 더 이상 물어볼 수는 없었다. 아주 진저리를 치니까.

"뒤에 스페셜 영상 있어요?"

"아니."

"일어나야지."

율리가 자리에서 일어났다. 드디어 마지막 타임이 끝나고, 피곤한 표정을 드러내면서 극장 출입문을 열던 직원이 나오는 손님을 보고는 멈칫했다. 직원의 눈은 진하에게 꽂혀 있었다. 스크린에서 그대로 나온 듯한 진하를 보고 직원이 웅얼거렸다.

"대, 대박…… 임진하다."

"수고하시네요."

"네! 아, 안녕히 가세요!"

얼떨결에 인사를 한 직원은 여전히 얼음이 되어 있었다. 진하가 율리에게 속삭였다.

"너 때문에 귀찮게 됐잖아."

소란스러워지기 전에 자리를 떠야 했다. 한밤임에도 진하는 잽싸게 선글라스를 끼고 지하 주차장으로 향하는 엘리베이터에 올랐다. 그나마 늦은 시간이라 극장 아래 오래된 쇼핑몰은 전부 문을 닫은 상태였고 주차장까지 엘리베이터는 한 번에 내려갔다.

"그래도 주연 배우랑 같이 보니까 재미있었어요."

도망치듯 차에 오르고 나서야 긴장이 풀렸다. 안전벨트를 매면서 율리가 말했다.

"꼭 코멘터리 듣는 느낌이어서."

진하는 별말 없이 시동을 걸고 운전을 시작했다. 율리는 차창 밖을 보다가 고개를 기울였다. 집에 데려다줄 줄 알았는데, 길이 어째 이상하다.

"저기서 좌회전해야 하는데요?"

"차율리."

그가 대답 대신 그녀의 이름을 불렀다.

"네?"

"내일 회사 쉬어라."

그 말은…….

지금 진하가 하는 말의 뜻을 깨달은 율리의 눈이 크게 뜨였다. 그녀가 고개를 흔들면서 열심히 부정했다.

"안, 안 돼요!"

"안 되긴?"

목적지는 운전자 마음대로였다. 교차로를 지나 뻥 뚫린 도로를 직진하는 진하에게 율리가 망연한 시선만을 보였다.

"집에 가야 한다니까요? ……난 엄마한테 죽었다."

"왜? 결혼 프러포즈까지 했는데 뭐가 문제야?"

그가 이해할 수 없다는 듯 물었다. 그러나 차율리는 역시 상상 이상이었다.

"아직 집엔 그 얘기 안 했는데요?"

"차율리, 널 알다가도 모르겠다. 왜 그런 말은 또 안 해? 다른 소리는 잘도 하면서."

오늘은 일요일, 프러포즈는 금요일. 이틀이나 시간이 있었는데, 해외에 사는 부모도 아니고 같은 집에 사는 부모에게 왜 이 야기를 안 했는지, 그는 그녀의 태도가 기막혔다. 시시콜콜한 이야기, 예를 들면 진하가 여자를 만난 적이 없다는 소리는 잘도 하면서 말이다.

그녀는 초조한 듯 눈을 굴리면서 중얼거렸다.

"아무튼 집에 가야 돼요."

"나랑 있기 싫어?"

"아뇨, 그건 아닌데……."

"아니면 됐잖아."

"진짜 이 양반이!"

임진하는 모든 게 너무 쉬웠다. 그러고 보니, 전에 얼떨결에 사귀게 됐을 때도 이랬었다. 자신의 감정은 어떻게 된 거냐고 물었더니 싫어하는 게 아니면 됐다고 그는 시원하게 대꾸했었다.

정지 신호를 보고 차를 세운 진하가 율리를 곁눈질했다.

"……차율리, 너 지금 되게 아줌마 같았어."

"엄마가 집에서 쓰던 말이라……."

그의 지적에 그녀는 할 말이 없었다. 이내 정지 신호가 풀리고 그의 차는 열심히 집으로 달렸다. 그녀는 어두운 밤하늘을 창문 너머로 보며 모든 것을 포기했다. 포기하고 나니 편했다. 그때 그녀의 머릿속에 아까 본 영화 포스터가 떠올랐다.

"아, 맞다. 궁금한 게 있는데요."

현재 상영작으로 영화관에 걸려 있던 포스터 중 율리는 애니메이션 포스터를 보고 의문이 들었다. 그 포스터는 해마처럼 생긴 드래곤이 알을 껴안고 있던 포스터였다.

"뭔데?"

"드래곤은 파충류 아니에요? 책 보면 알을 품던데."

율리의 기막힌 질문에 진하는 하마터면 직진 신호에서 뜬금없이 브레이크를 밟을 뻔했다. 진하가 율리 쪽을 홱 쳐다보면서 버럭 소리쳤다.

"넌 지금 내가 파충류로 보여?"

"그럼 알을 품을 필요는…… 없는 거죠?"

"알 같은 거 안 깐다고!"

하긴, 예전에 차율리가 드래곤은 파충류인지 양서류인지 궁금해하던 적이 있었다. 진하는 깊은 한숨을 내쉬었다.

"이 불신을 제거하기 위해서는 딱 한 가지 방법밖에 없다."

"뭔데요?"

"네가 직접 경험하는 거. 직접 겪어 보면 믿겠지."

이내 아파트 정문에 들어선 차는 소리 없이 주차장으로 향했다. 차는 유려한 선을 그리며 멈추어 섰고 율리의 눈동자가 이리저리 흔들렸다. 그녀가 마른침을 삼키고 물었다.

"지, 지금요?"

"그래, 지금."

임진하는 더 이상 이 불신 속에서 살고 싶지 않았다. 그의 단호한 표정에 그녀가 머뭇머뭇 차에서 내렸다.

집 안에 들어가는 둘 사이로 어색한 공기만이 감돌았다. 율리는 자신의 손을 꽉 붙들고 있는 진하의 손을 가만히 내려다보았다. 절대 놔주지 않을 것처럼 손이 잡혀 있었다. 그에게 이끌려서 집 안에 들어온 그녀는 현관문 닫히는 소리에 그제야 정신을 차렸다.

"차율리."

"네?"

진하는 뻣뻣하게 굳어 있는 율리를 물끄러미 응시했다. 그는 저번 금요일 밤의 뼈아픈 기억을 잊지 않았다.

"너, 내 목에 손대지 마. 아니, 아예 묶어 놔야겠다."

그렇게 말한 그는 베란다에 걸려 있던 커튼을 묶는 끈을 들고 왔다. 기가 막혀서 그녀가 꽥 소리쳤다.

"처, 처음인데 변태 플레이해요?"

"뭐? 변태?"

그가 자신의 손에 들린 끈을 쳐다보다가 씩 웃었다.

"이건 최소한의 장치야. 네가 역린을 건드리면 게임 오번데 이 정도 페널티는 감수해야지? 변태 플레이는 무슨."

'뭔가 속는 기분인데…….'

이미 전적이 있는 터라 율리는 할 말이 없었다. 하긴, 자신이 진하였어도 손을 못 쓰게 묶어 두든지 어떻게든 처리했을 것이다.

목을 움츠린 그녀가 고개를 들어서 침대 귀퉁이와 자신의 손목을 함께 단단히 묶은 끈을 복잡하게 응시했다. 이렇게까지 해야 하는 건가 싶을 때였다.

"날 봐."

수도 없이 들었던 진하의 목소리가 꼭 처음 듣는 듯 낯설고 서늘하게 느껴져서 율리는 저도 모르게 눈을 질끈 감았다. 어깨가 절로 경직되었다.

"차율리, 눈은 또 왜 감고 있어?"

"어, 어떻게……."

이 상황에 어떻게 아무렇지 않게 말을 건넨단 말인가! 낯짝 두껍다고 자랑하던 그의 말은 진심이었다. 그녀가 눈을 슬쩍 뜨자 그와 눈이 마주쳤다. 그는 미소를 짓고 있었다. 평소보다 조금 더 진하고, 조금 더 섹시하게.

그녀가 그의 미소를 홀린 듯 쳐다볼 찰나 그가 흐뭇하게 말했다.

"괜찮네."

"뭐, 뭐가요?"

"차율리가 손을 못 쓰는 거."

어깨를 움찔 흔든 율리가 최대한 가여운 척을 하면서 조심스럽게 물었다.

"풀어 주면 안 돼요?"

"오늘은 안 돼."

진하가 단호히 거절했다. 가증스럽게 불쌍한 척을 하던 율리가 쳇, 토라진 소리를 냈다. 그녀의 난처한 눈망울이 보기 좋아 그가 씩 웃어 보였다. 오늘 이후로 차율리는 더 이상 '드래곤은 파충류' 같은 소리를 하지 못할 것이다. 덧붙여 그를 향한 불순한 의심도.

"잘하는 짓이다."

율리는 회사에는 아픈 척을 해서 겨우 결근했다. 하지만 엄마의 매서운 눈빛은 피할 수 없었다. 외박을 하고 살금살금 들어온 율리는 거실 소파에 염라대왕처럼 앉아 있는 엄마를 보고 얼어붙었다.

"어디 갔다 왔어?"

"그, 그런 걸 묻고 그래. 가게 안 나가요?"

어떻게든 대강 넘겨보려고 율리가 손을 내저으며 능글맞게 대꾸했으나 엄마는 쉽게 넘어가지 않았다. 엄마가 이를 갈면서 말을 이었다.

"너 기다리느라고 한숨도 못 잔 거 알아?"

"거짓말. 엄마 잠 설치면 침대에 누워 있잖아."

"그, 그렇긴 하지만……."

버럭 화를 내려던 엄마는 정곡을 찌르는 딸의 지적에 말끝을 흐렸다. 율리는 이때다 싶어서 강하게 치고 나가기로 마음먹었다.

"프러포즈 받았어요."

"뭐?"

엄마는 상상도 못 했다는 듯 소파에서 벌떡 일어났다. 율리는 엄마에게 약지에 끼워진 반지를 보여 주었다. 엄마가 입을 쩍 벌렸다.

"정, 정말이네?"

율리가 고개를 끄덕이자 엄마가 한숨을 내쉬며 소파에 도로 주저앉았다. 프러포즈라는 말에 이미 딸의 외박 사건은 저 멀리 날아가 있었다. 엄마는 그날, 진하와의 저녁 식사 자리를 떠올리면서 중얼거렸다.

"그래, 많이 외로워 보이던데 가족이 생기는 게 좋지."

부모도 잃고, 조부모도 없고, 친척도 거의 없는, 참 박복한 진하의 설정을 엄마는 진심으로 안타까워했다.

"부모도 없으니 시집살이도 없을 테고, 어쩜 너한테도 좋을지 몰라."

율리는 눈을 가늘게 뜨고 엄마를 쳐다보며 물었다.

"엄만 내가 결혼하는 거 좋아? 그 사람하고?"

"당연하지. 이상한 놈팡이도 아니고 충분히 괜찮은 사람이잖아."

'사람이 아니긴 하지만…….'

엄마의 진심이 담긴 대답에 율리가 고개를 끄덕거렸다. 엄마는 복잡한 한숨을 내쉬면서 덧붙였다.

"네가 하도 어리바리해서 이상한 놈한테 걸리면 어떡하나 걱정했는데, 솔직히 안심이 되기도 해."

말을 마친 엄마가 몸을 일으켰다. 안방으로 향하는 엄마의 뒷모습을 율리는 가만히 응시했다. 왠지 엄마가 전보다 작게 느껴졌다. 손만 뻗어도 닿을 거리인데, 엄마와의 거리가 멀게 느껴질 때였다.

"아빠한테도 말해야겠다. 언제 한 번 집으로 오라고 그래. 밥 한 끼 해서 먹여 주게."

"응? 뭘 집까지……."

"엄마 손맛 같은 거 그리울 수도 있잖아."

임진하에게는 별로 그리울 엄마 손맛 따위는 없는 것 같았으나 율리는 굳이 말하지는 않았다. 대신 율리는 엄마의 마음을 이해하면서도 고개를 갸웃거렸다.

"근데 엄마 손맛 그렇게 안 좋잖……."

"이게 까불어?"

왠지 멀어 보이던 엄마와의 거리는 단숨에 가까워지더니 엄마의 손바닥이 율리의 등짝을 후려갈겼다. 다 죽어 가는 소리를 내면서 율리는 후다닥 방 안으로 도망쳐 들어왔다.

가방을 내려놓고 율리는 제일 먼저 휴대폰을 꺼냈다. 일단 엄마의 전언을 진하에게도 알려 줘야 했다.

[엄마가 언제 한 번 집에 오래요. 밥 먹으러.]

메시지를 보내기 무섭게 진하에게 전화가 걸려 왔다. 이렇게 빨리 연락이 올 줄 몰랐던 터라 화들짝 놀란 율리가 전화를 받자마자 그의 목소리가 이어졌다.

—언제?

"엥? 스케줄 없어요?"

—일 안 할 거니까 스케줄 줄이고 있지.

"아…… 그러면 엄마랑 얘기해서 날짜 정할게요."

아직 정해진 것이 없어서 율리는 싱겁게 전화를 끊었다. 해야 할 일이 많아진 기분이 들었다.

곧 휴대폰 화면이 번쩍였다. 방금 통화를 끝냈는데 무슨 일인가 싶어서 율리가 화면을 들여다보았다. 진하의 메시지가 아니라 아영의 걱정 어린 메시지였다.

[율리 씨! 많이 아파?]

"헉."

[아뇨. 이제 괜찮아요. 내일은 정상 출근하겠습니다.]

메시지를 보내고 나서 율리는 무의식적으로 손바닥을 내려다보았다. 왼쪽 손바닥, 칼에 베인 상처는 이제는 넓적한 밴드 하나만 붙여도 될 만큼 많이 아물어 있었다.

현실과 비현실의 경계에서 많은 일들이 일어났다. 앞으로도 얼마나 더 비일상적인 일이 생길지 모른다. 오늘의 결정을 후회할 날이 올지도 모르지만.

'그래도 뭐, 어떻게든 되겠지.'

율리는 엄마와 일정 상의를 위해 자리에서 일어났다.

아프다고 거짓말을 했다가 천벌을 받았는지 이튿날, 차율리는 정말 감기에 걸리고 말았다. 아침에 일어나서 멍하니 허공을 바라보던 율리는 깔깔한 목을 풀어 보고자 헛기침을 하며 터덜터덜 출근 준비를 시작했다.

"감기약 좀 줘요."

"감기 걸렸어?"

대답조차 귀찮아서 율리는 고개만 끄덕였다. 어제 저녁나절부터 몸에 오한이 든다 했더니, 예상 적중이었다. 감기약을 받아 든 율리에게 엄마의 걱정 어린 눈빛이 닿았다.

"오늘 임진하랑 같이 올 거라며? 저녁에."

"아……."

어제 엄마는 빠른 시일 내로 자리를 만들자고 했고, 진하 역시 시간 끌 것 없이 날짜를 정하길 바랐다. 그 결과 오늘 저녁에 그를 저녁에 초대하기로 했는데 감기라니.

"점심에도 안 나으면 병원 가."

"네."

개수대에 컵을 내려놓은 율리는 이내 우울한 낯빛으로 출근길에 올랐다.

감기 기운 탓에 운전도 썩 편치 않았다. 익숙한 길이었음에도 운전하는 것 자체가 피곤해서 회사에 도착하자마자 기운이 다 빠지는 느낌이었다. 한숨을 푹 내쉬고 나서 율리는 사무실 안으로 들어왔다.

"안녕하세요."

"어머! 율리 씨, 많이 아픈가 봐? 목소리가 왜 그래?"

아영이 눈을 동그랗게 뜨고 자리에서 일어났다. 한 손에 커피가 있는 머그를 든 아영이 율리에게 다가가서 혀를 찼다.

"컨디션 아직도 많이 안 좋아?"

"괜찮아요."

"괜찮기는? 목소리가 완전 갔는데? 감기?"

"네."

상냥한 성격의 아영은 율리의 이마에 손을 대고 직접 열까지 재 보았다. 다행히 열은 없는 듯했다.

"그나마 열은 없네."

아영의 안도하는 말투에 율리는 대답 대신 희미하게 웃을 뿐이었다.

"병원은?"

"아뇨, 괜찮을 줄 알고……."

사실 어제는 꾀병이었던 터라 병원에 갈 필요가 없었다. 오늘 아침에 뜬금없이 감기에 걸린 게 문제라면 문제였다. 대충 둘러댄 율리가 책상 위에 가방을 놓고 힘없이 자리에 앉았다.

"뜨거운 커피 한잔 줄까?"

"제가 타 마실게요."

"아니야. 율리 씨, 자긴 환자니까."

아영이 상큼하게 웃으면서 찻숟가락을 집어 들었다. 막 의자에서 일어나려던 율리가 어색하게 주춤거렸다. 곧, 아영이 율리의 책상 위에 머그잔을 놓아주었다.

"안 그러셔도 되는데…… 감사합니다."

자리에서 일어나 꾸벅 고개 숙여 인사하는 율리를 아영이 가만히 바라보다가 조심스럽게 입을 열었다.

"가끔 율리 씨 보면, 안쓰럽다는 생각이 들어."

"네?"

"율리 씨가 사회생활을 너무 잘해서 그런 건지 모르겠네."

눈을 동그랗게 뜬 율리가 아영을 올려다보았다. 아영이 생긋, 미소를 지어 보이자 율리는 선배의 입에서 무슨 소리가 나올지 긴장이 되었다. 저번 회사에서 선배들이 웃는 얼굴로 아프게 지적을 한 적도 있었고…….

"뭐라고 해야 할까? 가끔 율리 씨, 자기가 나나 김변을 되게 어려워하는 것 같거든."

율리는 별말 없이 시선만 떨구었다.

"편하게 생각해. 오랫동안 같이 일해야 할 사이잖아. 아플 땐 어리광도 좀 부리고."

언니가 있다면 이런 기분일까? 형제자매가 없는 율리는 낯선 기분에 얼떨떨한 표정으로 고개만 끄덕였다. 그러고 보면 전에도 아영은 비슷한 소리를 했었다. 사람인 이상 실수도 할 수 있는 거고, 너무 연연치 말라고 말이다.

"오늘도 일을 해야지!"

아영이 기운차게 말하면서 자리로 돌아가고, 율리의 어깨는 가볍게 풀어졌다.

점심시간에 율리는 짬을 내어 병원을 다녀왔다. 환절기다 보니, 환자가 많아 한참을 기다리느라 끼니를 때울 시간도 모자랐다. 급한 대로 편의점에서 음식을 사서 사무실로 돌아오는 도중 가방에 있던 휴대폰이 웅웅 울렸다.

"잉?"

휴대폰 화면을 본 율리가 고개를 갸웃거렸다. 진하의 전화였다.

"여보세요?"

—나 오전 스케줄 다 끝났어. 어디야?

"병원 다녀오는 길인데요."

—병원?

여유 만만하던 그의 목소리가 순식간에 날카로워졌다. 괜스레 놀란 그녀가 기어들어 가듯 작게 대답했다.

"네, 감기 때문에……."

—감기? 심해?

"그냥 좀 그래요. 회사 들어왔어요?"

꾀병을 부렸다가 정말로 병을 얻은 셈이라 마음이 불편해진 율리가 화제를 돌리고자 애를 썼다. 그러나 진하의 대답은 들리지 않았다. 의아한 투로 그녀가 휴대폰을 귓가에서 떼고 내려다 보았다.

"여보세요? 끊겼나?"

물론 통화 시간은 잘 흘러가고 있었다. 다시 귀로 휴대폰을 가져갈 때쯤 그의 대답이 들렸다.

—아, 알았어. 나중에 말하자.

그런데 왠지 그의 목소리에 힘이 없는 듯했다. 이내 전화가 끊기고 그녀는 화면이 꺼진 휴대폰을 가만히 응시하다가 고개만 갸웃거렸다.

"뭐지?"

저녁 약속 때문에 연락을 한 것 같은데 용건은커녕 흐지부지 전화가 끊겨서 율리의 마음 한구석이 찝찝해졌다.

업무 시간에 늦지 않게 회사로 돌아온 율리는 샌드위치 하나를 입에 물고 의자에 털썩 앉았다. 아파서 그런지 입맛이 통 없다 싶을 무렵, 팀장실에서 나온 경진이 율리를 불렀다.

"차변!"

"네?"

한입 크게 베어 문 샌드위치를 내려놓고 율리가 자리에서 일어났다. 속내를 알 수 없는 담담한 표정으로 경진이 말했다.

"잠깐 대표님 좀 뵙고 올래요?"

"아, 네……."

대표이사가 법무팀장도 아닌 율리를 만날 일이 뭐가 있을까.

이건 분명 진하의 부름이었다. 율리는 눈치껏 대답하고 사무실을 나섰다. 진하가 회사로 돌아온 모양이었다.

대표이사실에 들어오자마자 적룡을 발견한 율리가 꾸벅 고개를 숙여 인사했다.

"안녕하세요. 무슨 일로……."

"흑룡께서 앓아누우셔서요."

"네에?"

뜻밖의 소리에 율리가 고개를 홱 돌렸다. 길쭉한 손님 접대용 소파에 기대어 있던 진하가 인상을 쓰고 바로 반박했다.

"야, 누가 앓아누워? 말 참 이상하게 하네."

하지만 그의 안색은 유난히 창백했다. 아플 일 없는 흑룡에게 무슨 일이 있나 싶어 율리가 걱정 가득한 표정을 지어 보였다.

"컨디션 안 좋아요?"

"감기 같은 거야."

아까 통화했을 때처럼 그는 피곤한 듯 중얼거렸다. 율리는 도저히 이해할 수 없다는 듯 적룡을 돌아보며 물었다.

"……용도 감기에 걸려요?"

"안 걸립니다."

감기는커녕 티끌만큼도 아파 본 적 없는 대표이사가 똑 부러지게 대꾸했다. 율리의 의아한 시선이 진하에게 닿았다.

"저는 잠시 일이 있어서."

한 시부터 임원 회의가 있는 대표이사는 미련 없이 사무실을 나갔다. 어째서 진하가 옆 회의실이 아니라 대표이사실에 있나 했더니 회의가 있는 탓이었다.

나가는 대표이사에게 어영부영 인사를 하고 나서 율리는 기운 없어 보이는 진하를 물끄러미 쳐다보았다.

"근데, 왜……."

"넌 왜 감기에 걸린 거야?"

"아니, 저야 감기 걸릴 수도 있죠. 왜 걸렸냐니……."

진하는 맞은편에 앉아 있는 율리를 응시하다 한숨을 길게 내쉬었다. 참도 유난하다. 자신이 그녀에게 해를 끼치는 것도 아닌데 이토록 기운이 쭉쭉 빠져도 되는 건가. 그가 복잡한 얼굴로 말했다.

"차율리, 아프지 마."

아프고 싶어서 아픈 것도 아닌데. 괜히 불만이 생긴 율리가 막 받아칠 무렵 진하가 먼저 말을 이었다.

"네가 아프면 나도 컨디션 나빠지니까."

'아프냐? 나도 아프다.' 같은 로맨틱한 어감이 아니라 오히려 자신을 탓하는 것만 같아 그녀는 미간을 찡그렸다.

"왜요?"

"난 너한테 직접적으로 피해를 줄 수 없어. 그럴 계획만 세우고 있어도 기절할 정도라고."

"아……."

기절이라고 하니 율리는 전에 엘리베이터에서 쓰러졌던 진하의 모습이 떠올랐다. 한동안 그의 상태가 나빠 보였던 이유도 아마 그것 때문일 것이다. 그녀가 고개를 끄덕이자 그가 짧게 한숨을 쉬고 계속 설명했다.

"같은 맥락에서 네가 힘들어하거나 아파하는 걸 보면 나한테도 영향이 와. 이렇게."

하긴, 아픈 쪽은 자신인데 모르는 사람이 보면 그가 더 중병 환자처럼 보일 지경이었다.

"그렇구나……."

"그래, 간단히 말해서 네가 아프면 나도 그 이상으로 고통을 느낀다고 보면 돼."

통화할 적에 그가 말을 잇지 못했던 이유도 이제 이해가 갔다. 설명을 듣고 나니 그에게 미안한 마음도 들었다. 그녀는 고개를 숙이고 손만 만지작거렸다. 그때 그녀의 시야에 왼쪽 손바닥이 들어왔다. 칼에 베였을 때도 그와 함께 있었다.

"그, 그럼 저 손 다쳤을 때는요?"

"야, 그때 이야기는 하지 말자. 상상도 하기 싫으니까."

그가 인상을 확 찌푸렸다. 쓸데없이 예민한 감각이 얼마나 한스러웠는지 모른다. 아마 평생 차율리는 그때 자신이 느꼈던 것과 비슷한 감각을 느껴 볼 일은 없을 것이다. 아니, 있어서도 안 된다. 그랬다가는 배로 임진하가 더 고통스러울 테니 말이다.

"아무튼 오늘 몇 시에 가는……."

"저기, 그럼 아까 병원이라고 말해서 아픈 거예요?"

더 이상 생각하고 싶지 않은 진하가 말을 돌리려고 했으나, 율리는 쉬이 그를 놓아주지 않았다. 그가 눈을 가늘게 뜨고 답했다.

"그렇다니까."

"진짜?"

말을 마친 율리가 양손으로 입가를 가리고 진하를 바라보았다. 눈이 초롱초롱 빛나는 게 어째…….

"너 좀 좋아하는 거 같다?"

진하가 정곡을 콕 찌르자 율리가 어깨를 움찔했다. 자신 때문에 아프다는데 미안하긴 했으나 웃음이 자꾸 비집고 나와서 큰일이었다.

"남의 불행을 저렇게 좋아하다니."

그가 혀를 차며 고개를 절레절레 저었다. 가끔 보면 차율리는 은근히 사디스트 비슷한 면모가 있었다. 전에도 대뜸 역린을 건드려 제압하질 않나, 지금도 상태가 썩 좋지 않은 자신을 앞에 두고 좋아하질 않나.

"좋다는 게 아니고요."

율리는 애써 웃음을 삼키고 표정을 단속했다. 손을 무릎 위로 내린 그녀는 그를 빤히 응시했다. 새삼스럽지만 그가 무척 사랑스럽다는 생각이 들었다. 언제나 여유롭고 강한 존재였던 흑룡의 약한 모습을 보고 있기 때문만은 아니었다.

"뭘 그렇게 봐?"

"아니, 뭐……."

세상에 두려울 것 없어 보이는 임진하가 차율리의 영향을 세심하게 받는다는 사실이 놀랍고 묘했다. 수명이 얽혀 있고, 이제는 감각마저 함께 공유하는 느낌이 그녀의 가슴 깊이 와 닿아서 기분이 묘해졌다.

한편, 진하가 율리에게 경계하는 눈빛을 보내다가 입을 열었다.

"뭐가 아닌데?"

"아뇨, 아프면…… 물이라도 마실래요?"

굳게 닫혀 있는 출입문 쪽을 보며 그녀가 엉거주춤 일어났다. 실없는 그녀의 말에 그가 피식 웃었다.

"됐어. 네 몸 걱정이나 해."

차율리가 씻은 듯이 나으면, 자신 역시 컨디션을 회복할 것이다. 그제야 그의 눈에서 걱정을 읽은 그녀가 배시시 미소를 지었다.

"아픈데 운전하기 힘들지?"

"피곤하니까요."

오늘 출근길을 떠올리며 그녀가 바로 긍정했다. 그는 마치 그녀의 상태를 짐작하고 있었다는 양 말을 이으며 몸을 일으켰다.

"이따 퇴근할 때 데리러 올게."

진하는 대답 대신 고개만 주억거리는 율리를 가만히 응시하다가 그녀의 얼굴에 드리워진 머리를 귀 뒤로 넘겨주었다.

"나가자. 너도 일해야지."

그가 자연스럽게 그녀의 손을 잡아끌었다. 대표이사실 바깥은 임원 회의 덕분에 텅 비어서 고요했다.

붙잡은 손에서 전해지는 온기가 생생하게 느껴지는 현실이 신기해서 그녀는 복도를 걷다가도 그를 흘끔흘끔 몇 번이고 올려다보았다. 그녀의 시선을 모르는 척 복도를 지나면서 그가 말문을 열었다.

"프러포즈, 말씀드렸어?"

"했어요."

"잘했어."

진하의 목소리에 웃음기가 섞였다. 오늘 그는 저녁에 부모님에게도 결혼 이야기를 직접적으로 꺼낼 것이다. 차율리를 완전히 붙잡아 두기 위해서 말이다.

엘리베이터에서 보내는 시간이 아쉬워서 그들은 일부러 계단을 이용했다. 한 층 아래 법무팀 사무실 근처에 도착하자마자 그가 나직하게 말했다.

"늦어질 것 같거나 따로 일 생기면 연락하고."

"그럴게요."

"이따 보자."

인사를 하며 진하가 율리의 머리를 쓸어 주고 몸을 돌렸다. 활동량을 줄이고 있으나 한참 전에 잡아 둔 몇몇 스케줄 때문에 일이 없는 것도 아니었다.

엘리베이터 쪽으로 멀어져 가는 진하의 뒷모습을 가만히 지켜보던 율리는 문득 남들과 다를 것 없이 평범하던 자신의 인생에서 임진하만큼 비범한 남자를 만났다는 사실이 믿어지지 않았다. 그것도 그 어떤 관계보다 깊고 진한 사이로. 목숨도 엮이고, 감정도 얽히고, 용과 용살자라는 운명에 일방적인 감각 전이까지…….

꽤 기묘한 관계인데, 한편으로는 특별하다는 반증인 것만 같아 기분이 좋아진 율리는 입가를 늘어뜨리면서 법무팀 사무실로 들어갔다.

임진하 악플 전담을 해 본 경험을 살려서 율리는 악플과의 싸움을 해야만 했다. 즉, 그녀는 오늘도 회사 소속 연예인과 대면 중이었다. 문제는 하필이면 그게 현웅이라는데 있었지만 말이다.

"아, 진짜 이번 영화 때문에 게이설이나 돌고 이게 뭔 꼴인지……."

'형사의 품격'에서 반전 있는 역할을 맡았던 현웅은 진하와 상상 이상의 시너지를 보였고, 그 결과 황당한 소문이 돌기 시작했다.

"조금 지나면 가라앉겠죠."

첫인상이 썩 좋지 않았던 현웅이었던 터라 율리의 입에서는 좋은 말이 나오지 않았다. 현웅은 양손으로 턱을 괴고 한숨을 크게 내쉬며 말했다.

“그렇게 여유 부리실 때가 아닌데요?”

“뭐가요?”

“그때 PDF로 캡처해서 보낸 파일 못 보셨어요?”

파일이 한두 개도 아니고, 무엇을 가리키는 건지 잘 모르겠어서 율리가 대답 대신 미간을 찡그렸다.

“진하 형도 저랑 한데 묶여서 소문 도는데. 변호사님하고는 위장 결혼이라고.”

“네에?”

눈을 동그랗게 뜬 율리가 꽥 소리를 질렀다. 현웅이 입술을 삐죽거렸다.

“관계자인 척하면서 우리 둘을 가지고 온갖 소설을 썼다고요. 제일 길게 캡처한 건데 안 보셨어요?”

“못…… 못 봤어요, 일이 조금 많아서. 죄송해요.”

율리가 어물어물 사과했다. 자신이 모든 악플 관련 사건을 전담해서 바빴기에 율리는 파일을 상세하게 살펴볼 시간도 없었고, 그런 소문이 돈다는 것도 전혀 몰랐다. 일이 많기 때문이라니, 더는 그녀를 탓할 수도 없는 노릇이라 현웅은 고개만 끄덕였다.

“저야 고소하고 그럴 생각은 없지만, 업체 측에 경고라도 날려 달라고 연락해 주세요. 루머는 어쨌든 좋지 않으니까요.”

“네.”

인쇄물을 뒤적거리다가 현웅이 말한 파일을 발견한 율리는 그 페이지에 클립을 껴 두었다. 아마 이 내용을 진하가 알게 된다면 기가 막혀서 그는 한참 헛웃음을 터뜨릴 것이다.

"참, 결혼식은 언제예요? 5월이라고 했죠?"

"네, 5월 25일이요."

"진짜 날 좋을 때 하네. 야외에서 해요?"

"네."

"비 오면 큰일 나겠네요."

물론 진하가 옆에 있는 이상 비가 올 일은 없었다. 율리는 의미 없이 미소만 지어 보이고는 다시 파일을 검토했다.

"맞다, 형은 언제까지 쉰대요?"

질문에 율리는 아무런 대답도 하지 못했다. 진하가 활동을 잠정 중단한 지 벌써 두 달가량 흘렀다. 다들 임진하가 잠깐 쉬는 것이려니, 여기는 이유가 있긴 했다. 아직 진하는 RD엔터테인먼트에 소속되어 있었고, 회사 측에서는 그의 활동 중단을 그저 휴식 기간으로 밝힌 탓이었다.

하지만 임진하가 다시 브라운관이나 스크린에 얼굴을 비칠 일은 없을 것이다. 양심의 가책이 느껴졌으나 율리는 아무 내색도 하지 않았다.

"일단 식도 올려야 하고…… 바쁘니까 나중에 생각하겠죠, 뭐."

"빨리 복귀했으면 좋겠는데. 제가 형 때문에 이리로 이적한 거거든요."

"아……."

모호한 대꾸를 끝으로 율리는 입을 다물었다. 현웅은 이상한 기류를 느끼지 못하고 계속 나불거렸다.

"웨딩 사진 같은 건 찍었어요? '스드메'라고 하던가? 중요한 세 가지…… 스튜디오, 드레스, 메이크업?"

"잘 아시네요."

"저희 누나가 결혼할 때 좀 주워들었어요."

씨익 웃으면서 현웅이 자랑스레 대꾸했다. 현웅이 불쾌하다고 지적해서 보낸 악플 리스트 옆에 열심히 죄목을 적고 있던 율리는 그러고 보니 자신의 결혼식이 어떻게 진행될지도 모르고 있었다. 결혼식은 일 때문에 바쁜 그녀보다는 활동을 잠정 중단한 진하가 챙기기로 했고, 매일 진행 상황을 전해 듣기는 하는데 내용이 딱딱 와 닿지 않았다.

"스튜디오 사진이 진짜 중요한 거래요. 신혼집에 딱 걸어야 하니까. 그리고 형이 좀 잘생겼어야죠."

현웅의 말에 이번 주말, 즉, 당장 내일 웨딩 사진을 찍을 예정인 율리는 갑자기 불안해졌다. 어디 가서 못났다는 말을 들어 본 적은 없지만 진하와 찍은 사진에서 좌절했던 기억이 떠올랐다. 거기다 현웅의 첫인상까지.

율리가 한숨을 쉬고 불만스럽게 투덜거렸다.

"현웅 씨, 전부터 은근 저 자극하는 거 아시죠?"

"아니, 그럴 의도는 아니었다고요."

현웅은 정말 억울한 듯 손까지 절레절레 내저었다. 살짝 창백해진 안색이 진심을 드러내고 있었다. 율리는 장난스럽게 그를 흘겨보고는 다시 서류로 시선을 내렸다. 그런데 어째 썩 일이 손에 잡히질 않았다. 다른 예쁜 여배우들도 아니고, 연인에게 비교당해야 한다니. 상상만으로도 걱정이었다.

* * *

이튿날, 율리는 적룡이 알려 준 고급 미용실로 아침 일찍 향했다. 근 보름 동안 피부 관리니 마사지니 피곤하게 다녔기에 익숙한 길이었다.

사실 율리는 결혼식에 크게 의의를 두지는 않았으나 남들 보는 눈도 있으니 기본은 해야 한다는 엄마의 부탁이 있었다. 진하도 율리에게 한 번뿐인 결혼식은 빠질 것 없이 챙겨 주고 싶어 했다. 웨딩 촬영이 그중 하나였다.

세안과 기초화장만 하고 오라는 말에 칙칙하고 피곤한 낯으로 도착한 율리는 벌써 도착한 진하를 보고 눈을 동그랗게 떴다.

"메, 메이크업을 같, 같이 받아요?"

"그럼 따로 받아? 시간 낭비하게?"

휴대폰을 재킷 안주머니에 넣은 진하가 직원 대신 대답했다. 율리의 눈동자가 흔들렸다. 설마 그와 나란히 앉아서 메이크업을 받아야 하는 건…….

"이쪽으로 앉으세요."

밝은 목소리가 율리의 뒤에서 들렸다. 이쪽으로 인맥이 넓은 대표이사가 엄선한 곳이니 메이크업 아티스트들의 실력도 좋을 테고, 손님 기분을 나쁘게 만들지도 않을 것이다.

하지만 문제는 다른 데 있었다. 율리는 옆에 있는 진하를 힐끔거렸다. 왜 이리 조명은 밝고 거울은 깨끗한지 자꾸 주눅이 들 것 같았다. 눈치 빠른 직원이 율리의 기분을 알아채고는 커튼으로 공간을 나누어 주었다.

"피부가 살짝 건조하긴 한데, 되게 좋은 편이세요."

"네? 네…… 감사합니다."

전문가라 그런지 손으로 직접 만져 보지 않아도 점쟁이처럼 율리의 피부 타입을 맞혔다. 율리가 칭찬에 고개를 살짝 숙였다. 직원은 율리에게 화보 한 장을 건네면서 말을 걸었다.

"이런 분위기 원하신다고 했죠?"

"아……."

모든 새 신부들이 좋아하는 청순가련한 스타일은 수많은 이미지 중에 그나마 가장 무난한 편이었다. 즉, 그녀는 무난한 것이 장수한다는 생각으로 골랐다. 유행을 따랐다가 나중에 괜히 촌스러운 사진으로 남을까 봐 걱정스럽기도 했고.

"언제 복귀하실 거예요?"

커튼 너머에서 들리는 다른 직원의 목소리에 율리의 귀가 쫑긋했다. 진하와 안면이 있는 사이인지 직원은 스스럼없이 그에게 말을 걸고 있었다.

"아직 생각 안 해 봤어요."

"빨리 또 하나 하셔야죠. 이제 가장인데."

농담 섞인 대꾸가 이어졌다. 결혼을 하고 나면 그는 독립된 한 가정의 가장이 되는 셈이었다. 그러나 그의 활동은 잠정 중단 상태다. 그가 뭐라고 대답할까? 율리는 눈을 감아 보라는 직원의 말을 따르면서 진하의 대답을 기다렸다.

"가장은 제가 아니라서요."

"어머! 능력 좋으시네."

누가 능력이 좋다는 건지 모르겠으나 옆 직원은 의외라는 듯 말을 받았다. 진하는 더 이상 말이 없었다. 율리도 옆에서 들리는 대화를 신경 쓰지 않고 얌전히 피부 끝을 간질이는 감촉만 느꼈다.

꼼꼼하게 피부 화장을 하던 직원이 말을 붙였다.

"드레스 피팅하실 때 같이 가셨어요?"

"네? 네."

"많이 좋아하셨겠다."

"아, 뭐……."

율리가 말끝을 흐렸다. 촬영 때 쓸 드레스와 본식 때 입을 것까지 맞추러 갔을 적 진하는 겉으로는 만족스러워 보였지만, 그의 마음을 속속들이 알 수는 없는 법이었다. 율리의 자신감 없는 대답 탓일까? 옆에서 진하가 가볍게 말했다.

"예뻤어요."

대답을 기대하지 않았던 터라 율리가 깜짝 놀라 어깨를 들썩였다. 그녀의 모습이 훤히 보인다는 듯 그가 키득거렸다. 놀림당한 기분에 율리가 저도 모르게 눈가를 찌푸릴 무렵이었다.

"미간에 주름 잡혀요!"

메이크업 아티스트의 지적에 율리가 표정을 풀었다. 물론 옆에서는 웃음소리가 끊어지지 않았지만 말이다.

머리 손질까지 다 마친 율리의 옆에서 헤어 디자이너가 흡족하다는 표정을 짓고 있었다.

"처음에는 평범하신가 했는데 역시 화장발이랑 머리발이 잘 받으시네."

"그래요?"

율리가 의외라는 듯 되물었다. 미용사는 고개를 끄덕이면서 율리의 양어깨를 붙들고 거울 앞으로 이끌었다. 평범한 티셔츠와 청바지 차림이지만 얼굴과 머리만큼은 화려하기 그지없었다. 가게 원장이자 대표인 헤어 디자이너가 계속 말했다.

"전에 RD 대표님이 데리고 오셨을 적 기억해요? 신인이라고 했던 말에 내가 깜빡 넘어갔을 정도였는데."

"아, 정말요? 그러셨어요?"

"메이크업 전에는 조금 밋밋하다 싶었는데 조금만 손보니까 확확 살아나잖아. 지혜 재미있었겠네."

원장은 율리의 화장을 손봐 준 직원 이름을 스스럼없이 불렀다. 율리는 거울에서 눈을 떼지 못했다. 원장의 말대로 완벽한 화장을 해서인지 거울 속의 자신이 낯설고 신기했다.

"드레스는 스튜디오에서 갈아입을 거죠?"

"네."

"아쉽다. 드레스까지 딱 입은 모습 보고 싶은데."

원장의 목소리에 진심이 잔뜩 어려 있었다. 율리는 어색한 미소만 지어 보였다. 손님을 난처하게 만들 생각이 없었던 듯 원장은 출입문을 가리켰다.

"어쨌든 신랑도 좋아할 거예요. 나가 봐요."

"감사합니다."

살짝 묵례를 하고 율리가 후다닥 복도로 나갔다. 대기 소파에 앉아 시간을 살피고 있던 진하가 2층에서 내려오는 율리를 발견하고 자리에서 일어났다.

"스튜디오로 바로 가면 조금 시간 남을 거……."

이후 일정에 대해 설명하던 진하는 자신을 빤히 쳐다보고 있는 율리를 보고 물었다.

"왜?"

"아니, 그쪽은 별로 변한 게 없는 것 같아서요."

조금 단정해졌다는 느낌만 있을 뿐, 그는 변함이 없었다. 그가 피식 웃었다.

"네가 너무 많이 변한 거야."

"어때요? 아, 갑자기 너무 과한 것 같아. 아깐 좋았는데."

붉어진 얼굴로 율리가 투덜거리자 진하가 턱을 치켜세우고 대꾸했다.

"차율리, 뭘 잘 모르나 본데 네가 한 만큼 나도 했어."

"정말요?"

"원래 잘생겨서 네가 구분을 잘 못하는 거지."

율리는 입을 다물고 고개를 돌렸다. 그래, 임진하는 이런 남자였다. 그녀가 입가를 씰룩거리면서 먼저 밖으로 걸음을 옮겼다.

스튜디오까지는 차로 10분 정도 거리였다. 동선까지 완벽하게 정리한 진하 덕에 시간을 허투루 낭비할 일이 없었다. 스튜디오 직원의 도움으로 드레스를 갈아입고 나자 율리는 갑자기 결혼한다는 기분이 물씬 들어서 심장이 빠르게 뛰었다.

'그냥, 그냥 촬영인데!'

이러면 본식 때는 어떡한단 말인가. 심호흡을 하면서 마음을 가라앉히려고 애를 쓴 그녀가 피팅 룸 바깥으로 나갔다.

"실내 촬영은 스튜디오에서 하고, 야외 촬영은 이따가 나갈게요. 날씨가 조금 흐려서 추이를 봐야겠어요."

사진사의 말에 율리가 의외라는 듯 진하를 돌아보았다. 날씨가 흐리다니? 구름을 걷는 것쯤은 그에게 식은 죽 먹기 아닌가? 그러나 그는 아무것도 모른다는 얼굴로 고개를 끄덕이고 있었다.

"잠깐만요!"

스튜디오 세팅을 하고 있는 직원들에게 율리가 급히 말하고 나서 진하의 소매를 붙들고 구석으로 향했다.

"날씨가 왜 이래요?"

"그러게, 오늘 맑을 줄 알았는데."

전혀 예상치 못한 소리에 그녀가 의아한 표정을 지어 보였다. '맑을 줄 알았는데.'라니? 흑룡의 입에서 그런 말이 나올 거라고는 상상도 못 했다.

"아니…… 어떻게 못 해요?"

"뭘 어떻게 해?"

"구름 좀 흩뜨리든지……."

"차율리, 네가 말했잖아. 날씨 건드리지 말라고."

율리는 아차 싶었다. 혹시라도 용살자의 각성에 영향을 줄세라, 진하에게 날씨를 바꾸지 말라고 부탁한 적이 있었다. 그녀가 눈가를 찡그리면서 바깥을 힐끔거렸다. 흐린 것이 꼭 비라도 올 듯했다.

"어떡해……."

오늘 촬영을 끝내지 않으면 다른 날 또 시간을 내야만 했다. 일이 산더미라 바쁜 차율리는 난감한 시선으로 야속한 먹구름을 보다가 한숨을 쉬었다. 어쩔 수 없는 일이다. 지금 그의 힘에 기대면 앞으로도 일이 있을 때마다 날씨를 바꿔 달라고 부탁할 것만 같았다. 그러다 점점 허들이 낮아지면 전처럼 아무렇지 않게 그는 날씨를 바꿀 것이다.

'참자.'

'참을 인' 자를 마음속으로 새기면서 그녀가 그의 옷소매를 놓아주었다.

한편, 진하는 율리의 기상천외한 표정 변화를 보면서 웃음을 겨우 참았다. 사실 오늘은 맑은 날이었다. 구름 한 점 없이 맑고 볕이 쨍쨍 내리쬐는 날. 날씨를 변화시키지 않겠다던 말과 다르게 그가 바로 구름을 불러온 범인이었다. 그는 걱정으로 끙끙 앓는 그녀를 흘긋 곁눈질했다.

'도로 돌려야 하나.'

난처해 하는 그녀의 모습에 그는 잠시 흔들렸으나 모르는 척을 하기로 마음먹었다.

그가 구름을 만들어 낸 이유는 매우 이기적이었다. 일상 속에서 차율리가 이만큼 화려하게 꾸미는 날도 없을뿐더러, 그녀도 여자다 보니 자신의 아름다운 모습을 무척이나 좋아했다. 거기에 차율리의 예쁜 모습을 보는 것은 자신에게도 기분 좋은 일이었다. 이 시간을 조금 더 연장시키기 위해 그는 조용히 구름을 불러 해를 가렸다.

그림으로 구도를 알려 준 후, 사진사가 슬쩍 바깥을 살피고는 인상을 썼다.

"날씨가 점점 더 나빠지는데요? 분명 일기 예보에서는 맑을 거라고 했는데."

"또 틀렸나 보죠."

진하의 마음을 잘 알고 있는 날씨는 점점 더 나빠졌다. 흐린 하늘만큼이나 율리도 걱정 가득한 표정이었다.

"조금 더 두고 본 다음에 오늘 야외에서 촬영할 수 있을지 없을지 결정하는 걸로 해요."

사진사의 말에 진하는 대답 대신 고개만 끄덕였다. 율리의 입술이 말라갔다. 야외 촬영 날짜를 다시 잡게 되면 비용이 더욱 올라감에도 그는 개의치 않았다. 율리가 난감한 눈빛으로 창밖을 응시했다.

'정말 비 오면 어떡하지?'

그녀는 제발 날이 개기를 바라면서 조명이 내리쬐는 스튜디오 안으로 걸음을 옮겼다.

하지만 율리의 불안은 현실이 되고 말았다. 사진사는 창밖에 주룩주룩 내리는 가랑비를 보고 혀를 찼다.

"대박이네. 어떻게 딱 오늘 비가 온대? 진하 씨랑 일할 땐 이런 일 없었는데."

진하의 화보 촬영 덕분에 안면이 있는 사진사는 의외라는 듯 어깨를 으쓱였다.

기껏 준비를 다 마쳤는데 날벼락이나 다름없어서 율리가 진하를 힐끔거렸다. 지금이라도 맑은 날씨로 바꿀 수 없겠냐는 듯 그녀의 간절한 시선이 그에게 닿았으나 그는 고개를 돌리고 사진사에게 말했다.

"어쩔 수 없죠. 시간 봐서 연락드릴게요."

"내가 다 미안하네. 진하 씨 웨딩 촬영은 내가 해 주고 싶어 가지고 일부러 오늘로 스케줄 맞춘 건데."

"그럼 싸게 해 주시든가."

진하가 코웃음을 치며 받아치자 사진사가 뜨끔한 낯으로 우물쭈물 답했다.

"그래서 내 몸값보다 싸게 하고 있잖아."

할 말이 없다는 듯 진하는 미소만 지을 뿐이었다. 오늘 촬영은 안타깝지만 여기서 접어야 했다.

반쯤 허탕을 치고 집으로 돌아가는 길에 율리는 그나마 실내 촬영 사진 파일로 위안 삼기로 했다. 야외 촬영이 취소되었음에도 별로 싫은 내색 없이 운전을 하는 진하 옆에서 그녀는 휴대폰 화면을 뚫어져라 쳐다보고 있었다.

여러 가지 사진 중에서 가장 마음에 드는 사진은 자신이 꽃 그네에 앉아서 그를 올려다보는 사진이었다. 서로의 시선이 다정하고 따뜻해서 가슴이 설레는 사진이었다. 그녀는 한참이나 그 사진을 보다가 입을 열었다.

"귀찮지 않아요?"

"뭐가?"

"다시 날 잡아야 하는 거요."

"별로?"

그는 한 치의 거짓 없이 대답했다. 어차피 할 일도 없었고, 귀찮을 일도 아니었다. 오히려 이렇게 되기를 바랐다. 다시 한 번 차율리에게 아름다워지는 마법을 걸어 주기 위해서 말이다.

추이를 봐서 적당히 구름을 걷을 생각이었는데 막상 조명 아래, 맑은 얼굴로 서 있는 그녀를 보자 그의 마음이 변했다. 세상 그 누구보다도 아름다워 보이는 그녀에게 꼭 홀린 것만 같았다. 한 번으로 넘기기에는 아쉬운 광경에 그는 아예 비를 내리고 말았다. 야외 촬영이 아예 불가능해지도록.

그 결과 차율리는 다음에 또 메이크업 풀코스를 받게 생겼다.

담담하게 계속 운전하는 그를 올려다보던 그녀가 조심스럽게 물었다.

"그냥 한 번만 날씨 바꾸지 그랬어요?"

"한 번이 두 번 되고, 두 번이 세 번 되는 거야."

"그거야 그렇긴 한데……."

율리가 우물쭈물 긍정했다. 의외로 진하는 칼 같은 면이 있었다. 한 번 아니라고 정한 이상, 그는 번복을 하거나 변명하는 일이 없었다. 특별한 일이 없다면 그는 용의 힘을 쓰지 않겠지. 그리고 평범한 남자처럼 그녀의 곁을 지켜 줄 것이다.

"점심도 걸렀는데 뭐 먹을래?"

정지 신호에 차를 멈추면서 그가 말했다. 야외 촬영을 하지 않아서 시간이 어중간하게 떴다. 점심을 먹기에는 늦은 시간이고 저녁 식사를 하기에는 꽤 일렀다. 다시금 사진을 보고 있던 율리가 중얼거렸다.

"별로 배 안 고픈데."

"아침도 안 먹었잖아?"

"실은 요 사진만 봐도 배가 부른 것 같아서요."

어느새 율리는 꽃 그네를 타고 있는 사진을 휴대폰 배경 화면으로 바꿔 두었다. 배경 화면을 보여 주면서 그녀가 배시시 웃었다.

"내가 아닌 것 같아. 그렇죠?"

머리도, 화장도 그대로지만 사진 속 자신이 더욱 예뻐 보이는 건 무엇 때문일까? 진하와 나란히 있기 때문에 더욱더 예뻐 보이는 걸지도 모르겠다. 애정이 듬뿍 담긴 그의 눈빛을 받고 있어서 사진 속 자신이 더 빛나는 느낌이었다.

그러나 매우 현실적인 임진하는 흘깃 사진을 보고 고개를 저었다.

"아니? 너 같아."

무심하게 들릴 만한 소리였으나 이 역시 사실이었다. 그에게 있어서 그녀는 어떤 모습이든 그저 차율리였다. 자신의 마음을 앗아 가고, 이번 생의 목표마저 무너뜨린 여자. 그리고 남은 시간을 오롯이 쏟을 하나뿐인 반려.

진하의 대꾸에 율리는 잠시 멈칫했다. 가벼운 말투였으나 이상하게도 장난스럽다거나 농담이 섞인 것처럼 들리지는 않았다. 그래서인지 그의 눈에 자신은 항상 이런 모습으로 비치는 것일지도 모른다는 착각까지 들었다.

그녀가 아무 말 없는 동안 그는 직진 신호를 따라 다시 운전을 시작했다. 이 세상 누구보다도 행복해 보이는 커플의 사진을 가만히 보던 그녀가 등받이에 몸을 기대며 말했다.

"사진 나오면 여기저기 다 걸어 둘 거야. 그래도 되죠?"

"그래."

기분이 좋은 듯 율리는 여전히 흐뭇한 표정이었다. 소중한 보물이라도 되는 양 그녀는 양손으로 휴대폰을 쥐고 사진을 계속 감상했다. 진하는 그녀를 흘깃 곁눈질하고는 희미한 미소를 지었다.

야외 촬영 때 한 번, 본식 때 또 한 번. 아직도 그녀가 드레스를 입는 날은 두 번이나 남았다. 혹시라도 나중에 그녀가 원한다면 이런 것쯤은, 아니 이 이상의 일 역시 얼마든지 더 해 줄 수도 있었다.

그녀는 차율리니까.

〈완결〉

에필로그

단언컨대 임진하 최악의 날은 딸이 태어나는 날이었다. 베테랑 간호사들은 아내와 같이 출산의 고통을 느끼는 남편은 처음 봤다고 기절한 진하에게 안타까운 시선을 주며 혀를 내둘렀다. 그 뒤로 그는 아내에게 항상 이렇게 말해 왔다.

"애는 하나만 낳는 게 좋겠어."

……라고 말이다.

율리로서는 이득인 부분이었다.

가정에 충실하고 싶기 때문에 한동안 연예계에는 발을 들이지 않겠다고 선언한 진하는 훌륭하게도 백수가 되었다. 다행히 돈 많은 백수였다. 건물도 몇 채 가지고 있고 저금도 상당한 그는 출산 이후 일하기 바쁜 아내를 대신해서 육아를 전담했다.

임진하는 매우 훌륭한 아이 아빠였다. 밤중에 아이가 울어도 그는 느긋했고, 밤낮 없는 아이 돌보기에도 전혀 지치지 않았다. 덕분에 율리는 자기 딸이 울든 말든 밤에는 잘 잤고, 낮에는 열심히 일을 했다.

이제는 업무도 손에 익었고 어려울 일도 거의 없었다. 문제는 어제부터 금요일인 오늘까지 자신 혼자서 법무팀 일을 전부 처리해야 한다는 데 있었다.

출근과 동시에 휴대폰에 메시지가 왔다. 사진이 담긴 아영의 메시지였다.

[율리 씨, 잘 부탁해!]

놀랍게도 아영은 신혼여행 중이었다. 그것도 한강과 말이다. 도대체 언제부터 둘이 그렇고 그런 사이가 된 건지, 혼자만 몰랐던 율리는 기가 막혔다. 한강과 신혼여행을 즐기고 있는 아영은 휴양지 풍경을 사진으로 보내왔다.

'부럽다.'

아영과 한강뿐만이 아니라, 지금 엄마와 아빠도 크루즈 여행 중이었다. 하지만 차율리는 해외 휴양지까지 갈 것도 없이 그냥 침대 위에 누워 있고 싶었다. 물론 회사에서 그럴 수는 없는 노릇이라 율리가 한숨을 내쉬면서 책상을 정리할 때였다. 팀장실 문을 열고 나온 경진이 그녀를 불렀다.

"차변, 이따가 희경 씨 상담 좀 해 줄래?"

"희경…… 이요? 누구지?"

"조희경 있잖아. 왜 '형사의 품격'으로 데뷔한."

"아!"

율리는 납치 후 살해당한 피해자로 출연했던 희경을 떠올리고 고개를 끄덕였다. 소속 연예인 명단에서 희경을 본 기억이 없는 터라 그녀가 의아해했다.

"우리 회사 소속이었어요?"

"얼마 전에 옮겼어. 열 시에 일정 잡았으니까 상담해 봐."

생각지 못한 상담 업무였다. 사람을 상대하는 업무는 조금 귀찮았는데, 법무팀 변호사 둘이 자리를 떡하니 비워 버렸으니 어쩔 도리는 없었다.

열 시에 율리는 회의실로 들어갔다. 먼저 온 희경은 조금 불안한 표정으로 율리를 맞이했다.

"안녕하세요."

"안녕하세요. 법무팀 차율리입니다."

율리의 이름을 들은 희경이 눈을 동그랗게 뜨더니 불안한 기색을 지우고 밝게 웃었다.

"아! 그쪽이 그 유명한 차율리 변호사님이군요?"

'그 유명한?'

어째 썩 내키지 않는 수식어였다. 희경은 여전히 들뜬 목소리로 말하고 있었다.

"현웅 오빠한테 들었어요. 진하 선배랑 결혼한 분이라고."

"아, 네."

율리가 떨떠름하게 대답하고는 희경의 맞은편에 앉아 물었다.

"근데 무슨 일로 상담을 요청하신 거죠?"

"아, 그게요……."

희경이 한숨을 내쉬면서 제 휴대폰을 율리에게 내밀었다. 화면엔 여러 통의 문자메시지가 떠 있었는데, 율리는 담담한 눈빛으로 쭉 읽어 보았다. 희경의 전 소속사에서 보낸 문자메시지였다.

"저번 소속사에서 자꾸 위약금을 물래서요. 협박도 해요."

이미 계약 기간이 다 끝났음에도 희경의 예전 소속사가 관계를 끊지 못하고 있는 이유를 율리는 알 것 같았다. 무명 연예인이던 희경이 입지를 다지고 나서 대우가 더 좋은 회사로 옮겨 간 게 괘씸한 것이 분명했다.

"음, 이런 건 증거로 남겨 놓는 게 좋겠어요. 법적 문제는 법무팀에서 맡을 테니 너무 걱정하지는 마세요."

율리의 똑 부러지는 대답에 희경은 조금 안심한 듯 보였다. 희경이 안도의 한숨을 내쉬고 나서 눈을 반짝 빛냈다.

"근데 변호사님, 임진하 선배님은 이제 활동 안 하신대요?"

"글쎄요……."

진하는 더 이상 사람들 앞에 나서지 않기로 결정했다. 단지 가족을 위해서 말이다. 사정을 구구절절 털어놓을 수는 없어서 율리는 애매하게 대꾸했다. 예전 소속사와 희경의 계약서를 살피면서 율리가 슬쩍 물었다.

"왜요?"

"제가 이번에 은철기 감독님하고 작업하거든요. 좀 알아봐 달라고 하셔서요."

"아, 그분은…… 늘 그러세요. 너무 신경 쓰지 마세요."

은철기는 '형사의 품격' 감독이었다. 이상하게 그 감독은 진하에게 집착하고 있었다. 물론 배우로서. 율리는 툭하면 은 감독의 전화를 받고 귀찮아하던 남편을 떠올렸다. 그러고 보니 이제 슬슬 철기의 러브 콜이 또 올 때가 되었다.

"복귀 안 하시려나."

희경이 혼잣말처럼 중얼거렸다. 율리가 계약서에서 시선을 떼고 희경을 쳐다보았다. 희경이 수줍게 말했다.

"사실 저도 선배님 팬이라서요. 벌써 4년째 아무것도 안 하시니까 기다려지네요."

"아, 네……."

율리가 어색한 미소만 지어 보였다. 이런 소리를 듣는 건 한두 번이 아니었다. 친구인 화정도, 가끔가다가 법무팀 선배들도, 안면 있는 직원들도 꼭 진하의 근황에 관심을 가졌다. 사람들이 관심을 가질수록 율리의 마음이 무거워졌다.

토요일, 회사에 출근할 필요가 없는 율리는 거실 소파에 늘어져 있었다.

"오늘만 같아라."

점심을 먹고 나서 아이는 낮잠을 자고 있었고, 남편은 전화 통화 때문에 방에 들어가 있었다. 게다가 부모님은 환갑 기념 크루즈 여행길에 올랐으니 이만큼 여유로운 때도 없었다. 그때 현관문이 벌컥 열렸다.

"엥?"

크루즈 여행길에 올랐던 엄마와 아빠가 캐리어를 질질 끌면서 들어왔다. 율리가 고개를 갸웃거리면서 쪼르르 현관으로 달려 나갔다.

"오늘 귀국이었어요?"

하나뿐인 자식은 부모 귀국일도 모르고 있었다. 엄마가 대답 대신 혀만 찼다. 요즘 들어 워낙 바빠 정신이 없는 율리가 입술을 삐죽거렸다.

"말하지."

"됐어, 리무진 타고 오면 되지. 서우는?"

아빠는 방 안으로 캐리어를 들고 들어갔고, 엄마는 역시나 손녀부터 찾았다. 이제 막 대화가 통하기 시작한 딸은 집안의 아이돌이나 다름없었다. 지금은 자고 있었지만 말이다.

"낮잠 자."

"서우 아빠는?"

"아, 전화 통화 중. 점심은요?"

"아직. 뭐 먹을 거 있어?"

엄마는 습관적으로 주방에 들어갔다. 옷도 갈아입지 않고 주방으로 들어가는 엄마를 율리가 뒤따랐다.

하지만 여독이 풀리지도 않은 엄마는 음식도 귀찮은지 대충 라면을 끓여서 아빠와 나누어 먹었다.

“서우 아빤 아직도 전화해?”

늦은 점심을 먹고 나서 커피를 마시던 엄마가 주방 바깥을 쳐다보다가 의아한 듯 물었다.

“아…… 전부터 계속 친한 감독이 영화 같이하자고 꼬드기고 있어서.”

율리가 별것 아니라는 투로 가볍게 대답했다. 역시나 은 감독이 전화할 때가 되었다 싶더니 어김없이 연락이 왔다.

‘형사의 품격’ 개봉 이후로 벌써 4년이 흘렀다. 개인 사정으로 활동을 중지했으나, 업계 관계자들은 알음알음 알고 있었다. 진하가 더 이상은 연예계 활동에 관심이 없다는 사실을.

하지만 ‘형사의 품격’ 감독만큼은 그 사실을 받아들이지 않았다. 그의 진하를 향한 러브 콜은 정기적이었다. 잊을 만하면 감독에게서 전화를 받는 진하는 매우 귀찮아했다. 오늘도 또 하루 종일 귀찮아할 남편을 생각하자 율리도 피곤해졌다.

그때 엄마가 율리의 어깨를 툭 치면서 의외의 말을 했다.

“얘, 그거 하라고 그래.”

“엥?”

“아니, 남자가 집에서 애나 보고 그럼 어떡하니? 이제 서우도 어린이집 다니고 그러는데 집에서 남자 혼자 뭐 하라고."

엄마는 이때다 싶었는지 화색을 띠면서 속에 있던 말을 줄줄 늘어놓았다. 율리가 고개를 갸웃거렸다. 진하가 일을 그만두든 말든 별로 신경 쓰지 않는 엄마였는데, 그래도 내심 마음에 걸렸나 보다. 사위가 백수인 게.

"남자는 밖에서 일을 하고 그래야지."

문제는 그 사위를 집에 들어앉힌 쪽이 율리 자신이라는 데 있었다.

"돈이 없는 것도 아닌데, 왜요?"

"그럼 집에서 뭐 해?"

엄마의 잔소리가 시작될 낌새를 느끼고 율리는 후다닥 방으로 도망쳤다. 진하는 휴대폰을 든 채로 귀찮은 목소리를 냈다.

"안 한다니까요? 벌써 몇 번이야? 됐어요. 그리고 RD에는 왜 자꾸 시나리오를 보내?"

―딱 하나만 하자니까!

진하는 휴대폰을 들지 않은 손으로 눈가를 감쌌다. 다른 인간들은 얌전히 현실을 받아들이고 사라졌는데 은철기 감독만 미련을 버리지 못했다. 매년? 아니, 거의 보름 간격으로 안부 전화를 핑계 삼아 은 감독은 진하에게 전화를 걸었다. 철기는 진하가 휴대폰 번호를 바꿔도 스토커처럼 어떻게든 알아내 꼭 전화를 하고 마는 불굴의 사나이였다.

―내가 진하 씨, 자기 줄라고 이 시나리오를 지금 몇 년째 묵

히고 있는지 알아? 나 억울하니까 자기가 좀 해 줘. 해 달라고!

철기가 소리를 빽 질렀다. 눈가를 찡그린 진하가 기가 막힌다는 투로 대꾸했다.

"진짜 웃기는 사람이네. 끊을게요."

—올해에는 이거 꼭 찍어 보고 싶단 말이야. 자꾸 거절하면 진하 씨 집에 확 찾아가서 드러눕는 수가 있어?

"감독님, 요즘 정신이 오락가락하시나 봐요? 저 이제 해야 할 일 있으니까 끊습니다."

진하는 자신의 이름을 애타게 부르는 철기의 목소리를 외면하면서 전화를 뚝 끊어 버렸다. 거의 30분가량을 소득 없이 통화했다. 그래도 30분이면 꽤 줄어든 시간이었다. 바르고 건실한 이미지의 임진하는 처음에 끊을 타이밍을 찾지 못해서 은 감독과 거의 세 시간을 통화했었다. 그나마 이제는 그도 적당히 전화를 끊을 타이밍을 잡을 수 있었다.

"귀찮게."

진하가 투덜거리고는 책상 위에 쌓여 있는 '드래곤 위저드'로 손을 뻗었다. '드래곤 위저드' 8권을 집은 그가 책을 막 펼치려던 때였다. 율리가 슬쩍 물었다.

"그거 재미있어요?"

"요즘 기대작이야. 요즘 작가들 중에 이만한 필력 없어."

그는 다시 드래곤 관련 소설만 실컷 읽어 댔다. 요즘 그가 푹 빠진 소설은 '드래곤 위저드'로, 블랙 드래곤이 인간으로 변신해서 대마법사가 된다는 내용이었다. 흑룡이 감정 이입하기 알맞은 책이었다.

율리는 남편의 손에 들린 '드래곤 위저드' 8권을 허무하게 쳐다보다가 말했다.

"……감독이 자꾸 같이 일하자고 해요?"

"취향이 좀 이상한 인간이라 그래."

오래전에 본 '형사의 품격'을 떠올리고 율리는 진하의 말을 납득했다. 그가 끼워 둔 책갈피를 빼면서 덧붙였다.

"남자들끼리 으쌰으쌰 하는 영화에 목숨을 걸고 살더라고."

"으쌰으쌰……."

율리가 혼잣말처럼 중얼거렸다.

문제는 은 감독의 영화 스타일과 진하가 무척 어울린다는 데 있었다. 그 어떤 배우보다도 임진하라는 배우가 분위기며 비주얼이며, 은 감독의 취향에 딱 맞았으니 4년이 다 되도록 집착을 할 만도 했다.

"엄마가 일 조금씩 다시 해 보는 게 어떻겠냐고 그러더라고요."

그러고 보니 장인, 장모가 여행에서 돌아왔다. 책은 조금 이따가 읽고 예의 바른 이미지를 위해 인사라도 해야 했다. 그가 책갈피를 끼우면서 무심하게 대꾸했다.

"왜?"

"사위가 백수라 쪽팔린가 보지."

아내의 말은 진하를 자극하기 충분했다. 책을 덮은 그가 고개를 홱 돌리고 불평했다.

"야! 너 때문에 집에 들어앉은 거잖아! 네가 말을 해 줘야지."

"아니, 뭐……."

할 말이 없어서 마음이 불편해진 율리가 슬그머니 진하의 시선을 피했다. 민호 사건 이후로 가족을 위협할 일은 일어나지 않았다. 진하가 사회생활을 접었기 때문인지, 아니면 더 이상 용살자가 주변에 없는 건지 정확히 알 수는 없었다. 그때 그녀의 시야에 '드래곤 위저드' 책 더미가 들어왔다.

"자기도 즐기고 있는 것 같은데."

그녀가 '드래곤 위저드'를 응시하며 중얼거렸다. 독서는 어쩔 수 없는 취미 생활이라고 그가 부정하려던 찰나, 그녀가 히죽 웃으며 선수를 쳤다.

"근데 그 감독은 무슨 작품에 출연하라는 건데요?"

"사극이던데, 몰라. 또 옛날 배경에 남자들끼리 몰려다니는 거겠지."

대답하면서도 진하는 예전에 감독이 줄줄 읊었던 시나리오를 떠올렸다. 시대는 조선 초기, 인물은 무과의 젊은이들이었다. 별로 보고 싶지 않은 장면이 상상되어 그가 미간을 찌푸릴 무렵이었다.

"듣다 보니 이상하네. 그럼 멜로면 오케이 했을 거라는 말이야?"

"왜? 하나 찍어 줘? 진한 걸로?"

그가 코웃음을 치면서 대꾸했으나 그녀는 발끈하지 않았다. 오히려 그녀는 침착하게 이유를 늘어놓았다.

"차라리 남자들하고 몰려다니는 걸 찍어요. 어차피 자긴 멜로 못 찍잖아."

"내가 왜 못해?"

임진하의 드라마 대표작은 로맨스 장르였다. 멜로를 못 찍을 것도 없지 않냐고, 그가 턱을 추켜세우며 묻자 그녀가 대뜸 그의 목덜미를 매만지며 대답했다.

"이러면 NG 잖아?"

"……야, 차율리."

기운이 쭉 빠진 진하가 책상 위에 엎드려 버리자 율리가 깔깔 웃으면서 방 안에서 도망쳤다. 아마 그는 얼마 동안 방 밖에 나오지 못할 것이다.

* * *

서우는 무척 예뻤다. 서우를 보는 사람마다 꼭 한마디씩 했는데, 아빠를 닮아서 참 다행이라는 소리였다. 오늘도 집 앞 편의점에 다녀왔다가 주인에게 그 소리를 들었다.

"나도 닮았는데."

율리가 투덜거렸다. 아이스크림을 먹으면서 마당을 이리저리 돌아다니는 딸을 보고 진하가 흐뭇해했다.

"날 닮아서 다행이지. 서우 미래는 환해. 경국지색이 될 지도."

"그냥 딸 바보 콩깍지가 쓰인 것 같은데……."

그녀는 남편을 한심하게 쳐다보다가 아이에게로 시선을 옮겼다. 아이에게는 눈을 뗄 수 없게 만드는 매력이 있었다. 혹시 걸음이 꼬여 넘어질까, 걱정하면서 아이를 지켜보던 그녀가 한숨을 내쉬었다.

"우리가 하루 차이로 세상을 뜨면, 혼자 외롭지 않을까요?"

진하가 율리를 말없이 바라보았다. 여의주에 빈 소원은 아직도 유효했다. 제 명을 다 살 수 있다면 그나마 괜찮을지도 모르겠다. 그때는 서우 역시 나이가 들고 가정을 꾸렸을 테니 말이다.

"잘 살겠지, 뭐."

자기 딸이라고 끼고 감싸면서도 진하는 이럴 땐 또 냉정했다. 율리가 슬그머니 운을 떼었다.

"난 자기 닮은 아들도 있으면 좋을 것 같긴 해."

"아니, 내가 힘들어서 안 돼."

진하가 바로 고개를 저었다. 육아는 힘들지 않았다. 문제는 차율리의 임신 기간이었다. 그리고 출산은 그야말로 지옥이었다. 결국 기절까지 했었다. 율리가 아니라 진하가. 그 끔찍한 나날을 그는 더 이상 생각하고 싶지도 않았고, 겪고 싶지도 않았다.

"엄마!"

"응?"

그때 서우가 율리를 불렀다. 어느새 서우는 작은 텃밭 앞에 있었다.

"이거 봐!"

다 먹은 아이스크림 막대를 엄마에게 자연스럽게 주고 나서 서우가 양손을 하늘 높이 쭉 뻗었다.

"비가 옵니다!"

아이의 말이 끝나기 무섭게 텃밭 위로 비가 내리기 시작했다. 율리는 믿을 수 없는 상황을 보고, 들고 있던 아이스크림 막대를 떨어뜨렸다. 멀리서 모녀를 지켜보던 진하가 눈가를 찡그린 채로 다가왔다. 그녀가 그를 돌아보면서 힘겹게 물었다.

"……이거 어떻게 된 거예요?"

"난 모르는 일인데……."

하지만 분명 구름이 움직였다. 진하가 주변을 둘러보았다. 자신을 제외한 다른 용의 기운은 느껴지지 않았다. 그는 구름을 흩어 없어지게 만든 후 주변에 감도는 기운을 추적했다. 놀랍게도 자신과 똑같은 기운이었다.

"하, 하면 안 돼요?"

한편, 명민한 아이는 부모가 당황한 것을 느끼고 눈치를 보기 시작했다. 심각해진 부모의 표정에 서우는 울상이 되었다.

"꽃밭에 물을 주고 싶었는데."

외할머니가 손녀를 위해 만들어 준 작은 텃밭의 이름 모를 꽃들에게 물을 뿌려 주고 싶었을 뿐이었다. 큰일이라도 저지른 기분에 결국 서우는 눈물을 터뜨렸다. 엉엉 울기 시작하는 딸을 얼른 품에 안은 진하가 나직하게 속삭였다.

"괜찮아. 대신, 이건 비밀로 하자."

"……비밀?"

"우리 셋만 아는 비밀. 할머니랑 할아버지한테도 말하면 안 돼, 알았지?"

다행히 서우는 왜냐고 묻지 않았다. 아이를 안은 진하의 안색이 어두워졌다. 율리는 말없이 바닥에 떨어진 아이스크림 막대를 주웠다.

서우는 울다 지쳐 잠들었다. 진하가 한숨을 내쉬고 지금 세상에 나온 용들 중 가장 오래 살아온 청룡에게 갈 채비를 했다.

"잠깐, 청룡을 만나 봐야겠어."

청룡. 결혼식 때나 잠깐 봤던 기억이 있었다. 율리는 오랜 시간 정치판에서 구르고 있는 청룡의 모습을 떠올렸다. 재킷을 걸치고 나온 진하가 걱정하지 말라는 듯 율리의 어깨를 두드려 주고 길을 나섰다.

운전하는 길에 청룡과 약속을 잡은 진하는 여의도에 있는 청룡의 사무실로 향했다. 이미 다 이야기가 되어 있어서 별 제지 없이 청룡을 만날 수 있었다.

"무슨 일이십니까?"

다 늙은 모습이었으나 청룡 역시 흑룡보다는 어린 존재였다. 진하는 손님용 소파에 앉아 바로 본론을 말했다.

"용마든 뭐든 좋으니 혼혈의 능력에 대해 아는 거 있나?"

"으음, 용마는 직접 보았지요. 선대 황룡께서 좀…… 특이한 분이셔서."

진하는 이야기만 전해 들었을 뿐 용마를 직접 본 적은 없었다. 그가 계속 이야기를 하라는 투로 고개를 끄덕였다. 오랜 기억을 뒤적이며 청룡이 느릿느릿 대답했다.

"태풍처럼 빠르고 지치지 않는 말이었지요. 아무래도 용의 능력을 조금 얻어서 다른 말보다는 조금 더 우수했던 것 같습니다."

"인간은?"

말은 그만하면 됐다. 중요한 건 인간이었다. 그러나 청룡은 의아한 표정을 내보이면서 눈을 동그랗게 떴다.

"인간은…… 흑룡께서 처음 아니신가요? 저로서는 알 수가 없는 부분이지요."

용들은 인간을 사적으로 가까이 두지 않았다. 손이 자유로운 그들이 언제 역린을 건드릴지 몰라서였다. 당연히 인간과 깊은 인연을 맺은 용은 없었다. 흑룡이 처음이자 마지막인 셈이었다.

진하가 한참 대답하지 않자 청룡이 조심스럽게 물었다.

"혹시 따님께서 뭔가 이상 징후라도?"

청룡도 그렇지만 용들은 서우의 존재에 호기심을 꽤 가지고 있었다. 피곤한 듯 진하가 머리를 쓸어 넘기고 답했다.

"이상한 일이야. 육체의 유전자는 완전히 인간과 동일할 텐데 어떻게 날씨를 조절할 수가 있지?"

이론상 서우는 완벽히 인간이어야만 했다. 흑룡의 혼란과 언짢음을 느낀 청룡은 침묵을 지켰다.

"용마랑은 케이스가 달라. 지금 내 몸은 너처럼 완전히 인간이라고."

"신기하군요. 하지만 아시잖습니까? 생물은 육신과 영혼으로 나누어진다는 것을. 아무리 육신이 인간이어도, 우리의 혼은 용의 힘을 담고 있지요."

청룡의 말이 무슨 뜻인지 이해가 가서 진하는 불편한 투로 한숨을 뱉었다. 결국 용이 가진 힘의 일부가 딸에게 유전되었다는 뜻이었다.

"황룡에게 아는 게 없느냐 물어봐야겠군. 의외로 박식하니."

"용마 이야기는 하지 마십시오. 매우 발끈하더군요."

알았다는 의미로 고개를 끄덕여 대답을 대신한 진하는 바로 황룡이 은거하는 한적한 동네로 차를 몰았다.

"따님께서 비를요?"

자초지종을 들은 황룡은 차를 마시다 말고 믿어지지 않는 듯 고개를 저었다. 흑룡이 피곤한 표정을 지었다.

"인간이 날씨를 조절한 적이…… 있나?"

"아니요. 제가 아는 한 그런 기록은 없었습니다."

박식한 황룡 역시 이번 일에 정확히 맞아떨어지는 기록을 찾지는 못했다. 향기 좋은 차를 마실 생각도 않고 진하는 한숨만 푹푹 내쉬었다. 딸아이의 문제 때문에 고민에 빠진 흑룡이 꽤 좋은 아버지 같아 미소가 나오면서도 이 상황이 암담해서 황룡은 복잡한 시선만 보냈다.

"그보다 조심하셔야겠습니다. 인간들에게 특이 능력자는 배척 대상이니까요."

"그래, 안다."

언제나 인간은 무리에서 튀는 존재를 두려워하고 배척해 왔다. 날씨를 조절하는 능력을 가진 서우가 또래 집단에서 배척당하는 것을 두고 볼 수는 없었다. 마음이 무거웠다.

진하가 청룡과 황룡을 찾는 동안, 집에 있기 울적해진 율리는 잠에서 깬 서우를 데리고 회사를 찾았다. 항상 회사에 있는 적룡은 아이를 무척 귀여워했고, 서우도 적룡을 잘 따랐다. 서우가 대표이사를 보자마자 꾸벅 인사를 했다.

"안녕하세요!"

"안녕."

귀여운 아이를 보면서 적룡이 흐뭇하게 웃었다. 적룡은 서우에게 펜과 종이를 주고 마음껏 그림을 그리라고 말한 뒤 율리에게 시선을 돌렸다. 율리는 대표이사의 안내에 따라 소파에 앉았다.

"흑룡께선 같이 안 오셨나 보군요."

"다른 분들을 뵈러 가셔서……."

"무슨 일이라도?"

적룡은 집에 처박혀서 아이만 보던 흑룡이 웬일로 다른 용을 만나러 다니나 싶었다. 율리는 그림 그리기에 홀딱 빠져 있는 서우를 흘깃 보고 목소리를 낮춰 말했다.

"아이가 비구름을 만들었어요. 작은 범위였지만요."

"네? 그런……."

이는 적룡에게도 충격적인 소리였다. 서우는 분명 평범한 인간이었다. 평범한 사람이 날씨를 변화시키다니. 대표이사는 놀란 표정을 지우지 못했고, 율리는 우울하게 말을 이었다.

"아이 아빠도 걱정이 많이 되는 것 같았어요. 평범한 인간이라고 생각했는데……."

정말 일요일 오전부터 날벼락이었다. 율리는 서우를 쓸쓸하게 응시했다. 오늘 일은 딸에게 꽤 큰 충격으로 다가올지도 모른다. 아까 서우의 표정을 율리는 잊을 수가 없었다. 세상이 다 무너진 것처럼 충격받은 딸의 모습을 다시 떠올리는 것만으로도 마음이 아팠다.

"주눅 들어 있어요. 자기가 잘못했다고 생각해서."

"똑똑하니까요."

여느 여자아이처럼 서우는 주변 공기를 잘 읽었고 부모의 기분에 민감했다. 율리가 한숨을 뱉으면서 말을 이었다.

"어떻게 해야 할지 갈피도 잡히지 않고 머리도 복잡해서 바람도 쐴 겸, 인사드리러 왔어요."

대표이사는 좋은 선택이었다는 듯 고개를 끄덕이다가 서우 쪽을 바라보았다. 고사리 같은 손으로 펜을 쥐고 눈가를 찡그린 채로 뭔가를 그리고 있는 서우는 진하와 꼭 닮아 있었다.

"선물이라도 사 주면 기분이 풀리지 않을까요?"

"자꾸 선물 주시니까 서우가 대표님만 보면 욕심을 부려요. 이제 버릇 고쳐야죠."

서우에게 툭하면 선물을 안겨 주던 적룡은 아쉬운 듯 미소만 지었다. 이내 창밖으로 비가 내리기 시작했다. 날이 흐려진다 했더니 어김없이 비가 내렸다. 그림에 집중하고 있는 서우를 보면 이건 그냥 지나가는 비일 것이다. 율리가 긴장을 풀었다.

그때였다.

"아빠 친구가 만든 구름이야."

서우는 창밖을 쳐다보던 율리에게 자랑스럽게 말했다. 뻣뻣하게 굳은 표정을 아이에게서 애써 숨기고 율리가 대표이사를 흘깃 쳐다보았다. 적룡은 고개를 살짝 끄덕였다. 이번 비는…….

"예, 흑룡 중 하나가 기능하고 있습니다."

그러니까 서우가 정확하게 짚은 것이었다. 율리의 등골이 오싹해졌다. 그녀는 양손에 얼굴을 묻고 한숨을 뱉었다. 적룡은 하얗게 질린 율리를 달래 주었다.

"하지만 아이는 다 잊고 점점 평범해질 수도 있어요. 마치 상상의 친구 같은 것처럼요. 또래랑 어울리면서 자신의 특이 능력을 잊어 갈 수도 있고요."

현대를 살아가는 인간들은 비현실적인 상황을 외면한다. 특이 능력이 있어도 무리에 끼기 위해 잊어버리는 사람들도 많았다. 그들은 영원히 자신의 능력을 잊고 평범하게 살아간다. 서우 역시 그렇게 될 가능성도 있었다.

"그랬으면 좋겠는데……."

부모의 입장인 율리는 적룡의 위로가 크게 와 닿지는 않았다. 그때 서우가 그림을 그리다 말고 고개를 번쩍 들었다. 펜을 내려놓은 서우는 소파에서 주르륵 미끄러져 내려갔다. 후다닥 출입문 쪽으로 달려간 서우가 함박웃음을 지었다.

"아빠다!"

예민하게 진하의 기척을 느낀 서우는 대표이사실 출입문을 열었다. 손잡이를 잡고 있던 진하가 서우를 내려다보았다. 율리가 진하와 서우를 복잡한 눈으로 번갈아 보았다. 진하는 미소를 지어 보이며 딸을 안고 사무실 안으로 들어왔다.

"집에 가야지?"

"차 있어요?"

"응."

진하가 고개를 끄덕이자 지친 듯 소파에 앉아 있던 율리가 몸을 일으켰다. 대표이사가 서류 봉투를 진하에게 내밀었다.

"참, 은 감독이 계속 시나리오를 보내고 있습니다. 아시지요?"

은 감독은 회사로 시나리오를 보내곤 했다. 진하가 통 받아주질 않으니 회사에라도 어필하려는 셈이었다. 진하는 활동을 중단했지만 그래도 RD에 적을 두고는 있었다. 진하가 귀찮은 투로 답했다.

"딱 하나만 복귀작으로 하자고, 잊을 만하면 연락을 하는데 그러지 좀 말라고 그래."

어제도 미련을 질질 흘리는 은 감독과 통화를 30분이나 했다. 정말 귀찮을 따름이었다. 그러나 적룡이 웬일로 이렇게 말하는 것이었다.

"그때 같이 일했던 사람끼리 모이면, 괜찮지 않을까 싶습니다만."

진하가 바로 미간을 찌푸렸다. 서우는 아빠를 힐끔 보다가 잠이 오는지 품에 얼굴을 묻어 버렸다.

"왜? 너도 활동 반대했잖아. 이제 와서 무슨 소리야?"

"그게…… 하실 거면 투자 좀 할 생각입니다."

"간다."

정말 적룡다운 소리에 진하는 듣지 못한 듯 돌아섰다. 하긴, 임진하가 4년 만에 스크린에 복귀한다면 화제가 되기는 할 게 뻔했다. 율리가 희미하게 미소를 지으면서 대표이사에게 살짝 고개를 숙였다.

문고리를 잡은 진하의 뒤로 적룡이 슬쩍 말을 붙였다.

"두 분을 보면 그런 생각이 듭니다."

율리가 고개를 돌려 대표이사를 바라보았다. 우아한 얼굴에 미소를 담은 채로 적룡이 말을 이었다.

"우리에게 용살자는 적이 아니라 단 하나뿐인 운명 공동체, 같은 존재라고요."

순간 진하가 움직임을 멈추었다.

"사실은 잘못 알고 있었던 걸지도 모른다는 그런 생각이 들었습니다."

율리와 진하를 볼수록 적룡은 용살자에 대한 생각이 그저 편견이 아닐까 싶었다. 용의 역린을 건드리고도 살아남을 수 있는 존재는 위험한 존재가 아니라 어쩌면 홀로 살아가는 용의 동반자가 아닐까, 하는 생각.

또한 용살자는 용의 본질을 눈치채는 단 하나뿐인 인간이었다. 용살자에게만은 용이 자신을 완벽하게 숨기지 않아도 된다는 뜻이다. 차율리가 흑룡인 임진하를 있는 그대로 받아들이듯이 말이다.

"용과 용살자는 서로를 이해해 줄 수 있고 함께할 수 있는 존재가 아닐까요."

"감상적이군."

"발상의 전환이 필요한 시대지요."

흑룡이 피식 웃으면서 대꾸하자 적룡은 율리와 진하를 번갈아 보고는 어깨를 으쓱거렸다.

집에 도착한 후 제일 먼저 진하는 잠든 서우를 침대에 눕혀 주었다. 활동적인 장인, 장모는 동네 사람들과 등산을 가서 아직도 오지 않았고 집 안은 고요했다. 율리가 겉옷을 걸어 두고 방을 나섰다. 그는 딸의 상태를 한 번 더 살피고 나서 밖으로 나왔다.

율리는 주방에서 커피를 타고 있었다.

"커피 마실래요?"

"아니, 됐어."

생각해 보면 진하는 커피를 잘 마시지 않았다. 자신이 아는 남자들은 대부분 진하와 비슷한 것도 같았다. 율리는 인스턴트커피가 담긴 머그잔을 하염없이 보다가 아까 서우가 대표이사실에서 했던 말을 떠올렸다.

"아까 비 왔잖아요."

"근데?"

그녀의 목소리에 그가 고개를 들었다. 그녀는 아이가 자고 있을 방을 슬쩍 쳐다보았다. 아무 소리도 들리지 않는 걸 보면 아직도 자고 있는 듯했다.

"누가 만든 건지 서우도 아나 봐요."

진하가 미간을 찡그렸다. 예민한 딸은 날씨만 조종하는 것이 아니었다. 문득 진하는 대표이사 사무실에 들어올 때, 이미 아빠가 올 줄 알았다는 듯 반기던 딸의 모습이 스쳐 지나갔다. 아이가 예민하다 싶었는데 어쩌면 그의 기운을 읽은 걸지도 모르겠다.

"어떻게 하면 좋죠?"

율리는 머리를 감싸 쥐고 고개를 숙였다. 답이 나오지 않는 문제를 맞닥뜨린 암담한 기분이었다. 그러나 진하는 어쩔 수 없다는 듯 가볍게 대답했다.

"잘 키워야지. 어쩌겠어?"

그녀가 고개를 들고 그를 쳐다보았다. 그 역시 답이 없는 문제임을 알고 있는 모양이었다. 그녀의 우울한 낯빛에 그가 씩 웃어 주었다.

"너무 걱정하진 마. 천천히 지켜보면 되겠지."

청룡과 황룡을 연이어 만났지만 전례 없는 일이기도 했고, 서우의 존재부터가 예외였기에 이렇다 싶은 뾰족한 수는 나오지 않았다. 이 상황에서 부모가 아이에게 해 줄 수 있는 일은 없었다.

율리는 마음을 가라앉히기 위해 커피를 마시면서 식탁 맞은편에 앉아 있는 진하를 가만히 바라보았다. 멍하니 있는 모습마저도 화보 같은 느낌이었다. 왜 은철기 감독이 진하에게 집착을 하고 있는지 알 것도 같았다.

"아, 그리고 영화 혹시…… 할 생각 있어요?"

"넌 또 왜?"

진하가 썩 내키지 않는 표정을 지어 보였다. 율리는 최근 있었던 일들을 머릿속으로 되짚어 보았다. 금요일에 상담차 만났던

조희경부터 시작해서 토요일에는 감독의 전화도 왔고, 엄마도 진하의 복귀에 관심을 보였다.

"아니, 엄마도 좀 그렇고……."

그리고 오늘, 대표이사실에서 진하가 매몰차게 무시하던 시나리오가 든 서류 봉투까지. 율리의 마음을 무겁게 만드는 것들이 요 사흘간 곳곳에 있었다. 그리고 어제 진하가 했던 말도 마음에 걸렸다.

"너 때문에 집에 들어앉은 거잖아! 네가 말을 해 줘야지."

자신의 부탁 덕분에 위험한 일이 없는 거라면 다행이지만, 그게 아니라면 괜히 진하만 희생하는 셈이었다. 그녀가 한숨에 섞어 말했다.

"그냥 내 이기심이었던 것 같아서 마음이 무거워서요."

"누가 너한테 뭐라고 했어?"

"그건 아닌데……."

이런저런 일이 있어서인지 마음이 괜스레 흔들리는 것뿐이었다. 그녀가 말끝을 흐리자 그가 의심스러운 시선을 보냈다. 결국 율리는 헛기침을 하고 나서 조심스럽게 물었다.

"하고 싶지 않아요?"

"뭘 해? 설마 연기?"

그녀가 대답 대신 고개만 끄덕였다. 그는 그녀를 한심하다는 듯이 한참 응시하다가 답답한 한숨만 내쉬었다.

"차율리, 넌 아직도 날 모르겠어? 난 '연기에서 삶의 의미를 찾아요.' 이런 배우 타입은 아니야. 연예인을 하겠다고 한 것도 다 목적이 있어서였지."

자신의 존재를 알려서 용살자가 찾아오게끔 만드는 것, 그게 진하가 직업을 선택한 이유였다. 그리고 이제 용살자를 추적할 필요가 없어진 이상, 굳이 일을 해야 할 필요도 없었다. 그가 테이블 위에 팔을 올리고 턱을 괸 채 투덜거렸다.

"근데 이젠 그럴 필요도 없고, 됐어. 귀찮아."

왠지 진심이 물씬 느껴지는 소리였다.

율리는 남은 커피를 비우고 자리에서 일어났다. 개수대에 머그잔을 내려놓던 그녀가 멈칫했다. 등 뒤에서 온기가 느껴졌다. 어느새 진하가 소리도 없이 가까이 다가와 있었다. 그녀가 뒤를 돌아보자 그가 그녀의 허리를 감으면서 농담조로 말했다.

"원래 용은 한량처럼 사는 게 최고야. 인간들하고 얽힐 것 없이 유유자적."

작은 일에 열중하고 사람들 눈에 띄지 않도록 지내던 용들은 낭중지추라 눈에 띌지언정 보통 특별한 사연이 있지 않은 이상은 조용히 사회를 관망하면서 살아왔다. 진하처럼 요란스럽게 지내는 게 특이한 편이었다.

"이렇게 와이프나 끼고."

말을 마친 그가 그녀를 품에 안은 채 고개를 숙였다. 그녀의 뺨에 그가 가볍게 입을 맞추었다. 우울해하는 아내를 달래는 데에는 가벼운 스킨십이 제격이었다. 실제로 그녀의 입가가 오늘 처음으로 가볍게 풀어졌다.

그때 현관 쪽에서 요란한 소리가 들렸다.

"한우 사 왔다!"

엄마의 쩌렁쩌렁한 목소리에 깜짝 놀란 율리가 진하에게서 냉큼 떨어져 나왔다. 부모님이 등산을 다녀온 모양이었다. 안타깝게도 애정 표현은 여기서 끝. 나머지는 오늘 밤에나 가능할 일이었다.

"나가요!"

율리는 제 뺨을 매만지면서 아무렇지도 않은 척 주방 밖으로 나갔다. 진하는 종종걸음으로 멀어지는 율리의 뒷모습을 빤히 지켜보다가 한숨을 내쉬었다. 건물도 많고 집도 있는데, 그냥 확 독립을 해 버릴까? 문득 그의 마음속에 작은 갈등이 일었다.

외전–흑룡의 일상

한 동네에서 30년을 넘게 살면 자연스럽게 마당발이 되기 마련이다. 이제는 사업을 접었지만, 이 동네의 마지막 책 대여점 주인이었던 마당발, 윤보금 여사는 대여점 대신 모든 관심을 하나뿐인 손녀에게 집중하고 있었다.

"나 좀 보자."

"네?"

보금은 퇴근하고 돌아온 딸의 손목을 확 잡아채서는 안방으로 끌고 들어갔다. 영문도 모르고 엄마에게 질질 끌려간 율리는 안방 문이 닫히는 것을 보다가 바닥에 털썩 앉았다. 겨우 퇴근하고 돌아와서 좀 쉬나 했더니 엄마한테 붙들리고 말았다. 연차가 쌓이고 일이 많아진 율리는 들으라는 듯 한탄했다.

"힘들어 죽겠네."

"너, 그렇게 일만 하고 다닐 거야?"

"그럼 사람이 일을 하지 대체 뭘……."

부모님은 은퇴했고 남편도 활동을 중단한 터라 가장이나 다름없는 차율리는 기가 막혔다. 물론 일을 그만두어도 경제적 문제는 없으나, 차율리는 퇴사를 끔찍이 싫어했다. 첫 직장에서 어이없게 잘린 뒤 생긴 퇴사 트라우마 때문이었다.

"오늘 내가 무슨 소리를 들었는지 알아?"

"모르죠, 나야."

태평하기 그지없는 딸의 반응에 보금은 숨이 턱턱 막혔다. 오늘 동네 부녀회원들이 속을 뒤집어 놓았다. 사촌이 땅을 사면 배가 아프다고 했던가? 율리가 결혼한 이후부터 몇 번씩 은근슬쩍 속을 긁는 소리를 듣긴 했지만 오늘은 인간적으로 너무 심했다.

'율리 엄마, 사위 바람 안 나게 조심해. 젊고 예쁜 여자들이 얼마나 달라붙는 줄 알아? 서우 아빠만 오면 다들 여우가 된다니까.'

'맞아. 율리도 걱정해야 하는 거 아니야? 이번에 새로 온 유치원 선생님이 스물여섯이라잖아?'

'요새 젊은 엄마들도 얼마나 대단한데? 율리는 일하느라 바빠서 관리도 잘 안 받지? 여자는 예뻐야 하는데 말이야.'

……라면서 고소하다는 듯 웃던 그 여편네들의 머리채나 멱살을 보금은 얼마나 잡고 싶었는지 모른다. 그래도 일단은 참았다. 발끈해서 한마디 하면 꼭 걱정해 준 것뿐이라고 발뺌할 사람

들이었고 이런 일을 한두 번 겪어 본 것도 아니었으니까.

"율리야, 아무리 서우 아빠가 집 안에서 미미쨩 같은 거나 보는 사람이라고 해도 일단은 남자야."

엄마는 아직도 임진하를 오타쿠 취급하고 있었다. 눈가를 찡그린 율리가 손을 내저으며 부정할 때였다.

"아니, 미미쨩 같은 거 안 본다고……."

"그게 중요한 게 아니야!"

율리는 버럭 소리치는 엄마를 보고 눈을 동그랗게 떴다. 얼굴이 시뻘겋게 달아오른 것이 무척 화가 난 모양이었다.

"오늘 서우 데리고 오다가 이야기를 들었는데, 서우 아빠가 서우 데리러 가면 거기 선생님들이고 엄마들이고 간에 다들 그렇게 여우 짓을 한 댄다."

"그렇구나."

"그렇구나?"

되묻는 엄마를 담담하게 바라보면서 율리가 고개를 끄덕였다. 걱정할 필요는 없었다. 인간을 썩 좋아하지 않는 흑룡이 여자의 유혹에 넘어갈 리는 없었다. 혹시라도 그가 만일 차율리가 아닌 다른 여자에게 관심을 보인다면 바람보다는 목숨을 걱정해야 할 일이었다. 분명 그 상대는 또 다른 용살자일 테니까.

문제는 율리의 태평한 모습이 보금의 화를 돋웠다는 데 있었다.

"그렇구나아?"

"너무 걱정 마세요. 엄마 사위, 그런 쪽으로는 결벽증이 있어서."

사실대로 털어놓을 수 없는 율리는 대충 둘러댔다. 차율리보다 25년을 더 산 보금이 코웃음을 쳤다. 그럴 만도 한 것이, 한 번쯤 밖으로 눈을 돌린 남자가 주변에 대다수였다.

"결벽증은 무슨? 남자가 열 여자 마다하는 줄 알아?"

젊었을 적 남편이 외도할 낌새가 보인다 싶을 때 보금은 약한 몸으로 남편의 목을 졸라 매운맛을 보여 줬었다. 그 덕분에 자신은 다행히 서른 해가 넘도록 별일이 없었지만, 오늘 그녀의 속을 뒤집어 놓았던 여편네들은 남편의 여자 문제 때문에 눈물 바람으로 수십 년간 한풀이를 하곤 했었다. 그때마다 위로해 주고 필요하다면 도움도 주곤 했는데, 이렇게 뒤통수를 치다니!

뿐만 아니라 요즘도 사내놈들은 변함이 없는지 어느 집 사위가 바람이 나서 장인, 장모에게 복날 개 맞듯 맞았다는 소문도 종종 들려왔다.

하지만 유감스럽게도 남편이 사람이 아닌 차율리에게는 소귀에 경 읽기나 다름없었다.

"아, 진짜! 절대 그럴 일 없다니까요?"

"나도 의심하는 거 아니야. 집에만 틀어박혀 있는데 언제 바람이 나겠어?"

딸이 꽥 받아치자 그제야 보금의 기세가 조금 누그러졌다. 품안의 자식 같던 딸은 손녀를 낳고 오랫동안 사회생활을 하면서 성격이 많이 단단해졌다. 보금은 율리의 손을 잡고 달래듯이 말을 이었다.

"엄마 말은 그러니까 너도 좀 신경을 써 주라는 거야."

"어우, 일하고 돌아와서 피곤한데 또 무슨 신경?"

"조금 있으면 너희 결혼기념일이잖아?"

율리는 엄마가 자신들의 결혼기념일까지 기억하고 있어서 내심 놀랐다. 사실 보금도 원래부터 딸의 결혼기념일까지 기억하고 있던 것은 아니었다. 어떻게든 좋은 방법을 찾아내려다가 떠올렸을 뿐이었다.

"네. 그날 그렇지 않아도 휴가 냈어요. 금요일이라 푹 쉬려고. 집에서 일요일까지 쉬면……."

슬프지만 율리의 말은 도중에 잘리고 말았다.

"그날 나가."

"……네?"

처음에 율리는 잘못 들은 줄 알았다. 3일간의 짧은 휴가 동안 침대에 늘어져서 보낼 예정이었다. 이불 밖은 위험하니까, 잔뜩 게으름을 피울 생각이었는데 엄마는 율리의 꿈을 깨부수고 있었다.

"서우 아빠랑 나가서 그날 들어오지 마. 엄마가 서우 잘 봐줄 테니까. 엄마 마음 좀 편하게."

"그래도 귀찮……."

"……다고 하지 말고 나가!"

엄마가 빽 소리를 치는 바람에 율리는 저도 모르게 고개를 끄덕이고 안방에서 도망치듯 나왔다. 이 상황에 엄마랑 계속 말을 섞어 봤자 대화가 될 리가 없었다.

"엄마 진짜 왜 저래!"

침실로 들어가자마자 율리는 침대에 가방을 집어 던졌다. 아내의 난폭한 행동에 진하는 읽던 책을 덮었다. 보통 서재에서 하루 종일 취미 생활을 즐기는 그가 웬일로 침실에 와 있었다.

"왜?"

씩씩거리며 화를 가라앉힌 뒤에 율리는 다시 가방을 주섬주섬 집어서 흠집이 나지 않았나, 살펴보았다. 이 가방은 남편이 크리스마스 선물로 준 값비싼 가방이었으니까.

다행히 가방에 이상은 없었다. 그녀는 가방을 얌전히 내려놓고 침대에 털썩 주저앉았다. 안락하고 푹신푹신한 침대는 항상 고향처럼 그리웠다. 여기서 3일 내내 뒹굴고 싶었는데…….

율리가 힘 빠진 목소리로 물었다.

"엄마한테 무슨 소리 했어요?"

"무슨 소리?"

"결혼기념일에 나가서 들어오지 말래."

아내의 우울한 목소리가 그의 가슴을 흔들었다. 제아무리 흑룡이라도 용살자인 아내 앞에서는 철저하게 을이었다. 그가 옆에 앉자 그녀는 어리광을 부리듯 그의 어깨에 머리를 기대고 투덜거렸다.

"나 진짜 오랜만에 푹 쉬려고 그날 휴가 낸 건데."

"힘들면 아예 그만두지 그래? 내가 연락해 줘?"

피곤해 보이는 아내가 안쓰러워서 진하가 가볍게 제안했다. 이 남자가 벌써 몇 번째 이 소리를 하는지 모르겠다. 퇴사에 트라우마가 있는 율리는 고개를 들고 남편을 흘겨보았다. 그녀의 정체를 깨달은 뒤, 그가 죽이겠다고 위협할 때에도 차율리는 회사를 꼭 다니고 싶었을 정도였다.

"됐어요. 따지고 보면 이건 자기 탓이야."

"내가 왜?"

임진하는 뜬금없이 책망을 받고 있었다. 그가 미간을 좁히기 무섭게 그녀가 말을 이었다.

"서우 데리러 가면 여자들이 그렇게 추파 던진다면서요?"

"네 신랑이 좀 잘생겨야지."

"씨이…… 유부남에 애 아빠인데."

언제 미간을 좁혔냐는 듯 싱글벙글 웃으며 그가 눈 하나 깜짝이지 않고 대답했다. 그녀는 입술만 삐죽거렸다. 방부제라도 먹은 양 남편이 미모를 유지하는 탓에 여자들이 달라붙는 것이니 부정할 수도 없었다.

"그 얘기 듣고 나서 엄마가 불안한가 봐요. 사위 바람날까 봐."

"별 걱정을 다……."

그녀가 자리에서 일어나는 바람에 그가 도중에 말을 멈추었다. 뭘 하나 봤더니 그녀는 가방에서 휴대폰을 꺼내 오고 있었다.

"일단 호텔부터 예약해야 돼요. 며칠 안 남아서 방이 있을지 모르겠네."

그 누구보다도 임진하가 차율리의 상태에 가장 예민했다. 그녀는 피로를 애써 숨기고 있었지만, 그는 안색만으로도 아내의 상태를 어렵지 않게 파악했다.

회사 규모가 확장되며 일이 늘자 그녀는 가끔 야근을 하기도 했다. 야근 후에 집에 돌아온 그녀가 풀썩 쓰러져 자는 날이면 그는 이튿날 오전까지 기분이 좋지 않았다. 오늘도 약간 기분이 가라앉으려고 했다. 그녀가 자신에게 영향을 미치는 용살자라는 이유도 있지만 남의 아내를 부려 먹는 회사를 향한 짜증도 컸다.

"차율리."

침대에 앉아 휴대폰 액정만 두드리던 율리가 고개를 번쩍 들었다. 그러자 옆에 있던 진하가 그녀의 손에 들린 휴대폰을 단숨에 빼앗았다. 적룡에게 한마디 해야겠다고 속으로 생각하면서 그가 말했다.

"씻고 와. 내가 예약할게. 전망 좋은 데로."

"그래 주면 고맙죠. 다음 주 금요일이에요."

"알았어."

그가 맡겨 두라는 듯 씩 웃어 보였다.

진하의 말은 제대로 지켜졌다. 전망 좋은 호텔에서 차율리는 통유리로 된 창문 밖에 펼쳐진 제주도 앞바다를 바라보았다.

"너무…… 맑다."

그녀가 중얼거렸다. 파랗고 밝은 바깥 풍경 탓에 눈이 시릴 지경이었다.

여기서 일요일까지 2박 3일을 보낼 예정이었다. 오기 전에는 피곤하고 귀찮다 싶었는데 막상 오니까 나쁘지는 않았다. 새로운 환경에 오히려 피로가 풀리는 느낌이랄까? 사람들이 왜 그토록 자투리 시간을 내서라도 여행을 오는지 이제야 이해가 되었다.

"피곤하면 누워 있어."

진하의 목소리에 그녀가 고개를 홱 돌렸다. 그는 캐리어를 들고 있는 모습만으로도 화보 같은 분위기를 풍겼다. 낯선 장소에 있어서 그런지, 매일 보던 남자가 오늘따라 유난히 의식되었으나 그녀는 아무렇지 않은 척 말을 건넸다.

"어디 안 나가요?"

"쉬러 온 거니까."

활동을 중단했어도 임진하는 아직 유명인이었다. 작년에 서우가 어린이집에서 유치원으로 옮겼을 때에도 한 번 홍역을 치렀었다. 사인은 기본이고 도촬에 미행, 몇몇은 실수인 척 스킨십까지 하려고 들어서 그는 무척 난감해했다. 그나마 아이 키우는 부모들이라 서우 사진을 언론에 제보하지 않은 게 다행이었다.

이러니 그는 웬만해서 집 밖을 나가지 않았다. 서우의 하원을 돕거나, 어쩌다 다른 용들과의 만남 외에 그는 서재에 틀어박혀서 드래곤이 나오는 소설만 실컷 읽어 댔다.

율리도 귀찮아지는 것은 질색이라 기껏 여행을 왔음에도 나갈 생각은 하지 않았다. 오히려 그녀는 잘됐다고 생각했다. 어차피 휴가 내내 침대 위에 있고 싶었는데, 장소만 집이 아니라 호텔로 바뀐 것뿐이었다.

"침대 푹신하다."

침대에 대자로 뻗어 눈을 감은 율리가 밝은 목소리로 감탄했다. 여기서 손가락 하나 까딱하지 않고 푹 쉬면 천국이 따로 없을 것이다. 진하는 캐리어를 구석에 밀어 두고 침대에 앉아 아내의 이마를 덮고 있는 머리를 쓸어 넘겨 주었다. 포근한 침대와 기분 좋은 손길을 느끼던 그녀가 눈을 번쩍 떴다.

"엄마가 걱정하던 게 이런 걸까?"

"뭐를?"

율리는 남편을 물끄러미 올려다보았다. 흠 잡을 곳 하나 없는 얼굴은 익숙했다. 그녀는 그가 남들에게 보여 주지 않는 표정까지 잘 알고 있었다. 은밀한 그의 시선과 손길을 느낄 때마다 심장이 떨렸으나, 가슴이 떨리는 것과 그의 존재가 익숙한 것은 별개였다.

엄마도 사위를 전혀 의심하지는 않았다. 진하는 일단 외출을 극도로 자제했고, 다른 사람과의 접촉을 꺼려 왔으니까. 그러면 엄마는 무엇을 걱정한 걸까? 남들이 무슨 소리를 하든, 그게 사실만 아니면 되는 건데.

"그러니까 막 무덤덤하고…… 편해지는 거?"

그녀가 대답하자마자 그의 눈가가 일그러졌다.

"차율리, 너 내가 편해?"

"불편한 건 아니죠. 우리가 같이 산 게 몇 년인데."

그 순간, 그가 대뜸 그녀의 턱을 잡아 올렸다. 얼떨결에 상체를 일으킨 그녀는 팔꿈치로 몸을 지탱하며 그를 바라보았다.

"그럼, 무덤덤해?"

진하가 고개를 살짝 내렸다. 키스할 때나 보던 각도에서 그의 얼굴을 마주하자 율리는 얼굴이 화끈 달아올랐다. 이 남자가 갑자기 왜 이러나 싶어, 그녀는 안절부절못하며 그의 시선을 피했다. 익숙한 것과 가슴이 뛰는 건 별개라서 그와 눈이 마주치는 게 부끄러웠다.

"응?"

그러나 그녀는 아무 대꾸도 못 하고 얼굴만 빨갛게 물들였다. 두 사람 사이가 더 가까워지나 싶더니 코끝이 닿을 무렵, 그가 엄지로 그녀의 아랫입술을 꾹 눌러 벌렸다. 자연스럽게 그녀의 입술이 벌어질 때였다.

"왜 말을 못 해?"

"어우, 정말!"

팔에 힘이 쭉 빠져 버린 율리가 불만스러운 기색을 내비치며 결국 일어나 앉았다. 그녀가 어깨를 밀어내자 그는 순순히 물러나 주었다. 겨우 여유를 되찾은 그녀가 우물쭈물 농담 같지도 않은 말을 뱉었다.

"가, 가족끼리 이러는 거 아니에요."

"웃기네. 내 와이프 말고 누구한테 이래?"

하긴, 다른 사람에게 이랬다가는 경찰서행이긴 하다. 마땅히 할 말을 찾지 못한 그녀가 코끝을 찌푸렸다.

"오늘부터 일요일까지 숙박이잖아?"

그녀는 대답 대신 고개만 끄덕였다.

"어디 나갈 수도 없지, 사진 찍히니까."

"피곤해서 가고 싶은 데도 없거든요."

파란 바다가 보기 좋긴 하지만 아직은 5월. 본격적인 해수욕 시즌이 아니라 율리는 바다에 들어갈 생각은 하지도 않았다. 남편이 유명해서 손님 많은 소문난 맛집 같은 데는 갈 엄두도 낼 수 없었다. 그렇지만 에너지 충전을 위해 집에서 쉬듯 호텔에 처박혀 있는 것도 나쁘지는 않았다.

"그래?"

기다렸다는 듯 그가 씩 웃어 보였다.

"그게 무슨 뜻인지 알아?"

그의 미소가 왠지 불길하다 싶을 때였다. 그가 그녀의 머리를 귀 뒤로 넘겨 주며 무시무시한 말을 이었다.

"오늘부터 너랑 내가 할 일이 여기서 뒹구는 일밖에 없다는 뜻이야."

"말도 안 돼!"

깜짝 놀란 율리가 잽싸게 진하에게서 떨어져 침대 구석으로 도망쳤다. 벽에 몸을 붙인 채 그녀가 어색한 표정으로 말을 더듬었다.

"피, 피곤한데……."

……라고 말하면서도 그녀는 그의 미소에 홀려 시선을 떼지 못했다. 아니, 아이 아빠가 무슨 눈웃음을 저렇게 잘 친단 말인가! 잘생긴 남편을 둔 죄로 그녀는 꼼짝하지 못했다. 그가 침대 가운데로 훌쩍 다가와 위험하게 웃으며 손을 뻗었다.

"음, 그래. 알았으니까 일단 네 손부터 묶고."

"잠깐, 변태 같……."

안타깝게도 율리의 말은 끝까지 나오지 못했다. 한 손으로 그녀의 양 손목을 다 잡은 진하가 키스로 그녀의 입술을 막은 탓이었다. 크게 뜨였던 그녀의 눈이 절로 감겼다. 자연스럽게 혀가 엉키고 맞닿은 부분이 뜨겁게 달아올랐다. 그의 혀가 입안의 점막을 샅샅이 훑었다. 숨이 막히고 온몸의 감각이 예민해진다 싶을 즈음, 그가 입술을 떼고 얄밉게 말했다.

"오늘, 익숙하고 덤덤한 우리 관계를 개선해야 할 기회인 것 같아. 그렇지?"

차마 아니라고 대답할 수 없어서 그녀는 난처한 표정만 지어 보였다. 진하는 한 손으로 그녀의 손목을 결박하고 다른 한 손으로는 그녀의 셔츠를 들추었다. 그런데 신기하게도 언제 피곤했냐는 듯 몸이 가뿐해졌다. 혈액순환이 잘 되기 때문이겠거니,

그녀는 애써 넘기고 말았다.

*　　　*　　　*

"임신이래요."

한량으로 느긋한 삶을 살고 있는 임진하는 청천벽력 같은 소리를 듣고 말았다. 꿈에도 예상치 못한 말에 재미있게 보고 있던 책이 바닥으로 뚝 떨어졌다. 손에 힘이 빠진 탓이었다. 왠지 등골에도 식은땀이 흐르는 느낌이 들었다.

그가 마른 입술을 겨우 떼고 물었다.

"뭐?"

"5주 차라고 그러던데요?"

아내는, 그러니까 차율리는 매우 피곤한 얼굴로 담담하게 말했다. 그녀의 말을 들은 순간 떠오른 기억이 있었다. 제주도의 푸른 바다가 보이던 호텔.

"그러니까 적당히 좀 하지."

그의 머릿속을 들여다본 듯, 그녀가 덧붙였다.

그러고 보면 요즘 그녀는 전보다 더욱 피곤해했다. 연차가 쌓이고 경험이 많아지면서 주어진 업무가 많은가, 그 정도로만 생각했었는데 이럴 수가.

"아니, 어떻게……."

"풀렸나 봐요."

그녀가 차갑게 중얼거리면서 시선을 내렸다. 아내의 시선이 다리 사이에 닿자 머쓱해진 그가 길쭉한 다리를 겹쳐 꼬았다.

이번 생을 포기해야 하나 싶을 정도로 끔찍한 고통을 겪은 다음, 그들은 서우 이후로 아이를 갖지 말자고 합의를 보았다. 그리고 차율리의 몸에 해가 되는 일은 절대 용납하지 못하는 남자답게 그는 스스로 병원을 찾았다.

그게…… 실패한 모양이다.

"아, 정말 기쁘다."

뻣뻣한 로봇처럼 그가 어색하게 웃었다. 어쨌든 아내가 둘째를 가졌다는데 행복하지 않은 것은 아니었다. 그저…….

"덜덜 떨면서 기쁘다고 해 봤자……."

율리의 측은한 시선이 남편에게 닿았다. 그랬다. 임진하는 그저 두려울 뿐이었다.

겨우 잊었던 기억이 불쑥 수면 위로 떠올랐다. 다른 것보다 일단 입덧이 문제였다. 장모도, 주치의도 차율리는 입덧이 별로 없는 편이라고 입을 모았다. 가끔 냄새가 강한 해산물 정도에나 거부감을 보일 뿐, 아내는 예민하지 않았다.

문제는 그 예민함을 뽐낸 쪽이 슬프게도 임진하라는 데 있었다. 그의 안색이 그새 창백해졌다. 좋아 죽던 프라이드치킨을 보고도 핼쑥한 얼굴로 고개를 저었던 남편이 율리의 입장에서도 얼마나 가여웠는지 모른다. 치킨을 거부한 뒤에도 내리 굶었으니 그가 만약 '평범한' 인간이었다면 병원에 실려가 링거를 맞았을 터였다.

"몸은 괜찮아?"

"컨디션은 괜찮아요."

"음, 그래……."

남편의 목소리가 스르르 작아졌다. 차율리보다 임진하의 컨디션을 살펴야 할 것 같다. 그녀가 바로 덧붙였다.

"그래도 둘째는 덜 힘들대요."

"으응……."

진하는 허리를 굽혀서 떨어뜨렸던 책을 주웠다. 잠깐 고개를 숙였을 뿐인데, 책을 집는 그사이에 그의 안색이 훨씬 더 나빠졌다. 이곳에 정신과 의사가 있었다면 분명 임진하에게 외상 후 스트레스 장애라는 진단을 내렸을 것이다.

"나…… 속이 좀 안 좋아."

과거의 고통을 떠올린 탓인지 벌써 예민해진 진하와 달리 정작 당사자인 율리는 입덧은커녕, 실감조차 나지 않았다. 그녀가 그에게 측은한 시선을 보냈다. 그가 중얼거렸다.

"여자는 대단한 것 같아."

오랜 기간 지속된 입덧만큼 끔찍했던 건 아이가 태어나는 날이었다. 그날은 떠올리기조차 싫었다.

딸이 태어나기 전날부터 시작된 아내의 진통에 정신을 잃을 뻔했던, 위대하신 흑룡께서는 딸이 태어나는 당일…… 기절했다. 출산의 고통보다 배 이상으로 커진 통증이 전이되었으니 그릴 만도 했다. 온몸의 뼈가 전부 뒤틀리는 고통은 제정신으로 버틸 수 있는 게 아니었다.

결국 율리는 그를 다른 병실에 입원시키라고 부탁해야만 했다. 남편이 옆에 있어 주지 못해 서운하다는 생각 따위는 들지 않았다. 저러다 임진하가 죽어 버리면 이튿날 자신도 죽을 것이기에, 오히려 공포에 떨었던 것도 같다.

그걸 또 반복해야 한다니!

"제발 이번에는 전보다 덜하길……."

아직은 밋밋한 아내의 배를 쓸면서 진하가 떨리는 목소리로 간절하게 기도했다. 둘째 출산이 첫아이 때보다 낫다고 들었지만, 결코 쉬운 일은 아니기에 그녀는 굳이 가타부타 대꾸를 해주지는 않았다.

대신, 그녀는 잔뜩 화가 난 딸의 모습을 상기하고 물었다.

"그런데 서우, 왜 저렇게 화가 났어요?"

"서우 화났어?"

아이 아빠는 딸의 기분을 모르고 있는 듯했다. 어느 때는 딸바보 같다가도, 이럴 때는 참 냉정하다 싶었다. 그녀가 한숨을 섞어 설명했다.

"엄마 말로는 유치원 나올 때부터 표정이 안 좋았다던데."

"그래?"

"어제도 당신한테 데리러 오지 말라고 했잖아요. 자기한테 화난 거 있나?"

"하긴, 인사도 안 하던데."

담담하게 대꾸하는 그를 보고 그녀가 눈살을 찌푸렸다. 그는 이미 딸의 기분을 파악했으면서 모르는 척을 하고 있었다.

"그냥 내버려 뒀어요? 왜 그러냐고 안 물어보고?"

"애도 혼자 있고 싶을 때가 있는 거지."

사춘기 자녀를 둔 부모처럼 그가 덤덤하게 대답했다. 하지만 임서우는 고작 여섯 살, 유치원생이었다. 사람이 아니라 그런가, 해탈이라도 한 양 그는 모든 일에 초연했다. 임신과 출산에 관한 일만 빼고.

율리는 미간을 좁히고 남편의 서재를 나와 아이가 있는 작은 방으로 향했다.

"서우, 어디 아파?"

엄마의 걱정스러운 목소리에도 서우는 입을 꾹 다문 채 고개만 설레설레 저었다. 윤기가 흐르는 긴 생머리가 고갯짓에 찰랑거렸다. 그러나 이미 율리는 서우의 눈가가 붉어져 있는 것을 눈치챘다.

"그런데 왜 그래? 집에 와서 아빠한테 인사도 안 했다며?"

다시금 고개를 도리도리 젓는 서우의 큰 눈에 눈물이 가득 고였다. 덜컥 가슴이 내려앉는 기분에 율리는 떨리는 목소리를 애써 숨기고 물었다.

"왜 그래? 엄마 모르게 아빠한테 혼났어?"

"그건 아닌데……."

아이의 가느다란 목소리가 잔뜩 젖어서 나왔다.

생각해 보면 남편은 딸을 그다지 혼내는 편이 아니었다. 예뻐하는 건지, 무심한 건지 가끔은 헷갈렸지만. 또한 서우 역시 얌전하고 영민한 타입이라 부모에게 야단맞을 만한 행동은 하지 않았다.

제 아빠를 닮아서 유난히 까만 눈동자가 서럽게 일그러질 즈음이었다. 마침내 아이가 입을 열었다.

"아빠는 백수예요?"

"뭐? 뭐, 뭐가?"

생각지 못한 질문에 율리는 당황했다. 아이는 고집스럽게 눈물을 닦더니 속에 쌓아 두었던 말을 털어 내기 시작했다.

"가족을 그리고 발표했는데 은성이가 일 안 하는 아빠는 백수랬어."

"그게 무슨 소리야? 아빠는 지금 쉬는 거야."

……라고 일단 둘러댔으나 아이는 호락호락하게 넘어가지 않았다.

"인기가 없어서 아무도 안 써 주는 거래!"

"누가 그런 소리를 해?"

"은성이가."

율리는 서우가 말하는 은성이가 누군지 몰랐지만, 어쨌든 아이들끼리 가족에 대한 이야기를 한 모양이었다.

"그, 그건 절대 아닌데……."

슈퍼스타 남편을 들어앉힌 차율리가 혼잣말로 중얼거렸으나, 딸은 들어 줄 생각이 없는 듯 고개만 홱 돌릴 뿐이었다. 더는 엄마랑 대화하고 싶지 않은 모양이었다.

떨떠름하게 밖으로 나온 율리는 솔직히 기가 막혔다. 이해는 한다. 서우가 태어나면서 활동을 중단한 남편을 서우 또래는 한 번도 본 적이 없을 테니까.

그렇지만 어느 누구도 남편을 백수라고 여기지 않았다. 활동을 중단한 지 몇 년이 지났음에도 지금도 임진하에게 날아드는 러브 콜은 상당했고, 아직도 시나리오 포기를 하지 못한 은철기 감독은 주기적으로 연락을 했다. 이쯤 되니 이제 은 감독의 전화가 없으면 걱정이 될 지경이었다. 촬영 탓에 은 감독의 전화가 늦어졌을 적, 진하는 울리지 않는 휴대폰을 보고 이렇게 말했었다.

'은 감독 죽은 거 아냐?'

별로 걱정스러운 어조는 아니었지만 말이다. 아니, 어쩌면 속 시원했던 걸지도 모르겠다.

대중의 눈에서 멀어지면 잊히기 쉬운 직업이 배우라지만 임진하는 달랐다. 그 특유의 분위기와 외모를 대체할 수 있는 사람이 없어서였다. 그래서 몇 년 동안이나 은철기 감독도 임진하를 잊지 못하는 것이리라.

하지만 당사자는 아무 생각이 없었다.

"엄마가 가정주부인 집은 좀 있을 거 아니야? 아빠가 주부인 게 어디가 문제인데?"

"애들은 조금만 달라도 놀림거리로 삼잖아요."

"남자가 주부가 될 수도 있는 거지."

배우 일에 미련 없는 임진하는 책장을 정리하면서 가볍게 대꾸했다. 한쪽 벽면을 가득 채운 책장은 드래곤이 나오는 소설책으로 가득했다. 그는 요즘 전자책에도 손을 뻗치기 시작해서 그의 전자책 리더기에는 책장에 있는 종이 책의 수만큼 전자책이 저장되어 있었다.

가족의 평화와 일신상의 안녕을 위하여 일을 그만두긴 했으나, 어째 딸의 말처럼 그는 훌륭한 백수의 모습을 보여 주고 있었다. 율리의 가슴 한구석에 죄책감이 스르르 올라왔다.

"너무 신경 쓰지 마. 조금 지나면 괜찮아지겠지."

그는 그녀의 죄책감을 읽은 듯 담담하게 덧붙였다. 둘째를 가진 아내가 괜히 스트레스를 받다가 나쁜 일이 생길세라, 그는 내심 전전긍긍하고 있었다. 겉으로는 여유롭기 그지없는 모습이었지만.

책장 정리를 마치고 나서 진하는 의자에 앉아 있는 율리의 머리를 쓸어 주었다. 그녀는 그의 손을 잡아 멈추게 만든 뒤, 한숨을 내쉬며 입을 열었다.

"은성이라는 애가…… 서우랑 뭐랄까, 라이벌 같은 거래요."

"라이벌? 애들이?"

"엄마 말로는. 그래서 서우가 지고 싶지 않은 거지, 뭐."

은성이가 누군지 모르는 율리는 엄마에게 은성이의 정체를 물어보았다. 놀랍게도 은성이는 서우의 친구이면서도 라이벌 관계라며, 이야기를 전해 들은 엄마는 서우의 기분이 많이 상했을 거라고 귀띔해 주었다.

한편, 귀여운 소리에 진하는 웃음만 터뜨렸다. 조그만 것들도 인간이랍시고 할 일은 다 한다.

"서우가 많이 상처 받았을까 봐…… 좀 그래."

다른 것보다 그녀가 걱정하는 것은 딸의 자존심이었다. 모두가 사이좋고 즐겁게 유치원 생활을 하면 좀 좋을까 싶지만, 아이들도 어른 못지않게 알력 싸움을 했다.

"은성이…… 가 혹시 걔 아냐? 얼굴 하얗고 좀 통통한 애. 머리 길고."

"몰라요, 난. 내가 애를 데리러 가 봤어야지."

육아는 남편이, 가끔은 엄마가 전담한 터라 율리는 서우의 친구 관계에 대해 아는 바가 전무했다. 앞으로는 아이에게 조금 더 신경을 써야겠다, 생각할 참이었다.

"걔라면 잘 지내는 것 같았는데. 인사도 잘하고."

"은성이가 누군지 알 건 없고, 하여튼 서우가 단단히 삐쳤나 봐요."

"여섯 살짜리들이……."

"그 여섯 살짜리가 혼자 있고 싶을 때도 있는 거라며?"

자신이 했던 말을 아내가 그대로 돌려주는 바람에 진하는 입을 다물고 어깨만 으쓱였다. 율리는 책상 위에 팔을 올리고 턱을 괴었다. 아이를 키우는 건 결코 만만한 일이 아니라고, 이럴 때 한 번씩 실감하곤 했다.

어두워진 율리의 표정에 언제 여유로웠냐는 듯 진하도 미간을 찡그렸다. 그가 그녀의 뺨을 감싸 자신을 바라보게끔 만들었다. 큼직한 손은 그녀의 뺨을 전부 덮고도 남았다.

눈이 마주치기 무섭게 그가 물었다.

"차율리, 너 몸은 괜찮아?"

"왜요? 괜찮은데?"

"그런데 왜 난 어지럽지?"

평범한 사람에게는 흔하다면 흔한 두통, 현기증 등은 임진하의 사전에 없는 것과 다름없었다. 차율리를 만나기 전까지는. 그래도 두통에 현기증 정도면 괜찮지, 메스꺼움이나 관절통 등을 느끼면 정말 죽을 맛이었다. 맛 좋은 치킨조차 못 먹을 지경이 되니 말이다.

미간을 살짝 찌푸린 진하를 율리가 의아하게 바라볼 때였다.

"제발 얌전히 있어라. 입덧하지 말고."

그가 그녀의 배를 부드럽게 쓸면서 간절히 빌었다. 그의 표정이 너무 절실해서 그녀는 아무 대꾸도 할 수 없었다.

이튿날, 진하가 오랜만에 방문했다는 소식을 듣고 율리도 대표이사실에 걸음 했다. 어제, 오늘 있었던 일을 간단하게 설명하자 대표이사는 웃음을 참으며 간단하게 감상을 말했다.

"저런…… 서우가 꽤 상심했겠군요. 백수 아버지를 두어서."

"상심 정도가 아니에요. 아침에는 갑자기 등원 거부까지 했다니까요."

율리의 말에 적룡이 눈을 동그랗게 떴다. 사교적인 서우는 유치원 등원을 싫어하지 않았다. 가기 싫다고 보채는 아이들과 달리, 아침에도 군말 없이 일어나 등원 준비를 하는 모범적인 서우였으나 오늘은 달랐다.

"아빠가 이만큼 잘생겼으면 됐지, 뭘 또 그런 걸로."

자신감 가득한 흑룡의 말에 적룡이 눈살을 찌푸렸다. 하지만 적룡은 물론, 율리 역시 그의 말을 부정할 수는 없었다.

전혀 개의치 않는 진하와 반대로 그를 바라보는 율리의 표정은 어두웠다. 만약 자신이 그에게 일을 그만두라고 부탁하지 않았더라면 어제오늘 같은 일은 일어나지 않았겠지, 싶어서였다. 안전을 위해 어쩔 수 없는 선택이었지만 이렇게 후회될 때가 있었다.

"그럼 전 이만 내려가 볼게요. 이야기 나누세요."

업무 도중에 연락을 받고 잠깐 올라왔던 터라 율리는 일찌감치 자리를 떴다. 대표이사실 문이 닫히는 것까지 지켜보고 나서 적룡이 이때다 싶어 제안했다.

"이참에 은 감독하고 이야기 한 번 하시지요?"

"왜? 투자하려고?"

흑룡이 정곡을 찌르자 적룡은 대답을 회피했다. 일단 임진하

복귀가 확정만 되면 분명 화제가 될 것이 분명했고, 화제가 되면 돈이 모이기 마련이었다. 몇 년째 두문불출하고 있지만 아직까지도 그를 찾는 사람이 많았다.

"영화라는 게 찍는다고 바로 나오는 것도 아니잖아. 아무리 지금 시나리오가 나와 있다고 해도 투자자 모집하고, 촬영 준비하고, 찍는 시간도 있고."

"예, 그렇지만……."

"그러면 서우는 학교 가겠다."

뭐라 대꾸하려던 대표이사의 말허리를 진하가 뚝 끊었다. 작품을 준비하는 시간만 해도 한참 걸릴 테니 당장 딸의 기분을 풀어 줄 수는 없는 노릇이었다. 그러나 적룡은 지지 않았다.

"그렇게까지 걸리지는 않을 겁니다. 은 감독을 재촉하면 되지요."

"귀찮아서 그래."

그럼 그렇지. 속 시커먼 흑룡은 본심을 뒤늦게 드러냈다. 사람을 다루는 일에 능숙한 적룡은 불만을 표하기보다는 세 치 혀를 굴리기로 했다.

"오늘 하루 유치원을 빠진다고 해서 바뀌는 것은 없을 텐데, 서우는 계속 상처를 받겠군요. 계속, 매일매일."

"무슨 그런 재수 없는 소리를 해?"

"부정(父情)에 호소하는 겁니다."

"됐어. 나중에 이야기해."

미간을 잔뜩 찌푸린 진하가 말을 딱 잘랐다. 하여튼 적룡과 말을 섞으면 말려드는 것 같아 기분이 나빠진다.

그래도 원천 봉쇄 대신 나중에 말하자는 여지를 남기는 것을 보면, 흑룡 또한 마음이 불편하기는 한 모양이었다. 조금만 더 기다리면 알아서 계약서에 사인을 할 듯하니, 대표이사는 이쯤에서 물러나기로 했다.

서우의 서러운 사정은 여기까지. 진하는 오랜만에 회사에 온 목적을 말했다.

"차율리 업무량을 좀 줄여."

"예?"

"둘째가 생겼어."

잠시 대표이사실 안에 침묵이 흘렀다. 정적을 깨뜨린 건 떨떠름한 적룡의 말이었다.

"……괜찮으십니까?"

그는 쉬이 대답하지 못했다. 괜찮을 리가 있나. 아직 본 게임은 시작도 하지 않았는데 벌써부터 컨디션이 난조였다. 아무 말도 못하는 흑룡을 적룡이 복잡한 시선으로 바라보았다. 온 세상의 시름을 얻은 것처럼 그는 힘겨워 보였다.

"일단 축하는 드리겠습니다만……."

"나도 좋아. 당연히 좋지. 서우 동생이 생긴다는데."

……라고 말하면서도 그의 손등에는 힘이 들어가 핏줄이 바짝 도드라졌다. 기쁜 건 사실이지만 암담한 마음 역시 숨길 수는

없었다. 대표이사는 진하를 측은한 눈빛으로 바라보며 입을 열었다.

"하지만 분명히 시술을……."

"현대 의학이 회복력을 이길 수가 없대."

인간의 육체를 뒤집어쓰고 있기는 하지만 며칠 정도 잠들지 않아도 멀쩡하고, 끼니를 건너뛰어도 무탈하다. 감기와 같은 질병, 혹은 두통 등의 통증도 느낄 일이 '평소라면' 없을 존재에게 현대 의학은 무의미했다.

"논문 케이스가 되지 않은 걸 다행으로 여기셔야겠습니다."

적룡이 섬뜩한 농담을 뱉었다. 물론 간이 배 밖으로 나온 흑룡은 듣는 척도 하지 않았다.

임진하가 왔다간 지 30분도 지나지 않아 법무팀장 백경진은 대표이사로부터 연락을 받았다. 팀장실 문을 열고 나온 경진이 율리를 불렀다.

"차변, 잠깐 나 좀 봐요."

"네……."

하품이 절로 나오는 나른한 오후, 율리는 힘없이 휘적휘적 걸어 팀장실로 들어갔다. 소리가 나지 않도록 신경 써서 문을 닫은 그녀는 경진의 손짓에 소파에 앉았다. 그는 뜸들일 것 없이 바로 용건부터 말했다.

"업무량을 줄이라는 지시가 내려왔어."

"아, 대표님께서 벌써 말씀하셨어요?"

경진이 고개를 끄덕이자 율리가 난처한 표정을 지었다. 역시 집 밖을 잘 나서지 않는 남편이 괜히 회사에 온 게 아니었다. 하여튼 유난이다. 임신 진단을 받기 전과 지금은 별다를 것도 없는데 말이다.

"아직은 괜찮은데…… 폐 끼치는 것 같아 죄송하네요."

"건강이 가장 중요하니까 괜찮아."

진심이 물씬 느껴지는 말이었다. 용살자의 고통에 민감하게 반응하는 건 흑룡뿐만이 아니었으니까. 차율리가 용살자임을 제일 먼저 자각한 경진 또한 삶의 질을 위해 율리가 출산할 때까지는 거리를 두고 싶었다. 흑룡은 제 자식이니 힘들어도 상관없겠지만, 백룡의 입장에서는 억울한 일이기도 했고.

"일단 판권 쪽 일은 다 나한테 넘기고 전담 아티스트 상담만 해."

"그래도 지금 잡고 있는 건 마저 해서 드릴게요."

알았다는 듯 그가 고개를 끄덕일 참이었다. 밖에서 똑똑, 노크한 아영이 문을 살짝 열고 고개만 쏙 들이민 채 말했다.

"팀장님, 이지유 씨가 기다리신대요."

"알았어요. 곧 간다고 말 좀 해 주세요."

가볍게 대답한 경진이 의자에서 일어나자 율리가 눈을 동그랗게 뜨고 말을 붙였다.

"정말 이지유하고 계약하는 거예요?"

이지유는 빼어난 외모와 연기력으로 유명한 배우였으나 돌연 프랑스로 유학을 가서 한참 활동을 하지 않았었다. 복귀를 위해 이곳저곳과 물밑에서 접촉을 하고 있다더니 RD하고도 이야기가 오가는 모양이었다.

"그냥 이야기만 나눠 보기로 했어."

아직 계약도 하지 않았는데 굳이 법무팀장까지 불러서 할 만한 이야기가 뭔지 율리는 문득 궁금해졌다.

"이야기요?"

그녀가 의아하게 되묻자 관련 서류 파일 두 개를 찾아 든 경진이 빙그레 웃으면서 대답했다.

"으음, 예전 소속사랑 분쟁 중이거든."

순간, 그녀의 머릿속에 그동안 겪어온 온갖 사례들이 파노라마처럼 스르륵 지나갔다. 부디 이야기가 잘 풀리기를 바라며 율리는 팀장실을 나왔다.

퇴근한 후, 율리는 진하에게 뜬금없이 꽃다발을 받았다. 미색과 연한 분홍빛의 리시안셔스가 라벤더 사이사이에 큼직큼직하게 자리한 꽃다발이었다. 오랜만에 꽃향기를 맡으면서 그녀가 밝은 목소리로 물었다.

"웬 꽃다발?"

"축하는 제대로 해야지."

둘째 아이를 가진 아내에게 그는 '변함없는 사랑'이라는 의미를 가진 꽃을 안겨 주었다. 향기를 한가득 맡아 본 그녀가 중얼거렸다.

"서우 때는 빨간 장미였는데……."

활짝 핀 장미 같은 리시안서스는 그렇다고 쳐도 향이 짙은 라벤더는 생소하다 싶어서 그녀가 의아하게 보랏빛 꽃을 응시했다. 그가 힘없이 말했다.

"라벤더가 심신의 안정을 시켜 준대."

그 말을 듣자마자 율리는 남편이 불쌍해졌다. 꽃다발을 든 채로 그녀가 그의 허리를 폭 끌어안았다. 그가 나직하게 웃으며 그녀의 등줄기를 쓸어 줄 때였다.

"많이 힘들 텐데, 미안해요."

그녀의 사과를 듣자마자 그의 손길이 뚝 멈추었다. 그녀가 그를 안은 손을 풀고 고개를 들었다. 그는 전혀 이해가 가지 않는다는 눈빛으로 그녀를 내려다보고 있었다.

"미안해? 왜?"

"그…… 그거야 힘들게 해서?"

"그 힘든 걸 너도 다 겪잖아. 내가 너한테 미안해해야 하는 거 아냐?"

일리 있는 소리라 율리는 굳이 부정하지는 않았다. 하지만 지난날, 남편의 모습이 처참하기 이를 데 없었기에 마음 한구석에 빚을 진 느낌도 없잖아 있었다. 그녀의 속내를 읽은 듯, 그가 가볍게 덧붙였다.

"애초에 임신이 미안한 일도 아니고."

미안한 일이 아니라 축하 받을 일이기에 차율리가 지금 꽃다발을 받는 것이다. 괜스레 얼굴이 붉어진 율리는 꽃다발에 얼굴을 묻었다. 진한 라벤더 향기는 그의 말대로 마음을 가라앉혀 주었다.

"잘된 거야. 우리가 없어도 애들 둘이 의지하면서 살 테니까."

진하가 미소를 내보이며 말을 이었다. 머나먼 이야기지만 하루 차이로 세상을 떠나게 될 운명은 둘 사이를 단단하게 얽어 주었다. 짙은 향기에 율리는 눈을 감아 버렸다.

*　　*　　*

며칠이면 끝날 줄 알았던 서우의 이상행동은 오래갔다.

"아빠가 안 왔으면 좋겠어."

저녁 식사를 마친 뒤, 서우가 불만스럽게 말했다. 집이 유치원과 먼 편이 아니라 유치원 차량을 이용하지 않는 서우는 어른들의 손을 붙잡고 귀가했다.

"할머니가 데리러 오면 안 돼요?"

며칠째 비가 내려서 삭신이 쑤시다는 할머니 대신 아빠가 집을 나섰다. 평소에는 반갑게 아빠를 맞아 주었던 딸이 요즘은 통 시큰둥하다 싶었는데 역시.

아이를 제외하고 어른들끼리 당황스러운 눈빛을 교환했다. 타인의 기분에 예민한 아이는 표가 날 정도로 부모의 눈치를 보고 있었다. 아마 서우 본인도 자신의 부탁이 부당하다는 걸 아는 것이리라.

서우의 마음을 이해하지 못하는 바는 아니지만, 어쩔 수 없는 일이어서 율리는 쓴소리를 뱉었다.

"할머니 힘드신데 그럼 안 돼."

"……네."

서우가 시무룩하게 대답하고 고개를 푹 숙였다. 아이의 부탁에 집안 분위기가 단번에 얼어붙었다. 그래도 그날 이후 등원 거부를 하지 않아서 마음을 놓았는데, 아직까지도 아이들 사이에서 말이 돌고 있나 보다. 율리는 담당 교사에게 연락을 해야 하나 고민했다.

"아니야. 서우야, 내일은 할머니가 갈게. 꼭."

하나뿐인 금쪽같은 손녀가 풀 죽은 게 가여웠는지 할머니는 아픈 것도 잊고 손녀의 기분을 맞춰 주기 바빴다. 마음이 무거운 건 엄마인 율리 역시 마찬가지였다. 복잡한 한숨을 겨우 삼키고 나서 그녀는 남편을 따라 거실을 떴다.

서재에서 진하와 마주앉은 율리는 어색하게 농을 건넸다.

"이제 겨우 여섯 살인데 벌써부터 아빠를 피하는 거야? 난 열두 살부터 아빠랑 서먹해졌는데."

하지만 근심 어린 표정으로 그는 침묵할 뿐이었다. 딸의 거부에 마음이 많이 상한 건가 싶어서 그녀가 조심스럽게 말했다.

"너무 상처 받지 마요. 애니까……."

"조선 시대도 아니고 요즘 같은 세상에 남자가 집안일하지 말라는 법이 어디 있어?"

……라고 말했으나 그는 집안일도 하지 않았다. 자본주의 사회에서는 돈을 쓰면 생활이 쾌적해지기 마련이었다.

"저러다 말겠지."

저러다 말 줄 알았으나 일주일째 서우의 불편한 심기는 계속되는 중이었다. 못마땅한 표정으로 앉아 있는 진하의 어깨에 율리가 손을 올리고 부드럽게 매만졌다. 위로가 담긴 손길에 그의 표정이 풀리기 시작했다.

그가 투덜거렸다.

"주부 말고 부동산 임대업이라고 알려 줄 걸 그랬어."

물론 그는 건물 관리 역시 전부 적룡에게 넘겨 버린 지 오래였다.

"애들이 임대업자가 뭔지 알긴 해요?"

임대업자가 되든 말든 출근을 하지 않는 이상, 아이들이 보기에 서우의 잘생긴 아빠는 날백수나 다름없는 모양이었다. 피곤한 투로 그가 한숨을 길게 뱉더니 그녀의 손을 어깨에서 떼어 내고 몸을 일으켰다. 휴대폰과 자동차 키를 집어든 남편을 그녀가 의아하게 쳐다보았다.

"어디 가요?"

"내 딸 불쌍해서 못 보겠다."

"네?"

의미심장한 소리를 남기고 진하는 집을 나갔다.

늦은 시간에 그가 향한 곳은 아직도 불이 환하게 켜져 있는 소속사 대표이사실이었다. 예상보다 빨리 온 흑룡을 보고 적룡은 놀라지 않았다. 대신 그녀는 몇 년째 묵혀 두었던 계약서를 내밀었다.

"계약서부터 써 주셔야겠습니다."

"내가 말을 바꿀 것처럼 보여?"

"돌다리도 튼튼해야 건너는 거지요."

계약서를 쓴다 한들 흑룡이 마음을 바꾸면 그만이긴 하지만, 그래도 적룡은 그가 계약서에 사인하는 순간 크나큰 희열을 느꼈다. 대체로 굴러 들어올 금전에 대한 기대 덕분이었다.

탁, 소리가 나게 펜을 내려놓은 진하가 싸늘하게 말했다.

"최대한 일정 당겨. 무슨 소린지 알지?"

"예."

"CF도 두 개만 잡아."

"그렇게 하지요."

기다리던 일에 대표이사는 한 치의 망설임도 없이 시원스럽게 대답했다. 영화 제작 일정을 당겨야 서우가 유치원을 졸업하기 전에 끝을 볼 수 있을 터였다.

또한 영화 제작에 시간이 걸리기 때문에 진하는 제작 기간이 짧고 파급력이 큰 광고까지 언급했다. 웬만해서는 광고에 얼굴 비추는 것을 싫어하는 그였지만 오로지 외동딸의 자존심을 위해 모든 것을 내려놓은 셈이었다.

"작품 하나, 광고 둘. 더는 없어. 계약 기간도 최소화하고."

"그래도 보통 송출일부터 반년 이상입니다."

"그 정도면 됐어."

의외로 흑룡은 까다롭게 굴지 않았다. 적룡이 흡족하게 그를 칭찬했다.

"정말 좋은 아버지시군요."

"애가 맨날 집에서 우는데 이 정도는 해야지."

사실 서우는 그다지 울지는 않았다. 대신 뾰로통한 표정으로 아빠를 피할 뿐. 차라리 엉엉 울면서 안기는 편이 마음은 덜 아프지 싶어, 그는 답답한 심정으로 얼굴만 구겼다.

"서우한테 크게 선물이라도 해 줘야겠습니다."

적룡은 감히 흑룡을 놀리는 게 틀림없었다. 그녀는 몇 년째 마음을 돌리지 않던 임진하를 단번에 변화시킨 작은 아이에게 진심으로 고마워하고 있었다.

유쾌하지 않은 기분으로 대표이사실을 나온 진하는 회의실로 향하던 경진과 마주쳤다. 가볍게 묵례를 한 경진을 보고 진하는 손목시계로 시선을 돌렸다. 열 시에 다다른 시간, 결코 이른 시간은 아니었다.

"아직도 퇴근 안 했나?"

"미팅이 있어서요."

쓸데없이 성실한 어린 백룡을 흑룡이 못마땅하게 훑어보다가 확 지나쳤다. 소멸한 선대 백룡도 그랬지만 하얀 것들은 유난히 성실했다. 따지자면 검은 것들이 유난히 게으를 뿐이지만 흑룡 본인은 몰랐다.

첫 경험, 첫사랑처럼 첫 용살자의 존재가 강렬하게 느껴져서 경진은 차율리에게 깊은 호감을 가졌었다. 그런 경진에게 있어서 처음에 흑룡은 어려운 존재였고, 율리를 채 간 이후에는 썩 달갑지 않은 존재로 비추어졌다. 그것도 5년쯤 지나니까 이제는 그럭저럭 마음 정리가 되어서 덤덤해지긴 했지만. 역시 시간이 약인 모양이었다. 다음 생에는 오늘의 기억도 희미하리라.

거의 열 시에 가까운 시각임에도 경진은 이지유와의 계약 조건 조율을 위해 늦게까지 회사에 남아 있었다. 공식적인 스케줄이 없을 때 놀러 다녀야 한다는 이유로 이지유는 해외여행을 갔다가 늦은 시간에 귀국했다. 덕분에 백경진은 오늘도 야근을 해야 했다.

"안녕하세요."

인사를 하며 회의실 안으로 들어오는 경진을 보고 이지유가 자리에서 벌떡 일어났다. 여독이 풀리지 않았는지 그녀의 안색이 창백하다 싶을 때, 돌연 그녀가 비틀거리더니 바닥으로 고꾸라졌다.

당황스러운 상황에 경진은 그녀를 받아 주고자 손을 뻗었다. 다행히 그녀가 쓰러지기 직전에 구해 주기는 했으나 그녀의 손끝이 그의 목덜미를 스치고 말았다.

"죄송해요. 제가 빈혈이 있……."

지유는 질끈 감았던 눈을 뜨고 아무것도 모르는 순진한 표정으로 힘없이 말을 늘어놓았다. 문제는 겨우 이지유를 지탱해 주던 백경진의 손에서 힘이 빠졌다는 데 있었다. 그녀의 팔을 잡았던 손이 힘없이 미끄러지더니 경진의 다리가 풀썩 꺾였다.

"팀, 팀장님?"

당황한 지유가 어쩔 줄 몰라 발을 동동 굴렀다. 기립성 저혈압에 빈혈까지 앓는 그녀였지만 이 순간 환자는 이지유가 아니라 백경진이었다.

지유는 창백하게 굳어진 경진의 얼굴을 보고 저도 모르게 멈칫, 입가를 가렸다. 자신을 향한 그의 눈길이 서늘하니 오싹했다. 어느 남자에게서도 느낀 적 없는 강렬한 시선이었다. 그녀가 떨리는 입술을 겨우 떼었다.

"……백경진 팀장님?"

하지만 경진은 아무 대꾸도 하지 못했다. 역린을 건드리고도 무사할 수 있는 특별한 인간이 백경진 앞에 또 나타났다.

'용살자?'

너무 놀라서, 그리고 너무 황홀해서 하마터면 이대로 의식을 놓을 뻔했다. 그는 그녀의 시선을 피해 고개를 숙이고 정신을 차리려 애를 썼다. 여기서 용살자에게 말려들 수는 없었다.

"팀장님!"

반면, 고개를 숙인 그가 대답 없이 미동도 하지 않자 그녀는 덜컥 겁을 집어먹었다. 그의 노력을 알 리 없는 그녀는 다른 사람의 도움을 구하기 위해 회의실 출입문 손잡이를 잡았다.

"거기 누구 없어요?"

문고리가 돌아가는 소리와 동시에 그녀의 다급한 목소리가 복도로 튀어나왔다. 하지만 슬프게도 이 시간의 사무실은 대부분 텅 비어 있었다. 울상이 된 그녀가 문을 활짝 열어젖힐 찰나였다.

"……괜찮습니다."

겨우 정신을 수습한 경진이 지유의 팔을 단단히 잡아 행동을 저지했다. 걱정 가득한 눈빛으로 그녀가 그를 올려다보았다. 그녀의 시선 탓일까? 아직도 온몸에 남은 짜릿한 쾌감에 소름이 끼쳤다.

경진은 내색하지 않고 회의실 문을 닫은 뒤, 아무 일도 없었다는 듯 의자에 앉았다. 떨떠름하게 서 있던 지유도 머뭇머뭇 그의 눈치를 보다가 그의 맞은편에 자리했다. 평소와 다름없는 풍경을 보자 그제야 그의 마음이 조금 놓였다.

"계약서 사본 확인하세요."

이미 메일로 한 차례 확인한 계약서 조항을 다시 살피는 척하며, 지유는 경진을 흘끔거렸다. 이 남자가 내비쳤던 그 서늘하면서도 강렬한 눈빛이 마음에 걸렸다. 이 남자는 대체 뭐지? 방금 전의 흐트러진 모습과 달리 금욕적으로 절제된 표정이 신기했다.

'야누스?'

두 얼굴을 가진 남자가 그녀의 시선을 느끼고 고개를 들었다. 그와 눈이 마주치자 화들짝 놀란 그녀는 심장이 바닥으로 떨어지는 느낌을 받았다. 그녀와 다르게 그는 대수롭지 않은 투로 물었다.

"프랑스 유학은 이제 안 가시는 겁니까?"

"……네. 이제 작품 활동해야죠."

법무팀장 백경진이 좋아할 만한 대답을 했는데, 어째 그의 표정이 미묘했다. 열심히 일하겠다는데도 그는 그다지 반기는 표정이 아니었다. 괜스레 기분이 상한 그녀가 툭 내뱉었다.

"걱정 마세요. 계약 기간 동안은 정말 충실하게 일만 할 거니까요."

경진은 대답 대신 고개만 끄덕였다. 이지유는 모르겠지만 그는 차라리 그녀가 다시 프랑스로 날아가 버렸으면 싶었다. 용살자와 가까이 있고 싶지 않기도 했고, 새로운 용살자를 발견한 흑룡이 어떤 짓을 할지 모르기 때문이기도 했다.

'큰일인데.'

흑룡이 이지유의 정체를 알게 되면 차율리 때처럼 죽이려고 꾀를 쓸까? 계약서를 검토하는 시늉을 하는 지유를 경진이 복잡한 시선으로 바라보았다. 갈대 같은 백룡의 마음에 이지유를 향한 호감이 자라나려고 해서 그의 안색이 어두워졌다.

*　　*　　*

"아빠!"

진하를 발견하자마자 서우가 신이 나서 제 아빠를 불렀다. 오늘, 서우는 아침부터 아빠한테 데리러 와 달라고 몇 번이고 당부했었다.

겨우 아이 유치원 하원을 위해 정오부터 단골 숍을 들렀던 딸바보는 아주 우아한 자세로 서우를 안아 주었다. 서우의 뒤에서 고개를 빼고 진하를 구경하던 아이들이 감탄했다.

"우와! 진짜 텔레비전에 나온 아저씨다."

분명 예전에도 몇 번씩 오며 가며 보았을 텐데 단지 TV에 나오기 시작했다는 이유만으로 아이들은 진하를 낯설게 여기고 있었다. 개중에 나서기 좋아하는 아이가 후다닥 다가와 물었다.

"아저씨, 어떻게 텔레비전에 나왔어요?"

"아저씨 아니야."

아이들 눈에 성인 남성은 전부 아저씨나 마찬가지였으나 임진하는 어린 아이를 상대로 유치하게 굴었다. 아빠 품에 안긴 서우는 턱을 치켜들고 뻐기기 바빴다. 그때 원아들을 통제하던 담당 교사가 다가와 웃으며 인사했다.

"안녕하세요, 서우 아버님. 오랜만에 오셨네요."

"네, 바빠서요."

서우의 머리를 쓸어 주면서 진하가 간단하게 대답했다. 담당 교사가 부모에게 서우를 인계했으니 이제 돌아갈 일만 남았다. 하지만 서우는 아직 성이 차지 않은 모양이었다. 서우가 신이 나서 떠들었다.

"선생님! 우리 아빠가 텔레비전에 나와요."

"그럼, 잘 알지. 전에는 더 많이 나오셨는데."

"더 많이?"

자신이 태어나기 전의 일을 알 리 없는 서우가 고개를 갸웃거렸으나 선생님의 시선은 진하에게 향해 있었다. 그녀가 앞치마에서 종이와 펜을 꺼내더니 얼굴을 붉히며 머뭇머뭇 부탁했다.

"사인 한 장, 아니 두 장만 부탁드려도 될까요?"

"전에도 두 장인가 해 드린 것 같은데."

"다시 활동하시니까 주변에서 사인 좀 받아 달라고 어찌나 성화인지……."

대외적으로 겸손하고 성격 좋은 이미지 때문에 진하는 어쩔 수 없이 서우를 품 안에서 내리고 두 장의 사인을 해 주었다. 옆에서 생글생글 웃으며 이 광경을 즐겁게 지켜보던 서우가 친구를 발견하고 목소리를 높였다.

"봤지, 최은성? 선생님도 우리 아빠한테 사인 받는다고!"

"최은성……?"

딸이 바라보고 있는 방향으로 고개를 돌린 진하는 흥, 하고 콧방귀를 뀌며 후다닥 자리를 뜨는 남자아이를 보고 눈가를 찡그렸다. 자신이 아는 '은성이'가 아니어서였다.

다시금 어린 딸을 안아든 진하가 유치원 출입문을 나서다 아는 얼굴을 발견하고 서우에게 물었다.

"은성이가 저 친구 아니야?"

"응, 쟤는 이은성. 이은성은 공주병이 있는데 착해."

얼굴 하얗고 통통한 아이는 교사의 지도에 따라 차에 오르고 있었다. 아무래도 은성이라는 이름만 듣고 서우의 할머니가 잘못 짚은 모양이었다. 원아 중에 은성이라는 이름을 가진 남자아이가 또 있었을 줄이야.

그렇다는 말은, 자존심 상한 딸이 눈물을 보이고 등원마저 거부하게 한 원흉이 아까 그 콧방귀를 뀐 남자아이 때문이라는 뜻이었다. 진하가 얼굴을 바싹 구겼다. 지금 이 순간, 주변에 흑룡의 기운을 느낄 수 있는 미물들이 있었다면 꼬리를 말고 줄행랑을 쳤을 것이다.

"남자애가 놀렸단 말이야?"

서우가 고개를 끄덕였다. 노기를 가라앉히기 위해 눈을 길게 감았다 뜬 진하가 일러 주었다.

"앞으로 남자애가 놀리면 가만히 두지 마."

"왜? 친구끼리는 사이좋게 지내야 한다며?"

"남자는 패도 돼."

아빠의 험한 소리를 장난으로 알아들은 서우가 까르르 웃었다. 그러나 진하의 못마땅한 표정은 한참 동안 사라지지 않았다.

서우를 집에 데려다주고 나서 진하는 미팅을 위해 회사로 향했다. 임진하와 마주앉은 영화감독 은철기는 입이 귀밑까지 찢어질 태세였다.

"로또 맞으면 이런 기분인가?"

수년 동안이나 자신의 뮤즈나 다름없던 임진하에게 러브 콜을 보내왔는데, 드디어 철기의 노력이 빛을 보는 날이었다. 몇 년 전 '형사의 품격' 촬영 때와 변함없는 모습으로 진하는 시나리오를 대충 훑어보고 있었다.

'꿈이 아니야!'

수십 번 눈을 깜빡이면서 이 상황이 현실임을 자각한 철기는 자신의 끈기와 집착에 흡족해졌다. 그때 진하가 심드렁하게 물었다.

"이거 전부터 찍고 싶다던 시나리오 아니에요?"

"맞는데."

"그새 트렌드 바뀌었을 텐데, 너무 촌스럽지 않나?"

싹싹하고 예의 바르던 임진하는 언제부터인가 독설을 태연하게 내뱉곤 했다. 작은 새처럼 여린 마음을 가진 창작자, 은 감독이 상처 받은 얼굴로 대답했다.

"어떻게 그렇게 심한 말을!"

진하는 들은 척도 하지 않았다.

"우리나라 관객들 수준이 얼마나 높은데요."

부정할 수 없는 사실이었다. 대한민국 영화 시장은 세계적으로도 알아주는 크기였고, 그만큼 관객들의 눈도 높았다. 재미있는 작품에 찬사가 쏟아지는 만큼 재미없는 작품은 단숨에 도태되기 마련이었다. 은 감독이 걱정스러운 시선을 보냈다.

"뭐가 마음에 안 드는데?"

"왜 자꾸 날 남자랑 엮으려는 겁니까?"

물론 작품성이나 재미 따위는 임진하의 관심 밖이었다. 영화를 하는 이유는 그저 아빠도 일을 한다는 것을 딸에게 보여 주기 위함이었다.

"아니, 누가 들으면 퀴어물인 줄 알겠네. 그냥 진하 씨 중심으로 동료들이 모이는 거라고."

……라고 은 감독이 해명했으나 불신의 눈빛이 이어졌다. 저번 '형사의 품격' 때도 그랬지만 은 감독은 이상하게 임진하에게 기를 쓰고 남자 배우들을 붙이려 들었다. 그 탓에 같이 출연했던 현웅에게 게이설까지 돌 정도였다.

감독 당사자가 아니라고 하니 더 이상 추궁할 수는 없는 노릇이었다. 진하는 다른 점을 지적했다.

"그리고 이대로라면 제작 기간에 툭하면 태풍 올 걸요? 태풍 오는데 치렁치렁하게 한복 입고 있으라고?"

"에이, 괜찮아. 날씨는 항상 좋았잖아. 이번에도 하늘을 믿자고."

그 날씨를 건드린 쪽이 진하임을 꿈에도 모르고 철기는 태평한 소리만 뱉었다. 날씨를 바꾸지 않겠다고 아내와 약속한 이상,

그는 비가 내리고 태풍이 와도 손가락 하나 까딱하지 않을 심산이었다.

"날씨가 좋을지 어떻게 압니까? 의상팀 난리 나겠네."

철기는 진하의 말을 부정하지 못했다. 미안하지만 임진하는 고전 역사물에 잘 어울려서 꼭 시대 배경을 과거로 해야만 했다. 이미 한 번 현대물을 찍어 보기도 했고 말이다.

썩 내키지 않아 하는 진하의 반응에 은 감독이 슬그머니 제안했다.

"역시 시대를 신라로 해야 할까? 화랑 말이야. 남자도 이만큼 아름다울 수 있다! 같은 거."

진하의 눈이 가늘어졌다. 신라든, 백제든, 고구려든 간에 시대 배경보다 은 감독이 뒤에 덧붙인 말이 괜히 소름 끼쳤다.

"……이건 좀 생각해 봐야겠습니다."

"안 돼!"

책상을 쾅 내려친 철기가 자리에서 벌떡 일어나 소리쳤다.

"진하 씨, 다른 작품 하기만 해 봐. 진짜 나, 누드로 시위할 거야!"

배불뚝이에 털이 북슬북슬한 중년 남성의 누드는 이쪽에서 사양이었다. 진하가 얼굴을 구기자 제 협박이 통한 줄 알고 은 감독이 다시금 강조했다.

"진짜로."

모르는 척 은철기 감독을 죽여 버리는 게 낫지 않을까? 이 순간, 만사가 귀찮아진 흑룡은 말도 안 되는 생각을 했다.

진하가 고민하는 그 시각, 율리는 화정과 오랜만에 만났다. 올해 초에 화정은 첫 회사를 나왔다. 트집을 잡아 율리를 내쫓았던 그 회사였다. 악명 높은 회사에서 5년 이상 버틴 그녀에게 러브콜이 쏟아지는 건 당연했다. 훨씬 좋은 조건으로 대우 받으면서 이직한 화정은 주말에도 어렵지 않게 시간을 낼 수 있었다.

율리가 둘째를 가졌다는 소식에 신이 난 화정은 친구에게 예쁘게 포장된 상자를 내밀었다.

"차율! 축하해! 이건 선물."

"고마워."

언제나처럼 화정은 긍정 에너지가 넘쳤다. 자그만 상자를 가방 안에 넣고 율리는 커피 대신 머리가 맑아진다는 민트 티를 마셨다.

"나, CF 봤어. 서우 아빠 클래스는 변함없더라. 그동안 왜 그렇게 쉰 거야?"

진하의 팬을 자처하던 화정은 이번 달 초부터 송출되기 시작한 CF에 열광했다. 화정뿐만이 아니라, 임진하가 복귀 초읽기에 들어갔다는 소식은 연예계를 한 번 들썩이게 만들었다. 남편을 집 안에 들어앉혔던 차율리는 죄인이 된 기분으로 우물쭈물 대답했다.

"그거야…… 서우도 키워야 하고……."

차마 가족의 안전을 위해서라고 솔직하게 답할 수는 없어서 못난 엄마는 아이 핑계를 댔다. 다행히 화정은 꼬치꼬치 캐묻지는 않았다.

"서우는 잘 있어? 건강하지?"

"잘 지내지."

아빠가 TV에 나오기 무섭게 서우의 콧대 역시 하늘을 찔렀다. 이제는 아침 일찍 일어나서 유치원 등원을 기다릴 정도였다. 심지어 오늘, 서우는 할머니 대신 아빠가 데리러 오기를 바랐다. 친구들에게 아빠 자랑을 하기 위해서라는데, 덕분에 서우만큼이나 진하의 콧대도 하늘 높은 줄 모르고 올라갔다. 어쨌든 딸의 자존심을 지켜 준 것 같아 율리는 마음이 놓였다.

안도한 율리와 달리, 화정은 웬일로 우울한 기색을 보였다.

"차율은 벌써 둘째라니…… 좋겠다. 난 결혼은 틀린 것 같아. 일만 하다가 진짜 늙어 죽게 생겼어."

"얼마 전에 선봤다고 하지 않았어?"

"으응, 근데 별로였어. 나 그냥 혼자 살까?"

화정은 마음에도 없는 소리를 하고 있었다.

"괜찮다 싶은 사람은 없고?"

"이 나이에 괜찮다 싶은 사람은 다 임자가 있지."

30대 중반에 다다르자 주변은 황폐했다. 멀쩡한 남자는 이미 눈치 빠른 여자들이 채간 지 오래였으니까.

턱을 괸 화정이 한숨만 내쉬었다. 남자들은 능력 있는 미모의 변호사인 김화정을 마주하면 간이 쪼그라들곤 했다. 잘난 여자를 향한 열등감에 화정의 일을 깎아내리는 못난 놈들도 많아서 화정은 연애를 오래 지속하기 힘들었다.

"참, 경진 오빠도 여자 없지?"

"글쎄? 없을걸."

용들은 대체로 비혼주의자들이었다. 평범한 사람이 역린을 건드리면 화를 입기 때문이었는데, 이런 사실을 모르는 주변 사람들은 멀쩡한 엘리트가 어째서 결혼을 하지 않는지 궁금해하곤 했다. 화정도 경진의 사정을 모르니 의아해할까 싶어서 율리는 마른침을 삼켰다.

"왜? 혹시 선배한테 관심 있어?"

"아니! 그건 아니지! 그냥, 싱글 동료가 있다는 사실이 위안을 좀 준 달까?"

어느 순간부터 율리는 물론 화정도 경진에게 동료 의식 정도만 가지게 됐다. 20대 때에는 그래도 멋지고 똑똑한 선배에게 존경심과 더불어 이성적인 감정도 가졌던 것 같은데, 오래 봐 와서 그런지 그들에게 있어 백경진은 그냥 든든한 오빠 같은 느낌이었다.

"선배마저 결혼하면 진짜 홀로 남겨진 느낌일 거야."

화정이 우울하게 중얼거렸다. 평생을 자유로운 싱글로 살 줄 알았던 주변 사람들이 하나둘씩 짝을 찾아가고 있어 화정은 외로워진 모양이었다. 친구에게 힘이 되어 주고 싶은 율리가 조심스레 입을 열었다.

"괜찮은 사람 있으면 소개해 줄까?"

"정말? 고마워! 그럼 내가 오늘 저녁 살게. 맛있는 걸로."

언제 울적했냐는 듯 화정은 눈을 빛냈다.

* * *

퇴근 시간이 가까워진 저녁, 법무팀장 백경진은 위협을 느끼고 있었다.

"가, 가까이 오지 마세요."

바늘 하나 들어가기 힘들 만큼 빈틈없어 보이는 남자가 말을 더듬는 상황은 무척 신선했다.

경진은 팀장실에 찾아온 불청객과 거리를 두려 노력했다. 그 불청객, 배우 이지유는 법무팀장과 긴히 할 이야기가 있다며 천상의 연기를 펼쳐 법무팀 직원들을 속이고 팀장실에 쳐들어왔다.

"왜요? 저 병 같은 거 안 걸렸는데."

"그쪽이 병 걸렸다는 게 아니고……."

팀장실에 들어와서는 소파에 얌전히 앉아나 있으면 좋겠는데 이 여자는 마치 백경진의 약점이라도 잡은 양 능글맞게 웃으면서 그에게 한 걸음씩 다가오고 있었다. 책상 앞에 앉아 있던 경진이 의자를 뒤로 빼다가 통유리 창에 막혀 결국 몸을 일으켰다.

"저는 '그쪽'이 아니라 '이지유'입니다, 백경진 팀장님."

큼지막한 책상 하나를 가운데 두고 두 사람이 대치하기 시작했다. 그는 그녀에게 쏟아지려는 마음을 겨우겨우 붙잡고 차갑게 물었다.

"특별한 이유도 없으면서 왜 자꾸 회사로…… 오는 겁니까?"

정확히는 법무팀으로.

이지유가 백경진을 난감하게 만든 게 벌써 세 번째였다. 한 번은 점심시간에 찾아와서 '중요한 용건'이 있다는 이유로 단둘이 점심 식사를 했는데, 당연히 중요한 용건 따위는 없었다. 또, 며칠 전에는 그녀가 퇴근 시간 후에 찾아와 갑자기 '상담할 게' 있다면서 그를 끌고 회의실로 갔으나, 서로의 얼굴 구경만 실컷 하고 아무 소득 없이 헤어진 적도 있었다.

왠지 오늘도 그럴 것 같다. 경진의 눈가가 일그러졌다.

"그냥요. 이제 자주 만날 텐데 친해지자는 거랄까?"

"저랑 자주 보는 건 대체로 좋은 일이 아닐……."

법무팀장과 이야기를 나눌 일이 뭐가 있겠는가. 소송에 휘말리는 등, 법률 자문이 필요할 때나 경진과 마주앉을 터였다. 친해질 필요도 없고 자주 보는 것도 꺼리는 것이 보통이었다.

그러나 경진의 말은 끝까지 이어지지 않았다. 가까운 곳에서 흑룡의 기운이 느껴진 탓이었다. 건물 입구나 주차장, 혹은 위층 대표이사실이 아닌 법무팀 사무실 출입문에서.

"백 팀장님?"

"여기 가만히 있어요."

의아해하는 지유를 뒤로 하고 경진이 팀장실 문을 벌컥 열었다. 그녀의 시선이 등 뒤로 따갑게 박혔다. 그가 고개를 살짝 돌리고 덧붙였다.

"나오지 말고."

용살자에 대해 뿌리 깊은 원한을 가진 흑룡과 이지유를 만나게 둘 수는 없었다. 경진이 팀장실 문을 닫기 무섭게 비어 있는 법무팀 변호사실 문이 열리고 진하가 들어왔다. 진하는 텅 빈 실내를 둘러보고 미간을 좁혔다.

"차율리 어디 갔어?"

퇴근 시간이라고 기분 좋게 마중을 나온 진하는 정작 아내가 보이지 않자 예민해졌다.

"차변…… 지금 현웅 씨랑 미팅 중이에요. 소회의실이요."

제발 흑룡이 빨리 꺼져 줬으면 하는 마음으로 경진이 곧장 대답했다. 하지만 눈치 빠른 진하는 평소와 다른 경진의 모습을 흥미롭게 훑어보았다.

"아가, 너 왜 그렇게 쩔쩔매?"

"그렇지 않습니다만……."

경진이 대충 얼버무릴 때였다. 팀장실 문이 열리더니 지유가 모습을 드러냈다. 그녀는 진하를 보고 눈을 동그랗게 떴다. 소속사 간판이나 다름없는 임진하와 이렇게 만날 줄은 꿈에도 생각지 못했다. 그녀가 밝게 인사했다.

"안녕하세요."

경진은 흑룡이 율리에게 보였던 적의를 가까이에서 지켜보았던 터라 지금 이 순간이 지옥 같았다. 흑룡이 지랄 맞게 날뛰었던 기억이 떠오른 경진은 우울해졌다. 한편, 진하는 모범생 같던 백룡을 의외라는 듯 응시했다.

'여자를 숨기고 있어? 새끼 백룡이?'

기가 막힌 일이었다. 차율리를 만나면 이 일을 꼭 알려 줘야겠다. 벌써부터 신이 난 진하는 지유에게 환한 미소를 지어 주었다.

"안녕하세요. 이번에 RD로 옮기셨다면서요?"

이 바닥에서 이지유의 행보에 관심을 갖지 않는 사람은 없었다. 진하 역시 적룡이 하도 설레발을 치고 돌아다녀서 이지유가 RD와 계약한다는 사실을 알게 되었다.

자신을 대할 때와는 태도가 180도 다른 진하에게 경진이 복잡한 시선만 보냈다. 역시 싹싹한 척으로는 임진하가 세계 제일일 것이다.

미남의 미소에 미녀 역시 미소를 지으며 살갑게 말을 붙였다.

"한 번 만나 뵙고 싶었는데, 반갑습니다."

"저를요?"

"네. RD 간판 스타이시니까요."

"오래 쉬었는데 아직도 간판 취급해 주니 고맙네요."

말은 겸손하게 했지만 진하의 기분은 날아갈 듯 좋아졌다. 다른 사람들의 인정보다 비슷한 위치에 있는 동료에게 듣는 칭찬이 흑룡의 자존심을 훨씬 드높여 주었으니까.

인기 많은 배우라서 성격이 더러울 줄 알았는데 이만하면 이지유 인성도 꽤 괜찮다. 진하는 그녀에게 호감이 생겼다. 그녀가 용살자일 줄은 꿈에도 모르고 말이다.

“먼저 가 볼게요.”

“네, 들어가세요.”

하지만 진하는 더 이상 지유와 말을 섞지 않았다. 이지유 인성이 좋든 말든 간에 지금은 아내를 찾으러 가야 했다. 흑룡이 미련 없이 법무팀을 나간 뒤 마음을 졸이고 있던 경진이 지유의 어깨를 잡고 경고하듯 강하게 말했다.

“웬만해서는 가까이 오지 마십시오.”

“네?”

“저한테든 임진하 씨한테든 가까이 오지 마시라고요.”

경진은 더 이상 용살자에게 휘둘리고 싶지 않았다. 소멸의 위기에 놓인 적은 없었지만 본능이 이성을 이기는 경험을 더는 하고 싶지 않아서였다. 흑룡이 어째서 용살자를 싫어하는지 눈곱만큼이나마 이해가 가기도 했다.

큰 눈을 동그랗게 뜨고 경진을 올려다보던 지유가 고개를 갸웃거렸다. 자기한테 가까이 오지 말라는 건 계속 들었기 때문에 납득이 가지만 이 남자, 웃긴다. 자기가 뭐라고 임진하에게 가까이 가라 마라 하는 건지 모르겠다.

그녀가 한참 그를 응시하다가 무서운 소리를 뱉었다.

"……팀장님, 질투해요?"

"질……."

경진은 할 말을 잃어버렸다. 그의 얼빠진 표정에 지유가 능글맞게 웃었다.

"그런 것도 아닌데 왜 갑자기 화를 내시나?"

"그런 거 아닙니다."

흑룡에게 이지유의 정체가 들통나면 그녀의 안위를 장담할 수 없었다. 차율리야 흑룡의 바보 같은 짓으로 목숨을 건졌지만, 이지유는 흑룡과 운명이 얽힐 일이 없었으니까. 이런 사정을 알 리 없는 지유는 여전히 미소를 잃지 않았다.

"아니에요? 정말?"

"네. 유부남인 사촌 형한테 질투할 필요도 없고."

경진은 진하와의 대외적 관계를 근거로 삼았다. 처음 듣는 소리에 그녀가 얼굴에서 웃음기를 거두었다.

"두 분 사촌이었어요?"

"네."

"어쩐지 분위기가 좀 비슷하다 했어."

그녀의 혼잣말이 미묘하게 들리는 건, 그녀가 용살자이기 때문일까? 차율리가 비에 민감해했듯, 이지유에게도 본능적으로 용을 알아보는 능력이 있을지 모른다.

그는 말없이 그녀를 바라보았다. 용살자라서 그런 건지, 아니면 배우이기 때문인지 이지유는 남의 시선을 잡아끄는 힘이 있었다.

타인의 시선에 익숙한 지유는 경진의 눈길에 아랑곳하지 않고 말을 이었다.

"팀장님도 변호사로 썩기에는 아까운 외모인데."

"용건 없으시면 이만."

경진이 팀장실로 들어가면서 차갑게 대꾸했으나 지유는 지지 않고 팀장실로 따라 들어오며 받아쳤다.

"바쁜 것도 아니면서 되게 튕기네."

"바쁩니다."

사실 그리 바쁘지는 않았지만 더는 이지유에게 말려들기 싫어서 경진은 단호하게 말했다. 물론 자신감 넘치는 이지유에게 경진의 거절은 통하지 않았다. 그녀는 굳게 닫힌 출입문에 기댄 채 나른하게 이야기하기 시작했다.

"그날, 팀장님 표정."

잠깐 말을 끊은 그녀가 문에서 몸을 떼고 그에게 다가왔다. 그녀가 한 걸음 다가올 때마다 그는 뒤로 한 걸음씩 물러섰다. 저 손에 붙잡혀서 무력화되고 싶지 않았다.

그녀가 꽃잎 같은 입술을 다시 떼었다.

"……얼마나 야했는지 알아요?"

쾌감을 이기지 못하고 잠시 정신을 놓았던 날을 떠올리자 경진의 얼굴이 붉어졌다.

"그날 팀장님 얼굴이 잊히질 않아서 자꾸 꿈에 나오잖아요."

오싹했지만 강렬했던 그의 표정과 눈빛을 그녀는 잊을 수가 없었다.

거침없이 다가오는 그녀를 피하고자 열심히 뒷걸음질 쳤으나, 절망스럽게도 경진의 등 뒤에 차가운 벽이 닿았다. 그녀가 만족스럽게 웃었다. 이제 백경진이 도망갈 구멍은 없어졌다.

"아무래도 저, 팀장님한테 홀딱 빠진 것 같거든요."

"가, 가까이 오지 마세요."

"누가 보면 덮치는 줄 알겠네."

그는 그녀를 향해 양손을 뻗어 거리를 유지하려 애를 썼다. 그녀는 그의 손을 가만히 내려다보았다. 남자치고 예쁜 손이었다. 연예인처럼 관리를 받는 것도 아닐 텐데. 그녀의 시선에 그의 팔이 스르르 내려갔다.

"이래 봬도 기사 뜨면 이지유 석 자 옆에 항상 '여신' 타이틀이 붙는데, 알죠?"

그는 가타부타 대답하지 못했다. 다행히 그녀는 더 이상 가까이 다가가지 않고 대신, 굉장히 불만스럽게 말했다.

"웬만한 남자들은 다 자기 취향이라고 그런다고요."

지금까지 그 어떤 남자도 이지유 앞에 무릎 꿇지 않은 남자는 없었다. 백경진만 빼고. 오히려 백경진은 이지유를 피하려고 들었다. 혹시 연인이 있거나 기혼인가 싶었는데 결혼은커녕, 저 반반한 외모로 연인도 만들지 않았다. 경진이 싱글이라는 사실을 알음알음 전해 들은 이후 지유는 그에 대한 호기심과 호감이 하늘 높이 치솟았다.

"백 팀장님은 어때요?"

그래서 천하의 이지유가 성심성의껏 유혹을 해 주는 건데, 이 재미없는 남자는 독사라도 본 양 그녀를 무서워하고 있었다. 왜 두려워하는 건지 지유로서는 이유를 모를 일이었다.

"나 정도면 팀장님 취향 안 되나?"

단호하게 부정하고 싶은데 고양이 앞의 쥐라도 된 듯 꼼짝도 할 수 없어서 경진은 암담해졌다.

이지유는 용살자라는 이유만으로도 백룡의 취향이 되고도 남았다. 지금도 그녀의 손을 잡고 그녀가 원하는 대로 해 주고 싶었으니까. 하지만 그는 이성을 굳게 부여잡았다. 이대로 이 여자에게 말려들 수는 없었다.

몇 년 전, 임진하가 느꼈던 기분을 지금 백경진이 고스란히 절감하고 있었다. 흑룡이 왜 그렇게 차율리를 제거하고 싶어 했는지 이제야 좀 알 것 같았다.

한편, 진하가 회사에 도착했음을 모르는 율리는 소회의실에서 현웅의 불평불만을 듣는 중이었다.

"뭐야! 진하 형 진짜 복귀해요?"

"그럼 가짜로 복귀하겠어요?"

"근데 왜 나한테는 오퍼 안 들어왔지? 은 감독님 작품으로 복귀한다면서요?"

"당사자한테 가서 물어보세요. 우린 서로 각자 일에 노터치라서."

무례한 언행을 몇 차례 지적받은 이후, 현웅은 율리와 격의 없는 사이가 되었다. 다른 아티스트들을 대할 때와 달리 율리는 현웅을 편히 대했다. 오늘 현웅은 진하가 은철기 감독의 작품에 출연한다는 소식을 듣고 한달음에 달려와 율리를 들들 볶았다.

"갑자기 마음이 변한 이유가 뭐래요?"

"으음……."

아빠가 백수라는 사실을 서우가 슬퍼해서, 라고 솔직하게 말할 수는 없었기에 그녀는 잠시 뜸을 들이다가 대충 둘러댔다.

"아이가 하나 더 생겨서?"

"네?"

뜻밖의 소식에 현웅이 눈을 크게 떴다. 가뜩이나 커서 쏟아질 것 같은 눈이 훨씬 커졌다.

"임신하셨어요?"

율리가 대답 대신 고개만 끄덕이자 현웅이 머쓱하게 뒷머리를 긁적였다.

"우와…… 축하해요. 진작 말씀하시지, 선물이라도 사 왔을 텐데."

"괜찮습니다."

"부럽다. 형은 엄청 행복하겠네요."

낭만주의자 신현웅은 꿈꾸는 소녀처럼 눈을 반짝반짝 빛냈다. 그는 자신도 진하처럼 빨리 장가를 가서 예쁜 아이를 낳고 싶다고 노래를 불렀었다. 문제는 그가 만나는 여자들이 그의 꿈에 동참해 주지 않는다는 데 있었다. '나도 가정을 만들어서 어서 아이를 갖고 싶어!'라고 말하기 무섭게 그는 연인에게서 '네가 낳는 것도 아니잖아? 난 싫어.'라는 대답을 듣고 며칠 뒤 차이는 식이었다.

"현웅 씨."

율리의 호명에 현웅은 눈동자만 굴렸다.

"지금 연애 안 하죠?"

"차인 지 벌써 반년째거든요?"

활동을 하느라 시간이 없기도 했지만 현웅은 무엇보다 연인에게 마음을 고백하자마자 차인 충격이 커서 연애를 할 수가 없었다.

"소개팅해 드릴까요?"

율리의 달콤한 제안에 현웅이 눈을 반짝였다. 실연의 상처를 단번에 뒤로 하고 그가 바로 물었다.

"예뻐요?"

자신보다 예쁜 친구, 화정을 떠올린 율리는 신현웅을 화정에게 소개해 줘도 되는 건가 잠시 고민했다. 그때, 소회의실 출입문이 열리고 익숙한 목소리가 들렸다.

"차율리, 여기서 뭐해?"

"형!"

정면으로 진하를 발견한 현웅이 자리에서 벌떡 일어났다. 율리도 고개를 돌려 남편을 보고 몸을 일으켰다. 진하는 현웅을 무시하고 율리에게만 말했다.

"퇴근 시간 지났어. 뭐해? 안 가고."

"아, 네."

율리가 주섬주섬 테이블 위의 쓸모없는 서류를 챙기는 동안 현웅이 서운하다는 투로 말했다.

"배신이야! 복귀하면서 어떻게 한 마디도 안 했어요?"

"광고 찍는다고 했잖아."

"영화 말이에요! CF랑은 다르죠."

"그게 그거지, 뭐."

"나도 은 감독님한테 자리 하나 마련해 달라고 빌 거야."

진하의 복귀작에 자신도 한 발 걸치고 싶은 현웅은 어린애처럼 떼를 썼다. 진하가 황당하다는 듯 한숨을 내쉬고 무서운 소리를 뱉었다.

"너 나랑 또 영화 찍으면 게이설 돈다. 특히 은 감독 거."

고집을 부리던 현웅이 순간 멈칫했다. 몇 년 전에 돌았던 어이없는 게이설은 아직까지도 현웅의 뒤를 따라다녔다. 은 감독만큼이나 신현웅도 임진하에게 집착을 해 대니 이 기막힌 루머가 사라지지 않는 것이다.

"그, 그래도 부탁할 거예요."

현웅이 머뭇머뭇 대꾸했으나 그 기세는 이미 누그러진 지 오래였다. 진하는 코웃음만 쳤다.

며칠 뒤, 율리는 서우가 그린 그림을 보면서 화정과 통화를 했다. 현웅과의 소개팅 이후 화정은 그를 오늘 두 번째로 만난 모양이었다.

—짜증 나. 사람이 너무 솔직한 것 같아.

율리는 화정의 기분을 이해했다. 처음에 자신도 신현웅을 썩 달갑게 여기지 않았으니까. 지금이야 많이 친해졌다지만 처음의 신현웅은 정말 무례하기 짝이 없었다.

"현웅 씨가 좀 그런 면이 있지. 마음에 안 들면 그만 만나자고 그래."

—얼굴은 내 스타일이란 말이야…… 너무 잘생겼어.

"그거야 배우니까 그렇겠지."

말을 마친 그녀는 흘깃 독서 중인 남편 쪽을 곁눈질했다. 모르는 사람이 보면 심각한 철학서라도 읽는 줄 알겠지만, 사실 진하는 판타지 소설인 '드래곤 사냥 가신다'를 읽고 있었다. 결혼 전, 그가 무례한 언행을 보일 때도 기분이 나쁜 줄 몰랐던 이유는 역시 저 얼굴 덕분이었다. 율리는 이번에도 화정의 기분을 이해했다.

—막상 얼굴 보고 이야기할 땐 얼굴에 홀려서 넘어가는데 집에 와서 생각해 보면 완전 짜증 나. 그래도 잘생겨서 봐준다, 진짜.

김화정은 차율리만큼 외모지상주의자였다. 화정도 그렇지만 율리 또한 잘생긴 진하의 얼굴을 보면 화를 내려다가도 저도 모르게 스르르 풀리곤 했다. 역시 남자는 기본적으로 잘생겨야 하는 법이다. 봐도 봐도 질리지 않는 남편 얼굴을 감상하다가 그녀는 다시 전화 통화에 집중했다.

"잘해 봐. 현웅 씨가 나한테는 너 마음에 든다고 하던데."

실제로 현웅은 율리에게 화정을 소개해 줘서 고맙다고 진심으로 감사 인사를 했었다. 왠지 이번에는 잘될 것 같다면서 들뜬 현웅의 모습을 떠올리며 말했다.

—흐응…… 그래?

화정도 싫은 기색은 아니었다. 친구와 몇 마디 더 주고받은 뒤에야 율리는 통화를 마칠 수 있었다.

휴대폰을 내려놓은 율리는 딸의 난해한 그림을 보면서 소년으로 보이는 형체를 가리키고 서우에게 말을 붙였다.

"서우야, 이게 뭐야?"

"동생!"

"동생? 동생이 남자야?"

"응."

아직 배 속의 아이 성별을 알 리 없을 텐데 서우는 단정 지어 말하고 있었다. 율리는 그냥 남동생을 바라는 거겠지, 하고 가볍게 여기면서 소년 옆에 있는 머리 긴 사람의 정체도 물어보았다.

"이건 누구야? 이게 서우야?"

"응."

서우의 자화상인 긴 머리의 여자는 한쪽 손을 하늘로 뻗어 뭔가를 가리키고 있었다. 그 포즈가 무슨 의미인지 율리는 알 길이 없었다.

"뭐 하고 있는 거야?"

"날씨를 알려 주는 거야."

그 순간 율리의 등골이 오싹해졌다. 서우의 말에 진하도 읽던 책을 내려놓고 딸을 면밀히 살피기 시작했다.

비를 내렸던 그날 이후로 서우는 비를 내리게 하지도, 날씨에 대한 이야기도 꺼내지 않았다. 부모도 타인인지라, 서우가 '평범한' 아이가 된 건지 아니면 의식적으로 날씨라는 화제를 외면하는 건지 정확히 알 수는 없었다.

율리가 마른침을 삼키고 애써 침착하게 물었다.

"날씨?"

"응. 선생님이 날씨를 알려 주는 건 기상청? 기상청이라고 했어. 여기가 기상청이야."

물론 서우가 자그만 손가락으로 가리킨 부분에는 재미없는 건물이 아닌 산과 태양이 배경으로 그려져 있었다.

"아, 기상청……."

현실과 맞닿은 소리만으로도 괜스레 안도하게 된다. 율리는 마른 입술을 축이고 긴장으로 굳어졌던 어깨를 축 늘어뜨렸다. 그때 아내의 마음을 이해하는 듯 진하가 농을 섞어 말했다.

"그래, 서우라면 기상청장 정도는 되겠지."

"기상청장이 뭐야?"

"기상청 대빵."

기상청장의 의미를 정확히 깨닫지는 못했지만 뭐든 1등을 좋아하는 서우는 신이 나서 아빠에게 안겼다. 서우가 제 딸이기 때문인지, 아니면 흑룡의 능력을 일부 가진 덕분인지 모르겠지만 어린 딸이 역린을 건드려도 진하는 분노하지 않았다. 그 덕에 서우는 여느 아이들처럼 제 아빠의 목을 끌어안고 까르르 웃을 수 있었다.

"나중에 꼭 기상청장이 될 거야!"

서우가 귀여운 목소리로 선언했다.

이날 이후로 임서우의 장래 희망은 크고 원대하면서도 어딘가 현실적이며 매우 유니크한, '기상청장'이 되었다.

"하긴, 누구가 기상청에 있었으면 날씨 오보는 안 났을 텐데."

율리가 서우의 그림을 보면서 중얼거렸다. 그 '누구'는 태연하게 미소를 지으며 딸의 머리를 쓸어 주었다. 윤기가 흐르는 검은 머리칼이 기분 좋게 흔들렸다. 꼭 닮은 부녀의 모습은 뭔가 평범한 듯 비범한 광경을 만들었다.

그리고 몇 달 뒤, 그림에서처럼 나이 터울이 많이 지는 남동생이 임서우의 인생에 뛰어들지만 그건 아빠가 반쯤 죽었다 살아 돌아온 뒤에 생길 일이었다.

외전-백룡의 취향

인기 배우 이지유는 황당하게도 소속사 법무팀 사무실에서 쫓겨났다.

“죄송한데, 팀장님께서 외부인은 들여보내지 말라고 하셔서…….”

“저 외부인이었어요?”

“법무팀 직원 말고는 관계자만…… 기밀 때문이라서요.”

법무팀 사무직원이 난처한 듯 우물쭈물 기밀이라고 둘러댔다. 그러니까 법무팀장 백경진이 이지유의 괴롭힘을 이기지 못하고 출입 금지 처분을 내린 것이었다. 애먼 사람에게 불평할 수도 없어서 그녀는 애써 표정을 다스렸다.

“으음…… 알았어요. 죄송합니다.”

"아니에요. 저희야말로……."

말끝을 흐리면서 사무직원은 고개를 꾸벅 숙인 후 사무실 안으로 들어갔고 지유는 멍하니 돌아섰다. 그때, 사무실 출입문이 다 닫히지 않았는지, 손가락 한 마디 정도 열린 틈새로 직원들의 말소리가 흘러나왔다.

"팀장님, 왜 그러시지? 이런 일 한 번도 없었는데."

"이지유 씨하고 엮이기 싫다, 이거지."

"저렇게 예쁜데?"

'다 들린다.'

고개를 돌려 문틈을 바라보던 지유가 고운 미간을 찡그렸다. 백경진이 이지유와는 엮이기 싫다라…… 이런 기분은 처음이었다.

'마음이 아프구만.'

욱신거리는 가슴을 애써 달래고 나서 그녀는 복도 벽에 기대어 섰다. 벽에 닿은 등이 서늘했다.

하지만 여기서 물러나고 싶지는 않았다. 이지유 사전에 남자에게 차이는 건 있을 수 없었으니까!

'누가 이기나 보자.'

자신에게 의외로 사냥꾼 기질이 있나 보다 싶은 것이, 지유는 남자들의 구애를 받아 간택했던 과거보다 한 남자를 쫓아다니는 지금이 훨씬 스릴 있고 재미있었다. 문제는 재미 때문에 고통을 받는 백경진 팀장이지만, 이지유의 입장에서 그의 고통은 알 바 아니었다.

얼마가 지났을까? 문이 소리 없이 열리고 기다리던 사람이 모습을 드러냈다. 벽에 기대고 있던 몸을 똑바로 세운 지유가 활짝 웃으며 경진에게 다가갔다. 깜짝 놀란 백경진의 표정은 꽤 볼만했다. 워낙 표정 변화가 드문 남자라 더욱 그런지도 모르겠다.

"들어오지 말래서 기다렸어요."

"……스케줄 없습니까?"

그는 마치 고양이 앞의 쥐라도 된 양 움찔거리면서 슬금슬금 그녀에게서 멀어지고 있었다. 그에게 한걸음 훌쩍 다가간 그녀가 여유롭게 웃어 보였다.

"오늘은 끝났거든요."

경진은 자신에게 가까이 오는 지유를 피해 재빨리 걸음을 옮겼다. 이지유를 떨어뜨리기 위해 대표이사실로 도망칠 작정이었다. 그가 긴 다리로 휙휙 빠르게 걷자 뒤에서 그녀 역시 지지 않고 그를 쫓았다.

두 남녀의 술래잡기를 지나가던 직원들이 의아하게 구경했다. 사람이 없는 비상구로 반쯤 뛰듯 들어온 그는 계단을 두세 칸씩 뛰어올랐다. 둘의 거리는 이제 계단 반 층 정도. 따돌려지기 직전, 그녀가 요염한 목소리로 그에게 제안했다.

"팀장님, 딱 한 번만 하자니까요?"

그 말이 그의 발목을 붙잡았다. 멈추어 선 그가 계단 아래를 내려다보며 믿을 수 없다는 시선을 내비쳤다.

"뭘 해요?"

"뭐긴요."

성인들끼리 나눌 만한 몸의 대화 말이다.

여배우가 스캔들이 무섭지도 않은지, 그녀는 공공장소에서 부끄러운 소리를 태연하게 내뱉고 있었다. 그의 얼빠진 표정과 다르게 그녀는 무시무시하게 예쁜 웃음을 지어 주었다. 아마 평범한 남자였다면 여기서 무릎을 꿇었겠지만, 백경진은 쉬운 남자가 아니었다.

당황한 그가 딱딱하게 대꾸했다.

"그런 데 취미 없습니다."

"남자 맞아? 게이 아니에요?"

"아닙니다."

한 치의 망설임도 없이 그가 대답했다. 그녀는 의심스러운 눈길을 보내며 한 걸음씩 계단을 올랐다.

아차, 여기서 시간을 너무 지체했다. 이지유에게서 벗어나기 위해 그가 다시 발걸음을 옮길 찰나였다.

"자꾸 팀장님이 꿈에 나와서 '그 표정'으로…… 웁!"

그 순간 경진이 날듯이 계단을 뛰어내리더니 지유의 입을 냉큼 막았다. 계단 중간에서 둘의 시선이 맞부딪쳤다. 반달 모양으로 휘어지는 그녀의 눈을 본 그가 화들짝 놀라 바로 손을 떼어 냈다.

"그날 이야기는 하지 마세요."

백경진이 스스로 스킨십을 하다니. 손바닥이라도 핥아 줄 걸 그랬다. 아쉬워진 그녀가 대신 혀로 제 입술을 핥았다. 경진은 보지 못한 척 고개를 돌리고 다시 계단을 올랐다. 뒤에서 자신을 쫓아오는 여자는 용살자, 즉 자신을 소멸시킬 수 있는 존재였다. 그런데 왠지 용살자라서 두렵다기보다는 그냥, 이지유라는 여자가 무서웠다.

대표이사실로 향하는 복도를 걷는 경진의 뒤를 지유가 졸졸 따라왔다. 다행히 업무 시간이라 복도에 사람은 없었다. 그는 그녀에게 쏠리는 관심을 외면하려 노력했다.

백경진의 외면에도 불구하고 이지유는 조잘조잘 말이 많았다.

"이상하네. 팀장님 눈에는 내가 어떻게 보이는 거죠? 다른 남자들은 눈길만 줘도 껌뻑 죽던데."

대답할 가치를 느끼지 못한 경진은 입도 뻥끗하지 않았다. 드디어 좌측으로 꺾인 길이 보였다. 조금만 더, 저 코너만 돌면 대표이사실인데…….

"팀장님?"

문제는 이 여자가 용살자라는 데 있었다. 지유가 자신을 부르자, 경진의 걸음이 단번에 멎었다. 용살자에 면역이 없는 어린 백룡은 영향을 크게 받았다.

이지유가 싫으면 무시하고 훌쩍 가 버리면 되는 건데, 백경진은 꼭 이렇게 여지를 흘렸다. 그의 정체를 모르는 그녀는 그의 이런 태도가 의아했다. 이는 마치 마음이 있는데 숨기는 모습 같지 않은가. 그녀는 혼자 오해를 하고 있었다.

심호흡을 하고 나서 경진은 몸을 돌렸다. 반짝반짝, 자신을 향한 그녀의 눈동자가 부담스럽기는커녕 사랑스러워 보였다. 이지유는 워낙 돋보이는 미모를 가진 데다가 본능적으로 용의 호감을 끌어내는 용살자였다. 그는 진정하려 노력하며 딱딱하게 입을 열었다.

"대표이사님하고 미팅한 적 있죠?"

"네. 계약 당일에요."

"특별히 무슨 말씀 없으셨고요?"

"특별히? 그냥 잘해 보자고만 말씀하셨는데요."

적룡 또한 이지유의 정체를 아직 모르는 모양이었다. 경진은 용살자를 알아보는 방법이 그들의 손길을 느끼는 것이라고 두 번의 경험으로 확신할 수 있었다. 이지유가 적룡의 역린을 건드릴 일은 없을 것이다. 흑룡 역시 이지유와 작품이라도 같이하지 않는 이상은 그녀의 정체를 알아보지 못할 터였다. 자신만 입을 다물면 이지유는 일신상의 문제가 없었다. 또다시 비밀을 가지게 된 그는 속이 답답해졌다.

경진이 생각에 빠진 짧은 시간 동안, 그의 표정을 살피던 지유가 물었다.

"왜요? 안 좋은 소리라도 들었어요?"

"아닙니다."

단호하게 부정한 그는 마음을 단단히 먹고 냉정하게 말했다.

"그만 돌아가세요. 일하는 사람 방해하지 말고."

순간, 그녀가 상처 받은 표정을 지었다. 살짝 휘어진 눈썹과

큼직한 눈에 올라온 실망을 그는 똑똑히 볼 수 있었다. 그는 심장에 날카로운 바늘이 꽂히는 느낌이 들어 저도 모르게 숨을 들이마셨다.

용살자와의 관계는 너무 불공평하고 불합리하다. 자신 혼자만 끙끙 앓아야 하는 관계가 경진은 달갑지 않았다. 흑룡이 용살자를 싫어하던 이유가 어느 정도는 이해가 갔다. 그 와중에도 그는 그녀의 기분을 배려해서 자상하게 변명했다.

"정말 바빠서 하는 소리예요."

반쯤은 무의식적으로 튀어나온 말이었다. 그녀는 그를 물끄러미 바라보았다. 이 남자를 도통 종잡을 수가 없었다. 칼같이 잘라 내나 했더니 또 여지를 남기는 것 봐. 이게 수법이라면 이 남자는 연애 고수일 것이 분명했다.

갑작스레 밀려드는 두통에 울고 싶은 건 백경진인데, 이지유가 울상이었다.

"……네."

불쌍한 척을 하며 지유는 고개를 살짝 숙이고 돌아섰다. 이 모습은 경진에게 눈물을 감추기 위한 애처로운 몸짓으로 읽힐 것이다. 그녀는 속으로 셋을 세었다.

하나, 둘, 셋. 동시에 그가 입을 열었다.

"알았어요."

"뭘요?"

"시간을 내 보겠습니다."

이럴 줄 알았다. 이 남자는 동정심이 많은 건지, 마음을 숨기고 있는 건지 그녀를 냉정하게 잘라 내지 않았다. 용살자의 기분을 거스르지 못하는 그의 모습을 그녀는 그가 자신에게 여지를 주는 것이라고 오해했다. 그녀가 고개를 들고 확인차 물었다.

"오늘이요?"

"그래요, 오늘."

미간을 살짝 찌푸린 채 그가 대답했다. 환하게 웃는 그녀를 보자 두통이 사라졌다. 용은 느낄 수 없다는 두통은 용살자는 쉽게도 만들어 냈다.

퇴근 후, 경진은 지유가 안내하는 곳으로 군말 없이 따라갔다. 웬만해서는 올 일이 없는 고급 호텔 라운지 바는 어색하기 그지없었다. 혹시 실수를 할까 싶어 술을 즐기지 않는 경진은 떨떠름하게 테킬라 스트레이트 잔을 쳐다보았다.

"팀장님, 그때 말이에요. 여기……."

경진의 옆에 나란히 앉은 지유가 대뜸 손을 들어 그에게로 뻗었다. 그는 자신의 목 근처로 거침없이 다가오는 그녀의 손을 겨우 잡아 멈추게 만들었다.

"목이…… 조금 많이 예민합니다."

그가 그녀의 손을 꼭 잡아 아래로 내렸다. 여기서 또 정신을 놓아 버릴 수는 없었다.

이지유는 백경진의 목에 크나큰 관심을 가지고 있었다. 그때 그의 표정을 잊지 못해 꿈에서까지 나왔다고 하니, 관심을 넘어 집착 수준인 듯했다.

"한 번만 만져 보면 안 될까요?"

"네, 안 됩니다."

그가 딱 잘라 거절하는 바람에 그녀는 어쩔 수 없이 고개를 끄덕이고 말았다. 아쉬움을 담아 그녀가 술잔을 단숨에 비웠다. 독한 술을 물처럼 마시는 그녀를 그가 망연히 응시했다. 얼음물을 한 모금 마신 뒤에 그녀가 다시 입을 열었다.

"다른 사람이 만진 적 있어요?"

"네."

자신의 예상과 달리 경진이 부정하지 않자 지유의 눈이 크게 뜨였다. 머뭇거리던 그녀가 의외라는 투로 물었다.

"……누구?"

그는 대답하지 않았다. 가라앉은 분위기가 어째 수상하다 싶어서 그녀는 지나가는 말투로 그를 떠보았다.

"혹시 여자예요?"

말이 떨어지기 무섭게 그의 어깨가 빳빳하게 굳었다. 법무팀장 백경진은 거짓말을 못 하는 모양이었다. 그녀의 눈이 막 가늘어질 참이었다.

"우연하게 스친 겁니다. 그쪽이 그랬듯이."

"아하! 그럼 한 번?"

놀림 받는 느낌이 들어서 경진은 대답 대신 고개만 끄덕였다.

어떤 여자인지 모르겠지만 다른 여자가 백경진의 그 표정을 보았을지도 모른다는 생각에 지유는 솔직히 말하면 유치한 질투심이 생겼다. 그녀가 일부러 짓궂게 말했다.

"그 여자도 팀장님의 야한 얼굴 봤겠네."

"아뇨. 못 봤을 걸요."

그의 대답에 바텐더에게 테킬라 스트레이트를 한 잔 더 부탁한 지유는 만족스러운 미소를 지었다. 정말 스쳐 지나가는 여자였나 보다. 거짓말을 못 하는 백경진의 대답을 그녀는 믿기로 했다.

"그럼 팀장님의 그 표정, 나만 본 거예요?"

"예, 뭐……."

이번에도 경진이 난처한 투로 긍정한 바람에 지유는 하마터면 술잔을 떨어뜨릴 뻔했다. 얼마나 놀랐는지 손에 힘이 들어가지 않았다. 그녀가 겨우 술잔을 내려놓고 그를 똑바로 쳐다보았다.

머리에 각인이 될 만큼 아찔하고 야했던 남자의 표정은 침대에서나 볼 법한 것이었다. 저 목을 건드린 여자가 자신을 포함해서 겨우 두 명이라고 했다. 그는 여자에게 곁을 내주지 않는 남자일까? 그렇다는 것은…….

지유가 믿을 수 없다는 듯 물었다.

"……설마 팀장님 총각이에요?"

"아직 결혼 안 했습니다만?"

"아니, 제 말은……."

어째서인지 그녀는 말이 이어서 나오질 않았다. 독한 술 때문에 흐릿했던 정신이 그의 말 한마디에 또렷해졌다.

'뭐, 뭐야…… 이 남자?'

얼마나 당황스러웠는지 지유는 저도 모르게 입술까지 살짝 벌리고 있었다. 평소와 다름없는 얼굴로 그가 바라보자 이상하게도 죄책감이 그녀의 가슴에 얹혔다.

옆에 앉아 있는 백경진 팀장은 지나가던 사람들이 열이면 열, 모두 뒤돌아볼 만큼 근사한 남자였다. 외모가 뒤떨어졌으면 아무리 야한 표정을 지었다 한들 자신이 쳐다도 보지 않았을 테니까. 하이힐을 신은 자신보다 눈높이가 높은 남자는 흔하지 않았다. 거기에 그는 변호사 자격증을 가진 법무팀장이고, 성격마저 정중했다.

여자를 거느리고 다닐 법한 남자가 왜 서른 중반이 넘어서까지 수도승 같은 생활을 해 왔는지 지유는 도통 이해가 가지 않았다.

"혹시 결벽증 같은 거 있어요?"

"아뇨?"

"종교 때문에?"

"종교 없습니다."

"그런데 백 팀장님 같은 분이 왜……."

그녀의 말에도 그는 순진한 눈동자만 깜빡거릴 뿐이었다. 그녀는 아무도 밟지 않은 새하얀 눈길 같은 그를 물끄러미 바라보다가 한숨을 내쉬었다. 이런 타입의 남자는 또 처음이었다. 그 역시 그녀 같은 여자는 처음이겠지만 말이다.

"이게 꾸며 낸 거라면 팀장님은 선수일 거예요."

"거짓말은 아니에요."

백경진은 거짓말에 능한 편이 아니긴 했다. 할 말이 없어진 지유가 테킬라 한 잔을 다시금 비워 냈다. 경진은 그녀를 가만히 살폈다. 이 상황이 기가 막혀서 그녀의 얼굴은 살짝 상기되어 있었지만 알코올 때문이겠거니, 라고 여긴 그가 몸을 일으켰다.

"이만 일어나죠."

그를 제외한 다른 남자들은 이지유와 1분 1초라도 더 함께 있고 싶어 했다. 지루해하는 그녀에게 계속 술을 권하고 이야기를 지속하려 애를 쓰던 남자들과 달리, 백경진은 담백하기 그지없었다. 그녀는 그게 못마땅했다. 이 남자에게 자신의 매력이 하나도 통하지 않는 것 같아 마음이 이상했다.

그래서 일부러 자극적인 말을 뱉는 건지도 모르겠다.

"위로 올라갈까요?"

그녀가 검지로 천장을 가리켰다. 그들이 자리한 곳은 호텔의 고급 바. 즉, 위에는 호텔 객실이 있었다. 성인 남녀가 밤중에 호텔에 가서 할 만한 일은 몇 가지 되지 않았다. 그는 그녀의 도발적인 눈빛을 그대로 받으며 거절했다.

"미안하지만 별로 그럴 생각은 없어서요."

지유의 눈가가 일그러졌다. 천하의 이지유가 남자에게 거절을 당했다. 화려한 보석과 선물, 꽃다발을 받으며 남자를 간택해 왔던 이지유의 자존심에 깊게 흠집이 패였다. 백경진이 시시한 남자는 아니라는 사실이 그나마 위안이랄까?

그녀가 충격받은 목소리로 중얼거렸다.

"나, 그렇게 마음에 안 들어요?"

"이지유 씨라서 그런 게 아니라."

경진이 잠시 말을 끊었다. 희끄무레한 조명이 그의 얼굴에 짙은 그림자를 만들었다. 바르게 우뚝 선 콧날이 빛과 그림자의 대비로 도드라졌다. 그의 얼굴에 홀린 그녀가 멍하니 있을 즈음 그의 입술이 서서히 열리고 충격적인 말이 쏟아졌다.

"여자와 특별한 관계를 맺고 싶지는 않습니다."

그 말에 지유는 더 이상 그를 붙잡을 수가 없었다. 정확히 말하자면 이 상황이 혼란스러워서 정신을 차릴 수 없었다는 게 맞았다.

* * *

미용실 VIP 휴게실을 배우 둘이 차지하고 앉아 수다를 떨었다. 미리 예약도 하지 않고 들이닥친 그녀들을 미용실 직원이 난처해 하며 응대했다.

"빨리 좀 해 주세요. 저희도 스케줄이 갑자기 잡힌 거라 급해서요."

"죄송합니다. 조금만 기다려 주세요. 곧 원장님 타임 비실 거예요."

원장에 실장 세 명까지 전부 예약 손님을 받아서 바빴지만 그렇다고 해서 두 배우를 내쫓지도 못했다. 요즘 들어 인지도가 높아진 배우들을 홀대할 수는 없어서였다. 직원이 휴게실을 나가자, 소파에 두 다리를 쭉 뻗은 그녀들은 목소리를 높였다.

"이지유, 남자한테 차였다며?"

"정말? 누가 그래?"

"인희가 이클립스에서 봤대. 작업 걸다가 쫑 난 거."

이클립스는 호텔 라운지 바의 이름이었다. 뜻밖의 고소한 소식을 전해 들은 주림이 눈을 동그랗게 뜨더니 웃음을 터뜨렸다.

이지유에게 그동안 빼앗긴 기회만 해도 광고 몇 개와 3년 전 드라마, 그리고 이번 드라마까지 합쳐서 다섯 번이었다. 처음에는 운이 나빴으려니, 아쉬워하며 넘겼는데 자신의 자리를 이지유가 계속 차지하자 주림은 지유에 대한 반감이 높아졌다. 특히 최근에 자신이 물망에 올랐다던 드라마 여주인공 자리가 또 이지유에게 돌아가서 주림은 요즘 무척 기분이 나빴다.

소속사는 아무래도 이지유한테 스폰서가 붙은 것 같다고 주림을 달랬으나, 위로 몇 마디에 풀어질 앙금은 아니었다.

"미친년, 꼴좋다."

주림이 험한 소리를 뱉으며 깔깔 웃을 때였다. 반쯤 열려 있던 출입문이 확 열리더니 방금까지 안줏거리로 삼았던 이지유가 썩은 표정으로 들어왔다.

"누가 미친년이야?"

순간 휴게실 내에 눈보라가 몰아치는 듯 공기가 얼어붙었다. 지유는 또각또각, 구두 소리를 내면서 후배들 앞에 섰다. 헤어와 메이크업을 마친 완벽한 모습으로 그녀가 오싹한 웃음을 지으며 딱딱하게 물었다.

"언제부터 선배 뒷담을 까고 다녀도 살 만한 바닥이 되었니?"

지유와 두 여배우는 데뷔 년 차가 2년이나 차이가 났다. 2년, 길다면 길고 짧다면 짧은 기간이지만 이지유의 입지는 다른 두 배우를 합쳐도 이기지 못할 만큼 차이가 났다. 오만하게 내려다보는 지유에게 지기 싫어서 주림이 비아냥거렸다.

"더러운 년이 센 척은 오져."

"말본새 봐? 더러운 년?"

지유는 검지로 주림의 머리를 톡톡 밀었다. 아프지는 않지만 기분을 나쁘게 만들기에는 충분한 행동이었다. 주림이 오만상을 찌푸릴 무렵, 지유가 싸늘하게 말을 이었다.

"이 조그만 대가리에 뭐가 들었기에 이지유 선배님을 더러운 년이라고 표현한대?"

발끈한 주림이 의자에서 벌떡 일어나 소리쳤다.

"이지유랑 호곤 이택정이가 더러운 관계인 거 모르는 줄 알아?"

주림은 소속사를 통해 호곤 그룹 회장인 이택정과 이지유가 며칠 전 저녁 식사를 함께했다는 소식을 듣고 기가 막혔다. 그렇게 잘난 척을 하던 이지유도 알고 보니 스폰서나 끼고 있었다.

지유와 우연히 만난 주림이 불쾌한 감정을 드러내면, 지유는

'박주림이 이지유한테 외모와 연기력으로 밀린 것'이라며 속을 뒤집어 놓곤 했었다. 그런데 정작 자기 실력이 아니라 이지유가 더러운 돈을 써먹은 것뿐이라니?

"다 늙어 빠진 노친네 빨아 주고 오자마자 주연 꿰차니 좋냐? 프랑스에나 얌전히 있지, 미친년."

호곤 그룹이라는 소리에 멈칫 얼굴을 굳힌 지유가 겨우 페이스를 되찾고 한숨을 내쉬었다. 그녀는 고개를 빳빳하게 든 후배를 난처하게 보다가 미간을 찡그렸다.

"얘가 큰일 날 소리를 하네. 어디 가서 그런 소리 하지 마."

말을 마치자마자 지유는 씩씩거리고 있는 후배의 뺨을 돌연 세게 쳤다. 시원한 소리와 동시에 주림의 얼굴이 홱 돌아갔다. 주림과 함께 있던 성아가 너무 놀라 양손으로 입가를 가렸다.

"이렇게 싸대기 맞는다, 너."

한쪽 입꼬리를 쓱 끌어 올린 지유가 주림의 귓가에 소곤거렸다. 머리끝까지 화가 치민 주림이 성아의 등을 밀면서 악을 썼다.

"심성아! 철중 오빠 불러와! 이 미친년이 당장 촬영 있는데 사람을 쳐?"

"주둥이 잘못 놀리면 그렇게 되는 거야. 입 조심해."

그러거나 말거나 지유는 새끼손가락으로 귓구멍을 후비면서 휴게실을 나가 버렸다. 메이크업도 다 끝났겠다, 미용실에서 시간을 낭비할 필요는 없었다. 멍하니 있던 주림은 지유가 나가고 나서야 털썩, 의자에 도로 주저앉았다.

문제는 이 캣 파이트가 기사화가 되었다는 데 있었다. 그 일이 있고 며칠 뒤, RD엔터테인먼트 법무팀 공기는 무거웠다. 배우 박주림의 소속사인 스타릿엔터테인먼트에서 팩스가 날아온 탓이었다. 그 팩스에는 선배인 이지유가 후배인 박주림의 뺨을 때려서 인격 모독을 당한 충격에 대해 배상을 하라는 주장과 공식적으로 사과하지 않으면 고소하겠다는 엄포, 그리고 증거 자료로 CCTV 화면의 한 장면이 포함되어 있었다.

"미쳤네. 뺨 한 대 맞은 걸로 기사화를 해?"

괴팍한 사람들이 잔뜩 모인 연예계 바닥을 잘 아는 아영이 얼굴을 구겼다. 율리가 출산 휴가로 자리를 비운 바람에 가뜩이나 업무가 과중되었는데 이런 귀찮은 일까지 일어나고 말았다.

한강 역시 인상을 쓴 채 경진만 바라보았다. 일단 당사자인 이지유와 이야기를 나누어 보고, 법무팀 만큼이나 뒤집어진 홍보팀하고도 대응 전략을 짜야 할 것 같았다. 경진은 서류를 챙겨 들고 담담하게 말했다.

"잠깐 이지유 씨랑 미팅하고 오겠습니다."

이미 연락을 받은 지유는 소회의실에서 법무팀장을 기다리고 있었다. 시간이 날 때마다 백경진을 보러 왔는데, 요 며칠은 그를 쫓아다니지 않아 오랜만에 만나는 기분이 들었다.

소회의실에 도착한 경진은 여전히 변함없는 모습으로 지유의 맞은편에 자리했다.

"스타릿엔터에서 폭행죄로 고소하겠다고 연락이 왔습니다."

"팀장님은 제가 사람을 때리고 다닐 것 같으세요?"

그러나 백경진은 대답 대신 CCTV 화면과 오늘 뜬 기사를 출력한 서류만 슥 내밀었다. 자신이 박주림을 때리는 모습이 적나라하게 찍힌 화면은 기사에 올라온 것과 같은 사진이었다. 벌써 이렇게 상세히 기사까지 뜨다니. 발뺌할 수 없는 증거에 지유의 눈이 가늘어졌다.

"숍 바꿔야겠네. 휴게실에 CCTV를 달아 놓다니."

소속사와 계약이 된 가게도 있었지만 오랜 단골이라 일부러 그 미용실을 이용했는데 이번 일로 지유는 그 미용실에 정이 뚝 떨어졌다.

"어떻게 하시겠어요? 스타릿이 원하는 대로 할 겁니까?"

경진의 질문에 지유는 잠시 침묵했다. 박주림 측 증거는 너무나도 명백했고 이 상황에 이지유는 확실한 가해자였다. 아마 기사 하단에는 이지유를 향한 악플이 넘쳐흐를 것이다.

그녀가 말이 없자, 그가 웬일로 먼저 말문을 열었다.

"이지유 씨가 아무 이유 없이 사람을 때리지는 않았겠죠."

그가 그녀의 손을 부드럽게 잡아 주었다. 후배를 때렸던 오른손이었다. 갑작스러운 스킨십에 그녀의 손이 움찔 떨렸다. 그가 희미한 미소를 지으며 말을 이었다.

"앞으로는 사람을 때릴 일이 없었으면 좋겠군요."

백룡의 입장에서는 용살자인 이지유가 무슨 짓을 했든 그녀를 두둔할 수밖에 없었다. 그게 본능이고, 자연의 섭리였으니까. 물론 그 사정을 알 리 없는 지유는 이때다 싶어 눈을 번쩍 빛냈다.

"저한테 작업 거는 거죠, 이거?"

"아뇨. 얌전히 계시라는 겁니다."

이번에도 백경진은 단호하게 부정했다. 정중한 부정의 말이 끝나자마자 그는 그녀의 손을 놓아주고 자리에서 일어났다. 짧은 만남이 아쉬워서 그녀는 그를 올려다보고 다급히 말했다.

"회사에 손해 끼치지 않도록 할게요."

"그럼 고맙겠네요."

경진의 부드러운 미소가 지유의 마음을 가라앉혀 주었다. 이제 슬슬 비장의 카드를 꺼내 들 때가 왔나 보다. 그가 홍보팀과의 회의를 위해 자리를 뜨자 그녀도 힘차게 자리를 박차고 일어났다.

그 길로 지유는 주림을 찾아 갔다. 선글라스와 모자 등으로 중무장한 지유는 기자를 피해 겨우 주림과 독대할 수 있었다. 또 주림에게 폭행을 가할까 봐 문밖에는 스타릿엔터테인먼트에서 붙인 건장한 보디가드가 셋이나 모여 있었다.

표정의 변화 없이 지유가 덤덤하게 물었다.

"네가 왜 맞았는지 알기나 해?"

잔뜩 찌푸려진 주림의 얼굴은 평소와 다를 바가 없었다. 큰 부상이 아니라 폭행의 흔적도 보이지 않았다. 매장 위기에 놓인 가해자 주제에 아직도 굽히고 들어오지 않는 지유를 보자 주림은 기가 막혔다.

"뭐? 호곤 때문에? 야, 이지유. 얼마 전에도 너, 호곤 오너랑 만나서 저녁 먹은 거 내가 모를 줄 알아? 그냥 스폰 받는 거 인정하고 깨끗한 척은 그만 좀 하지 그래?"

주림은 당당했다. 폭력을 행사한 지유가 지저분한 소문까지 몰고 다녔으니 두려울 것이 없었다.

"나 참, 큰일 날 소리 하지 말라니까 그러네. 그런 거 아니라고."

"아니면 몇 년 동안 공백기 가진 이지유가 어떻게 오자마자 '클리닝' 주연이래?"

부정할 걸 부정하라는 듯 주림이 빈정거렸다. '클리닝'은 지유가 주연을 맡게 된 드라마 제목이었다. 하지만 주림의 상상과는 달리, 지저분한 사연 따위는 없었다.

"스타릿이 영업을 잘 못하나 보다. 우리 주림이 작품이랑 광고도 못 따다 주고."

"뭐?"

"RD로 옮겨. 혹시 아니? 박주림도 주연 꽂아 줄지."

이지유는 사근사근한 목소리와 반대로 박주림을 업신여기는 표정을 지어 보였다. 이번 드라마도 이지유의 이름값과 소속사의 힘으로 들어가게 된 것뿐이었다. 부디 멍청한 후배가 이 사실을 깨닫기를 바라며 지유는 주림을 뒤로 하고 나갔다.

지유가 다시 회사로 돌아왔을 때는 이미 회의가 종료된 후였다. 뚜렷한 대책도 없이 이번 일이 논란이 되어서 드라마 출연도 무산될지 모른다는 걱정만 남기고 회의는 흐지부지 끝이 났다.

그런데 정작 당사자인 이지유는 예쁜 최신 휴대폰을 흔들면서 법무팀 사무실에 쳐들어왔다. 사안이 사안인지라 오늘은 그 누구도 그녀를 막아서지 못했고 그녀는 팀장실로 직행할 수 있었다.

"이거 관심 있어요?"

지유가 경진의 책상 위에 제 휴대폰을 내려놓으며 묻자 그가 무슨 뜻이냐고 눈짓했다.

"이거 내 핸드폰인데, 이 안에 재미있는 게 들었거든요."

그녀는 그녀 외에는 알 수 없는, 의미심장한 소리만 계속했다. 그의 시선이 그녀의 휴대폰으로 옮겨 갈 무렵, 그녀가 밝은 목소리로 말했다.

"백 팀장님 드릴게요."

말을 마친 지유는 책상 앞을 떠나 손님용 소파에 풀썩 앉았다. 경진이 낯선 휴대폰을 집어 들자 그녀가 혼잣말처럼 중얼거렸다.

"에휴, 밝히지 말라고 하셨는데."

그녀의 휴대폰에는 오늘자 녹음 파일 하나와 사진 몇 장만 존재할 뿐이었다. 사진은 대체로 가족사진이었다. 부모, 형제와 모여 찍은 사진에서 지유만이 유난히 빛났다. 외모로는 이지유가 가족 중에서도 특출 나긴 한가 보다.

"이게…… 뭡니까?"

경진은 휴대폰 안의 데이터가 무슨 의미인지 쉽게 파악하지 못했다. 지유가 한숨을 푹 내쉬고 폭탄 같은 소리를 뱉었다.

"어느 딸이 애비랑 붙어먹는다는 소리를 얌전히 듣고 있겠어요?"

"예?"

전혀 예상치 못한 말에 경진의 미간이 좁아졌다. 지유는 그동안 숨겨 두었던 사정을 담담히 털어놓기 시작했다.

"아빠는 옛날 분이라 딴따라를 아주 싫어해서 연예인 할 거면 집을 나가라고 했어요. 아무런 지원도 안 해 주겠다고."

이르게 미국 유학을 떠나 사람들 눈에 띄지 않았던 지유는 어렸을 적부터 연기자의 꿈을 꾸고 있었다. 브로드웨이에서 본 공연과 시간만 되면 찾았던 영화관에서 본 영화들, 그리고 틈틈이 즐겨 본 드라마 등이 어린 지유의 꿈을 키워 주었다.

"워낙 성격이 불같은 분이셔서 안 나가면 안 될 것 같았죠."

지유가 미국에서 대학원까지 졸업하고 오기를 바랐던 아버지는 단식 투쟁까지 불사하는 막내딸의 고집을 결국 꺾지 못했다. 한국으로 돌아온 지유가 예술 대학에 진학하고 여러 번의 오디션을 거쳐 데뷔하기까지 아버지의 후광과 도움은 하나도 없었다.

"뭐, 돈이야 엄마가 다 대 줬지만."

그녀가 장난꾸러기처럼 씩 웃었다. 다행히도 아버지 몰래몰래 엄마가 경제적인 도움을 줘서 지유는 꿈을 포기하지 않을 수 있었다.

"위로 언니랑 오빠가 셋이나 있는데 나까지 하기 싫은 일 억지로 할 필요는 없잖아요? 내 인생은 한 번뿐이고, 하고 싶은 것을 다 하면서 살기에도 짧은 시간이니까."

데뷔를 앞두었을 때, 아버지가 내세운 조건은 단 하나였다. 여배우 이지유가 호곤 그룹 막내딸이라는 사실을 밝히지 말 것. 지유도 그 정도쯤이야 어려울 것이 없다고 생각했다.

대신 아버지는 막내딸이 유럽에서 유학 중이라고 주변에 둘러댔다. 물론 그 주장이 거짓말이 되지 않도록 지유는 프랑스에서 영화학 코스를 밟아야 했다. 돌연 프랑스로 떠났던 이유가 바로 이 때문이었다.

즉, 이지유는 이택정과 부녀지간이라는 말이었다. 아버지가 스폰서라는 오명은 그녀에게 있어서 무척 끔찍했을 것이 틀림없었다.

“그럼, 이택정 회장님하고…….”

“아빠를 아세요?”

“성함만요.”

대표이사인 적룡이 재계 인사들과 인맥이 있어서 경진도 알음알음 이름은 들어 본 적이 있었다. 지유가 생긋 웃으면서 뜻밖의 말을 했다.

“RD는 서류에 가족 관계를 안 물어봐서 좋더라고요. 그래서 여기랑 계약한 거거든요.”

사실, RD가 아티스트의 가족 관계를 묻지 않는 이유는 임진하 때문이었다. RD엔터테인먼트는 흑룡이 연예인이 되겠다고 마음먹은 다음 세워진 회사였으니까. 경진은 이 점이 이지유에게 매력으로 다가갔을 줄은 꿈에도 상상하지 못했다.

숨겨진 사정을 알 리 없는 지유가 답답한 듯 끙, 앓는 소리를 내며 중얼거렸다.

"하여튼 우리 아빠 난리 나겠네, 이 녹취록 뜨면."

"호곤에 해가 된다면 이 녹취록은 폐기할……."

"안 돼요. 그년 머리채를 잡고 싶은 걸 참고 얌전하게 녹음 떠 온 건데."

경진의 말을 자른 지유는 눈을 형형하게 빛냈다. 휴대폰 녹음기를 켜고 주림을 만난 지유는 성질을 참아 가면서 일부러 말을 곱게 했었다. 나긋한 목소리나 말투와 달리, 그녀의 표정은 잔뜩 썩어 있었지만 말이다.

"이지유가 후배 뺨 때리는 장면이 벌써 인터넷에 깔렸는데 가만히 있을 수는 없죠."

서늘하게 웃으며 지유가 잇새로 말을 뱉었다.

"팀장님은 제 연기나 감상하시면 돼요. 기자회견이나 열어 주세요."

숨겨 두었던 가족 관계가 이지유의 '비장의 카드'였다.

* * *

이지유와 박주림 사건은 이지유의 기자회견으로 인해 다른 국면으로 접어들었다. 지유가 그동안 숨겨 왔던 사실을 털어놓은 덕분이었다.

—제 힘만으로 성공하는 모습을 보여 드리고 싶었지만…….

모르는 사람이 보면 화면 속 이지유는 가련한 효녀였다.

—딸자식 된 입장에서 아버지 얼굴에 먹칠을 하는 건 참을 수가 없었습니다.

……라고 하니 동방예의지국을 표방하는 대한민국에서 이지유의 편을 들지 않을 사람은 아무도 없었다. 사실을 제대로 알지도 못하면서 부녀지간을 불순한 관계로 몰아간 박주림이 역풍을 맞기 시작했다.

얼마 전까지는 후배를 폭행한 지유에게 부정적이던 여론이 단숨에 반전되었다. 독보적인 미모에 연기력을 가진 이지유가 심지어 재벌가 막내딸이라는 사실에 대중들은 열광했다.

화제의 인물, 이지유는 현재 소속사 법무팀 팀장실에서 휴대폰으로 자신이 나온 화면을 모니터링하고 있었다. 어떻게 보면 이 역시 연기의 일부분이었다. 가련한 효녀 연기 말이다.

"거기 CCTV는 녹음이 안 되어서 다행이에요."

다시 일상적인 업무로 돌아온 경진이 애써 그녀를 무시하고 서류를 살펴볼 무렵, 지유가 그에게 말을 붙였다. 아무래도 오늘 업무 처리는 글러 먹은 듯했다.

"녹음까지 됐으면 이렇게 못 했을 테니까."

"그때 심한 말…… 했어요?"

관심 가는 남자에게 그동안 너무 밑바닥을 보여 준 것 같아 지유는 대답 대신 화제를 돌렸다.

"사실 아빠를 끌고 들어온 것도 화가 났지만, 그거보다 짜증 나는 게 있었어요."

경진의 시선에 지유는 휴대폰 화면을 끄고 그의 눈을 똑바로 응시했다. 어떻게 보면 이 남자와도 관련이 있는 이야기였다.

"이지유가 차였다고 걔들이 비웃었거든요."

휴게실 문을 열기 전에도 지유는 이미 두 후배의 대화를 밖에서 듣고 있었다. 지유가 호텔 라운지 바에서 경진에게 거절당했던 일을 비웃는 후배들에게 분노가 확 치밀어 올랐다.

"차여요?"

그러나 당사자인 백경진은 금시초문이라는 듯 의아하게 대꾸할 뿐이었다. 지유가 코끝을 찌푸리고 툭 내뱉었다.

"팀장님한테 차였잖아요."

"그런 적 없습니다만."

"룸으로 올라가자고 한 거 거절했잖아요."

그제야 그가 난처한 표정을 지었다. 표정 변화가 별로 없는 남자라 저런 표정만으로도 신선했지만, 그녀는 마음이 상한 양 입술을 삐죽였다. 당황한 그가 난감하다는 투로 말했다.

"그런 건…… 연인 사이거나 결혼할 사이에서나……."

"백 팀장님, 생긴 건 여자 여럿 울리고 다녔을 것처럼 생겼는데, 어떻게 이렇게 숙맥일 수가 있어요?"

지유는 생긴 것과 다르게 고지식한 남자를 신기한 눈으로 쳐다보았다. 웬만한 일에는 눈 하나 꿈쩍하지 않는 백경진은 대꾸할 말을 찾지 못했다. 이성적이고 논리적인 설명은 그 누구보다 잘할 자신이 있는데 이럴 때는 어떻게 대해야 할지 모르겠다.

경진이 침묵하자 지유는 소파에서 일어나 그에게 다가갔다. 그녀는 보면 볼수록 탐이 나는 근사한 남자를 한 번쯤은 손에 넣어 보고 싶었다. 가능하면 오랫동안.

"좋아요. 그게 거슬리면 오늘부터 사귀는 걸로 해요. 어때요?"

"미안하지만 그건 좀……."

"미안한 거 알면 거절은 하지 마세요."

용살자의 의사에 반하는 행동은 어린 백룡에게는 너무 어려운 일이었다. 그가 계속 곤란한 시선만 보냈으나 그녀는 뻔뻔하기 그지없었다.

"정말 끝내주는 기회 아니에요? 얼굴 예쁘지, 몸매 끝내주지, 거기에 재벌가 막내딸."

그녀가 나열한 세 가지 요건만 봐도 보통 남자라면 침을 흘릴 만한 것이었다.

"남자판 신데렐라 아니냐고요."

"그런 건 됐습니다."

하지만 문제는 백경진이 사람이 아니라는 데 있었다. 재물이나 권력, 미인을 얻는 것에 크게 관심이 없는 백룡에게 이지유가 제시하는 조건은 별로 탐이 나지 않았다.

칼 같은 경진의 대답에 지유가 어깨를 축 늘어뜨렸다. 역시 이 남자는 쉽지 않았다. 대체 그가 원하는 조건이 뭘까? 그의 속을 통 알 수가 없어서 그녀가 혼잣말로 투덜거렸다.

"팀장님이 조금 속물이었으면 좋겠어."

그러면 백경진은 단숨에 이지유에게 넘어왔을 테니까.

난처한, 혹은 그녀를 동정하는 듯한 그의 모습이 야속해서 그녀는 울컥 눈물이 치밀었다. 솔직히 남자에게 이렇게 열외 취급을 받은 건 처음이라 자존심이 와장창 상해 버렸다. 인간 이지유, 서른 살에 남자에게 매달리는 꼴이 될 줄은 몰랐다. 이 남자의 '그 표정'에 반하지만 않았더라면 지금처럼 가슴앓이를 할 필요도 없었을 텐데.

"결혼을 하자는 것도 아니고 연애나 한 번 해 보자는 거잖아요."

자존심이 상한 만큼 속도 상한 지유가 울먹였다. 그녀의 눈물어린 호소에 그의 얼굴에 점점 균열이 가기 시작했다. 휴지로 눈가를 찍으며 그녀가 계속 불평했다.

"이렇게 자존심 다 내버리고 매달리는 건 처음인데…… 정말 너무해."

남자에게 백발백중이었던 눈물 공격은 이번에도 빗나가지 않았다. 여자에 익숙하지 못한 남자라면 더욱 당황할 것이다. 이

상황에서도 지유의 머리는 비상하게 돌아가고 있었다. 그녀가 눈물을 가득 담은 눈으로 그를 애처롭게 바라보며 물었다.

"내가 그렇게 싫어요?"

이번에 첫 생을 나온 어린 백룡은 용살자의 눈물을 결코 이길 수 없었다. 심장이 쥐어뜯기는 듯한 통증에 그의 눈앞이 아찔해졌다. 이대로라면 더는 그녀의 의지를 거스를 수가 없을 것이다.

이내 두통도 덮쳐 오자 그가 신음하듯 대답했다.

"알았어요."

백경진은 이지유에게 두 손 두 발을 다 들 수밖에 없었다. 그녀의 의지를 따르는 것이 자연의 섭리였다. 그가 떨리는 손으로 그녀의 눈가를 닦아 주었다. 엄지에 투명한 눈물이 묻어났다.

"알았으니까 제발 그만 울어요."

책상을 사이에 두고 둘은 서로를 물끄러미 바라보았다. 그녀의 눈물이 마를 때까지 그의 심장은 고통을 호소했다. 용살자의 영향이 얼마나 크고 무서운지 몸소 깨달은 그는 그녀에게서 시선을 떼지 못했다.

이때다 싶어서 그녀가 울먹이는 목소리 그대로 뜬금없는 부탁을 했다.

"목, 만져 봐도 돼요?"

"안 됩니다."

넘어올 줄 알았는데. 지유가 속으로 혀를 찼다. 역시 백경진 팀장은 쉬운 남자가 아닌 모양이다.

"그럼 언제 돼요?"

"도대체 왜 자꾸 목에 집착하는 겁니까?"

용에게 역린은 약점이었다. 용살자인 그녀의 손길에 정신을 잃는 것도 썩 유쾌하지는 않았지만, 그보다 존재 자체가 소멸당할 수 있는 위험도 여전히 존재했다. 그는 그녀가 더 이상은 자신의 목에 집착하지 않기를 바랐다.

"그때 팀장님 표정이 너무 야해서, 꼭 다시 보고 싶거든요."

……라고 경진의 복잡한 속내를 알 리 없는 지유는 이렇게 기막힌 말이나 했지만 말이다.

사심 가득한 지유의 말에 경진은 할 말을 잃어버렸다. 그가 손으로 어색하게 목을 감싸며 한 걸음 뒤로 물러났다. 언제 눈물을 보였냐는 듯이 그녀가 활짝 웃는 낯으로 제안했다.

"이번 일…… 해결도 잘됐겠다, 한잔하러 가는 거 어때요?"

"아직 업무 시간인데요."

"기다려 줄게요. 참, 전에 갔던 데 괜찮았죠? 조용하고."

왜일까? 그 순간 위층에 객실이 있는 호텔 라운지 바를 떠올린 경진은 왠지 오늘 저 앙큼한 용살자에게 잡아먹힐 것 같다는 예감이 들었다.

그녀는 생글생글 웃으면서 어느새 소파에 앉아 그를 지켜보고 있었다. 그가 깊은 한숨을 소리 없이 내쉬었다.

아, 부디 잡아먹히지 말고 멀쩡히 살아 돌아와야 할 텐데.

정말 큰일이었다.